ハヤカワ・ミステリ

JOHAN THEORIN

夏に凍える舟

RÖRGAST

ヨハン・テオリン
三角和代訳

TOKYO
HAYAKAWA
BOOKS

A HAYAKAWA
POCKET MYSTERY BOOK

装幀／水戸部 功

夏に凍える舟

おもな登場人物

エドヴァルド・クロス………………裕福な農夫
イルベルト…………………………エドヴァルドの長弟
シーグフリッド……………………エドヴァルドの次弟
アーロン・フレド…………………レードトルプ出身の少年
スヴェン……………………………アーロンの義父
グレタ………………………………アーロンの妹

*

ヴェロニカ・クロス………………シーグフリッドの孫
ケント………………………………ヴェロニカの長弟
ニクラス……………………………ヴェロニカの次弟
ウルバン……………………………ヴェロニカの長男、19歳
カスペル……………………………ヴェロニカの次男、15歳
マッツ………………………………ニクラスの長男、18歳
ヨーナス……………………………ニクラスの次男、11歳
ポーリーナ…………………………クロス家の従業員
リーサ・トレッソン………………ギタリスト、ＤＪレディー・サマータイム
エイナル・ヴァル…………………漁師
ペータル・マイェル（ペッカ）……エイナルの甥
リタ…………………………………ペッカの恋人
ヨン・ハーグマン…………………元一等航海士、元船長
アンデシュ…………………………ヨンの息子
イェルロフ・ダーヴィッドソン……元船長
ティルダ・ダーヴィッドソン………警察官、イェルロフの親戚

幽霊船はカルマル海峡の黒い海を覆う暗闇から、ぬっと現われた。

突然のことで、ゴムボートの少年は逃げる時間がなかった。空気で膨らませただけの小型のボートは波に引きこまれて衝突しかけたが、あわやというところで少年は頑丈な金属の幽霊船の舷縁から垂れるロープをどうにか握った。

船はそそり立っていた。油と錆にまみれている。長年、世界の七つの海を旅してきたかのようだ。甲板で動く人影はないが、深い場所からエンジンのドドドドという音が聞こえた。鼓動に似ている。

ゴムボートは穴が開いて沈んでいくので、少年にはほかにどうしようもなかった。舷縁に手をかけ、よじ登った。

警戒しながら乗り越えて暗い甲板に降りた。腐った魚の強烈な悪臭。

閉まったハッチ沿いをゆっくりと前へ歩いた。ほんの五、六メートル進んだところで、最初の死人を見た。汚れたダンガリーを着た船乗りで、仰向けに転がって無表情に夜空へ視線をむけていた。

さらに多くの船乗りたちが暗闇から少年にむかってよろめきながら近づいてきた――瀕死かすでに死者となって。それなのにまだ動いている。彼らは手を突きだして、どこか外国の言葉を使って細い声でしゃべりかけてきた。

少年は悲鳴をあげて逃げようとした。

こうして、エーランド島のステンヴィークの村で二十世紀最後の夏が始まった。

またこうして、村につきまとう幽霊の物語が始まった。

あるいは、ことによるとすべては七十年ほど前、内陸の小さな教会墓地で始まっていたのだ。別の少年、イェルロフ・ダーヴィッドソンが柩の内側で誰かが激しくノックする音を聞いたときに。

一九三〇年、夏

イェルロフ・ダーヴィッドソンは十四歳で学校を卒業し、二年後には少年船員として海に出た。そうするまでは家の畑の手伝いの合間にエーランドの島内で働いた。いい職もあれば、そうでもない職もあった。はっきりと嫌な結末を迎えたのはただひとつ、マルネスの教会墓地で墓掘人を務めた期間だけだ。

　あそこでの最後の日は死ぬまで忘れないだろう。農夫のエドヴァルド・クロスが二度埋葬されることになった日だ。いくら歳をとっても、イェルロフはなにが起こったのかいまだに説明がつけられないでいる。

　幽霊話は好きだが、信じたことなどなかった。死後の復讐だって信じていない。それにイェルロフは〝幽霊〟だの〝おばけ〟だのという言葉からは暗黒や不幸を想像するのが常だった。

　日射しや夏の日ではなく。


　あれは六月中旬の日曜日で、父の大きな自転車を借りて教会へ出かけることになった。一年で急に背が伸びてのっぽの父と並ぶほどになり、乗れるようになっていたからだ。

　イェルロフは前屈みになって、ペダルを踏んで沿岸の村を出発した。薄手の白いシャツを着て袖はまくりあげていた。内陸の東をめざした。青いシベナガムラサキや紫の花ねぎがまっすぐな未舗装路沿いに花ひらき、その奥は杜松《ジュニパー》や榛《ヘーゼル》の茂みだ。遠くの地平線には、ふたつ並ぶ風車小屋の翼がかろうじて見える。牧場で牛が草を食《は》み、羊がメェーと鳴く。二度、自転車を飛び降りて、家畜をかこっている柵の広い門を開けないとならなかった。

景色は広大でひらけていて木らしい木もなく、ツバメが自転車をシュッとかすめて太陽にむかって舞いあがると、イェルロフは自分も道を外れて風に乗って自由へと旅立ちたくなった。

そのとき自分を待っている仕事を思いだし、ささやかな喜びは消えていった。

エドヴァルド・クロスは先週六十二歳で亡くなった。堅実でいい暮らしをしていた農夫だ。クロスはエーランド島北部では裕福だとされていた。金という点ではたいした蓄えはなかったが、イェルロフの暮らす村、ステンヴィークの南岸沿いに土地をたくさんもっていた。

〈急死し、みなに悲しまれている〉と新聞のお悔やみ欄に書いてあった。クロスは大きな木造納屋の工事中に死んだ。夜遅くに建てたばかりの壁が倒れてきたのだ。

でも、本当にみなに悲しまれているんだろうか？ クロスについてはさまざまな噂があり、彼が命を落とすことになった事故についても、まだきちんと解明されていなかった。その夜に居合わせたのは弟のシーグフリッドとイルベルトだけで、ふたりは責任のなすりあいをしていた。シーグフリッドは壁が倒れて兄が死んだとき、自分は材木の陰で見えない場所にいたが、イルベルトは納屋のすぐ近くにいたと言い張った。イルベルトの話ではそれが逆だった。くわえて、隣人がその夜は建設現場から大声が聞こえたと証言した。誰の声かまでは、わからなかったようだが。

イェルロフは教会墓地に到着して、クロス兄弟のどちらも姿がないことにほっとして塀に自転車を立てかけた。陰気な埋葬になりそうだ。

まだ朝の八時半だったが、すでに芝生や墓を日射しが照りつけていた。白く塗られた石造りの教会は城塞のような厚い壁で作られ、青空を背にそびえている。くぐもった鐘の音が西の鐘楼からたいらな景色へと広がっていく。死者を悼む鐘だ。

木の門を開けて墓のあいだを歩く。霊安室がわりの小屋は左手だ。

その裏に子供の幽霊《マイリング》が座っていた。

最初イェルロフは自分の目が信じられなかった。本当にマイリングを、洗礼を受けないまま死んだ子のさまよう幽霊を見ているのか？　瞬きをしたが、子供は消えなかった。

男の子でイェルロフよりいくつか年下らしい。真っ白で、春のあいだずっと地下室に閉じこもってでもいたようだ。霊安室にもたれてしゃがみ、裸足で白いシャツと明るい色の半ズボン姿だった。白っぽくないのは額の長く黒い引っかき傷だけだ。

「ダーヴィッドソン！　こっちだ！」

イェルロフが振り返ると、墓掘人のローランド・ベントソンがいて、墓地の塀のあたりで手を振っていた。

イェルロフはそちらに歩きだしたが、少年をちらりと振り返った。その子はまだそこに座っていた。どこの誰かわからなかったし、あまりの白さにとまどったが、少なくともその子は幽霊ではなかった。

ベントソンはシャベルを二本もってイェルロフを待っていた。彼は長身でいつも猫背だ。日焼けして筋肉のたくましい腕で、がっちりと握手する男である。

「おはよう、ダーヴィッドソン」彼は元気よく言った。「あそこを掘るぞ」

見ると、塀沿いに芝生を幅のある長方形に剝がしてある箇所があった。エドヴァルド・クロスの墓だ。ふたりでその区画にやってくると、ベントソンが小声で尋ねた。「仕事を始める前に冷えたビールはどうだ？」

彼は背後の厚い塀に首を振ってみせた。芝生の上に二本の茶色の瓶が準備してある。ベントソンの奥さんは禁酒同盟の一員だから、仕事中にビールを飲むようにしているらしい。家では飲むことを許されないからだ。

　イェルロフは冷えて結露した瓶を見やったが、沿岸からはるばる自転車を漕いできたにもかかわらず、首を横に振った。

「ぼくはいいです、どうも」

　ビールはたいして飲みたいとも思わなかったし、穴を掘るときに酔っ払っていたくもなかった。

　ベントソンは瓶を一本手にして霊安室のほうを見やった。つられたイェルロフもそちらに視線をむけると、あの白い少年は立ちあがっており、なにか待っている風情で墓地の中にたたずんでいた。

　ベントソンが手をあげた。

「アーロン！」彼は叫んだ。

　少年が顔をあげた。

「こっちに来て手伝え、アーロン！　墓掘りに手を貸してくれたら、二十五エーレをやろう！」

　少年はうなずいた。

「よし」ベントソンが言う。「物置小屋に行ってシャベルをもってきな」

　少年は弾むように去っていった。

「あれ、誰です？」イェルロフは話を聞かれない場所まで少年が離れると尋ねた。「このあたりの子じゃなさそうだけど」

「アーロン・フレドか？　ああ、あの子は少し南のほうのレードトルプ暮らしだ……けど、親戚みたいなもんでな」ベントソンは墓石の裏に瓶を置き、気の進まない様子でイェルロフを見やった。「言ってみれば、〝隠れ親戚《インコグニータス》〟ってやつだよ」

　イェルロフにはなんのことか、さっぱりわからなかった。レードトルプなんて聞いたこともなかったし、外国語はまったく話せないが、とにかくうなずいた。

　ベントソンには幼い娘がひとりいるだけだから、たぶん甥なのかもしれない。

　アーロンがシャベルをもって物置小屋からもどってきた。なにも言わずにベントソンとイェルロフの隣に立って、地面を掘りはじめた。土は埃のように乾燥して石ころはまったくなかったけれど、イェルロフのシャベルはほんの数分後に最初の遺体の一部にあたった。濃い茶色の人間の骨で、どうやら太腿の骨らしい。墓掘人として働いて一カ月、イェルロフはこうした発見には慣れていて、骨を慎重に横手の芝生に置いて軽く土をかけただけだった。それから墓を掘りつづけた。

　一時間以上も三人は掘りつづけた。

　太陽が消えて空気が冷えてきた。イェルロフは黙々と掘りながら、古い物語を思い返していた――

　その昔、訪問販売員がエーランド島の農場を訪れた。少年がドアを開けた。

「お父さんはいらっしゃるかね？」

「いません」

「遠くにお出かけかい？」

「いいえ。教会墓地に」

「そんなところで、なにをなさってるんだね？」

「なにもしてないと思います。父さんは死んでるから……」

　十一時になろうかというとき、ヒーンという声が塀に響いた。イェルロフが顔をあげると、二頭の白馬がブンブンいうハエの群れにかこまれて門をくぐるところだった。上に木の十字架のついた黒い馬車を牽《ひ》いている――霊柩馬車だ。御者の隣に牧師のエルリング・サムエルソンが座っている。故人の農場で葬儀を終えたところだ。

　この頃には墓の深さもじゅうぶんになり、ベントソンは少年ふたりに手を貸して穴から引きあげた。続いて、自分の服の土を払ってから霊安室に近づいた。

　霊柩馬車はそこでとまっていた。教会から少し離れた位置だ。エドヴァルド・クロスの遺体が納められた輝く高価な木製の柩が降ろされて芝生に置かれた。葬送行進に参加していた者の大半は門にたどり着いたところできびすを返し、帰宅していった。残すは埋葬だけだ。

柩の両側にそれぞれ、故人の弟たちが立っている。シーグフリッドとイルベルトは今日のところは言葉の応酬をしていなかった。黒いスーツ姿で無言で立ちつくし、ふたりのあいだに灰色の雲でもあるように見える。

だが、ふたりは力を合わせるしかなかった。兄弟で、ベントソンやイェルロフとともに、柩を墓へ運ぶことになっているのだから。

「行くぞ」ベントソンが言う。

エドヴァルド・クロスは食べることや人生におけるよきものを楽しんだ男だったから、柩の底はイェルロフの肩に食いこんだ。狭い歩幅で少し進んだ。柩のなかで重い遺体が動いている気がした。ごろごろと転がっているような――それとも想像に過ぎないんだろうか？

のろい歩みで一同は墓へむかった。イェルロフが見ると、アーロンは隠れるようにして、墓地の塀の近く、背の高い墓石のあたりにいた。

でも、彼はひとりではなかった。塀の向こう側にいる三十代の男が、低い声で話しかけている。質素な身なりでどこか雇われ農夫のようで、なんとなく怒っているみたいだ。男が片方に踏みだしたとき、かすかに足を引きずっているのがわかった。

「ダーヴィッドソン！」ベントソンが言う。「手を貸せ！」

彼はすでに二本のロープを芝生に並べていた。柩をそこに置いてから、ロープを使ってもちあげ、黒い墓穴の上に合わせる。

じわじわと、穴へ降ろしていく。

柩が底につくと、牧師は墓掘人たちが積んだ土から一握りを摑んだ。これを柩の蓋に投げながらエドヴァルド・クロスの遺体に語りかける。

「土は土に、灰は灰に、塵は塵に。我らが主、イエス・キリストを通じて復活と永遠の命を願わん……」

牧師は柩へさらに三回土を投げて故人を永眠させた。

牧師の仕事が終わると、ベントソンとイェルロフはシャベルを拾いあげた。

イェルロフは墓を土で埋める前にクロス兄弟を見やった。兄のイルベルトはうしろで岩のように立ちつくし、背中で手を組んでいる。シーグフリッドは塀の横を行ったり来たりして、兄よりずっと動揺しているらしい。

イェルロフとベントソンは墓穴を埋めはじめた。作業が終われば、伝統にのっとって墓の上で十字架の形にシャベルを置くことになる。

しばらくしてふたりは休憩した。腰を伸ばし、墓から数歩離れると、ふうっと息を吐いた。イェルロフは顔を太陽にむけて目を閉じた。

静寂のなかでなにか聞こえた。かすかな音。耳を澄ました。

ノックの音。それから静寂、さらに三回のかすかなノック。

音は地面からするようだ。

イェルロフは瞬きをして、いま埋めたばかりの墓を見おろした。

ベントソンを見やると、やはり同じ音を聞きつけた緊張の表情が見てとれた。それに離れた場所に立っているクロス兄弟も顔面蒼白になっている。そこからさらに遠くにいる幼いアーロンでさえも、顔をこちらにむけていた。

自分の頭がおかしくなったわけではなかった——全員があの音を聞いたんだ。

墓地の時間はとまった。もうノックの音はしなかったが、誰もが息を吞んでいるようだ。

イルベルト・クロスがのろのろと墓の縁に近づいた。口をぽかんと開けている。柩を見おろし、静かに言った。「兄貴を掘りださんと」

牧師がそわそわと額を拭きながら進みでた。

「そんなことはできない」

「いいや、やる」イルベルトは言う。

「だが、彼を土に還したところなんだぞ!」

イルベルト・クロスは言い返さなかったが、表情には決意の色が現われていた。ついに背後からも、もうひとりの声がした。「掘りだせ」

シーグフリッド・クロスだ。

牧師はため息をついた。

「ああ、そうだな。掘りださないといかんな。わたしはブローム先生に電話をかけてこよう」

ダニエル・ブロームは教区にふたりいる医者の片割れだ。

ベントソンはシャベルを降ろし、あからさまにため息を漏らしてイェルロフを見た。

「下りてくれるか、ダーヴィッドソン? アーロンと一緒に」

イェルロフは暗い墓を見つめた。あそこに下りたいか? とんでもない。でも、エドヴァルド・クロスが目覚めていて柩のなかで窒息しかけていたら? だったら急がないと。

穴を這いおり、用心しながら土で覆われた蓋の上に乗った。堅信礼のための勉強会でイエスとラザロの出会いについて読んだことを思いだした——

死んだ男が出てきた。手足を布切れで縛られ、顔は布で覆われていた。イエスは彼らに言われた。「ほどいて、行かせてやりなさい」

イェルロフは柩のなかから音がしないかと耳をそばだてたが、なにも聞こえない。それでも、柩の上に立っているなんて、ぞっとする。凍えるように寒い。いつか自分もこのような場所に行き着くことになる。永遠に。イエスがやってきて、生き返らせてくれないかぎり。
　うしろから引っかく音がしてびくりとしたが、あの
少年がシャベルを握って柩の蓋に這いおりてきただけ
だった。
　レードトルプのアーロン・フレド。イェルロフは暗
闇で彼にうなずいてみせた。
「掘り返そう」低い声で言葉をかけた。
　アーロンは柩を見おろした。なにか囁いた――ひと
つだけ、言葉を。
「なんだ？　なんて言ったんだ？」
「アメリカ」少年はもう一度言った。「ぼく、そこへ
行くんだ」
「へえ？」イェルロフは本気にしていなかった。「き
みは何歳だい、アーロン？」
「十二歳」
「だったら、きみは小さすぎるよ」
「スヴェンが連れていってくれる。むこうについたら、
保安官になるんだ！」
「ふうん？」
「ぼく、鉄砲がうまいんだ」アーロンが言う。
　イェルロフはそれ以上なにも尋ねなかった。スヴェ
ンが誰かは知らないが、アメリカについては聞いてい
る。約束の地だ。いまのところ、アメリカの状態はあ
まりよくない。ウォール街の大暴落と高い失業率のせ
いだが、それでもあの国には魅力があった。
　その瞬間、エドヴァルド・クロスの柩の上でイェル
ロフは墓掘人をやめる決意をした。ステンヴィークと
厳格な父から離れよう。アメリカには行きたくない。
そうじゃなくて、海に出たかった。ボリホルムに行っ
て、島と本土を行き来する貨物船の仕事を見つけよう。
　もっと自由になれることをしたい。日射しの下で船
乗りになるんだ。
「どんな具合だ？」ベントソンが頭上から叫んだ。イ

ェルロフは顔をあげた。

「大丈夫です」

彼と未来の保安官のアーロンは土を掘りはじめ、すぐに柩の上からすべての土をどかした。

「終わりました！」

ベントソンがロープを二本投げ、イェルロフは柩の両端になんとかロープをまわすと、できるだけ急いで墓から這いでた。

エドヴァルド・クロスは引きあげられ、涼しい聖具室へ運ばれた。

「降ろして」牧師が穏やかに言った。

ギシギシと音がする柩は石の床に置かれた。

そして静寂が訪れた。エドヴァルド・クロスは死んでいる。

それなのに、彼は柩を叩いたのだ。

ブローム医師が黒い往診鞄を手に二十分後に到着した。シャツは汗で濡れ、暑さのために顔は真っ赤で、あきらかに説明を求めていた。ひとつだけ質問をした。石造りの丸天井の下でその声が朗々と響く。「何事かね？」

通路で待機する男たちは顔を見合わせた。

「音がしたんだよ」ようやく牧師が口をひらいた。

「音がした？」

「ああ」牧師は柩のほうにうなずいた。「墓穴からコツコツ叩く音が……穴を埋めようとしたところで」

医師は柩の蓋を見やった。泥で汚れ、シャベルの引っかき傷に覆われている。

「なるほど。そういうことならば、たしかめなければ」

クロス兄弟は無言で立ちつくし、ベントソンが蓋のねじを外してもちあげた。

聖書のラザロは墓で四日過ごしたんだったとイェルロフは思いだした。「主よ、もうにおいます」姉のマルタは墓の前でイエスにそう告げた。

蓋が開けられた。イェルロフは近づかなかったが、それでも遺体は見えた。永遠の眠りのために身体を清めて整えてある。手は大きな腹の上で組まれ、目は閉じられ、顔には黒いアザ。命を奪うことになった壁でついたものだろう。けれど、エドヴァルド・クロスの服装はしゃれていた。厚手の生地で仕立てられた黒いスーツを着ている。

「死んだ人にいい服を着せて、思い出話もしてやれば、柩に横たわったときはほほえみを浮かべるんだよ」祖母はそう言ったものだった。

だが、エドヴァルド・クロスの口はきつくまっすぐに結ばれているだけで、険しくて乾燥していた。

ブローム医師が往診鞄を開けて遺体に身を乗りだした。イェルロフは顔をそむけたが、医師がひとりごとをつぶやくのは聞こえた。聴診器が石材の床にあたってカチリといった。

「心臓の音はしない」医師が言った。

沈黙が続いたところで、イルベルトが声をあげた。緊張した口調だ。

「血管を切ってみてくれ。絶対死んでると確認できるように」

イェルロフには我慢の限界だった。日射しの下へもどり、教会の尖塔の影に立った。

「今度はビールどうだ?」

ベントソンがあたらしいのを二本抱えてやってきた。今回のイェルロフはうなずき、ありがたく酒を受けとった。とても冷えた瓶をくちびるに運び、ごくごくと飲んだ。アルコールはすぐにまわり、頭の回転がのろくなった。ベントソンを見やる。

「前にもこういうこと、あったんですか」

「というと?」

「前にも音を聞いたことありますか?」

墓掘人は首を振った。

「こんなこたあ、初めてだよ」彼はこわばった笑みを浮かべ、自分もビールをあおって教会を見つめた。「だが、もちろん、クロス兄弟はちょっとばかり話が違うからな……おれはあの家族といざこざがあってさ。あいつらは、ほしいものをなんだって奪っていく。いつでも、どこでもだ」

「でも、エドヴァルド・クロスは……」イェルロフは正しい言葉を見つけようと苦労した。「いくらなんでも生き返……」

「落ち着け」ベントソンが遮った。「おまえが気に病むことじゃない」彼はまた酒を飲み、言いたした。「昔は両手を縛ったもんだ。人が死んだらってことな。柩のなかでおとなしく横たわっていられるように。知ってたか?」

イェルロフは首を振り、黙りこんだ。

ややあって教会のドアが開き、イェルロフとベントソンは急いでビール瓶を隠した。ブローム医師が顔を突きだし、手を振った。

「終わったぞ」

「それで奴は……」

「もちろん、死んでいる。生きている兆候はまったくない。掘りだした場所にもどしてくれ」

ふたたび埋葬がおこなわれた。柩が教会から運ばれ、その下にロープをまわし、墓穴に沈めた。イェルロフとベントソンは再度、穴を埋めはじめた。意識してしっかりとシャベルを握った。ふたりともビールを飲んで手元が少々おぼつかなくなっていたからだ。イェルロフはアーロン・フレドの姿を探したが、あの少年も足を引きずった男も消えていた。

誰もが墓のまわりに集まった。ブローム医師も、革の往診鞄をしっかり摑んでいた。

柩の蓋に大きな音をたてて土がかぶせられていく。そのとき、地中から鋭いノックの音が三回した。静かだが、鮮明な音だった。

イェルロフは途中で動きをとめて凍りついた。心臓だけが激しく打っている。突然、完全なしらふにもどってすくみあがった。土の山の向こう側にいるベントソンを見やる。彼もまたぴたりと動きをとめていた。

シーグフリッド・クロスは緊張した面持ちだが、兄のイルベルトは心底怯えているようだ。催眠術にかかったように柩を見つめている。

ブローム医師でさえも、いまの音を聞いて身体を硬くしていた。半信半疑なところは消え失せていたが、医師は首を振った。

「続けてくれ」彼はきっぱりと言った。

牧師は一瞬黙ったままだったが、やはり彼もうなずいた。

「もう、わたしたちにできることはない」

墓掘人たちは従うしかなかった。イェルロフは日射しに照らされているにもかかわらず震えたが、仕事に取りかかった。手にしたシャベルは鉄の棒のように重く感じられる。

柩の蓋に土をかける作業が再開された。一定の間を空けてどさり、どさりという音だけがしていた。

二十回、シャベルで土をかけると蓋は土の層の下に見えなくなってきた。

教会に響く音はやはりこの音だけだ。

しかし、ふいにイェルロフの隣で誰かがため息をついた。イルベルト・クロス。長く重たげでほっとしたようなため息を漏らし、墓へにじり寄っている。足をあげ、ゆっくりと芝生を歩く。口を開けた墓穴の前でとまり、深呼吸をしようとしているが、肺はうまく空気を吸えず、かぼそい口笛のような音が出るばかりだ。

「イルベルト？」シーグフリッドが声をかけた。

返事はなかった。彼は身じろぎもせず突っ立って、口を開けている。

そして息をするのをやめた。目から力がなくなった。

イルベルト・クロスは墓穴の隣で横向きに崩れた。

ベントソンはただそこに立って見ているだけだった。医師も牧師も。

シーグフリッドが背後から大声をあげた。駆けだしたのはイェルロフだけだったが、イルベルトの心臓がとまったとき、まだ数歩離れていた。

イルベルトの身体は墓穴の隣の芝生に頭から倒れ、穴の縁をゆっくりと転がって、重い小麦粉の大袋のように柩の蓋に落ちた。

初夏

太陽が夏に日射しを与えれば
谷間の夏至の言い伝えのように
ぼくたちが死に溜めた夢を
小夜啼鳥が目覚めさせる

——ハリー・マーティンソン

イェルロフ

手こぎ舟にも死ぬってことがあるのか？　あるとしたら、いつ死ぬといえるのか？　イェルロフは自分の古い木造のボートをにらみ、その問いについてじっくり考えた。仮にもボートならばこんな天気のいい六月には海に浮いてなきゃならんが、陸にある。ひび割れだらけで、草地に横倒しだ。名はツバメ号。船尾の小さな木のプレートにそう彫りつけてあるが、もはや海をゆくことはない。丸々したキンバエが乾燥した船体をのんびりと歩いている。

「どう思う？」ボートの反対側に立つヨン・ハーグマンが尋ねた。

「ガラクタだな」イェルロフは答えた。「老いぼれの役立たずだ」

「おれたちより若いぞ」

「たしかに。そりゃあつまり、こちらもガラクタというわけさね」

イェルロフは八十四歳で、ヨンは来年八十歳になる。ふたりは船長と一等航海士として三十年近く、嵐の日も凪のときも、バルト海でともに貨物船を走らせて石灰石、油、一般貨物をストックホルムへ、その逆へと運んできた。だがそれは遠い昔のことで、いまではこのボートだけがふたりに残された船だった。

ツバメ号が建造されたのは一九二五年、イェルロフがまだ十歳のときで、父が三十年ほどカレイ漁に使っていたが、五〇年代にイェルロフが譲り受け、それからさらに四十年、毎年夏に海へ出た。しかし、九〇年代の初めには、カルマル海峡から海氷が流れ去ってツバメ号を使う時期になっても、イェルロフにはこのボートを海まで下ろす力がなかった。

彼は歳をとりすぎていたのだ。そしてツバメ号も。

それ以来イェルロフのボートハウスの隣にただ横たわり、日射しのせいで板は乾燥して割れていた。

エーランド島を照らす太陽は強烈で、こんなふうに雲のない日は沿岸をじりじりと焼く。さわやかな涼しい風はやや強めに海から吹いてくる。これまでのところ、島はまだ酷暑に見舞われていない。本格的に暑くなるのはたいてい七月になってからで、ときには、まったく暑くならないこともある。

イェルロフは手こぎ舟の乾燥しきった楢材を杖で突き、先端が板を貫くのを見守った。首を振る。

「ガラクタだ」ふたたびそう言った。「海に出したとたんに、沈むさね」

「修理できるさ」ヨンが言う。

「そう思うか」

「当たり前だ。ひび割れはふさげばいい。アンデシュが手を貸すはずだ」

「そうだろうが……となると、おまえたちふたりで作業することになる。わたしは座って見ていることしかできん」

イェルロフはシェーグレン症候群を患っている。一種のリウマチで、出たり消えたりするから予測がつかない。夏は暖かいからいつもは脚の具合もいいのだが、ときには動きまわるのに車椅子が必要なこともある。

「修理の金のあてもある」ヨンが言う。

「そうなのか？」

「そうとも。エーランド島木造ボート協会が、こういう修理はたいてい援助してくれる」

背にした海岸通りからうなりが聞こえて、ふたりとも振り返った。輝く黒いボルボ、SUV車だ。けれど、外国のナンバープレートがついていて、横の窓はスモークガラスで黒い。

今日は月曜日、夏至祭の週だ。そしてステンヴィークは漁村から休暇を楽しむリゾート地へと変わった村だから、そろそろ活気づきはじめていた。

もちろん五月には自然が息を吹き返し、牧草地や石灰岩平原《アルヴァーレット》が紫、黄、白に変わっていた。蝶がすでに現われて、草地はふたたび緑になってハーブや花の香りがあたりを満たしている。けれど、初夏の日射しと暖かさにもかかわらず、夏の観光客たちはシーズン本番はまだこれからだと見なしていた。彼らは夏至祭に押し寄せて別荘の鍵を開け、ハンモックを発掘して自然に近い田舎の暮らしをする。そして八月が訪れるとみんな都会へもどっていく。

ボルボはシュッと通りすぎ、北へむかった。数人が乗っているのがちらりと見えたが、知らない顔だった。

「トンスバリから来たノルウェー人の家族か？」イェルロフは言った。「〈茶色の家〉を数年前に買った連中かな？」

「〈茶色の家〉？」

「そうだ——まあ、いまじゃ赤く塗られておるが、スコグマン家のものだった頃は茶色だったからな」

「スコグマン家？」

「あれさね——ほら、イースタからやってきた者たち」

ヨンは去っていくボルボを見送りながらうなずいた。

「いや、いまのはスコグマンの家のほうには行かなかったぞ……あの家を買ったのは、オランダ人じゃなかったか？」

「いつだ？」イェルロフは尋ねた。

「二年前だったと思う——九七年の春だよ。だが、めったにここじゃ過ごさない連中で」

イェルロフはまたもや首を振った。

「わたしは覚えておらんな。最近じゃ人が多すぎる」

冬のステンヴィークは無人も同然だが、一年のこの時期には古い顔とあたらしい顔を把握するのは不可能になる。イェルロフは何十年にもわたって村を通りすぎていく夏の観光客を見てきたから、近頃では父と息子、母と娘を見分けるのもむずかしい。

観光客のほうもイェルロフを知らないに決まっていた。彼は何年もマルネスの高齢者ホームで暮らしていて、生まれ育った土地の家に春と夏だけもどるようになったのは最近のことだった。関節痛と絶えず闘いながら。

脚は彼を支えるのにとてもうんざりしているようで、彼のほうも脚にうんざりしていた。このところ、痛みに対してウコンとホースラディッシュを試している。たしかにある程度は効くが、それでも短い距離しか歩けない。

人生のまだ時間があった頃にもどしてほしいもんだ。

高級車が何台か海岸通りを走り抜けていったが、イェルロフは背をむけ、またもや手こぎ舟を見つめた。

「よし」彼は言った。「じゃあ、修理するか。おまえの息子の手を借りて」

「おう」ヨンが答えた。「いい舟だからな。魚を獲るにはぴったりだ」

「そうさね」イェルロフは相槌を打った。もっとも何年も魚は獲ってなかった。「だが、おまえ、時間はあるかね?」

「あるとも。キャンプ場は手間いらずだからな」

ヨンは六〇年代初めに陸にあがって以来、毎年ステンヴィークでキャンプ場を貸してきた。息子のアンデシュが大人になると仕事を一緒にやるようになったが、毎朝毎晩、テントやトレーラーハウスをまわって料金を徴収し、ゴミを捨てるのはいまでもヨンだった。三十五年というもの、自由になる夏は一度もなかったが、それでも楽しんでいるようだ。

「じゃあ、決まりだ」イェルロフは言った。「きっと、八月には自分たちで釣ったツノガレイが食べられるな」

「きっとな」ヨンも言う。「舟はしばらくはこのままかもしれんが」

しばらく。ヨンが言うなら、それは三日から三年のどの範囲でもありうるが、イェルロフの推測では、ツバメ号はアンデシュとヨンが修理にかかるまで数週間はボートハウスの隣に留まることになりそうだ。

ため息をつき、あたりを見まわした。彼の住む村は世界一の場所だ。広々とした入江に濃い青の海。並ぶボートハウス。古いコテージにあたらしいヴィラ。背景にはエーランド島の豊かな夏の青葉。子供の頃の木のない沿岸の風景とは大違いだ。子供時代をここで過ごしてから、十代で海に出て、やがて大人になってもどり、みずからの家族のために夏の別荘としてこの家を建てた。

海岸通りは南の岬で終わり、村もそこで終わる。沿岸はそこから先がさらに雄大となって、たいらで大きな岩の連なる海岸線と切り立った崖があり、地元ではロールと呼ばれる積み石の墓標が海を望む高台にある。

最高級の夏の別荘も村の南端にあり、海岸通りに並んでいた。その一番端、完全にほかの別荘とは離れた二軒はクロス家のものだ。

クロス家。三兄弟のエドヴァルド、イルベルト、シーグフリッド。エドヴァルドとイルベルトは同じ頃に亡くなった。シーグフリッドだけがそこそこの歳まで生きた。彼は父親の土地をすべて相続し、これを休暇村に変え、いまでは彼の孫たちが経営している。

「クロスのところのならず者たちは、もうやってきたのか？」イェルロフは尋ねた。

「そうとも。クロスのところはもう車だらけで、ゴルフコースに人が繰りだしてるぞ」

クロス家の休暇村は村の南へ数キロにあり、エーランド島リゾートというのだが、ヨンはいつも〝クロスのところ〟と呼んだ。そしてステンヴィークにある彼の雑貨屋は比べれば靴箱ぐらいの狭さなのにもかかわらず、競争相手と見なしていた。エーランド島リゾートにはなんでもあった――ゴルフコース、キャンプ場、店がいくつも、ナイトクラブ、プール、それに立派なリゾート型ホテル。

イェルロフの意見では、クロス家はもちすぎだったが、そんなことを言ってなんになる？

あそこに泊まる金持ち連中はどいつもこいつも癇《かん》に障った。できるだけ避けるようにしている。本人たちと彼らのボートにプールにチェーンソー――そうしたあたらしいものはすべて田舎で騒音をあげる。鳥を怖がらせる。

彼は入江を見やった。

「なあ、ヨン。たまに首をひねってしまうんだが……この百年に島でよくなったものがあるか？　なにかひとつでも？」

ヨンはしばし考えこんだ。

「最近じゃ、誰も腹をすかしとらんし……道は穴ぼこだらけじゃない」

「それはそうだな」イェルロフは譲歩した。「だが、わたしたちは昔よりしあわせかね？」

「さあねえ。けど、おれたちは生きてる。それはしあわせに思っていいことだろ」

「うーん」

だが、そうか？　老齢になるまで生きて本当にしあわせか？　近頃ではその日を生きるだけで精一杯だ。七十年ほどが過ぎたが、いまでもイルベルト・クロスが心臓発作を起こして兄の墓に倒れたことを覚えていた。

あらゆるものはいつでも突然終わりを告げるのかもしれんが、いまこのときは太陽が輝いている。ソール・ルーケト・オムニブス――太陽は万物のために輝く。イェルロフはこの夏を楽しむことにした。あたらしいミレニアムを心待ちにしてやろうじゃないか。補聴器を手に入れることになっているから、すぐに庭に座って鳥の声に耳を傾けることができるだろう。

それから、村の観光客にもっと親切にしてみるか。努力だけはしてみる。観光客に出くわしたらぼそぼそ文句を言うんじゃなく、話しかけられればストックホルムから来た者たちにも返事をしよう。

彼は心のなかで納得して言った。「今年は静かで行儀のいい観光客が来ることを祈ろう」

帰ってきた男

鳥や魚を獲る男の小さな家は厚い壁でできていて、狭く暗い部屋は血と酒のにおいがした。戸口に立つ老人は気にしなかった。どちらにも慣れているからだ。

酒のにおいはエイナル・ヴァルから漂ってくる。この家の持ち主だ。ヴァルは六十代で腰は曲がり、皺が寄った人物だ。あきらかに夏至祭の祝いを早めに始めたらしい。座って作業中のテーブルの隣に飲みかけの酒瓶がある。

血のにおいは最新の獲物から漂っていた。大きな鳥が三羽、低い天井のフックにぶらさがっている。ヤマウズラが一羽とヤマシギが二羽。鹿弾で穴だらけだったが、羽根をむしり、はらわたを抜かれていた。

「昨日撃ったんだ、海岸のほうで」ヴァルが言う。「ヤマシギは繁殖期だからいまは禁猟になっているんだが、知ったことか。いつでも好きなときに魚も鳥も捕まえていいはずだろ」

自身もハンターである老人は、なにも言わなかった。家にいるほかのふたりを見やる。若い男と女。どちらも二十代初めで、自分たちの車で到着したばかり、薄汚れたソファに落ち着いたところだった。

「おまえたちの名は？」

「わたしはリタ」痩せた女が言った。猫のように丸まり、片手を男のデニムの膝に置いている。

「ペッカだ」若者が言う。上背があった。剃りあげた頭で壁にもたれているが、脚がぴくぴく震えていた。

老人はもうなにも言わなかった。このふたりを見つけたのはヴァルであって、彼ではない。

子犬と子猫だな。

だが、彼もかつては若かった。時とともに、よりできる男へと成長した。

ペッカは沈黙が好きではないようだ。老人を見つめ、顔をしかめている。

「で、あんたのことはなんて呼べばいい？」

「呼ばなくていい」

「でも、誰なのか教えてくれたっていいだろ？　外国人みたいな話しぶりだけど」

「わたしの名はアーロンだ」彼は若者に告げた。「故郷に帰ってきた」

「故郷だって？」

「わたしはスウェーデンに帰ってきた」

「どこから？」ペッカは知りたがった。

「あたらしい国から」

ペッカはピンと来ないらしく老人を見つめているが、リタはうなずいた。

「合衆国ってことよ……でしょ？」

老人が無言だったから、リタは言いなおした。「アメリカってことね？」

老人は返事をしない。

「わかったよ、じゃあ、アーロンって呼ぶ」ペッカが言った。「それか、帰ってきた男って。とにかく、あんたが仲間のあいだは」

老人は黙っていた。テーブルに近づき、銃の山から細い銃身を摑んで手にした。

「ワルサーだ」彼は言う。

ヴァルがまるでマーケットで店を出しているように、満足してうなずいた。

「いい銃だ」彼は答えた。「何年も警察が制式の銃として使っていた。簡潔で頑丈……スウェーデンの職人芸だ」

「これはドイツの銃だ」老人が言った。

「おれのはライセンス契約で造られたものなんだよ」

ヴァルは並べた残りの銃を指さした。

「こいつはシグ・ザウエル。で、こっちのはスウェーデン製のオートマティックのアサルト・ライフルだ。お薦めだぜ」

ペッカが立ちあがり、テーブルに近づいた。老人は彼の瞳に浮かんだものを見てとった——若い兵士なら誰でも、あたらしい武器を前にすると感じるのと同じ好奇心。少なくとも、一度も人を殺したことのない若い兵士ならば誰でも。

「じゃあ、あんたは銃が好きなんだね？」ペッカは言った。

老人はそっけなくうなずいた。「慣れてる」

「じゃあ、あんた、現場に行ったんだ？」

老人は若者を見やった。「というと？」

「兵隊だったんだろ」ペッカが言う。「戦争に行ったのか？」

戦争か——アーロンは考えた。わたしが行ったのは若者なら憧れるものだった。あたらしい国という。

「腕はいい」老人はそう答えた。「おまえはどうだ?」

ペッカはむっつりと首を振った。

「おれは戦争には行ってない」彼はそう言ったが、誇らしげにあごをあげた。「でも、ビビって手を引いたことはないからな……去年の夏は重傷害罪で法廷に立った」

ヴァルはたいして感心しなかったらしい。

「あほらしい」彼は言う。「相手はちょっとハジけただけの観光客だったじゃないか」

老人は気づいた。ふたりは身内で、ヴァルはペッカの心配をしているのだと。老人はワルサーのマガジンをそっと押しこみ、テーブルに置いた。

窓の外を見やる。太陽が海と岸を照らしているが、汚れた窓から日射しはほとんど入ってこない。ヴァルの家はほかの家から離れた位置にあり、草地が下り坂になって水際に通じるあたりにある。海岸線にはガチョウを数羽入れた狭いかこいがあり、隣には灰色の石灰石造りのボートハウスが建っているが、どこから見てもなんの手入れもされていないようだ。

ヴァルが立ちあがった。

「ほら」そう言い、銃を差しだした。リタは小型のシグ・ザウエル、ペッカはワルサー、老人はワルサーとアサルト・ライフルの両方を手渡された。

「プラスチック爆弾もいりそうか?」ヴァルが尋ねる。

故郷に帰ってきた老人は顔をあげた。

「少し手に入るか?」

「おれが去年の冬に少しもってきたんだ」ペッカが自慢げに言う。「カルマルの道路工事現場から。導火線、起爆装置、ひっくるめて」

ヴァルも同じくらい喜んでいるようだ。

「厳重に隠してある。誰にも見つからんよ。五月に警察がまたやってきたが、収穫なしで帰っていった」

「爆弾をいくらかもらっていこう」老人は言った。

「支払いはどうする?」

「あとでだ」ヴァルが言う。「仕事をやって金庫の件がうまくいったら、あとで全部山分けしよう」

「バラクラバもいるぞ、エイナル」ペッカが声をかけた。「手に入るか？」

ヴァルはなにも訊き返さなかった。テーブル下の段ボール箱を開け、ゴム手袋の束と灰色の目出し帽《バラクラバ》をいくつか取りだした。

「仕事が終わったら燃やせ」彼は言った。

老人はそれを見て言った。「身元を隠すものは不要だ」

「面が割れるぞ」ペッカが言う。

老人は首を振った。

「構わない」彼はそう言って割れた窓の外を見た。

「わたしはここにいない」

一九三一年五月、あたらしい国

旅はある晴れた夏の日に始まる。エドヴァルド・クロスの死から十一ヵ月後のことだ。アーロンがあの夜のことを考える回数もずいぶんと減っていた。倒れた壁のこと、自分を押しやるスヴェンのことを。「ほら行けよ！　そこに入って奴の金をとってこい！」

あれはスヴェンがアーロンのあたらしい父親になってほんの二カ月の頃だったが、言われたとおりにした。そうしないと、頰をぶたれるからだ。

ふたりはあの夜の話をしない。この旅の話だけだ。春のあいだずっと今日の準備をしてきたように感じるが、荷物といえば、それぞれひとつのスーツケースに収まるぐらいしかない。

スヴェンは林檎の木から作られた古い嗅ぎ煙草入れを持参する。アーロンも同じようになにか特別なものをもっていきたい。

「鉄砲をアメリカにもっていっていい？」

アーロンは単身の散弾銃をもっている。これに散弾を詰めてヤマウズラや海鳥を撃つのだ。

「もちろん、だめだ」スヴェンが言う。「銃は船にもちこめない」

だから、アーロンは散弾銃を置いていかねばならない。猟師である祖父にもらったものだった。祖父は娘であるアストリッドに、この子はとても弾筋がいいと話していた。いい響きだ、〝弾筋がいい〟とは。

なるほど、そのとおりだ。初めてアザラシを撃ったのは、まだ十歳のときだった。ある寒くて晴れた春の日に、陸地にむかって漂う浮氷に寝そべっていた。アザラシが顔をあげたところでアーロンが銃を構えて発砲すると、アザラシの身体はぐいと動いてから、静かに横たわった。首の付け根にあたって背骨が折れていた。獲物は体長一メートルを超え、脂肪は二十キロ以上採れた。

「でも、鉄砲がいるよ」アーロンは言う。「それがなかったら、どうやって保安官になれるの」

スヴェンが声をあげて笑う。乾いた咳のようだ。

「むこうに着いたら、あたらしいのを見つけよう」

「あたらしい国に散弾銃があるの？」

「たっぷりな。むこうにはなんでもある」

アーロンはあたらしい国にないものをひとつ知っている。待ってくれている家族だ。母のアストリッドも妹のグレタも、スウェーデンに残る。家族に別れを告げるのはつらい。まだ九歳のグレタは、無言で兄を見つめる。母はくちびるを固く結んでいる。

「厄介事には近づかないんだよ」母は言う。「しっかりね」

アーロンはうなずき、スーツケースを手にしてスヴェンと去り、広い歩幅で進み、振り返らないようにする。

　出発の日はからっと晴れている。

　土の道を並んで歩く。スヴェンのほうが脚は長いけれど、右足を引きずっているから、アーロンは遅れず歩ける。

「おまえは西のあたらしい国へむかうんだよ」母がそう言った。「アメリカという国へ。何年かむこうで一生懸命働いて、お金をもって帰ってくるんだ」

　スヴェンも同じことを言うが、そこまで詳しくは語らない。

「あたらしい国。そこへむかう。この国から遠く離れて」

　ふたりは北へむかい、クロス家の広大な土地を横切って、墓標のあたりまで坂を登る。墓標は高台の西のてっぺんにあり、なんでもない石を重ねただけに見えるが、スヴェンはそれでも念のために魔除けのまじないとして唾を吐く。

「こんなもの、海に落ちればいい！」

　今度は東へと曲がり、内陸を移動していくつかの背の高い風車小屋を通りすぎていく。太い木の柱の足でしっかりと立ち、翼を空にかざし、あらゆる方向から吹く風を受ける構え。スヴェンは風車もにらみつけた。

「おれたちがこれからむかう場所じゃ、この忌々しいのは見ないで済む！」

　彼はどしどし歩いて演説をするように地平線へ話しかける。「やっと自由だ――しんどい仕事からすっかり自由になった！　風車小屋から粉挽きを終えて出てくるたびに幽霊みたいに真っ白になって――二度とやらんぞ、あんな仕事は！」彼はアーロンを見やった。

「おれたちがむかう場所では、なんでも機械がやってくれる。でかい農業用の工場があって、そこで麦を片方から入れると、反対から小麦粉の大袋になって出てくる。風車なんかいらん。ボタンを押すだけで、一丁あがり！　というわけだ！」

　アーロンは話を聞くが、ひとつだけ知りたいことがある。「いつ、うちに帰ってくるの？」

　スヴェンは歩調をゆるめて振り返ると、アーロンの後頭部を叩く。

「その質問はするな！　そんなふうに考えるんじゃない！　おれたちは、あたらしい国に行くんだぞ——うちのことなんか、忘れろ！」

　もっとひどい殴られかたをしたこともあるから、いまのは言い聞かせるだけのものだった。それで質問を続けられる勇気が出る。「でもやっぱり教えて、いつになったら、うちに帰ってくるの？」

「いつとは言えないんだよ」スヴェンが切り返す。

「なんで？」

「みんながみんな帰るわけじゃないからさ」

　この言葉を聞いて、夏の空気が冷たくなった。アーロンはもうなにも言わない——また殴られたくないからだが、汽車に乗る前からすでに心を決めている。母に言われたとおりにやろうと。そしてうちに帰ってこよう。

　島に帰る。

　レードトルプに帰る。

ヨーナス

「なにがあったんだね、おまわりさん？」ケントおじさんが尋ねた。「事故でもあったか？」

「いや」警官が答えた。バイクから降りたところだ。「問題はあなたです」

「わたし？　わたしがなにをした？」

「スピードの出しすぎです」

「このわたしが？」

　ケントおじさんは警官と話せるようにスイッチを押して窓を開けていたから、花のかすかな香りが道端の土手から漂ってきて、後部座席のヨーナスにまで届いた。たくさんの黄色と紫の花々が風に揺れている。その香りがおじさんのアフターシェーブローションのにおい、それから父さんの汗のようなにおいと混じっていた。父さんは到着が遅れて、列車に間に合わせるために走らないとならなかった。母さんが父さんをホームで叱りつけ、マッツとヨーナスは顔を見合わせてしまった。

　父さんは黙っておじさんの隣に座っている。警官を前にして緊張してるみたい。でも、ヨーナスから横顔がはっきり見えるおじさんのほうは、口元に薄ら笑いを浮かべてるくらいだ。

「スピードの出しすぎだって？」

「とても出しすぎでしたよ」

　エーランド島の日射しはまぶしく、後部座席の窓から外を見るとヨーナスは目が眩んだ。交通警官は車の隣に立つ、青い制服を着た黒い影でしかない。

「どのぐらい出しすぎだったか教えてもらえるか？」ケントおじさんが言う。

「制限速度を二十二キロ超えてましたよ」

ケントはため息をつき、シートにもたれた。

「全部、この腐れ車のせいだよ。コルヴェットは百キロ出して初めてなめらかに走るんでね」

ヨーナスはこれまでに一度しか警官に出会ったことがなかった。フースクヴァーナの学校で、自転車の安全な乗りかたについて警官がふたり、話に来たとき。ふたりともとても親切だったけれど、それでも少しびくびくしたっけ。

ケントおじさんの車は赤と黒のストライプで、ちょっと宇宙船みたいに見える。車内もロケットみたいで、とくに後部座席は天井が低くて狭かった。ヨーナスはまだこれから背が伸びるところだが、それでも脚を片方に寄せないと乗れなかった。兄さんのマッツのほうは少し余裕がある。父のニクラスのうしろに座っているから。父さんはおじさんより脚が短いからシートを前にずらしてる。

「罰金を取るつもりかね?」ケントおじさんが言った。

「そのとおりですよ」

「これだよ、せっかくの最高に天気のいい夏の日に」おじさんは警官に笑いかけた。「でも、あきらめよう……わたしは法律を破ったんだからね」

ヨーナスは父を見やった。やはり一言も口をきいていない。それにほとんど警官のほうを見ない。

ケントおじさんはカルマルの駅へヨーナスとマッツと父さんをコルヴェットで迎えにきた。おじさんは大きなボルボももっているけれど、夏はスポーツカーを運転するほうを好んだ。それにこちらの車が速かった。

三十分前にカルマルとエーランド島を結ぶエーランド橋を渡り、フロントシートで父さんとケントおじさんはおしゃべりしながら北へむけて飛ばしていたけれど、白バイが近づいてきて路肩に寄せろと手を振ると、父さんはとたんに黙りこんだ。しゃべるのをやめて、座ったまま身じろぎした。

ケントおじさんが警官の相手を全部やった。ハンドルに手を置いて、完全にリラックスしているように見える。ヴィラ・クロスへの道のりで起こった小さな不都合に過ぎないみたいに。

「あんたに直接罰金を払うのかい？」おじさんは言う。

警官は首を振った。

「違反切符を切りますから」

「いくらになる？」

「八百クローナです」

ケントおじさんは顔をそむけてため息をついた。日光の照りつける麦畑をにらんでから、警官に視線をもどした。

「これだよ。あんたの名は？」

返事がなかった。

「秘密なのか？」ケントおじさんが食い下がる。「じゃあ、ファーストネームなら？」

警官は首を振った。内ポケットからメモ帳とペンを取りだした。

「名前はソーレンですよ」彼は結局答えた。

「ありがとう、ソーレン。わたしはケント・クロスだ」そして右にあごをしゃくった。「こっちは弟の二クラス。それに弟の息子がふたり。みんなで夏を一緒に過ごすんだよ」

警官は関心なさそうにうなずいたが、ケントおじさんは話しつづけた。

「ひとついいかな、ソーレン……目の前には乾いたたいらな道があり、夏至祭の二日前だ。太陽が輝く、美しい日だ。ファンタスティックな夏の日だよ、生きていることを実感できるような一日……きみがわたしの立場ならどうする？　ボリホルムまでずっと、キャンピング・トレーラーのうしろに留まっているか？」

ソーレンはわざわざ答えなかった。違反切符に必要事項を書きおえ、窓越しに差しだした。ケントおじさんは受けとったが、諦めまいとした。「せめて認めることはできないのか、ソーレン？」

「なにを認めるんです?」

「同じことをやったと。のろのろ運転のキャンピング・トレーラーのうしろになったら、夏の日射しを浴びて海に行く前だったら。アクセルを踏みこむんじゃないか……まあ、踏みこみはしないかもしれないが、ほんのちょっと制限速度を超えるんじゃないか? それは認めるだろう?」

おじさんはもうほほえんでいなかった。真剣そのものだった。

交通警官がため息をついた。「いいでしょう、ケント。そう認めれば、あなたの気分がよくなるというのなら」

「少しよくなった」ケントおじさんはまたもや笑顔になって言った。

「それはよかった。今度は気をつけて運転するように」

警官はバイクにふたたびまたがり、エンジンをかけ、Uターンして南へむかった。

「見たか? あのスピード。あいつめ!」ケントおじさんはヨーナスとマッツにうなずいてみせた。「警官連中をつけあがらせてはだめだぞ。忘れるな!」

そう言って、エンジンをふたたびかけて低音を響かせると、ケントおじさんは車を出し、別のキャンピング・トレーラーの前に割りこんだ。みるみるスピードをあげていく。

太陽が輝き、道路はたいらでまっすぐ。ヨーナスが顔に暖かい風を受けていると、鼻を野の花の香りがくすぐった。ケントおじさんは窓を開けたままで左肘を突きだし、黙って、ハンドルに置いた右手で運転している。

おじさんの携帯が鳴った。空いたほうの手で電話に出て、十二秒から十四秒耳を傾けてから、大声で相手の話を遮った。「だめだ。支持壁と言っただろう。なんのためか? 支持だよ、当然! 古く見せたいんだ、中世風でありながら、同時にモダンに。石材か鉄道の枕木で作って。それに、パイプ類は壁のなかに通したい。ぴたりとくっつけるんじゃなく。よし……削岩機は届いたか？」彼はまた耳を傾けた。「ファンタスティック！　だったら、こんなことができる……もしもし？」おじさんは携帯をおろした。「接続が切れた──これだよ」

　ケントおじさんにはお気に入りのフレーズというのがある。〝これだよ〟や〝ファンタスティック〟のような。おじさんはこうした言葉に、ヨーナスがなにを言っても感じられない力と自信をたっぷりに込める。

　おじさんはポケットに携帯を入れて言った。「到着したらボートを出そうか？」

「いいとも」父さんがすぐさま賛成した。「波が高すぎなければ」

　ケントおじさんは笑った。

「モーターボートは波があるほうがいい。飛び越えていくからな！　少し遠出してから、ウッドデッキでコスモをやろう」

　ニクラスはうなずいたが、たいして嬉しそうではなかった。

「わかった」

　ヨーナスはコスモというのがなにかわからなかったが、尋ねなかった。大人のように見せるコツは、人の話を聞いて、どういうことかはっきりとわかっているように見せることだ。そしてほかの人たちに遅れないように笑うこと。

　おじさんがバックミラーを一瞥した。

「今年の夏は水上スキーの上で立ってみろよ、ＪＫ。どうだ？　数年前はたしかうまくいかなかったようだが……」

　おじさんはいつもヨーナス《JONAS》をイニシャルで呼ぶ。ＪＫと。

「やってみるよ」ヨーナスは言った。

本音では、水上スキーのことなんか考えたくもなかった。あの夏のことだって考えたくない。父さんが服役を始めたばかりでヨーナスとマッツだけでエーランド島を訪れたときのことなんか。

カルマル海峡がひらけて見えてきた。村に到着だ。雑貨店とレストランを通りすぎ、左に折れて海岸通りに出た。車の片側は崖、反対には家が並んでいる。

あの夏、水上スキーの上で一度も立てなかった。ケントおじさんは少なくとも十五回はモーターボートからロープでヨーナスを引きあげることになった。ヨーナスは咳きこんで海水を吐き、手の甲が真っ白になるほどスキーの握りにしがみついたのに、毎回、ほんの数メートルで前のめりにひっくり返って終わった。夕方には脚がスパゲッティみたいにふにゃふにゃだった。

「やってみる、じゃないだろう、JK。やるんだ！今年はずっとタフになってるはずだ。いま何歳だ？」

「十二歳だよ」ヨーナスは答えた。正確には、誕生日は八月だけど。軽蔑して訂正されないかと兄をちらりと見たが、マッツは海を見つめていて、話を聞いてないみたいだった。

到着だ。ヴィラ・クロスとして知られる夏の別荘に。一軒家《ヴィラ》といっても、海を見おろす特大の見晴らし窓のある並んだ二軒の家だ。ヴェロニカおばさんが北の家にいて、ケントおじさんが南の家だ。

ヨーナスの父はもはや自分の別荘をもっていなかった。ヨーナスたちは客用のバンガローに滞在することになる。

「十二歳か、人生最高のときだな」ケントおじさんがそう言ってコルヴェットを自分の別荘の私道に入れた。「完全な自由だ。ここでファンタスティックな夏を過ごせるな、JK！」

「う、うん」ヨーナスは言った。

でも、自由だなんて感じていなかった。自分の幼稚さを思い知るだけだった。

イェルロフ

イェルロフはフォークダンスに行く途中で、そのスウェーデン系アメリカ人に出会った。

時間に遅れていて、栗材の杖を頼りにできるだけ急いで海岸通りを歩いていた。もちろん、自分では五月《マイスト》柱《ング》をかこんで踊ったりしないが、音楽を聞くのが楽しい。なんといっても、夏至祭は年に一度しかないんだから。

遅刻したのはひとつ忘れ物——細かいことを言えばふたつで組みになったもの——をしたためだった。娘たちと孫たちがイェルロフを待っていたのだが、玄関の石段を下りて庭に立ったところで、梢で鳴いているはずの鳥の声が聞こえないと気づいた。

補聴器。まだ身につける習慣がついていなかった。

「わたしがもってくるから」娘のユリアが言った。

ユリアは父のために小型の折りたたみ椅子を運んでいたのだが、それを地面に置いて家へ引き返した。すぐにふたたび姿を見せて小さなプラスチックの補聴器を差しだした。

「先に行ってもいい？　息子たちがどうしても最初から参加したがってるの」

イェルロフは補聴器を耳に挿し、どうぞと手を振った。

「あとに続くさね」

彼は杖と鳥のさえずりだけをお供に、入江の向こう端に立てられたマイストングめざして出発した。

いくらか補助が必要でも、鳥の声を聞けて嬉しかった。

春と夏はマルネスの高齢者ホームの部屋を出て、西海岸のこの家でできるだけ多くの時間を過ごしている。海と風とこれだけの鳥もいる場所だ。春には渡り鳥がアフリカからもどってくる。イェルロフの庭に帰ってくる。

スズメとウグイスが庭の片隅にある小さな石灰石の水飲み場に集まった。見守っていると、水を飲もうと首を伸ばしてから、くちばしを開けてさえずり、歌ったものだった。

問題はもうイェルロフに鳥の歌が聞こえないことだった。

聴力の衰えはいまに始まったことではない。長年にわたってじわじわと進行した。六十五歳頃にコオロギの羽音が聞こえなくなった。仕事をやめた一年後だ。夕方になればベランダに佇んで耳を傾けたものだが、暗がりには静寂があるばかりだった。最初は公害でコオロギがやられたのだと思っていたが、そんなときに医師から説明された。コオロギの羽音はイェルロフの老いた耳では聞き取れない高い周波数なのだと。

老いた耳だと？　耳は身体のほかの部分と同じ歳だった。コオロギの羽音が聞こえないのはなんとでもな……。かなりいらいらさせられるものだから、とくに寂しくもない。それに、どちらにしても一日中、虫の声を聞かせてくれるのはコオロギじゃなく、キリギリスだ。

だが、鳥の声はぜひ聞きたい。昨年の春は以前より少し声がくぐもったように思えた。目に見えない毛布越しに歌ってでもいるように。それが今年になると庭は静まり返っていた。この時点でなにかが本格的におかしいと気づき、ヴァールベリ医師に連絡を取ったところ、カルマルで聴力検査を受けることになった。

イェルロフはこざっぱりした白衣姿で耳にペンを挟んだ者が待っていると思っていたが、出迎えてくれたのはジーンズを穿いて長い髪をひとつにまとめた男だった。

「やあ、ウルリクといいます。聴能学者です」

「超能力者？」

「聴能学者です。あなたの聴力のレベルを示すオージオグラムを作りますから」

　こうしたあたらしい言葉にイェルロフは目眩がした。ヘッドフォンをつけて狭いブースに座り、さまざまな種類の音を流すから聞こえたらボタンを押せと言われた。不安なことに、長いあいだヘッドフォンからはなにも聞こえてこなかった。

「どんな具合だろうね？」ウルリクがブースから出してくれるとそう尋ねた。

「あまりよくないですね」そんな返事が来た。「機械的な補助を少し使う頃合いだと思いますよ」

　機械的な補助だと？　耳になにか突っこむことになるのか？　老いた祖父のことを思いだした――ケチで有名だった――九十代で耳が悪くなり、古い嗅ぎ煙草入れの缶を使って金属のらっぱ形補聴器を自分で作った。簡単で完全無料だ。

　現在ではすべてがプラスチック製だ。ウルリクはぴったりはまるよう、イェルロフの耳の穴の型を取った。

　五月なかば、イェルロフは自分の庭で補聴器を試すことができた。ウルリクが小型のコンピュータを持参してエーランド島にやってきたのだ。

「通常ならば、こちらから出向くことはないんです」彼は言った。「でも、この島が大好きなんで……この日射しと景色……」

　イェルロフは嬉しくなってウルリクをベランダに連れだし、鳥を見せた。オリーブ・グリーンの鳥が水飲み盤で水浴びをしていた。

「アオカワラヒワだ」イェルロフは言った。「カナリアのような声で歌うんさね……聞こえるならば」

「器具の調整が終われば、完璧に聞こえるようになりますよ」ウルリクがそう言って、コンピュータをテーブルに置いた。

数分後、イェルロフはベランダの椅子にじっと座り、コンピュータから伸びるケーブルで耳に挿したプラグとつながれていた。プラグは耳にぴたりと合っていた。

ウルリクがコンピュータの画面を見つめた。

「いかがです？　鳥のさえずりが聞こえますか？」

イェルロフは少し頭を振ってみた――ケーブルが外れないよう、ごく慎重に。続いて目をつぶり集中した。

耳を澄ました。いや、さえずりなど聞こえないが、何年も耳にしたことのなかったかすかなため息が聞こえた。外からのようだ。そして気づいた。家の周辺で吹く風の音だ。

さらに、風にまじって突然、はっきりと紛れもない鳥のさえずりが聞こえた。アオカワラヒワが水飲み場で声を震わせて歌っている。その声に、茂みのどこかでノドジロムシクイが応えた。

イェルロフは目を開け、驚いて瞬きをした。

「聞こえるよ。鳥の歌が」

「よかったです」ウルリクが言った。「では、この調子でよさそうですね」

周囲の鳥の声は聞けたが、姿は見えない。それで、子供の頃の謎を思いだし、この場に専門家がいるあいだに質問することにした。

「人間は存在しないものの音も聞くことができるのかね？」

ウルリクはとまどったようだ。

「どういうことです？」

「謎めいた音が、たとえば、地面から聞こえたとして……それは幻聴のようなもんかね？　目の錯覚と同じことで、それが耳の話だというだけか？」

「それは答えづらい質問ですね。つまり、人間は頭のなかにしか存在しない音を聞くことがあります。たとえば、耳鳴りですが」

「その手の音じゃなかった」イェルロフは言った。

「ノックの音さね。地面に埋めた柩から聞こえた大きな叩く音だ。若い頃に聞いたんだよ。それに、ほかの何人かもはっきりとな……その場にいた全員が聞いた」

ウルリクを見やったが、若者は首を振るばかりだった。

「残念ながら、幽霊の専門家ではないので」

夏至祭の会場に近づくにつれて、かなりの群衆のがやがやいう声が聞こえてきた。遠くで滝でも流れているような音だ。なにかを心待ちにして囁きあっている
――ダンスはまだ始まってないということだな。

目下、村にたくさんの人がいることは想像がついていた。この数日、自宅の蛇口の水圧が下がっているからだ。そもそも暑いと島の水量は減り、夏には大勢の人間で分けあわないとならない。

イェルロフの筋肉は痛んだが、海岸通りを急ぎ、桟橋に続く道を通りすぎた。若い者の集団がそこに立っていた。ちっぽけな布切れの海パンやビキニ姿だ。昔を思い返した。水着といったら編んだものであり、毛糸のにおいがしていた頃を。

郵便受けが道沿いにずらりと並ぶ場所に差しかかり、入江へ曲がって人々がマイストングをかこむほうへ、さあ、むかおうとしたら、同じくらいの年齢の男がそこに立っているのに気づいた。背が高く、カールした白髪で、焦げ茶色のジャケットを着ている。首には古いコダックのカメラを提げていた。

その男を見て、前に会ったことがあるというおぼろげな記憶が甦った。

男もこちらを見てから、まるで盾のようにカメラを構え、郵便受けの方向を写真に収めた。

イェルロフはよそ者を先入観で判断しないという自分の決意を思いだし、男に近づいた。

「こんにちは」そう声をかけた。「会ったことがあり

ますな?」

男はためらってから、郵便受けから離れ、今一度、イェルロフと目を合わせた。

「どうやら。だが、遠い昔に」

男はエーランド島の訛りでしゃべったが、かすかにどこかよその訛りも聞き取れた。イェルロフは手を差しだした。

「ダーヴィッドソンだよ。イェルロフ・ダーヴィッドソン」

男は握手をかわした。

「ああ、ようやく思いだした」男は言う。「イェルロフ……きみの美しいボートで一度夜に魚釣りに行ったことがある」

「ボートは最近じゃ、あまり美しくなくなったがね」

イェルロフは突然、探していた記憶を見つけた。「あんたはスウェーデン系のアメリカ人だね?」

男はうなずく。

「スウェーデン人というより、アメリカ人といったほうが正確だが。ビル・カールソンだ。ミシガン州ランシングの出身だよ。従兄弟《いとこ》がロングヴィークのアルネ・カールソンで……この夏は、奴の子供たちを訪ねてきているんだ」

彼は黙りこみ、ふたたび郵便受けのほうを見やった。すべてのアメリカ人がおしゃべりというわけじゃないらしい。

「アルネとも知り合いだったよ。お帰り、ビル」

「わたしはここで暮らしたことはないが」アメリカ人は慌てたようになって言った。「父が若い頃にエーランド島から移住した。だが、家ではスウェーデン語をしゃべっていたし、わたしも五年おきぐらいにここの家族を訪ねたよ。だが、もうあまり身内も残っていない。そこの郵便受けの名前を見ていたが、知らない名前ばかりで……」

「そう思うのはあんただけじゃないさね」イェルロフ

は安心させた。「近頃では夏になるとたくさんのあたらしい者たちが島にやってくる……それなのに、ほかの季節にはとんと見かけん」彼はマイストングのほうに首を振った。「音楽を聞きにいくかね？」

「ぜひ」アメリカ人は言った。「小さなカエルの歌はわたしのお気に入りでね！」

ふたりは連れ立って歩いた。ビルは歩幅が広く、イェルロフはできるだけついていった。会話を続けられるよう、遅れないために苦労した。

「あんた、いくつだね、ビル——尋ねてよければ」

「もうすぐ八十六歳だ。だが、自分では七十歳そこそこの気分さ」

イェルロフはビルが草地をらくらくと歩けることがうらやましかった。自分より年上なのに元気な者がいるとは少しつらい。けっして老けないように見える者もいる。

リーサ

リーサは旅の前夜、よく眠れなかった。サイラスが夕方に出かけて明け方までもどらなかったからだ。夏になると、彼は帰りがさらに遅くなって荒れた生活を送る。朝の七時にリーサが起きだすと、ソファに雑巾の山が寝ているように見えた。

なにも言わず、忍び足で通りすぎた。言っても仕方がないもの。静かに荷造りをして、音をたてずにドアの鍵をかけた。別れの挨拶もなし。どうせサイラスはすぐに電話をかけてくる。いつもそうだ。古いパサートを通りにとめている。ロックは車の残りの箇所と同じように使い物にならないから、ギターやレコードはアパートに置くようにしていた。それをトランクに積みこみ、南へむけて出発した。

去年は週末になるとあっちこっちで演奏したから運転には慣れていた。それで幹線道路に出るとアクセルを踏みこんだ。でも、ストックホルムを出発してほんの一時間くらいで刺激臭に気づいた。焼けるゴムだとかその手の嫌な感じの。

まずい。でも、夏至祭の演奏に遅れそうだったから、車がもつことを願うしかなかった。瞬きをして眠気を吹き飛ばし、あくびをしながら、そのまま走った。

サイラスを待っているあいだは全然眠れなかった。それに夜が明るすぎる。夏の暖かさは素敵だが、昼と夜の境界線があやふやになってくるのは好きになれなかった。

南行きの車線は渋滞していた。夏至を祝おうと移動中の人たちは、これではかなり出遅れることになる。そういう人がたくさんいて、みんないらいらしていた。

カルマルへ通じる沿岸沿いの道から、バルト海に浮かぶその島影が何度か垣間見えた。水平線に張りついた長くて黒い切れ端のようで、エーランド橋がかかっているのが島の南端というのに、いらついた。めざしているのは北なのに。わざわざ南まで運転してから、また北へともどるしかない。

やがて、カルマル海峡にかかる長くて高さのある橋にたどり着いた。十五年前、まだ十歳のときに学校の遠足でここに来たっけ。再訪は歓迎だ。

橋は途切れなく車が並んでいて、小刻みに震えるリボンのように見えた。そこに近づくにつれて、エンジンの異臭がぐっとひどくなっていった。

この橋はヨーロッパで最長クラスだそうで、今日のように車の流れがじりじり進む日には、たしかにそのとおりだと思う。はるか下で波が光り、日射しが路面を焼き焦がす。この暑さでアナログのレコードが溶けてないことを祈った。でも、これ以上、悪いことが重なるはずがない。

彼女はまちがっていた。橋のもっとも高い位置にやってきた頃、エンジンから煙があがった。

ハンドルを握りしめ、アクセルから足を離した。車はぴたりととまった。渋滞のど真ん中で。路肩に寄れるスペースもなく、すぐにうしろの車がクラクションを鳴らしはじめた。夏至祭だ。大勢がいっせいに島へ行こうとしている。ひとり残らず、とにかく早く渋滞を抜けたがっているのだ。

窓から入ってくる日射しが焼けるようで、車内がどんどん暑くなってきたし、水やソフトドリンクはもってこようとも思わなかった。ガムしかない。

どうしよう？　引き返して、エーランド島のことは忘れる？

バイクの交通警官が車のあいだを縫ってきて、リーサが坂でとまってできた前の隙間に入ってきた。

最悪。リーサはうつむき、警官がそのまま前へ進んでくれることを祈った。

もちろん警官はそうはしないで、バイクを降りると窓を叩いた。リーサは窓を開けた。

「ここで車はとめられませんよ」彼は言った。

「わたしもとめたくはないの」そう応えてボンネットに首を振った。「故障みたいで」

「エンジンですか？」警官が鼻をひくつかせる。「焦げたにおいがしますね」

「そうなの……」

「おそらくクラッチでしょう。この坂をあがるために負担をかけすぎたんですよ」彼は橋を渡りきったむこうを指さした。「運転はできますが、最初の駐車場にとめて、エンジンを冷やして。あそこには同僚がいるはずですから――お手伝いできるでしょう」

リーサはうなずいた。運転免許をとって五年になるが、免許とりたての気分でシフトを入れてそっとアクセルを踏み、渋滞の列にふたたび続いた。

橋のてっぺんを越えてしまうとずっと気が楽になっ

た。あとは下り坂だ。焦げるような刺激臭がまだ車内で強烈に漂っていたが、窓を開けると今度は排気ガスの悪臭が入ってきた。乗用車やキャンピング・トレーラーを牽いた車が橋の全長にわたって連なっていて、手こぎ舟ぐらいのスピードで動いている。もう十二時三十分になろうとしていた。ステンヴィークでの演奏は二時に始まる――普通の車の流れなら余裕なのに。

六キロの橋を渡って島へ入るのに二十五分かかったが、島でも渋滞は続いていた。リーサは右側に広い駐車場を見つけ、渋滞を離れた。

あまりスペースはなかった――先ほどの交通警官が言っていたように警察がいて、何台も車をとめさせていた。ほとんどは小型のおんぼろで、年若いドライバーたちが車を降りてトランクを開けるよう言われている。

リーサは外へ出てボンネットを開けた。なんて嫌なにおい。エンジンは真っ赤になって怒ったようにカチカチ音をさせているけれど、少なくとも煙はもう出ていなかった。少し時間を置いてから出発しよう。それでもライヴの一時間前には着けそうだ。

しばらくして、警官が近づいてきた。彼女は橋にいた警官より若く、おそらく三十歳前後だった。日焼けして、半袖のシャツを着ている。

「故障ですか？」

リーサはうなずいた。

「でも、一時的なものだったみたいです……どうやらクラッチを冷やせば済むようで」

「それはなにより――ここはできるだけスペースを空けておきたいんですよ。たくさんの車を停止させるので」

「スピード違反の取り締まりですか？」

「いいえ。酒です」

「酒？」

警官は古い赤のボルボ・エステートにあごをしゃくる

った。リーサより数歳年下らしい若者が三人、警官二名に監視されながらトランクからワインの箱を次々と取りだしている。ひとりとして、納得している表情の者はいない。

「みんな夏至祭に大量のアルコールをもちこむんですよ」警官が言う。「飲酒できる年齢以下だったり、密輸らしき場合は没収します」

「後日返却はされるんですか？」

「いえ、こちらで全部捨ててしまいます」彼女はリーサの車を見やった。「そろそろどうですか？」

リーサは鼻をひくつかせたが、もう焦げるにおいはしなかった。排気ガスのにおいがするだけだ。

「もう走ってみてもいいかも……北方面は渋滞が少しは緩和されていますか？」

「同じですね。すぐ気づくと思いますが。なんといっても夏至祭ですから」

「でしょうね」


リーサはまた渋滞に飛びこんだ。親切なキャンピング・トレーラーのドライバーがブレーキを踏んで彼女を入れてくれた。車の流れは少しは速くなっていたが、それでも時速五十キロしか出せなかった。追い越ししなければ、たいして時間は稼げない。だから、こうなったらリラックスして夏の天候を楽しむしかない。しばらくサイラスのことを忘れてみよう。

ボリホルムまで四十分近くかかり、ここでようやく大半の車が道を曲がっていった。そこからはスピードをあげられたけれど、この頃にはステージにあがる時間まで十五分しかなかった。

自分は伴奏に過ぎないと言い聞かせてみずからを慰めた。もちろん、もとから夏至祭のフォークダンスでギターを弾きたくなんかなかった。何年も前に子供の誕生日パーティや企業のイベントで弾くのはやめていた。でも、お金がいる。

二時の四分前に幹線道路を曲がって村道を進んだ。祭りの会場はこの道のすぐ先の水際近くで、苦もなく見つかった。草地にマイストングが立てられ、観客が集まっている。

リーサは車を飛び降り、海の空気を胸いっぱいに吸ってギターを摑み——この暑さのせいで今頃まちがいなく音が外れているだろうけど、なんとか弾けるでしょ——マイストングめがけて走った。今日の午前中に立てられたものに違いない。白樺の葉はしおれてはおらず、日射しを受けてまだみずみずしい緑に輝いていた。横棒からぶらさがる二本の花輪が風に踊り、そのはるか下に着飾った子供や大人の頭が群がっている。

みんな恐ろしいほど陽気に見える。田舎にお金持ちが大集合か。リーサは急いで人混みをかき分けた。

「すみません……すみません……」

身体の前でギターのネックを棍棒のように握ってぐいと突きだすと、みんな慌てて道を空けた。

年配の男がふたり、マイストングの向こう側で待っていた。ひとりがマイクを手にして、もうひとりは腹に特大のアコーディオンを載せている。リーサがやってくると、ふたりともうなずいた。

「やれやれ、伴奏者が来たぞ……リーサ・トレッソンだね？」

彼女はうなずき、ギターを首にかけてポケットからピックを取りだした。弦をつまびき、手早くチューニングした。やれるならしておいたほうがいい。

「二時からなんだよ」アコーディオン奏者が言った。

「それはわかっていただろう？」

リーサは前髪越しに彼を見つめた。

「橋が渋滞していて」

「時間の余裕をもって出発しないとな」歌い手がそう言って、ギターを見やった。「準備はいいかね？」

「ばっちりです」

彼はマイクを口元に運んだ。いらだちの色はすべて消えた。

「こんにちは、みなさん！　聞こえますか？　よかった。では、大人も子供もステンヴィークの夏至祭へようこそ。わたしはスーネ。今日はグンナルとリーサが伴奏を務めてくれます。わたしたちが歌って演奏し、みなさんはここで思う存分踊ってから、家に帰ってニシンとジャガイモを食べる。楽しそうじゃありませんか？」

　数人が答えた。「はあああい……」

「よし、では手をつなぎましょう。さあ、恥ずかしがらないで！」

　人々は言われたとおりにして、生きた鎖のようにつながった。

「〈牧師さんの小さなカラス〉から始めます……」彼はリーサを見やった。「〝ドライブ〟に出かけたかわいそうな鳥が溝にはまってしまう歌です。さあ、みなさん、いいですか？」


　スーネがカウントして合図し、グンナルとリーサは演奏を始めた。人々がマイストングのまわりで踊りだす。最初はゆっくり、それから次第に速く。

　夏が訪れ、リーサは金を稼ぐ。

イェルロフ

誰もがマイストングをかこんで踊り、太陽の礼賛が始まっていた。イェルロフは草地で自分の椅子に腰を下ろしながら心配した。今年はちょっと遅すぎぎんかったかね。実際の夏至は四日前で、すでに春より秋が近く、光より闇が近い。

だが、とにかく太陽と夏が祝福されていたし、花輪の下でたくさんの笑顔も見えた。あらゆる年齢層の数百人が、マイストングのまわりでいくつもの大きな円を作って舞っている。

イェルロフは踊れなかった。こわばった脚で椅子に座り、このあとのスモーガスボードを心待ちにした——ニシンにジャガイモにシュナップス。だが、ここの雰囲気はよかった。音楽に耳を傾け、人々を見ているのは楽しい。

とくに踊るユリアを見ると嬉しかった。幼い息子が跡形もなく消えてから、長いことエーランド島を離れていた。イェルロフは長年この悲劇のことで気がふさいでいたが、ついに彼は謎を解いた。ある男が刑務所送りになり、あれだけの歳月が流れようやく、ユリアは前に進むことができるようになった。あたらしい夫とその連れ子たちと。

踊っている者の大半は知らない顔だったが、クロス家の者たちは見分けられた。エーランド島リゾートの持ち主。祭りの会場の隅に、自分たちだけで少し離れて立ち、踊ってはいなかった。ケント・クロスは何度も新聞に登場し、島における観光産業の重要性について偉そうに語っている男だ。弟のニクラスがジーンズとTシャツ姿で隣にいる。

ふたりの姉のヴェロニカもいた。白いワンピースに栗色の巻き毛を垂らしている。この顔を見るのは去年以来だ。マルネスの高齢者ホームの談話室で、彼女がクロス家の歴史について語ったとき以来。聞き手の男たちは――イェルロフも含めて――ほほえみ、目をきらめかせた。なかには九十歳を超える者もいたのにだ。ヴェロニカ・クロスは長身で堂々としている。彼女なら王宮のバルコニーに立って民衆に手を振るのもお手の物だろう。

この家の子供たちも今日は来ていた。みんな男の子で、親と同じように日焼けしている。

ビル・カールソンがまた現われ、歩きまわってあらゆる方向にカシャカシャとカメラのシャッターを切っていた。最後にイェルロフのもとにやってきた彼はにっこりと笑っている。

「これほどスウェーデンらしいものがあるかね？」

「スウェーデンらしい？」イェルロフは小さくほほえんで言った。「アンデシュ・ソーンやカール・ラーションには言っちゃいかんぞ。だが、これはドイツの祭りだよ」

「そうなのか？」

「発祥はそうなんさね。ドイツの弓兵が五月柱を的あての練習に使ったんだ。春の花で飾られるようになる前の話さ。その後、ドイツの商人たちが花で飾った柱というアイデアをスウェーデンにもちこんだ……しかし、この国の花の大半は六月にならんと咲かん。それで祭りを一カ月あとにずらしたのさ」

「ふむ、なるほど」ビルが言った。「戦争が愛と平和《フラワー・パワー》に変わったのか」

「世の中にはそういうこともあるさね」

「きみは歴史の話をたくさん読んでるんだな、イェルロフ？　関心があるようだが」

「ああ。わたし自身の歴史とほかの者の歴史にも」

イェルロフはまたもやクロス家の者たちを一瞥した。くつろいだ様子だが、あの者たちと観光業全体にとって、この週末は夏至祭から六週間の大事な時期の始まりだ。エーランド島の観光業は夏のあいだだけ、ベンガル花火のように短いが激しく輝く。

ダンスが始まって三十分が過ぎると、〝ロケット〟で弾《はじ》けて締めくくりとなった。誰もがマイストングのまわりに集まり、手を叩き、足を踏みならし、歓声をあげてロケットのようにできるだけ高く空にむかってジャンプする。これを三回やって、祭りはおひらきとなった。

マイストングをかこんだ円が崩れて人々は家路についた。娘たちがすべてを準備しているのでイェルロフはなにもすることはなかったが、新顔に親切にするという誓いを思いだし、あたらしい知人を見あげた。アメリカからやってきたビルを。

「自転車でロングヴィークにもどるのかね、ビル？」

「ああ。親戚とスモーガスボードを楽しむよ」

「帰る前に少し寄っていかんかね？　ニガヨモギのシュナップスを一杯どうだろう？」

「また今度にしてもらっていいか？」ビルが言った。「最近では、強い酒を飲むとすぐにまわってしまってね。しかも、帰り道は穴ぼこがあるんで……」

イェルロフはうなずいた。

「では、またの機会にしよう」

ふたりは帰宅する大勢の村人たちとともに、海岸通りまでは一緒に帰った。少女たちが道端のヒナギクやクワガタソウを摘んでいた。伝統に従えば、一番効き目があるのは日没のあとで摘むべきなんだが（枕の下に入れて寝ると未来の夫に会えるという言い伝え）。

夏至祭の前日はたくさんのことが起こりそうな長い一日だが、そうそう目新しいことは起こらん。愛にあふれた日だ。若い者同士の愛に、老いた者の自然への愛。だが、そうしたものが一夜にして忘れられることも少なくない。

ビルとイェルロフは村に通じる海岸通りの北の端で

別れた。

「電話番号を教えてくれ」イェルロフは言った。「例のボートを修理するから、夏の終わりには魚釣りに行けるかもしれん」

「そいつはいい。この島には一緒に行きたがるアメリカ人がたくさんいるよ。乗れる余裕があれば」

「たぶん乗れるが」イェルロフは言った。「だが、たくさんということならな、ビル……わたしは島と一緒のほうがいいな」

リーサ

三十分で祭りは終わった。最後の曲はノーラの三人のおばあさんの歌で、続いて子供たちは空に打ち上げられるロケットを真似てできるだけ大声をあげた。

それからみんなで長いため息をついて帰っていった。ダンスの形跡はマイストングを中心に大きな円になって残った踏みしめられた草だけ。リーサはギターを降ろしてほっとした。

「いい演奏だった」スーネが言った。

「どうも」

彼は村のバー兼レストランのあるほうに合図した。

「今年の夏はあそこで演奏するんだって？」

「ええ、何回か。でも、たいていはエーランド島リゾートで」

それで大切なことを思いだした。「お金の件はどうなっていますか?」

「金?」

「支払いの話はどなたにすれば?」

「わたしたちじゃない」スーネが急いで言った。「クロスと話してくれ」

その名には聞き覚えがあった。クロスという人物が事務所経由で連絡してきてリーサをブッキングしたのだ。

「ヴェロニカかケントだ」スーネが話を続けた。「あっちにいる」

リーサはマイストングの向こう側にいる四人の大人と四人の十代の少年たちのグループを見やった。ここにいたほかの家族連れと同じように楽しそうにしている。

まず、車にギターを置きにいった。ここまでたどり着くのは時間との戦いだったが、いまでは落ち着いていた。これからは自由だ。今日はもう音楽はなし。とにかく金をくれよ――サイラスが頭のなかで囁いた。

クロス家の者たちが待っていた。リーサは近づき、手前にいた女に最大級の笑顔をむけた。

「ヴェロニカ・クロスさん? リーサ・トレッソンです。先週、お電話を……」

女はこまった顔をして、リーサを留めるように片手をあげた。

「わたしじゃない。クロス夫人《フルー》じゃない。わたしはポーリーナ」

彼女のスウェーデン語はぎこちなかった。東ヨーロッパの人みたいだ。外国人の掃除女か。リーサはそう思ってから、そんなことを考えなければよかったと思った。

グループのもうひとりの女が進みでた。四十代だが、顔に皺はない。魅力あるえくぼができていた。

「どうも、リーサ。わたしがヴェロニカよ。お疲れさまでした。ありがとう!」

「どういたしまして」リーサはそう言って、深呼吸をした。「お金のことはどうなってます?」

「それを決めないとね。あなたはまだ演奏してくれるんでしょう? うちのレストランとナイトクラブで」

リーサは急いでうなずいた。

「七月の終わりまでこちらで働きますが、物入りですから先にいくらか……」

「いいですとも」ヴェロニカは財布を取りだして紙幣を二枚差しだし、領収書を要求することはなかった。

そこで、男性陣のひとりが近づいてきた。

「ケント・クロスだ――村へようこそ。うちでコスモを一緒にどうだね?」

「それはなんでしょう?」

「うちのパティオでコスモポリタンでも一杯どうかと」

ケント・クロスは一緒にいる十代の少年たちとまったく同じに短パンとTシャツ姿で、年齢をあてるのはむずかしかった。顔は中年男性のものだったが、少年のように笑っている。

「いいえ、結構です。やめておきます。車を運転するので」

「だからなんだい」ケントは言った。「休日じゃないか!」

リーサはプロに徹した精一杯の笑みを浮かべた。

「お気持ちには感謝します」

ヴェロニカ・クロスがポケットから鍵を出し、海辺を指さした。

「あなたはあちらに泊まってね。うちのキャンプ場に。海辺にスタッフ用のトレーラーハウスをたくさん用意しているの。ちょっと質素な造りですけど、宿泊費はとらないので……それに景色がすばらしいの。それでよろしいかしら？」

「言うことなしですね」リーサは答えた。

だが、車へ引き返すと、どっと疲れが出た。

トレーラーハウスって。海辺のこぢんまりした赤いバンガローを期待していた。かわいくて居心地のいい。でも、たしかにキャンプ場は波打ち際からほんの数メートルで、景色は息を呑むほど美しくはある。

車を走らせるとテントやトレーラーハウスを目にしたが、手入れのされていないような場所もあった。キャンプ場はたいていきれいに区画割りされて、大きな長方形の芝生のスペースになっているものだけど、ここは石だらけででこぼこで、茂みや雑草がたくさんあった。まっすぐな道もない。テントやトレーラーハウスがどこにでもあり、ぽつんとひとつで、あるいはかたまっていた。多くは古びて色あせていた。あたらしくて木製のフェンスでかこまれたのはほんの一部。

ヴェロニカの指さした方向に従うとめざす場所が簡単に見つかり、古い型のトレーラーハウスに到着した。白くて丸みがあってフェンスがない。あたらしいとはとても言えないが、清潔で錆はないようだ。

ドアの鍵を開け、足を踏み入れた。たいして広くない。キッチンつきのワンルームの奥が狭い寝室だが、たしかに掃除はしてあった。消毒剤のにおいがする。カビは生えていない。

まずまずだ。彼女は細いベッドに腰をかけ、携帯を取りだした。サイラスに電話をかける時間だ。ここに来たことを告げて、彼がどんな気持ちでいるかたしかめる時間。

帰ってきた男

　立派なフェンス。これまで目にした一番高いものではないが、とても頑丈だ。

　鋼《はがね》の支柱が緑色の金網を支えている。鋼が日光を反射させ、すべての支柱と支柱のあいだに黄色の看板がある。〈関係者以外、立入禁止〉。

　帰ってきた男は木箱を取りだし、嗅ぎ煙草をゆっくりとつまんだ。警告の看板など気にすることはないが、このフェンスはじっくり調べなければ。三メートル近い高さだ。電気柵ではないものの、てっぺんには有刺鉄線が四重に張ってある。柵の左は海辺へ、右は鬱蒼とした落葉樹の森に続いていた。

「全体を柵でかこんではいないんだな」彼は言った。

　ペッカが隣に立ち、恋人のリタがうしろにいた。

「ああ」ペッカが言う。「クロスは守りたいものだけを柵で仕切ったんだ……集中発電の設備と波止場を」

　帰ってきた男はうなずいた。

「レードトルプもか？」

「それ、どこだい？」

「小さな貸家だ。波止場の南」

「聞いたことないな」ペッカはちっとも関心がなさそうだ。「けど、このフェンスは波止場のすぐ南で終わってる。ホテル客専用のビーチの隣で」

「そのビーチから侵入できるか？」

　ペッカが首を縦に振った。

「海辺のフェンスにゲートはある。けど、監視カメラがついてるぞ」

　帰ってきた男はフェンスを見あげた。

「この高さでは、わたしには乗り越えられない」

「こんなとこ、よじ登らないよ」ペッカが言う。「入り口ならほかにある……来いよ」

彼は森を歩きはじめ、東へむかった。雑草の上を歩くのは困難だったが、帰ってきた男とリタはあとに続いた。

帰ってきた男は銃を持参し、ズボンの腰に差していた。

六十歩ほど進むと、小さな空き地に出た。フェンスに鋼のゲートがある。鍵がかかっていたが、ペッカがポケットから鍵を取りだした。にやりとする。

「去年奴らに追いだされたとき、こいつを返すのを〝忘れて〟いたんだよな」

彼が鍵を開けると、三人は歩いてゲートを通るだけでよかった。

ペッカが片手をあげた。口を閉じる時間。このあたりを熟知していることはあきらかだ。彼はまっすぐに森のなかを進み、仲間を小道へ導いた。分かれ道の右を選んだ。

森の奥へ進めば進むほど、ペッカは警戒するようになった。歩調をゆるめ、つねに耳を澄ましているようだ。そして歩きつづける。数分後、帰ってきた男はかすかな物音を聞きつけた。木々の合間に水がちらりと見えた。

海、それにアスファルトで覆われてひらけた土地。

「ここが波止場だ」ペッカが小声で言った。

ペッカとリタは足をとめた。しかし帰ってきた男はそのまま歩いていき、アスファルトの先の木立へ入った。小道が木立と濃い藪を抜けており、彼は驚愕していた――子供の頃に見知った場所だったが、いままで気づいていなかったのだ。

木立はあたらしかったが、大地と海とにおいは昔と同じだった。

ふいに彼は足元で割れるガラスの音を聞いた。古い窓にはまっていたもの。

顔をあげると、ほんの二十メートル先にあの空間が見えた。なにもかもが甦った。

　ここがあの場所だ。レードトルプがあった場所。だが、巨人がすべてを踏みつぶし、瓦礫を片側に払い、そのまま前進を続けたように見える。

　帰ってきた男は残っているものをしばし見つめてから、あとずさった。もうたくさんだ。

　振り返って歩調を速めようとした――そして、ふたりにぶつかりそうになった。ペッカとリタが雑草に座りこんでいた。ペッカは双眼鏡を手にして波止場のほうを見ている。

　帰ってきた男がそちらを見やると、小さな貨物船が係留されていた。錆びついていて一見すると放置されている。だが、そこで彼は甲板で動くものに目を留めた。人。船倉に通じるハッチのあたりで、それに船橋でも動きまわっている。

「あいつらのスケジュールはわかってるの」リタが言う。「この二日、荷揚げしてた。夏至祭が終わったらすぐ出港よ」

　帰ってきた男は無言だったが、ペッカはうなずいた。

「そのとき、おれたちは実行するんだ」

　一同はブンブン飛ぶハエにかこまれて船を見つめつづけたが、帰ってきた男は森の奥深くの子供時代の名残を忘れることができなかった。

一九三一年六月、あたらしい国

車内ではハエがブンブン飛んでいる。スピードが増すにつれて風も強くなり、汽車は汽笛を鳴らす。アーロンは物心ついた頃から石灰岩平原を行く汽車を目にしてきたが、一度も乗ったことがなかった。本物の冒険だ。機関車にほんの何両かつながった車両でシュッポッポと島を横切り、どこまでもたいらな風景をまっすぐに進む。取り立ててなにもない、石灰岩平原の草地を通るだけの旅だが、それでも心が浮きたつ。窓から顔を突きだし、髪に受ける風を感じる。蒸気機関車は道路でたまに見かける車やバスよりもずっと速く動く。

たまに納屋を通りすぎて、去年の夏の記憶が甦る。

納屋の壁が崩れて、暗闇でなにもかも静まり返ったとき。

壁が倒れると、その下に黒い穴がぽっかりと開いた。地下聖堂の入り口みたいだった。アーロンは立ちつくして見つめるだけだった。スヴェンが背中に手をあてて、押してきた。

「ほら行けよ！」汗塗《まみ》れで緊張したスヴェンは、低い声で言った。「そこに入って奴の金をとってこい」

アーロンは言われたとおりにした。草地に腹ばいになり、身体をよじって壁の下に入った。

暗闇へ。冷たい地面を這い、固い木の壁の下へ。釘に額を引っかかれたが、それをよけて進みつづけた。

身体のほうへ。

壁の下敷きになったエドヴァルド・クロスの。

囚えられて。動かない――。

アーロンは冷たい風に身震いし、汽車の窓の外を見やる。あの夜のことは、思いだしたくない。

だが、線路沿いの農地を見ても、スヴェンはちっとも気にならないみたいだ。納屋の前で働く作男たちを見かけると、手を振っている。

「知り合いなの？」アーロンは尋ねる。

「いいや。だが労働者はみんな、おれの兄弟だ。あいつらもいつの日か重労働から解放される！」

カッレギューターを過ぎると、線路はぐっと西へ曲がり、ボリホルム駅へむかった。町のむこう側に、ふたたび海が西にある青いリボンのように見えはじめる。アーロンは本土にむかうフェリーに乗ったこともなかった。カルマル海峡を渡ったことは一度もないのだ。

到着すると大きな石造りの駅舎で下車し、まっすぐな道を散策だ。黒いスーツを着た町の住民たちがすれ違いざま、アーロンやスヴェンの質素な服を見やる。小声でしゃべるのが背後から聞こえる。

「あいつら、おれの噂をしてるのさ」スヴェンが言う。

「おれが誰か知ってるんだ」

「そうなの？」

スヴェンがぐっとくちびるを結んでうなずく。

「貧乏人から搾取しようとした連中とおれが喧嘩したことを忘れてないんだよ」

ふたりは港へ歩いていく。十数隻の小型貨物船と数隻のフェリー、少し離れたところにぽつんと輝くような大型ヨットが係留されている。

レストランでそれぞれオムレツを食べる。それぞれが二クローナ五十エーレする。スヴェンはビールを一杯、アーロンはジュースを飲む。

食事を終えてスヴェンはアーロンが渡したあの木箱から嗅ぎ煙草をつまみ、昼食代の請求書を暗い表情で見つめる。首を振るが支払う。

「あたらしい国ではタダで食事ができるんだ」彼はふたたび通りを歩きはじめるとそう言う。

「ほんと？」

「当たり前さ。金がたんまりある奴だけが払う」

その日の午後にふたりは島を離れ、汽船でカルマル海峡を渡る。スヴェンは本土をじっと見つめているが、アーロンは振り返り、島が徐々に縮んで水平線の灰色がかった茶色の線になるのをながめる。島が海に沈んでいくようだ。自分の全世界が背後に消えるような気分になる。

ヨーナス

二年以上もヨーナスは海辺で目覚めるのがどれだけすばらしいか忘れていた。音と空気が異なる見知らぬ惑星で目覚めた宇宙飛行士はこんなかもしれないと思う。

夏至祭の日、彼は風の音、カモメの声、家のまわりでブーンというマルハナバチ、海岸通りをガタガタといく自転車の音、そのさらに先のカルマル海峡でざわつく波の音で目を開けた。

ヴィラ・クロスか。

音は新鮮なものだったけれど、聞き覚えはあった。ヨーナスは夏の世界に帰ってきた。もっと小さな頃から父さんに連れてこられていた世界へ。でも、いまの彼は大きくなった。だいぶ。もうじき十二歳なんだから。それにもうケントおじさんの大きな家で父さんと一緒に寝ないで、二十メートル離れた自分だけの小さなバンガローで寝泊まりしている。ゲスト用のバンガローは狭い部屋が一室で白い壁に白い木の床があるだけだ。兄さんのマッツと従兄弟のカスペルとウルバンはほかのバンガローに泊まっていて、これから四週間、ここは自分だけのバンガローだ。

父さんの姉さんにあたるヴェロニカおばさんがベッドを整えるのを手伝ってくれて、シーツと一緒にほのかな香水の香りも運んできた。

父さんと同じ鮮やかな青い目をしたヴェロニカおばさんは白いワンピースを着ていた。ヨーナスはおばさんが好きだったが、二年近くも会っていなかった。去年はここに来なかったし、おばさんはフースクヴァーナのヨーナスたちを訪ねる時間がなかった。ヴェロニカおばさんと母さんは気が合わないみたいだった。

「ここはあなただけのものよ」ベッドメイキングが終わるとヴェロニカおばさんはそう言った。「誰にもじゃまされない——素敵でしょう？」

最高だった。ヨーナスは誰にもじゃまされずぐっすり眠った。

ベッドに座り、窓の外を見やった。水が見えた——薄い青のプールがほんの十メートル先にある。

海岸通りの向こう側、切り立った崖の下では、濃い青のカルマル海峡がきらめいている。

崖のてっぺん、高台のかなり端っこに古い墓標がある。石を積んだ大きな丸い墓標で気味が悪い。でも、太陽が輝いているいまは違う。

ヨーナスはベッドから飛び降りた。

聞こえるのは夏のかすかな音だけだった。人の声はしない。ゆうべ彼が眠りについたとき、ほかの家族はまだ起きていて、一年で一番短い夜をそれぞれのやりかたで祝っていた。マッツと従兄弟たちは女の子たちがいないか桟橋に行き、父さんはクロス家が所有する村のレストランの経営者として働いていて、ヴェロニカおばさんとケントおじさんはウッドデッキに座っていた。一緒にいるのはストックホルムから飛行機でやってきたヴェロニカの夫、それにケントおじさんのあたらしい恋人でヨーナスが名前を知らない人だった。思いだせるかぎり前から、おじさんは毎年夏にあたらしい恋人を作っていた。どの恋人もあまりしゃべらず、たいして長く滞在しないのが普通だった。

ヨーナスは疲れすぎていて夜更かしできなかった。十時頃にはベッドに入り、遠くの音楽、静かな話し声、大きな笑い声を聞きながら眠りについた。

今朝は短パンと薄手のTシャツを着て、ガラス戸を開け日射しの下に出た。まだ八時なのに、もう暑い。

ヴィラ・クロスはふたつの敷地から成り立っていて、このあたりは石に覆われ、ところどころにジュニパーやシベナガムラサキの茂みが生えていた。父さんが南端の三番目の敷地の持ち主だったけれど、それは何年も前のこと、なにかの仕事にかかわってそれがうまくいかなくなる前のことだ。父さんの別荘は売りに出され、あたらしい持ち主がヴィラ・クロスとを仕切るフェンスを造ったのにヨーナスは気づいた。

お腹がすいた。ケントおじさんのところのキッチンに食べ物があるかな。

幅広い砂利敷きの小道からプールの前を通って母屋へむかった。プールの水は温かそうで透明だったが、人が泳ぐことはあまりない。大人は泳ぐ時間がないみたいだし、海辺で遊んだほうがずっとおもしろい。たいらな岩場があって広々としているし、小さなエビが足元で泳いでいたりする。

階段をあがって母屋の表のウッドデッキにあがった。これから数週間はヨーナスの作業場になる。こととヴェロニカおばさんのデッキが。彼の仕事はすべての板にやすりをかけてからオイルを塗ることだった。お駄賃は一時間に三十五クローナ。大金だった――ヨーナスはすぐさま引き受けた。

　ケントおじさんの家は奥行きも幅もあって、表には特大の見晴らしのいい窓がついている。ここにもガラスの引き戸があった。ヨーナスは引き戸を開けて家に入った。この涼しい部屋に来ると、巨大宇宙船の司令船部分に足を踏み入れるみたいだといつも思う。そんなこと、本当にやったことはないけれど、きっとこんな感じだ。長方形の部屋で大きな窓がいくつもあって、あっちにもこっちにも電化製品が置いてある。天井には小さなライトがいくつも並んでいて、堂々としたステレオの隣にはもっと大きなテレビがあり、どちらも壁に造りつけの黒いスピーカーにつながっている。

　ケントおじさんのゴルフバッグは右手のトレッドミルの隣に立てられ、そのむこうがキッチンの入り口だ。そこもリビングと同じくらいピカピカで金属ばかりだ。いろんなものがウーンと音をたて、きらめいている。

　ケントおじさんはこの夏、ロシアだかポーランドだかの出身の若いお手伝いさんを雇った。そのひとが調理台の上に朝食をずらりと並べていた。パン、バター、ジュース、卵料理、フルーツ、四種類のシリアル。

　ヨーナスはじっと見つめた。いまひとりでよかった。フースクヴァーナの家では、いつもマッツが好き勝手に食べ物を取り終わるまで待たないとだめだった。いまなら真っ先に食べられる。青いボウルを手に取り、シリアルと牛乳で満たすとケントおじさんの黒い革張りのソファで一番大きなのに腰かけた。そこからは沿岸の夢のような風景が見えた。岩の多い庭、海岸通り、海と崖の端の墓標。

　十五分ほどすると、引き戸が開いてヴェロニカおばさんがやってきた。

「おはよう、ヨーナス。よく眠れた？」

　おばさんはもう黒いビジネス・スーツと赤い靴でびしっと身支度を済ませていた。

ヨーナスは口を動かして、食べ物を飲みこみ、うなずいた。

「うん」

「ケントとニクラスはここに来た？」

「どっちも見てないよ」ヨーナスは答えた。

「ふたりともジョギングしているのね」ヴェロニカはそう言ってほほえんだ。

冬のあいだ、おばさんは十九歳のウルバン、十五歳のカスペル、その父親とストックホルムで暮らしているけれど、夏にはヴィラ・クロスに住んでいる。エーランド島リゾートの支配人だ。ここがオープンしている五月終わりから九月初めまでは、絶対に休みを取らない。

「で、今日はなにをするの、ヨーナス？　この夏はなにか計画している？」

彼はウッドデッキを見やってうなずいた。

「デッキを磨くのを始めるよ」

「今日はいいのよ。夏至祭だから、ほとんどの人は仕事は休み。あなたもよ、ヨーナス。休暇よ」

いい響きだ。

休暇。学校の夏休みじゃなくて。まだ働きはじめてもいないが、もう休暇をとっている。大人みたいに。

リーサ

エーランド島リゾートはステンヴィークの南二キロにあり、クロス家が所有している。リーサはこちらのリゾートでも今年の夏は働くから、ランチタイムに用事を済ませに車でむかった。

敷地の入り口には守衛のブースと通り抜け防止のバー、それに監視カメラがあった。車の窓を開けて守衛に名を告げるあいだ、冷たいレンズに見つめられている気分になったが、なにも問題はなかった。バーがあがると、アスファルト敷きの道路を走り、テントやトレーラーハウスが並ぶ前を通って、海と白く輝くエーランド島ホテルの方向へむかった。

夏至祭当日、盛大なパーティの翌日だ。けれどもちろん、エーランド島ホテルでは毎晩がパーティの夜だ——少なくとも、ホテル地下のクラブではそう。ＤＪ二名とカバー・バンド二組が、七月は夕方から深夜まで交代で働くことになる。

今夜はレディー・サマータイムのデビューだから、滞りなくうまくいくようにしておきたい。

エーランド島リゾートは特別設計の休暇村で、まっすぐな道が何本もあり、広大な芝生が広がっていた。ステンヴィークの小さなキャンプ場とはびっくりするくらい差がある。ここは大勢の夏の観光客が太陽を求めてビーチやゴルフ場に、あるいはホテルやクラブに集う場所だった。けれど、リーサが海にむかって車を走らせるあいだ、たいして人影は見なかった。見かけたのは、夢遊病で歩いているような人だけ。きっと観光客は朝寝坊しているか、濃い森の先のビーチで日光浴をしているんだろう。

ホテルの前に車をとめた。ビーチの上の丘にある四階建てだ。リゾート内でこのホテルがもっとも見晴らしがよく、次にいいのがロッジ、そして海から一番遠いキャンプ場となる。

　リーサはCDとLPを抱えてホテルに入った。受付は涼しく、石灰石の床に置かれた巨大水槽では金魚が泳ぎまわっていた。ブロンドがふたり受付にいた。どちらも二十代で薄い青のブラウスを着ている。

　近いほうにほほえまれ、リーサは自己紹介した。

「あら、じゃあ、あなたがレディー・サマータイムなのね。クラブは下よ」

　彼女は道を案内したが、リーサのレコードを運ぶのを少しでも手伝おうとはしなかった。

　ドアの上の赤いネオンは〝マイ・ライ・バー〟となっていた。クロークルームの奥のクラブは広く、右手にテーブルが並び、左手の壁沿いがすべて黒っぽい木のバー・カウンターだ。人っ子ひとりいなかったが、棚のドリンクは品揃えがよく、緑色のシャンパン・ボトルがガラス張りの冷蔵庫で冷えている。

「嵐の前の静けさ」受付係が言った。

「じゃあ、ここは夜になれば嵐に？」

「そうね、みなさんハメを外したがるものだから……七月は毎晩満員になるの。裕福な両親をもつ若者が自分のスポーツカーに乗って、パパのクレジットカードをもって」

　リーサはうなずいた。そういうタイプなら知っている。

　DJブースが入り口近くにあり、その隣が海辺に出ることができる広いガラス戸になっていた。ダンスフロアはモップをかけたばかりのようで黒々と輝いているが、それでも汗とアルコールのにおいがかすかに漂っていた。

「〈夏はみじかい《ソマレン・アル・コルト》〉もあるの？」受付係が尋ねた。

　リーサはピンとこなかった。

「トーマス・レディンよ。〈夏はみじかい〉。それも演奏するの?」

「ああ。やるかもね」

リーサはダフト・パンクの〈アラウンド・ザ・ワールド〉のほうがずっと好きだったが、夏らしい古い定番の曲が人を呼びこむのもわかっていた。

DJブースは鍵がかかっていたけれど、受付係が鍵束をもっていた。一本を渡された。

「必要なものがあれば、なんでも言ってね」

「ありがとう」

リーサは鍵を開け、ブースに入って機材を確認した。ターンテーブルはテクニクスのSL-1200。しばらく酷使されてきた様子だが、パイオニアのミキサーは新品みたいだ。ダンスフロアでのちょっとした照明のショーをコントロールできるエフェクターも装備、それにミラーボールまで揃っていて、しかも客を盛りあげるためのコードレスのマイクまであった。

「スモーク・マシンもあるの」受付係がそう言って、床に近いボタンを指さした。

「言うことないわ」リーサは答えた。特殊効果は大好きだった。

ブースはダンスフロアより高い場所にあり、ちょっと説教壇に似ていたが、これまで働いてきたブースとまったく同じでとても狭かった。前面のプレキシグラスが客から彼女を守ってくれる。それに、かけあいになるかもしれない酒からも。

「警備はどうなっているの?」リーサは尋ねた。

「夏は二十四時間態勢で警備員がいるわ」受付係が言う。「夜はホテルとクラブを巡回するの。なにかあれば、カウンターのところに警報ボタンがあるから」

「安心した」

「ゆっくりしていってね」受付係はそう言い残して階段をあがっていった。

リーサはプレキシグラスの内側の床にレコードやCDを置いてから鍵をかけ、外を見ようとガラス戸に近づいた。

ガラス戸は大きな非常扉か避難経路のようだった——これはいい。引き開けて夏の熱波の下に出た。潮風がきらめく海峡から吹いてきて、かすかな海草のにおいを運ぶ。

広いウッドデッキには、金属と石でできた大きなバーベキュー・コンロをかこんでさらにテーブルと金属の椅子が並べてあった。それに竹で飾ったバー。人の姿は見当たらないが、テーブルの多くにはすでに〈予約席〉のプレートが立ててある。

ホテルのすぐ下に南へ広がる入江の砂浜が見えた。北は青々とした落葉樹の森で、手前に低い石壁がある。石壁の上は密に張られた有刺鉄線だ。

ホテル前面の石の階段の先は芝生で、そこにはクロッケーのフープが立ててあった。リーサはクロッケー場を通りすぎ、森と石壁に近づいた。

フェンスと壁にはいつも興味を引かれてしまう。とくになにも見えなくて、背の低い木々ともつれたような茂みが鬱蒼と続くだけなのに、どうして有刺鉄線が必要なんだろう。

用心しながら有刺鉄線を摑み、その下から身体をよじって入ろうと引っ張りあげた。まずは足から、次に身体を。有刺鉄線にいまにも後頭部を切り裂かれそうになったが、なんとか下をくぐり抜けて石壁のむこうに飛び降りた。

こうして立入禁止の森に足を踏み入れた。古い森みたいだった。苔に覆われたトネリコと節くれだった楢が、樹齢の若い白樺やニワトコの茂みに混じっている。お姫様を、レディー・サマータイムを待つ魔法の森だ。

少しだけ歩いてみるつもりでいた。石壁から続く細い道があったのだ——野ウサギか鹿が作ったけもの道だろう——それでおずおずと数歩踏みだしてみた。そこで足をとめ、深呼吸をした。

とても静かな場所だった。暗くて穏やかで、鳥の歌やさまざまな虫の羽音がくぐもって聞こえる。そのまま道を少し歩いてから振り返ると、もうホテルは視界に入らない。先ほど乗り越えた石壁は葉群の隙間からかろうじて見えるだけだった。この島の森は背が高くもなく、密集してもいないが、足元の藪が鬱蒼として厚い。なにもかも隠してしまう。

前方で小枝の折れる音がした。とてもかすかな音だったけれど、絶対に気のせいじゃなかった。でも、なんの動きも見えない。まわりは緑色と茶色ばかり、そよ風に葉と枝が揺れている。

狭い道が次第に広がり、五十メートルほど進んだところで終わり、背の高い雑草が生い茂る空き地になった。リーサは日射しの下に立って目をつぶり、太陽に顔をむけた。太陽はほぼ一番高い位置にある。南のビーチから水音や元気な叫び声が聞こえる。

スウェーデンの夏。トーマス・レディンは正しかった。それは短いけれど、だからこそ輝きを増す。リーサは都会育ちだ。ストックホルム南部のファルスタの、別荘をもたない家庭に生まれ育った。でも、うっすらと先祖返りのような田舎暮らしへの憧れがあって、この夏はエーランド島の仕事に惹かれた。

もちろん、お金のこともあったけれど。

足元の草地を見おろして、幅広い轍《わだち》に気づいた——深いタイヤの痕。大型で重量もある工事の車両がこの古い森を通ったんだ。空き地をまっすぐに突き抜けて向こう側の森へ。

小さな建物がかつてここにあって、その工事車両が押し倒したに違いない。いまでは土台と灰色の板が少し残るだけだったから。

廃墟の先にはさらに木立があり、そのさらにむこうには太陽に照らされた海がある。小さな砂浜と、海に突きだして狭い桟橋を形作る巨岩がいくつか。

失われた田園生活。昔ここに暮らしていた家族は毎日、泳げたでしょうね……

「ここでなにをしている?」うしろから声がした。リーサは振り返った。空き地の中央に若い男が立って彼女をにらんでいた。

彼は警官のような黒い帽子をかぶり、ホテルの受付係が着ていたのと同じ色の青いシャツとパンツ姿だった。長身で痩せている。額に汗を浮かべ、偉そうに歩いてくる。リーサは彼がベルトに留めた黒い無線機に目をとめ、警備員のひとりだと気づいた。若く仕事熱心な。

警備員に含むところはなにもないが、彼女のなかの反抗精神、レディー・サマータイムはそういうのが好きじゃなかった。制服組――とっっっっってもうんざりする。

「わたしがなにをしているかって?」彼女はそう言ってにらみ返した。「ここで働いているの」

「どこで?」

「エーランド島リゾートで」

「あんたが?」

「わたしはマイ・ライ・バーのDJよ」

警備員は一メートル手前で立ち止まった。

「へえ? 見かけたことがないが」

「今日が初日」リーサは答えた。「今夜から始めるの。レディー・サマータイムよ。身分証明書が見たい?」

彼はさらにしばらくリーサを見つめていたが、首を振った。「自分はただ……」

そのとき、彼はリーサの背中越しを見やって凍りついた。「くそ、あそこにも誰か……」

彼が黙りこみ、リーサは振り返った。最初は葉っぱときらめく海しか見えなかったが、目のくらむような日射しで逆光になった人影が見えた。ぴくりとも動かず、桟橋に立ち、砂浜に背をむけている。フィッシャーマンズ・セーターを着た老人で、背中はまっすぐでがっしりしている。

リーサは警備員を見やった。「もういい?」

彼はリーサを見て、しぶしぶうなずいた。「ああ。ホテルへもどるように。ここに入っちゃいけない」

「ここはリゾートの一部じゃないの？」

「ここは私有地だ——クロス家のものだよ」

「わかった」リーサは答えた。

とくに言うこともなかったから、挨拶もせずに空き地を離れた。最後に振り返ると、警備員は海と老人に近づくところだった。先ほどと同じく偉そうに歩いていく。

ファシストめ。

リーサはけもの道にもどり、有刺鉄線の下を注意深くくぐって石壁を乗り越え、ホテルへもどった。

ガラス戸は開きっぱなしだった。室内にもどったら、ブースの戸締まりを確認して、トレーラーハウスに帰ってサイラスに電話し、レディー・サマータイムとしての今夜のデビューまで数時間休もう。

足を踏み入れようとしたそのとき、背後でなにか聞こえたように思った。森から短く鋭い音がしたような。古い楢が倒れた？　花火？　リーサは一瞬、戸口で足をとめたが、もうなにも聞こえなかった。

部屋に入って、ガラス戸を閉めた。

帰ってきた男

　警備員が現われたとき、帰ってきた男は間に合わせの桟橋に立っていた。巨岩が並び、岸から突きだす格好になった、子供時代に親しんだもの――けれど、ここに乗ったのはもちろん誤りだった。あまりにも目につきやすくなり、あまりにも無防備になった。

　海外にいた頃はほぼ毎日、この狭い砂浜に立ちたいと願い、帰郷してこの桟橋の端まで歩きたいと夢見ていた。森のなかの借家は消えたが、クロス一家もこの岩までは消せなかった。

　しばらく森のなかに座り、若い新兵のペッカとエーランド島リゾートの専用波止場を監視していたのが、ハエがうるさくなってきて、脚も痺れてきた。思い切って森という隠れ蓑を離れ、海にやってきた。ワルサーはズボンの腰に差したままだ。安全装置がかかっていることを確認しておいた。

　ためらいがちに巨岩に進むと、しばし、子供時代にもどった。けれど、少年のように岩から岩へと飛び跳ねはしなかった。老人として踏みしめるように歩いた。

　帰ってきた男は十二歩で最後の巨岩に立った。背筋を伸ばし、からっぽの海峡をながめる。

　太陽が輝いているが、周囲の海水は暗く影ばかりだった。これだけのまばゆい光でもこの砂浜にはほとんど届かない。それでも、北をむけばペッカが観察していた黒い船がはっきりと見えた。まだ波止場に係留され、乗組員もせっせと働いている。魚の発泡スチロールの箱を船から波止場の配達車両に運んでいるようだ。

　反対の南からは、エーランド島リゾートの夏の滞在客たちが日射しを楽しむ音が聞こえたが、ビーチは岬に隠れている。帰ってきた男に観光客の姿は見えず、誰も帰ってきた男の姿を見ることはできない。

いまの島には静けさが漂っていた。ビーチを訪れていない観光客はテントやバンガローで眠りこけ、一年で最短の夜を祝った者の多くは目覚めて記憶が途切れ途切れなこと、両手が震えることに気づき、この輝かしい夏の日に十歳も老けたように感じているに違いない。

だが、帰ってきた男の意識は澄みきって気分も爽快だった。

しばらくして、波止場の配達車両が去っていった。船乗りたちは船へもどり、帰ってきた男もここを離れる頃合いだと考えた。

「おい！　そこのおまえ！」

声はうしろから響き、彼はゆっくりとふりむいた。

「そうだ、おまえだ！　ここは私有地だぞ！」

若者が海辺に立っているが、それはペッカではなかった。青いズボンと黒い警官めいた帽子をかぶり、公園管理人のように見える。

「私有地？」帰ってきた男はそう言って足を踏みしめた。

警備員がうなずいた。「誰か探していたのか？」

許可なく立ち入った者にいつもこの質問をするのだろうが、この状況ではいささか妙に思えた。

帰ってきた男は首を振り、その場から動かなかった。ペッカはこの警備員を見ているだろうか。

「子供の頃、ここに住んでいてね」帰ってきた男は言う。「この岩に立って銛《もり》でカワマスを獲ったものだ……森に借家があった」

「ああ」警備員は言った。「だが、もうあの家はない」

「そうだ。壊されていた」

警備員は聞いていないようだった。なにか考えているらしい。

「どうやってここに入った？」

「歩いて」

「警告の看板を見なかったのか？」

「見なかった」

「だが、フェンスは？　フェンスは見たはずだろ！」

帰ってきた男は首を振った——それと同時に右手で銃を探った。エイナル・ヴァルから買ったワルサーの握りに手がふれた。

「この場所はレードトルプと呼ばれていた」帰ってきた男は警備員の視線をしっかり捉えて語った。銃を背中に隠したまま、話を続けた。「うちの家は狭いが心地よかった……祖父が建てたものだ。そこに母のアストリッド、妹のグレタ、義理の父のスヴェンと暮らした。だが、スヴェンはあたらしい国に旅をしたがったから、そうした。ボリホルムから船で——」

「話はもういい」警備員が口を挟んだ。口調が険しくなっている。「いいから、さっさとこっちに来い！」

帰ってきた男はうなずいた。岩を歩きはじめたが、足元がおぼつかない。

足をとめて首を振った。「脚が言うことをきかない」

「待ってろ」警備員がうんざりしたように言う。「手を貸す」

彼が最初の岩に乗った。

帰ってきた男は背中に銃を隠したまま男を待った。遠くから休暇を楽しむ者たちの歓声や楽しげな叫び声が聞こえる。

警備員は五歩で、帰ってきた男のもとにたどり着いた。

「俺の肩に手をまわせ。そうしたら、もどるぞ」警備員はそう言って背をむけた。どうやら、老人を助けてやれる自分に気をよくしているようだった。

「これはご親切に」帰ってきた男は返事をして、若者のうなじを見つめた。

銃をあげ、安全装置を外し、狙いを定めた。

警備員が音を聞きつけて無線機を掴み、振り返ろうとしたが、手遅れだった。

彼のうなじはめったにないほどほっそりしていた。頭蓋骨が終わり、頸椎が始まる線がはっきりと見えた。帰ってきた男は撃った。

銃声は海のほうに響いた。警備員の身体が痙攣し、横ざまに倒れた。海へ、日射しから遠く、白い泡がごうごうと立つなかへ。

帰ってきた男が見ていると、海水が若者を呑みこみ、身体は暗黒に消えた。

彼はあたりを見まわし、耳を澄ました。銃声は風のなかで鋭く短く鳴り、反響はない。森が銃声を弱めた。帰ってきた男が熟知しているとおり、この海岸線には木がたくさんある。

ペッカは銃声を聞きつけた。森のなかで立ちあがり、口を開けて、海の方角を見つめた。ゆっくりと移動を始めた。


十秒で警備員が仰向けに浮かんできた。口から泡が次々と出て、両腕が弱々しく動いている。

ペッカが現われた。海中の警備員を見つめる。

「まだ生きてる」ペッカは言った。

帰ってきた男はしゃがんで腕を伸ばし、ワルサーを海に入れて警備員の頭に弾を撃ちこんだ。ほとんど音はしない。

泡がとまった。

すべてが静まり返った。

「死体を引きあげるぞ」帰ってきた男は言った。

ペッカは茫然として彼を見た。「なんだと？」

帰ってきた男は返事をしなかった。あたりを見まわした。誰もいない。ということは、誰も銃声を聞かなかったということだ。そして帰ってきた男が詳しいことがあるとすれば、それは死体の始末だ。

彼は腰を曲げ、警備員のベルトを握り、陸に引っ張りはじめた。

「手を貸せ」彼は命じた。

ペッカは夢遊病のようにふらふらとしながら、海に一歩入り、警備員の腕を摑んだ。

ふたりは遺体を陸に引きあげ、それから森へ引っ張っていった。

「くっそ」ペッカが言った。「くっそ……」

帰ってきた男には構う暇がなかった。急いで警備員のシャツのボタンを外し、濡れた衣類を脱がせた。

イヌバラの茂みの下、ほんの数メートル先に古い排水溝があった。彼はペッカに大きな石を全部どけさせて溝の深さを出すと、裸の遺体を転がした。それに腐敗臭のする海草を海辺からさらってきて厚く覆い、その上にさらに何層も石を重ねた。

帰ってきた男はあとずさり、自分たちの手仕事を満足気にながめた。森にささやかな墓標を作ったのだ。ステンヴィークにあるような古いものではない。あたらしいものを。

「これまでに……これまでにこういうの、やったことがあるのか？」ペッカが尋ねた。

「ここでは初めてだ」帰ってきた男は言った。だが、彼はこれから墓のなかでなにが起こるか知っていた。なじみのことだ。

鳥は遺体のにおいをかげないから、奴らにつつかれるようなことにはならない。それはいい点だ。しかし、虫はすぐに見つけるだろう。アオバエがほんの数時間でこの石のあたりを飛びまわる。警備員は服を着ていないから、アオバエがすぐさま卵を産みつける。ウジ虫が卵からかえれば腹をすかせているはずだ。遺体の解体を始めて、骸骨に到達するまで仕事をする。なんのにおいもしなくなるまで。数週間ですべての柔らかい部分は干上がるか消滅し、二カ月で骨しか残らなくなる。

その頃には、帰ってきた男は去っている。

彼は墓から目をそらし、北の木立を見やった。

船はまだ波止場につけている。「船を見張っていたか？」

ペッカは積んだ石を見つめていたが、びくりとして機械のように答えた。「ああ。みんな陸にあがったよ。レストランへ行った」

「よし」帰ってきた男は言う。「では、帰るとするか」

最後に一度墓を見やると彼は先に立って森に入り、フェンスへ引き返していった。足取りは軽い。年齢といまやったばかりのことにもかかわらず。彼はまだできる男だ。

ヨーナス

この海沿いはとくに騒動もなさそうな、のんびりした日曜日の朝だった。ヨーナスはケントおじさんの家の前のウッドデッキから外をながめていた。太陽が暑さを広げていき、彼は夏にかこまれている。海峡に浮かぶ船、海辺では休暇を楽しむ人たちがくつろぎ、たまに車が通りすぎた。海を望む岩の多い地面は至る所に生えるポピーやシベナガムラサキの花びらで赤や青に彩られている。

でも、なにかがあった。背後のドアがひらき、電話中のケントおじさんの声が聞こえた。いつもはとても楽しそうな声なのに、今日の口調は険しくて怒りがにじんでいた。

「いなくなった?」おじさんは言った。「どういう意味だ、いなくなったとは? 朝イチはいたのか、それともまったく姿を見せていないのか?」間。「最初はいた? じゃあ、途中どこかの時点で帰ったということか? また同じことをやったのか……」

間。

「わかっている。昨シーズンも問題があったが、ヴェロニカが今年、もう一回チャンスを与えることにしたんだ。信じていた。あの男はちゃんとやる、仕事をもっと真面目にやると約束した。それなのに、こうなったとは……」

ヨーナスは立ち聞きしたくなかったから、庭を離れて海岸通りへむかった。北へほんの数百メートルのところにキャンプ場が見える。天気がいいと、桟橋には村人のほとんどが集まって泳いで日光浴をする。村人というか、夏の観光客が。

その夏の観光客たちが日射しの下で寝そべっていた。暑くなればなるほど、人は増えていく。海辺は赤、白、青のビーチタオルのモザイクで覆われ、魔法瓶、ボール、酒瓶、自転車のかごがあちこちに散らばっている。夏の観光客はたくさん物をもってくるけれど、そのわりにはそれで何をするでもない。泳いだりフリスビーで遊んだりもするが、たいていは太陽の下でじっと寝ている。

ヨーナスはハエを追い払い、反対側を見た。ヴィラ・クロスは村の一番端の家だが、海岸通りは道幅が狭まって未舗装の小道になる。巨大なキャンプ場と贅沢なホテルのあるエーランド島リゾートは数キロしか離れてないけれど、海に突きだす連続した岬に隠れている。

ヨーナスは道を渡り、高台と呼ばれるたいらな場所へむかった。そこは砂利に覆われて、海岸に面した小さな窪地もある。

高台の端っこ、ケントおじさんの家の真正面が丸い石を積んだ墓標だ。きっと何千年も前からここにあるもの。

墓標に近づくと足取りが遅くなった。もっと小さな頃はこんなにそばまで来たことがなかった——ひとりきりでは。墓標は塚のように見えたけれど、間近からはたくさんの大きな石でできていることがわかる。ひとつひとつ重ねてある。作られたのは青銅器時代だ。

ヨーナスはこの下に柩があるのは知っていた——でも、木の柩じゃない。以前、墓標をじっくり見ていたとき、石棺なんだと父さんが言ってた。その柩の上に大小の石をいくつも重ねて墓を泥棒から守った。

突然、バタバタいう音がした。墓標まで数メートルで足をとめてあたりを見まわすと、従兄弟のカスペルが濃い青のヤマハに乗って南からやってくるところだった。

カスペルはもう十五歳になった——もちろん、モペッドを買ったんだ。それか、たぶんヴェロニカおばさんにもらったか。

一昨年の夏はふたりで自転車に乗って石切り場を下る砂利道を競争したものだけど、もうそのチャンスはないんだな。

カスペルは高台へ曲がるとヨーナスにうなずいてみせた。モペッドを降りはしなかったが、ヨーナスが追いつくまでじれったそうにエンジンをふかして待っていた。

「かっこいいね！」ヨーナスは叫んだ。

カスペルがうなずいた。「春に手に入れたよ。なにしてるんだ？」

ヨーナスはとくになにもしていなかった。ただ墓標の近くに立っていただけだ。でも、なにか言わなくちゃ。

「石を数えてたんだ」

カスペルはまたエンジンをふかした。ヨーナスは遊びたいか尋ねようかと思ったけれど、従兄弟はもう遊ぶなんて言葉は使わないだろう。

「石を?」カスペルが言う。

「毎年、この墓標から石がいくらか落ちるんだ。ぼくはいつもたしかめてるんだよ」

口からでまかせではなく、本当のことだった。前回ここに来たときから、大きな石が三つは転がり落ちていて草地に横たわっている。何年ものあいだに落ちたほかの石と一緒に。ヨーナスはそれを数え、従兄弟を見あげた。

「九個」そして自信たっぷりの声で続けた。「十三個の石が落ちると、幽霊は自由になる」

「どの幽霊が?」

「墓標の下に住んでるやつ」

いまふと思いついたことだったが、すごくいい話だ。

「自由になったら幽霊はどうするんだ?」カスペルが知りたがった。

たいして興味はなさそうな口ぶりだったが、ヨーナスはとにかく話を続けるしかない。

「道の向こう側の家に行って……」ヨーナスはいかにもありそうなぞっとする話をこしらえようとした。すごく怖いのを。「全部の部屋に入って、剣をふりあげ、人がぐっすり眠っているあいだにみんなの腕を叩き切るのさ。痛くて目が覚めると、血がどくどく出てて、腕は床に転がってるの。死んじゃう人はまずいないんだけど、それからは二度と泳げない」

カスペルは耳を傾けてはいるが、あまりおもしろがっていない。

「違うな。幽霊は人が寝ているあいだに、身体を乗っ取るんだ。目が覚めると、取り憑かれてる」

「取り憑かれる?」

「幽霊が身体に入るってことだ」

「そっか」

「そういうのを去年の冬に映画で観た」カスペルが言う。「《悪魔を憐れむ歌》だ。地獄からやってきた悪魔が人の魂を乗っ取る話だった。次々に乗り移ることができて、取り憑かれた人は悪魔の思うままに操られる。で、悪魔は乗っ取った全員を連続殺人鬼にするんだ。でも、警察が犯人を逮捕しても、悪魔は別の身体に乗り移るだけだ。だから、誰にも悪魔は捕まえられない」

ヨーナスはうなずいた。その映画は観てないけれど、悪魔に取り憑かれるほうが腕を叩き切られるより悪いことみたいだ。もっと怖いことを思いつこうとしたけれど、なにも浮かばない。

彼は墓標を見おろした。「ゆるんできてる石がまだあるよ——わかる?」

「きっと、幽霊が出てこようとしてるんだろ」カスペルが言った。「でも、おまえが石をその都度、積みなおせばいい」

「わかった」

けれど、そう言ってみただけだった。落ちた石にさわるのさえ嫌だ。そんなことをしたら、なにが起こるかわかったもんじゃない。

カスペルは最後にもう一度モペッドをふかすと、海に視線をむけた。ヨーナスを見もしない。ひとりごとを口にしているみたいだった。

「マルネスに行こうと思ってる。港で友達と待ちあわせて……あっちはどんな感じかなと思ってさ」

彼は一緒に来たいかとヨーナスに尋ねなかったし、ヨーナスも行っていいかと尋ねなかったが、ここでカスペルはヨーナスを見てこう言った。「おれのゴムボートを使ってもいいぞ。泳ぎに行くんなら。ボートハウスにあるから」

「わかった」ヨーナスは言った。

カスペルはモペッドをさっと方向転換させ、海岸通りを去っていった。次第にスピードをあげてバタバタの音が大きくなっていき、夏至祭のマイストングに続く道を通過し、ミニ・ゴルフのコースの前を通って幹線道路にむかった。

のろのろとヨーナスは墓標から歩いて離れた。

ケントおじさんが素敵な夏にすると約束してくれたことを思いだした。ファンタスティックになると言ってた。

でも、ヨーナスは海を見おろしてひとりきり、まわりに誰もいなかった。従兄弟の姿が消えたのを見守り、来月はすごくつまらないひと月になるとわかってしまった。

リーサ

日が沈んでパーティが始まっていた。

レディー・サマータイムがクラブを見まわすと、ダンスフロアは混雑して彼女の玉座の眼下で沸騰する大釜のようだった。客は両手を高くあげ、髪を振り乱し、上半身をビートに合わせて揺らし、押し寄せる黒い波になっていた。

「サマー・オブ・ラヴ！」彼女はマイクに叫んだ。「夏はこれから！　短くなんかないよ！」

夜中の一時三十分、クラブは客であふれそうになって、レディー・サマータイムはフラッシュ・ライトや脈打つバックビートで場を盛りあげている。紫のウィッグ、特大の黄色いTシャツ、黒く塗った爪に黒いレザー・ジャケット姿で場を完全に仕切っていた。リーサならこんな服は絶対着ないが、これはレディー・サマータイムの制服だった。

午後七時三十分にホテルに到着すると、厨房の料理人が遅い夕食を出してくれた。その後、メイクをしてウィッグをつけた。八時半にはリーサ（レディー・サマータイム！）はクラブに入り、BGMとしてかなりおとなしい曲の入ったCDをかけた。

夏至祭後の日曜で出足は遅かったが、十時頃にはホテルやキャンプ場から人が集まってきた。日に焼けすぎたのと、すでに酒が入っているのとでみんな赤い顔だ。屋内と屋外両方のバーに群がり、ビールを注文してちらちらとDJブースのほうを見ていた。

十時半に彼女がいきなりボリュームをあげると、誰もが飛びあがった。

「みんなダンスフロアへ！　さあ！」サマータイムが叫ぶと、客は言われたとおりにした。

酒の量が増えてくると、客はさらに弾けてきて両手をあげるようになった——パーティの準備はできた。

十一時にはバーは大混雑でテーブルはアイス・バスケットだらけだった。リーサは一晩中、水だけを飲んだが、そんなことをしたのは、おそらくこの場ではひとりだけだ。

十一時十五分に最初のグラスがダンスフロアで割れた。破片が飛び散ったが、ダンスは続いた。

十一時半に最初のシャンパン・ボトルがダンスフロアでからにされた。千四百クローナでこれを買った男が撒いたのだ。金持ちだ——早くもこんがり日焼けしているからそれはわかりきっている。泡のシャワーを浴びた客たちは笑いながら悲鳴をあげ、何枚ものクレジットカードがバーのスタッフにむけて振られた。

「シャンパンおかわり！」

十二時にはクラブは酒と汗のにおいに満ちていた。肩がむきだしのトップスや汗びっしょりのシャツ姿でみんなタガが外れたように踊った。海パンしか穿いていない若者たちもいる。少女たちの髪は汗で顔に貼りついていた。メイクはとっくに落ちてしまっている。レディー・サマータイムにはブースの真下に群がるちょっとしたファンのグループができた。音楽に合わせていくつもの拳が振りあげられる。

「サマータイム！　サマータイム！」

　これに彼女は叫び返した。「みんな大好き《ラヴ・ヤー》！　ラヴ・ヤー！」

　十二時を過ぎると、ドナ・サマー〈アイ・フィール・ラヴ〉のパトリック・カウリー・リミックスをかけ、照明パネルのストロボ効果ボタンを押し、スモーク・マシンを作動させた——そこでサマータイムはブースから飛び降り、踊る客たちのあいだを練り歩いていった。カオスの中心へと。

　べたつく汗。スモークのたちこめる闇が瞬くライトで切り裂かれる。

　サマータイムは客たちにまじって飛び跳ね、ビートに合わせて移動し、両の拳を突きあげ、あちらこちらでハグは許し、白いシャツの男が耳元で囁いた誘いは拒絶した。彼女は笑顔で首を横に振った——サマータイムはつねに自制心がある。数分でブースにもどった。スモーク・マシンをとめ、ヤズー〈シチュエーション〉に曲を変えた。

「サマータイム！　サマータイム！」

　ささやかなファンの人数が増えてきた。耳をつんざくような叫びをあげ、両手をあげ、足を踏みならし、酒が至る所に飛び散る。

　サマータイムはレコードのコレクションを指先で弾いていきながら、フロアの狂乱ぶりを見てほほえんだが、突然、一番奥にいる男三人に目をとめた。ギリシャ人かイタリア人らしいが、カウンターから一メートルほどの位置で、異様なほどくっついて立っていたのだ。囁きあってあたりを盗み見て、いかにもうさんくさい。

曲をプロディジー〈ファイアスターター〉に切り替え、次に顔をあげたときには三人は消えていた。

酒がラッパ飲みされて、さらにシャンパンが注文された。見るからに酔っぱらった男が支払いのために七千クローナの紙幣を数えていた。これをバーテンダーに押しつけ手を振った。「つりは取っておいてくれ！」

まともじゃない。これこそ夏だ。

警備員がDJブースの隣に現われた。合図されたから、リーサはヘッドフォンを外して身を乗りだした。

「問題が起こった！」彼は大声で言った。「一言、注意してくれないか？　客にもっと気をつけるよう頼んでくれ」

「どんな問題なの？」

「窃盗だ！」警備員が叫ぶ。「財布をなくした者が複数いる！」

リーサはマイクを摑んだが、少し考えてから警備員に大声で話しかけた。「ついさっき、三人の男を見たけど……ちょっとおかしかった！」

警備員は立ち去ろうとしていたが、足をとめた。

「風貌は？」

「そうね……怪しかった。マフィアっぽくて。髪をべたりとなでつけて、白いシャツを着て」

彼はうなずいた。険しい表情だ。

「わかった。追いかけてみよう」

警備員が人混みのなかをかいくぐるように去ると、リーサは音楽のボリュームを下げ、客に身の回りのものと財布から目を離さないよう注意した。誰もまったく聞いていなかった。踊りつづけるだけだった。

クラブは二時三十分にクローズし、パーティもおひらきになった。リーサは客を落ち着かせるスローなナンバーで締めくくった。

「ありがとう、みんな！　みんな愛してるよ――また明日！」

ここからは警備員が仕切りを引き継いで客を外へ誘導しはじめた。けれどもパーティ気分はそのままで、キャンプ場、バンガロー、ホテルへとちりぢりに帰っていく客たちは踊りながら歩いていった。深夜バスに乗る者もいるだろうし、満月の下で寝てしまおうとする者もいそうだし、これから泳ぐのもいそうだ。

クラブはすっかり人がはけたが、リーサには若すぎる年齢の男がひとり残って、片づけを手伝ってくれた。黒いジャケットを着て、まさに金持ちパパのいる子供らしく日焼けしていた。

「おれを覚えてる？」

「なんとなく。ストックホルムで会った？」

彼は首を振る。

「きみが鍵を受けとりに来たとき会った。ウルバン・クロスだ。ここの……エーランド島リゾートはおれのものさ」

「え、そうなの？」リーサは言った。せいぜい二十歳といったところのようだけど。「いつここを買ったの？」

どう答えたらいいか決めかねているようで、彼の笑顔は消えた。ついに彼はこう言った。

「家族で運営してる」

「ということは、ここを所有しているのはあなたの家族。あなたじゃなくてね、ウルバン。あなたはここで働いているだけ」

「おれは支配人なんだ」

「へえ？」

「ほんとさ、料飲部門支配人代理なんだから」

「それ、なにするの」リーサは言った。

ウルバンはほほえみかけてきた。ふざけあいを楽しんでいるようだ。

「ゴルフを一緒にどうだい？　来週、エーランド島リゾート・オープンがあるんだ」

サマータイムがにっこりとほほえんだ。男たちが馴れ馴れしく話しかけてくることはめずらしくなく、リーサよりサマータイムのほうがずっとあしらいがうまい。彼女は首を振った。

「玉はデリケート。叩いたりするのはいい考えじゃない」彼女はあくびしながらそう言った。「じゃあ、わたしはレコードをもってステンヴィークに帰って休むから」

「手伝うよ」

「大丈夫よ、ウルバン。ひとりで――」

「頼むから、手伝わせてくれよ」

彼はLPが入ったバッグを手にして外へ出た。リーサはブースに鍵をかけ、彼のあとに続き、CDを運んだ。駐車場はまだたむろする人でいっぱいだった。スウェーデンの国産車に混じって、ポルシェが一台、BMWも一台、ランボルギーニまで一台あった。そしてリーサのフォルクスワーゲン・パサート。

「積み終わった」ウルバンが振り返って言った。

彼女はさっと彼をハグした。皮肉をこめて。そしてすばやく車に乗りこんだ。

「じゃ、おやすみ、ウルバン」

紫のウィッグをつけていれば、男をそっけなくはねつけるのも簡単だ。

彼女はこの数年、自分をふたつの異なる人格にわけてきた。ひとりはリーサ・トレッソン。ギターでメロディアスな曲を奏で、怖いものが多い女（カモメ、スズメバチ、この時期だと蛇など）。もうひとりがレディー・サマータイムだ。紫のウィッグをつけ、マイクにむかって叫び、どんな人でも踊らせる元気いっぱいのDJ。リーサはレディー・サマータイムが好きだった。


十五分でステンヴィークのキャンプ場にもどった。

みんな眠っているようだ。物音ひとつしない。けれど、リーサは大音量の音楽でまだ耳鳴りがしていた。

二時五十分だった。太陽は四時半ぐらいには昇るが、夜空はまだ濃い灰色だ。海岸沿いの別荘やボートハウスにわずかながら、かすかな明かりも見えたけれど、リーサがバッグを抱えてトレーラーハウスにもどる姿は誰にも見られないままだった。ドアに鍵をかけ、カーテンも閉めた。

それからバッグを開け、レコードを指先で弾いていった。盗んだ財布は底に隠している。全部で五つ。超眠いけれど、開けて戦利品を数えずにはいられない。

ほとんどはクレジットカードだったが、かなりの現金も入っていた。冷蔵庫の上に空けてみると、千クローナ札が三枚、五百クローナ札が何枚も。

朝一番に暗証番号のメモがないか財布を探してみよう。ひとつでも見つかれば、マルネスのＡＴＭまで車で足をのばして金を引きだす。

でも、もう休む時間だ。

三時二十分には、深い眠りに落ちていた。夢も見ない、罪悪感もない。

財布を盗んだのはリーサじゃない。レディー・サマータイムなのだから。そして金が必要なのはリーサじゃなくてサイラスだ。

イェルロフ

夏至祭は終わり、エーランド島の多くの者がほっとできるようになった。とりわけ、警備員、それにキャンプ場や酒場の所有者たちは。

イェルロフもほっとしていた。ステンヴィークはまだ立っている。

若い親戚のティルダ・ダーヴィッドソンはもっとも安堵感を覚えているだろうグループに属していた。彼女は本土カルマルにある県警の警部だが、夫や子供たちとエーランド島東部の灯台のそばで暮らしているから、仕事じゃなくても島に目を光らせる責任があると思っているようだ。

「じゃあ、警察にかんするかぎりは、いい夏至祭だったんだな？」イェルロフは月曜日に彼女と話したときに尋ねた。

「普段の週末程度で済んでね」ティルダは答えた。

「どうやって切り盛りしたんだね」

「橋のこちら側に検問を作ったの。極力たくさんの車をとめて、アルコールは全部没収した」

「だが、人間というやつはいつだって酒を見つけるもんさ。その気になればな？」

「うん、でもその時点でできあがっていた人はみんな留置所に入れたから。それで大きなゴタゴタは避けられたわけよ」

「では、すっかり静けさがもどったんだな？」

「うーん、そうとも言えないけど。いつもなにかはある」ティルダが答える。「大きな傷害事件がいくつか、軽微な窃盗がたくさん、船外エンジンがいくつかなくなっているし、器物損壊がそこそこあるし、酒気帯び運転が五、六件……でも、ひさしぶりにいつもより静かね」

「それはよかった」

「それから行方不明者もひとり」ティルダが話を続けた。「エーランド島リゾートの警備員。でも、おそらく本土に行ってしまったと思われていてね」

「消えてしまったんか」

「捜しているところ」

イェルロフはティルダがそれ以上詳しい情報を明かそうとしないことはわかっていた。仕事について話をさせることはできるが、ここまでという線はある。

「たぶん、その男はケント・クロスにうんざりしたんだろうて」イェルロフは言った。「ところで、そろそろ仕事は休みだろう?」

「あと二週間足らず。休暇は来月の十六日からよ」

「では、それまで静かなままでいることを祈ろう」

「同感。あなたも穏やかに暮らせますように」

けれど、イェルロフは十代の子たちがうろついていると、けっして本当に静かにならないことはわかっていた。ユリアたちがヨーテボリからもどるまで、これからしばらくひとりで孫たちにかこまれるわけだ。


夏至祭の週末が終わった翌日であるその日、聴能学者のウルリクがイェルロフのあたらしい補聴器の最後の調整をおこなうため、ふたたびステンヴィークを訪れた。

彼は嬉しそうにしていた。

「休むときは外すのを忘れないようにしてくださいよ。それに電源を節約するために夜はスイッチを切って」

彼は装置の電源を入れ、木々や青空を見あげて言いたした。「いつもこんな環境で働けたらなあ」

ウルリクはひとりごとを言ったのだが、イェルロフには誰かが耳元で叫んだように聞こえた。大きすぎるほどに。ほかの音もたくさん聞こえた。どこか内陸にある庭でチェーンソー、海岸通りをバタバタと行くモペッド、軽飛行機のかすかなブーンという音。

外の世界がいちどきに迫ってきた。耳の音量調整が何年もかけてゆっくりと小さくなっていたところに、突然最大の音量にもどしたようなものだった。

「全部聞こえる」イェルロフはびっくり仰天してウルリクを見やった。

「これは普通なのかね？」

「ご自分の声はどう聞こえますか？　頭のなかで反響してます？」

「少しな」

聴能学者がコンピュータをクリックすると、反響は小さくなった。

「四つの異なるプログラムを入れています」彼は説明した。「つまり、都合のいいように補聴器をご自分で調整できるということです。状況に応じて——鳥の歌を聞くのか、誰かとおしゃべりするのか、ラジオを聴くのか、とにかくもっと遠くの音を聞きたいか」

「最後のは立ち聞きしたいとき、ということかね？」

ウルリクはほほえんだ。「その場合は、噂話用に設定を合わせてください」

ウルリクが帰っても、イェルロフは庭に座っていた。あらゆる音が聞こえることに驚嘆していた。失われた世界を取りもどしたのだ。

東から耳をつんざくようなキーッという音がして腰を浮かしそうになったが、恋わずらいの雄のキジが刈りたての牧草地で雌を呼びながらさまよっているだけだ。

突然、別の方角からふたつの声が聞こえた。南のどこからか。顔をそちらにむけたが、木が見えるだけだった。声は森から聞こえている。おそらくは、海岸通りから。それとも海辺からか？　とても近くから聞こえるが、エーランド島では以前もこんな現象の経験はあった。島はとても平坦だから、風向きによっては数キロ離れた場所でも声の聞こえることがある。

彼は補聴器を調整した。

立ち聞き設定か。少しばかり自分が恥ずかしい。

こうすると、声がずっと聞きやすくなった。男と女がしゃべっている。話の内容までは聞き取れなかったが、男は冷静で女はもっと興奮しているようだ。女のほうが速く、大きく、しゃべっている。親しい友人のあいだの親密な会話らしい。友人か、それとも恋人か？

イェルロフは音を調整して立ち聞き能力を改善しようとしたが、やはりなんと言っているのか聞き分けられない。スウェーデン語だろうか、それともよその言葉か？

そのとき、門のかんぬきがガチャリという音がして、孫たちが桟橋から帰ってきた。イェルロフは背筋を伸ばし、すぐさまボリュームを下げた。この子たちの陽気な叫び声は少々大きすぎた。

ヨーナス

マッツは大人に聞かれていないかたしかめるようにあたりを見まわし、それからヨーナスにさらに近づいて声を落とした。

「おまえは一緒にカルマルには来れないよ。わかったか？」

ヨーナスはケントおじさんの家の革張りのソファで、マッツの隣に座っていた。兄に歯向かう勇気をもって言い返したかったが、黙っていた。

「いいや」それでもついに口をひらいた。「全然わかんないや」

「この映画を観るには歳が足りないんだ」マッツが言う。「十五歳以上じゃないと《アルマゲドン》は観れない」

ヨーナスは兄を見つめた。映画の旅をめぐる戦いにもう負けていることはわかったが、それでも反論を続けた。「マルネスで同じような映画なら観たよ。ぼくたちふたりで……普通に入っていけたじゃないか」

マッツは耳元のハエを追いやった。「ああ、けど、これは話が違う。カルマルじゃみんな確認されるんだ。警備員がいて、身分証明書を提示しろと言われる。おまえはそういうの、なにももってないだろ。だから、おまえは映画館に入れなくて、映画が終わるまで公園のベンチで待つはめになるんだぞ。ひとりぼっちで夜ずっとカルマルをぶらつく……そんなことがしたいか？」

ヨーナスは首を振った。マッツは十八歳。ウルバンは十九歳。ふたりがヨーナスに内緒で、カスペルは大丈夫でヨーナスは連れていかずに済む十五歳以上指定のアメリカのアクション映画を選んだことはわかっている。

「映画のチケット代はもらえるんだから、別にいいだろ」マッツは言う。「でも、父さんとケントとヴェロニカは、おまえもおれたちとカルマルに行くと思ってるんだから、おれたちがもどるまで外で時間をつぶしてろよ」そしてにやりとした。「小さなお友達と遊ぶといい」

遊ぶ？　ヨーナスは村に本当の友達なんかひとりもいなかった。どの少年も年上か、ずっと年下かだった。年上の少年たちは仲間に入れてくれないし、年下の子たちは退屈だ。

ヴィラ・クロスに隠れているっていうオプションはない。大人たちがパーティをしてる。今夜、跡形もなく消えられるなら、ほんとにそうするのに。

「そこにいたのか、おまえたち！」

ふたりの父が広々した部屋にやってきた。自分の息子たちを知りあったばかりの相手みたいにながめている。この数年だって、年に何回かは会っていたのに。

「今夜は都会に映画を観にいくんだな？」

ヨーナスは口を閉じていた。

「カルマル行きのバスに乗るのか、マッツ？」

「ウルバンの車で行くよ」

「そうか。じゃあ、ビールは飲まないようにな」

マッツは天井を見あげてから、父をふたたび見やった。

「でも、今夜のパーティでは父さんは酒を飲むんでしょ？　がぶ飲みして」

「いいや」ニクラスはそう言ったが、息子の目を見ることができなかった。「わたしが飲んでるのを見たことがあるか、マッツ？」

「母さんがあるよ。結婚した頃、父さんはよく飲んでたって」

ヨーナスは床に視線を落とした。ほかのみんなはどこにいるんだろう。ヴェロニカが来ないかな……

父さんがマッツを見やった。

「それはずっと昔のことだ。おまえが生まれる前の話。新婚で最初のアパート暮らしだったときだな。少しハメをはずしたパーティもあったんだよ。それにアニタは……アニタもあの頃はいつもしらふというわけじゃなかった。母さんの武勇伝をいくつか聞かせてもいいぞ」

「母さんの悪口はいいよ」

「悪口なんかじゃなく真実だぞ、マッツ」

ヨーナスはゆっくりと静かに立ちあがった。そっと移動したら、誰にも気づかれないかもしれない。幽霊みたいに、ベランダに通じるガラスの引き戸へむかった。もう少しでたどり着くというときに、声をかけられた。

「ヨーナス？」

足をとめて振り返った——父さんがどこからか笑みを見つけ、それを顔に貼りつけていた。

「泳ぎに行くのか？」

　空は青く、空気は乾燥して、外は暖かかったけれど、ヨーナスは骨まで凍えるように感じた。父の隣を歩いているというのに、孤独だった。今夜は楽しみにしていたカルマルでの映画鑑賞の遠出はなくて、寂しいだけなんだ。

　ふたりは焼けつくような海岸通りを横切り、高台に出た。父さんは墓標の前に来るまで黙っていたが、それを指さして言った。「この墓標の下には宝が隠されていると思われていてね。古くからある墓なのは知っているな？」

　ヨーナスはうなずいた。「学校で青銅器時代のことを習った。石器時代と鉄器時代のあいだだって」

「そのとおりだ。で、青銅器時代の族長がここに埋葬されている。島の南部の墓地に埋葬されているミューシング王のように。だが、おまえは怖くなんかないな？」

「全然」ヨーナスは言う。

　とにかく、いまは。太陽が輝いて父さんが隣にいるときは。いまの墓標は全然恐怖を感じさせない。でも、夜にはここにいたくない。これが別世界の入り口になって、幽霊が出てきて、人間を殺人ゾンビに変える時間には。

　父さんがなにか質問してきたのは、海辺に通じる石の階段を下りはじめたときだった。

「なに？」ヨーナスは訊き返した。

「母さんは元気か？」

「うん……たぶんね。すごくたくさん働いてる」

「それはいいな」父は言った。「仕事があるのはいいことだ」

　母さんのことをまだ訊きたそうにしていたから、ヨーナスは急いで階段を下りた。

　ずっと北の桟橋から明るい歓声が聞こえてくるけれ

ど、ヴィラ・クロスの下の海岸には誰もいなくて暑くてたまらなかった。たいらで灰色っぽい白の岩場に波がひたひたと寄せている。まっすぐ沖にむかって数百メートル続く、太いポールの列を父さんが指さした。海水浴場のすぐ南だ。

「漁師が今年も刺し網を張ったんだな。海峡にはまだウナギが残っているに違いない……」

階段の一番下にほど近い石灰岩造りのボートハウスには、クロス家の日光浴用の寝椅子や水泳の用具が置いてある。南京錠がかかっているが、ヨーナスはカスペルからダイヤルの番号を教えてもらっていた。

カスペルのゴムボートはたしかにそこにあった。プラスチックのオールも。でも、冬のあいだに空気が抜けて、へしゃげてしまいちょっと哀れに見えた。カスペルは何年も使っていなかったんだろう。ヨーナスは最後にこれに乗ってから七、八センチは背が伸びて、体重もずいぶん重くなっていた。今年の夏を最後にたぶん乗れなくなるだろうけれど、とにかく日射しの下へ引っ張りだした。

「それで海に出るのか？」父さんが尋ねた。

ヨーナスはうなずく。

「そうか、あまり遠くへ行くなよ……膨らますのを手伝おう」

父さんがボートに空気を入れるあいだに、ヨーナスは急いで海パンを穿いた。海に出て、漁の網をたどって暗闇でウナギがくねっていないか見たい。

これ以上、父さんとしゃべっていたくなかった。こんなことを続けていると、そのうち、なにをして刑務所に入ったのか尋ねてしまう。ヨーナスはなにかいけないこと、としか知らない。お金と税関に関係したこと。父さんが話したがらないこと。

「父さんが一族に泥を塗ったんだ」マッツは以前、ふたりだけのときにそう言った。過ちは父がやったことではなく、捕まったことにあるみたいな口ぶりで。

帰ってきた男

夏の夕方は年老いていくようだった。帰ってきた男の頭のように白っぽくなり、島の西海岸の日射しは薄れていった。日が沈みはじめ、昼間の短い影がすぐに長く伸びていった。水平線が消え、海と空は西の暗くなりつつあるカーテンになった。木々の下を歩く人影はほとんど見えなくなる。

いまだ。

帰ってきた男はペッカと北のフェンスからエーランド島リゾートの私有地に入り、森を進んだ。波止場に到着するまでは海辺から姿が見えないように注意した。目の前の駐車場はいまはからっぽだった。すべての配達車両はすでに去ったあとだ。

「気分はどうだ？」帰ってきた男は尋ねる。

「上々さ」ペッカはそう言ったが、目はせわしなくあたりを窺っていて、この夕方はずっと言葉数が少なかった。ペッカは警備員の殺害からずいぶんおとなしくなったが、命令には従っている。

ふたりは太陽が完全に沈むまで森に身を潜めていたが、ようやくそこを出て海へ、L字形の波止場と沖側に停泊する船に近づいた。

帰ってきた男はこの数日、船の監視にかなりの時間を割いてきたので、乗組員になった気分だった。船には四人が乗っている。全員が外国人だ。今日は荷積みも荷降ろしもなく、すべての兆候から船は明朝に出航だ。今夜、乗組員はおそらくホテルで浮かれ騒いでいるだろう。有頂天でなんの疑いもなく。

船に乗りこむ頃合いだ。

帰ってきた男が先に、ペッカが数歩うしろに続き、足早に岸壁をめざした。

ふたりとも武装している。ペッカはもう銃をもちたがらず、研いだばかりの斧を携えていた。帰ってきた男はワルサーを背中に隠している。

「乗るぞ」彼は声をかけた。

「了解」ペッカが返事をして、目出し帽をかぶった。

帰ってきた男は脚に年齢を感じたが、スピードをあげた。

岸壁にたどり着いてしまうと、なにもかもが静まり返った。ペッカが携帯のキーを押して二度、呼び出し音を鳴らした。これはリタへの合図で、モーターボートで出発し、岬をまわって海側から乗船せよという意味だった。仕事が終われば、三人揃ってリタのモーターボートで逃げる。それが計画だった。

だが、ふいに地響きめいた音がして、穏やかな夕べを乱した。

帰ってきた男は歩くペースを落とした。最初は何事かわからなかったが、そのとき、何者かが船のエンジンを始動させたのだと気づいた。ペッカが背後でこう言った。「ヤバイ！　計画は中止しよう！」

帰ってきた男は首を振って進みつづける。

「人が多すぎる！」ペッカが叫ぶ。「奴らはみんな船に乗ってるんだ……今夜出航するんだよ！」

だが、帰ってきた男は船にむかう足をとめない。背中に銃を隠してある。まっすぐにタラップをめざした。あれこれ言っても、ペッカはついてくるはずだ。

そうだ、たしかに船橋に明かりがついている——乗組員が船にいる。帰ってきた男は船尾にひとりいるのに目を留めた。ちょうど甲板にあがったばかりらしい船員だ。五十代、青いつなぎを着て、壊れた通気口の修理を段ボール紙で始めたところだ。うんざりしきった表情だ。

帰ってきた男は船のすぐ近くに来たから、舳先の船名まで読めるほどだった。エリア号。船体は黒い。錆と黒い塗料が混ざっている。

エンジンのドドドドドという音の合間に怒ったようなブーンという音が聞こえてきた。リタがモーターボートで岬をまわってきたのだ。

船員は顔をあげ、訪問者に気づいた。怪しむところはまったくなく、ただ驚いて視線をむけている。

帰ってきた男は波止場の端まで歩いて声をかけた。

「こんばんは」静かで落ち着いた声。

船員は口をひらき、表情は問いかけるようなものから不安へと変わった。だが、その頃には帰ってきた男が銃を取りだしていた。

ペッカも船にたどり着き、同時にリタもモーターボートを鋭く旋回させて船尾にむかった。

船は三本の大綱で係留されていた。ペッカが一本目の隣で構え、斧を振りあげた。勢いよく五回叩きおろすと、大綱は切れた。彼は急いで次のに取りかかった。

すでに甲板にあがっていた帰ってきた男は、ワルサーを船員にむけ、穏やかに、けれどしっかりした口調で一連の指示を与えた。

振り返ると、ペッカが斧を置いていた。大綱は三本とも切れ、船は岸壁からゆっくりと離れて海峡の暗い水へと漂いはじめた。

あたりを観察した。岸壁にはまだ誰もいない。

船員は混乱した表情だ。両手をあげて、あとずさりしていく。

ハイジャックが始まった。

一九三一年六月、あたらしい国

六十八年前、アーロンとスヴェンをあたらしい国へ運ぶ船は金属でできていて、アーロンが見たことのあるどんな船よりも大きい。

まず、カルマルからは汽車に乗ってスウェーデンを縦断して北へむかった。汽車はシュッポッポと広大な針葉樹の森をいくつも抜けて、山や湖を通り、それから日射しの下に出て、大都会の中心へまっすぐにむかった。

その駅は巨大で、旅行者とその荷物でいっぱいだ。駅の外には都会が広がっている。まっすぐな石畳の道、歩道をぶらつく人々、アーロンがこれまでの人生で目にしたよりも多い数の車。荷車や馬車がガタガタと通っているけれど、大きな黒塗りの車も騒音を響かせて走っていく。ハンドルを握るのは制服姿の運転手で、後部座席にはしゃれた服装の男たちが座っている。

「ストックホルムだ」スヴェンが言う。

アーロンはその名は学校で習ったと気づく。

「スウェーデンの首都」

ふたりは中央駅にほど近い煙草の煙が充満するカフェで、湯気のあがる煮込みを食べ、これからの旅に備えて食料やあれこれを買う。金物屋でスヴェンはハンマーとしっかりした鋤《すき》を買い求める。

「あたらしい国に自分の道具をもっていけば、仕事を見つけやすいからな」彼はそう説明する。

続いてふたりは街中の橋を歩き、背の高いビルや見事な宮殿を通りすぎ、それから狭い裏路地を進んで、クレーンが並び、人でごった返す長い波止場に到着する。

「あそこだ！」

大きな船も小さな船も係留されているが、スヴェンが指さすのは長くて白い大型船だ。ほっそりした煙があがる特大の煙突には、青地に黄色の王冠を三つあしらった絵がついている。手すりには風にそよぐペナントが並び、船尾には大きなスウェーデンの国旗が垂れている。

船首にある名は汽船カステルホルム号。

「あれがおれたちの橋だ」スヴェンが言う。「おれたちに海を渡らせてくれる橋だ！」

彼はすばやく木箱の嗅ぎ煙草をつまみ、すべての怒りも、問題も、放りだせたようだ。

アーロンは海を越えるのは自分たちだけじゃないとわかる。旅行者が二十人は甲板に立っている。スーツケースや背嚢や道具を抱えている。みんな背筋をピンと伸ばして頭を高くあげ、偉大なるものが自分たちを待っているとでも言いたそうだ。

「乗船しよう！」スヴェンが言う。「あたらしい国へ出発だ！」

アーロンの背筋に震えが走る。海からの冷たい風のせいかもしれないし、いままで体験したことのない、ふいに感じた怯えのせいかもしれない。

あたらしい国でなにが起こるか全然わからなかったが、スヴェンに続いてタラップをあがり、スウェーデンに背をむける。

イェルロフ

月曜の夕方、家の裏の巨大な雲に太陽は消えた。濃い灰色の雲の壁が水平線にそびえ、本土で山火事でも起こっているようだった。けれど、老船乗りとして、イェルロフはさらに本曇りになる天気が迫っていることがわかった。うっかり口笛を吹かんようにせんとな。口笛は強風と雷雨を呼び寄せる。

口笛を吹く必要はない。家はいまのままでも、うるさい。夕食のテーブルをかこむなかに大人は彼だけだ。娘たちは夏至祭が終わって本土へ、それぞれの仕事へともどった。だが、孫たちは残っている。

娘たちが七月の夏の休暇でもどってくるまではイェルロフが面倒を見ないとならない。いまでも女房が恋しくなることは少なくないが、こんなときにはその思いが強くなる。女房のほうが三人の男の子の世話はずっとうまくできたはずだ。ヴィンセントは十九歳で、年下のふたり、十六歳と十一歳に目を光らせることはできる年齢だが、三人ともイェルロフがとうの昔に失ったエネルギーとスピードがある。孫たちとその友人たちは特大の水鉄砲をもって家を走りまわり、ゲーム機——任天堂の〈スーパーマリオブラザーズ〉とかなんとかいうので遊んでいる。

あるいは、イェルロフはめったに観ない、テレビを観るか。六〇年代の終わりに初めてテレビ・アンテナを設置したとき、老いたペンテコステ派の知人に言われたことを思いだした。「あんたのところの屋根に悪魔が座ってるぞ!」

ここまでは黙って耐えていたが、脱出計画を立てた。

「今夜はボートハウスで寝るよ」彼は夕食の席で言った。

夜のあいだだけでも家から逃げよう。あそこで静けさを求めよう。過ぎし日の漁師たちがそうしてきたように。

「でも、どうしてだい、おじいちゃん？」ヴィンセントが言った。

イェルロフは嘘に真実を組みあわせた。「あそこのほうが……暗いからな。それに少し静かだ」

ヴィンセントはうなずいた。わかってくれるだけの年齢になっている。

そこで夕食後にイェルロフはパジャマと飲み水をもって家を離れた。今夜は脚の調子がよくて車椅子がなくても歩けると感じたが、杖は使い、孫に腕を取ってもらって高台までむかった。のんびりした歩調で進んだ。肉と油のにおいが漂ってくる。誰かがバーベキューをしている。

道端の草の上にビールの空き缶が捨ててあり、それを杖で指した。「ストックホルムからの観光客め……なっておらん」

「ストックホルムじゃなくて、南のスモーランドの観光客が捨てたのかもしれないよ」ヴィンセントが言う。

イェルロフはいささか苦労しながら腰を曲げ、空き缶を拾った。「これをうちのゴミ箱に入れてくれるか？」

「うん、いいよ」ヴィンセントが答えた。

イェルロフはゴミ拾いを使命としていた――少なくとも自分にもできることがまだある。

ふたりがイェルロフの古い手こぎ舟に差しかかると、木の腐った部分が全部かんなで削ってあった。どうやらヨンだな。あるいは彼の息子のアンデシュか。驚きはしない。あのふたりはかならず約束を守る。

ヴィンセントが水際にほど近いボートハウスのドアの鍵を開けた。天井灯が壊れていてなかは暗かったが、どちらの簡易ベッドも整えられていた。自分がやったのか？　イェルロフは思いだせなかった。

「今夜は静かに過ごせるね、おじいちゃん」ヴィンセントがそう言いながら、窓辺の灯油ランプをつけた。

「そう願おう」イェルロフは言った。

ヴィンセントが帰るとき、イェルロフはドアを開けたままにした。ベッド、魚獲りの網、小さなテーブルをながめる。海峡に網を張り、魚で満たされるのを待つあいだ、彼とヨンはここで数えきれないほどの夜を過ごしたものだ。あの頃イェルロフは夜明けに目覚めたものだが、明日の朝はせめて七時までは横になっているつもりだ。

外に出て、しばし涼しい夜の空気を楽しんだ。深々と息を吸ってからゆっくりと吐きだし、夏の静寂に耳を傾ける。

やっと平和になったな。

とても静かでごくかすかに風の音がするだけだった。

だが、遠く、南からなにか音もしていた。鈍い轟きだ。かろうじて聞こえる程度の。じっと立って耳を澄まし、強力なエンジンがアイドリングしている音だと悟った。海岸のずっと先だ。

大きな船か？　そうだとしたら、岬のどれかの陰に隠れている。海峡には一隻も船の姿は見えない。

ボートハウスにもどりドアに鍵をかけた。ここには古いラジオがあり、寝る前にスイッチを入れてエーランド島とゴットランド島の天気予報を聴いた。曇りで夜に風はないが、朝早くには局地的ににわか雨のおそれあり。火曜の昼間はまた晴れになる。

イェルロフはパジャマに着替え、補聴器を外した。使用する小さな器具がまた増えたわけだが、正直これは気に入った。

ブラインドを下ろす前にさらに暗くなる海峡を見やると、水平線の雲のカーテンの下に濃赤の縞が見えた。

血のように濃いな。だが、不安はまったくない。同じ縞を何度も見たことがある。あれは太陽の最後の光で、輝く燃えさしのように水平線に居残っているのだ。

窓辺にティーライトキャンドルをふたつ残しておいた。どちらもガラスのホルダーに入っていて、夜のあいだに燃え尽きる。完璧に安全だ。

のろのろとイェルロフは簡易ベッドに横たわり、満足を感じていた。なんとなく、静かな夏の夜にどこか天然の港で錨を下ろして船室に横たわるようだった。同じように狭いベッド、同じように森羅万象に近く、同じように安らぐ感覚。風が強まれば、まちがいなく目覚めるだろうが。それは海で過ごした歳月の名残だ。

暗闇が海辺に訪れ、物音ひとつしなくなった。

イェルロフはすぐに寝てしまった。海に入る夢を見た。オイルのにおいがする真新しい木造の舟を押しながら、水へ、静けさへとまっすぐにむかっていく。

まさに夢の途中で、彼はハッとして目覚めた。しかし、眠りを妨げたのは天候ではなかった。何者かがボートハウスのドアを激しくノックしていた。

ヨーナス

深いところを漂い、夕陽と一緒に流れていく。

ヨーナスはゴムボートに仰向けで横たわっていた。ウォーターベッドみたいだ。違う、これはほんとにウォーターベッドなんだ。刺し網の横を漂い、足をボートの横からぶらりと下げ、海峡の上の空を見つめてるんだから。大きな空はゆっくりと暗くなってきて、水平線では星がきらめきはじめていた。

ここでヨーナスはあらゆるものから自由になっていた。海でひとりきり、難破した船の人みたいに。

この夜の兄の秘密の計画はうまくいった。六時過ぎにヨーナスはマッツや従兄弟たちと車に乗った。大人たちは四人の少年がみなカルマルの映画館に行くと思っていたけれど、ステンヴィークのキャンプ場——ヴィラ・クロスから見えない場所——までやってくると、マッツは父から映画のチケット代として与えられた金をヨーナスに手渡し、車から降ろした。

「楽しめよ、弟！　おれたちも楽しむ！」

従兄弟たちがほほえんでうなずいてみせると、車は幹線道路へむかっていった。

ヨーナスは車が消えるまで見送ってから、桟橋へ下りた。暗くなる前に泳ごうという人たちでごった返していたから、彼は岩に座ってしばらくながめていた。とくに同い年ぐらいの女の子を。真っ白に近い色の長い髪で、ふたりの女友達と一緒にブランケットに座り、おしゃべりしながら笑い、こちらをちらりとも見なかった。一回も。彼は透明人間なのかもしれない。

だから立ちあがり、砂利の波打ち際を歩いて南へむかい、ヴィラ・クロスの下の岬までやってきた。この時間だと誰もいなくて、隠れ場所にもってこいだった。なにかすることを見つけて、夕方を過ごせばいいだけだ。

まず、遠泳をして、日射しで身体を乾かした。岸に打ちあげられたものがないか少し探してみたけれど、ドイツのからっぽの牛乳パックがいくつかあっただけだった。

次にまた泳いだ。この頃には太陽が水平線近くの低い位置まで沈み、浅瀬の水が冷たくなっていた。

身体を乾かすと、短パンに着替え、ボートハウスからカスペルのゴムボートを引っ張りだした。夕方の冒険に出ようと、救命胴衣を身につけてボートを海に押しだした。完全に太陽が沈んだら、自分の小さなバンガローにそっともどって寝ればいい。朝になれば、映画は楽しかったと大人たちに言おう。

いい計画だ。

ヨーナスはゴムボートを前にして岩に乗り、左右を見た。海面は穏やかでキラキラしている。海峡は安全そのものに見えるけれど、海底は自分のすぐ目の前から急激に深くなることを知っていた。岸辺からほんの数メートルで溺れる危険があることも。

太陽が消えて海は真っ黒になり、海峡は突然、底なしになったみたいに見えた。ちょっとおっかないけれど、わくわくする。

彼は注意しながらゴムボートに乗り、岸に沿って漕いだ。刺し網までやってくると、陸から遠ざかり、網をたどっていった。自分の下に潜む黒い深みに引っ張られる気がする。藻や魚、海草や岩。別世界……

ようやく網の中心にやってくると、小さなゴムボートを刺し網の太いポールにつないだ。

このあたりの水は墓のように深くて暗いけれど、風は全然ない。

ヨーナスはゴムボートの底に寝そべり、どんどん暗くなる空を見ていた。雲に隙間がところどころあって、チカチカする小さな光がそこから覗いていた。

みんな今頃、カルマルの映画館にいるんだろうな。マッツと従兄弟たちが映画を観ているあいだ、ヨーナスにできるのは島の上の星をながめることだけだった。でも、強烈な妬みは次第に薄れていき、平和な気持ちが残された。重量がなくなって海と空のあいだを漂っているような感じ。いまのところ、海峡には彼を悩ます虫もいない。蚊もいないくらいだ。

目を閉じた。すべてが暗くて静かだ。

けれど、かすかな物音が聞こえ、目を開けて頭を起こした。鈍いドドドドという音が聞こえるだけじゃなく、水を通じて感じられる。

船の音だ。ディーゼル・エンジンを始動させた大きな船が暗闇のどこかにいる。ドドドドの音が大きくなっていき、そして、小さくなった。

ヨーナスはゆっくりと瞬きをした。目蓋が重い。寝てたのかな？　注意していなかったけれど、太陽はとっくに沈んで夜空を雲が覆っていた。星が見えなくなってる。

南をむいても、なにも見えない。近づいてくる明かりはなかった。

島は海よりも暗かった。入江の両側で海峡に突きだしたふたつの岬は真っ暗で、海辺近くに並ぶ別荘の窓にたまに明かりが見えるだけだ。

かすかに話し声や笑い声が聞こえた。きっとヴィラ・クロスでのパーティだ。父さんやヴェロニカおばさんやケントおじさんや招待客が、ベランダに腰を下ろして飲み食いしてるんだ。

ヨーナスは朝までゴムボートで過ごそうかと考えてみた。じきに夏の夜は完全な暗闇になって、ヴィラ・クロスでは飲むのも笑うのも終わって、カルマルからヨーナスのいない車が帰ってきたら、みんなどこにいるのか考えるだろう。みんな心配するだろう。ヨーナスはどこだ？　誰かヨーナスを見なかったか？　そうすれば、ついにみんなにとって大切な存在になれる。

ここに留まって、もう少しだけ沖に漕いでいこう——刺し網の一番端まで。いままで行ったことのない遠くへ。

規則正しいテンポでオールを漕いでいくと、ボートの薄い底から海水がたちまち冷たくなったのを感じた。もう岸辺の岩は見えず、暗闇があるだけだ。ボートがパンクしたら、救命胴衣を着ていても泳いでもどれるかわからない。

海の深さを想像して目眩がした。

とうとう最後のポールにたどり着いた。背が高くてほっそりしたポールだ。長いロープやチェーンでしっかり固定してある。

ヨーナスは漕ぐのをやめた。ゴムボートが漂っていき、手を伸ばしてポールを摑むと、両手でがさがさする木にしがみついた。ポールは少なくとも、この世界のほかの人の存在を証明してくれる。夏の初めにここに来て網を張り、ウナギを捕まえたいと思った人たちだ。

横を見ても網のなかは見えなかった。そこに、暗闇に、捕まったウナギがいるのかな。クロス家ではたまに燻製のウナギを食べるが、ヨーナスは味があまり好きじゃなかった。脂が多すぎる。

急に、またドドドドという音が聞こえた。モーターボート？　夜に海に出るのなら明かりをつけるはずだけど、なにも見えない。

静寂。

木のポールを離してみた。潮の流れでボムボートは海峡の沖へと流れていく。バイバイ、ポール。

彼はオールを手にとったが、漕ぎはしないで、流れに任せた。

暗闇へ。でも、ほんの少しだけ。平気さ、救命胴衣を着ているんだから。それにすぐにもどるし。音のした船をちらりと見たいだけだから。

目を凝らした。かすかな霧が海からあがりはじめていた。あたりをますます見づらくする夜霧だ。

いきなり、ヨーナスは南の岬から巨大で音のないものが現われたような気配を感じた――海の上の灰色の影、細長い、海の怪物みたいなのが。海峡に潜んでいる大海蛇やおばけタコとか……

影が動いてる？　彼は瞬きしたが、それは消えてしまった。

彼はオールで漕ぎはじめた。家に帰りたくなったけれど、暗くて霧があるからどちらに行けばいいのか、もうはっきりしない。岸辺からどれだけ離れているのかさえわからない。距離と方向を測る手がかりがなかった。あの点々とある光は沿岸の家の明かりなのか、それとも遠い星々のかすかな輝きなのか？

彼は漕ぐのをやめて息をふうっと吐いた。耳を澄ます。

水の跳ねる音がする。さざ波がゴムボートの横手に寄せてきて、それがどんどん大きくなった。渦巻く波みたいに。

ヨーナスは顔をあげた——突然、見えるようになった。満月が雲の切れ間に現われ、海峡は月光に照らされていた。彼の周囲の水が一面、きらめく銀色に変わった。

そして、その真ん中に大きくて黒いものが見えた——船だ。

スピードをあげて、まっすぐ彼にむかってくる。速度を落とそうともしていない。月明かりで船首に白い文字で書かれた船名が見えた。エリア号。

ディーゼル・オイルのにおいがしてエンジンのうなりが聞こえた。

衝突はしなかった。ゴムボートはあまりにも小さかった。船の作るうねりに巻きこまれて船首に吸い寄せられ、そのまま引きずられていく。

ヨーナスは膝立ちになった。腹が冷たくなった感じだ。船首の波が小さなゴムボートを押しつぶしてきた。沈みはじめている。

すっかり恐ろしくなって立ちあがろうとした。両手がちゃんと言うことをきかなかったけれど、水中で左右に揺れるロープの端をなんとか掴んだ。また顔をあげた。それはナイロン製のロープで、現われた船の舷縁からジャングルの蔓みたいにぶらさがっている。

ロープに全身の力でしがみついて、ゴムボートから身体を持ち上げると、急にゴムボートは波から離れて黄色いブイみたいに回転した。それから船尾のほうに流れていき、きらめく波で何度かくるくる回ってから、沈んだ。

カスペルのゴムボートが。なくしちゃった。

ヨーナスはなんとかゴムボートを救いたかったけれど、ロープを放せば自分がキールの下に吸いこまれてしまう。しがみついた。

でも、これ以上は無理だ。

彼は歯を食いしばり、脚を振って、右足を船体の錆びついた小さなでっぱりに引っかけた。でっぱりを支えにして身体を押しあげ、舷縁の黒い鋼の棒を摑むと、学校の体育館にある肋木のようにしてよじ登っていった。

頭上の船内からは人間の動きらしい音がまったく聞こえなかった。声も足音も。エンジンもとまったようだ。夜霧のなかを漂う船にそっと押し寄せる波の音だけ。

ヨーナスは力を振り絞り、舷縁を乗り越え、裸足で冷たい金属の甲板に降り立った。凍えそうで身体は震えたが、どこも怪我はない。

息を吐きだし、あたりを見まわした。ここはどこ？

大型の漁船の上のようだった。網は見えないが、魚とディーゼルのにおいに満ちている。

扉の閉まったハッチの隣でそろそろと立ちあがった。両側に小さく突きでた構造物がある。船首のほうにより小さなものが、船尾のほうに大きめのもの。船尾側のものの窓にかすかな明かりがあった。それだけで、あとは真っ暗だ。

ヨーナスは瞬きをした。どこから来た船だろう？夏には海峡で大きな船を見かけるけど、こんなに岸の近くで見たのは初めてだ。

ハッチの横に立ってどうしたらいいか途方に暮れた。船首にむかうべきか、それとも船尾か？　それともじっとここに立って船に決めさせたほうがいいのか？

彼はゆっくりとハッチ沿いを移動して、船尾にむかった。明かりのあるほうに行くのがいいと思ったからだ。どんなにかすかなものでも。

なにも動くものはない。

それでも最小限の狭い歩幅で進みつづけた。ハッチの端まで来ると、先に丸くて暗いものが見えた。最初はボールだと思った。

そのとき、それは頭だと気づいた。それから、首と肩が見えた。

甲板に男がいる。

ヨーナスはぴたりと足をとめた。

男は黒っぽいつなぎを着ている。顔はこっちをむいていて、身体の下半分は甲板の四角い穴につかえている。船倉から出ようとしてた途中みたいだ。

でも、男はもう動いていなかった。息をしているようにも見えない。ただそこにじっとしているだけだ。

ヨーナスは男を見つめた。足で少し押してみようかと思っていたら、船倉からうめき声が聞こえた。

まだ人がいる。でも、まともな声には聞こえなかった。くぐもっていて、ひどく痛がってるみたいだ。

耳を澄まして、その場に立ちつくした。

声はしなくなった。

ヨーナスは甲板でガタガタいう音を聞きつけた。すぐうしろだ。振り返ると、船首の暗闇でよろける人影が見えた。背が高く痩せて、黒い髪をしている。ジーンズと白いセーターを着た若い男だ。でも、具合が悪そうで、うつむき加減で目が血走ってる。気絶する前みたいに左右に揺れてる。ハッチに足を引っかけて転びそうになったけれど、ゆっくりと身体を起こした。なんの表情もない。

生きた死人だ。ゾンビだ。

男はヨーナスに目を留めた。両腕をあげて、変な声を出した。外国語みたいな、かすれた苦しげな声だった。

ゾンビが手を伸ばしてくる。たった二メートルしか離れてない。

一メートル。

ヨーナスはあとずさり、振りむいて舷縁沿いを逃げた。足は甲板で横たわる男を飛び越え、目は安全な場所を探した。

船は真っ暗だ。エーランド島はずっと遠く。ヨーナスはとにかく船尾と操舵室めがけて走った。操舵室には小さな鋼のドアがあった。

でも、ドアは閉まっていた。ロックされていた。そして取っ手もない。ドアとフレームの隙間を押してみても、びくりともしない。

行き場がない。

背後でかすれ声が聞こえた。どんどんあいつが迫ってくる。振り返ると、突きだされた腕が見えた。こちらにむかってくる。

目を閉じたヨーナスは短パンが温かさで満たされるのを感じた。漏らしてしまった。同時に、鋼のドアが背後で揺れた。なかにいる誰かが開けようとしてる。

別の怪物？　濡れた短パン姿ですくみあがっていると、ドアがキーッといった。

身体が押しやられるほどの勢いでドアが開いた。誰かが現われた——最初は革のブーツに包まれた足、それからデニムに包まれた脚、続いて振りあげられた腕が。斧をもっている。

甲板に姿を見せた男は背が高くて痩せていた。頭を剃りあげている。ヨーナスに気づいてないみたいだ。脇を二歩進んで、斧を振りあげた。

斧は柄が長いものだった。刃がさっと光り、ゾンビの胸にまっすぐ叩きこまれた。それでゾンビはよろよろとあとずさり、ヨーナスの隣の甲板に倒れた。

ゾンビは動きつづけ、両手を揺らして起きあがろうとする。斧の男がなにか叫んでまた斧をふるった。二度、三度、四度——そうしたら、ゾンビは仰向けにひっくり返り、横たわって動かなくなった。

静寂。船は夜のなかを漂っていく。

斧の男が長々と息を吐いた。震えているような音だった。そこで振り返ってヨーナスに目を留めた。

月明かりの下でふたりは目を合わせた。ヨーナスは気づいた。この男は見たことがある。この瞬きの多い目、その緊張した表情。絶対、前に会ったことがある。

だが、男の目は冷たかった。冷たくて不安が宿っていた。彼はヨーナスのほうに身をかがめ、あえぐように質問してきた。「おまえ、誰だ？」男はヨーナスの肩を摑んだ。「アーロンはどこだ？　あのスウェーデン系アメリカ人は？」

　ヨーナスは口を開けたが、なにも出てこなかった。言葉はひとつ残らず脳から消え去ってしまったのに、男は質問を続けてくる。

「じいさんだよ——彼はどこへ行った？」

　彼は斧を構えた。血が滴っている。

　ヨーナスはどうにか自分の身体を動かし、横へ転がった。どこかへ逃げなくちゃ。手を伸ばすと舷縁の冷たい金属にふれたから、すぐに立ちあがった。白い救命浮輪が見えた。動きながら両手でそれを摑み、船外に放り投げ、舷縁の上に登った。

「待て！」男が叫んだ。

　ヨーナスは脚を振りあげて最後に一度振り返った。あらたな人影が見えた。誰かが操舵室の窓のところに立っている。おじいさんだ。白髪、青白い顔……

　もう見なくていい。ヨーナスは船から身を投げだし、暗い海にまっすぐ落ちていった。

　海はとても冷たかった。彼を水中に留めて、引っ張る。激しく泡立つなかを沈んでいった。鈍いごうごうという音を聞きながら船首付近の流れに引っ張られたけれど、両手をめちゃくちゃに繰りだしたおかげで水面にもどれた。

　夜の空気を思い切り吸うと、恐怖の船がぬっとそびえているのが見えた。けれど、船は遠ざかっていった。エンジンはまだかすかにドドドドと鳴っている。

　ヨーナスは浮いていた——救命胴衣がちゃんと役立っていた。救命浮輪はほんの一メートルくらい先にあった。なんとかそれを摑むと、頭からかぶって肩と腕を出した。

　救命胴衣と浮輪が身体を支えてくれて、振り返ると、明かりが見えた。遠くだけれど、光っていた。

　エーランド島の明かりだ。あそこに泳いでいくしかない。

ヨーナスは脚を十回キックすると、浮輪にもたれてしばらく休み、また十回キックした。ゆっくりとだが、岸に近づいていけた。あの明かりが近くなってきた。もう小さな家が並んでいるのが見える。

暗い海岸がはっきり見えてきたとき、やっと足が海底の岩にふれた。岸まで帰ってきた。

水の跳ねる音がした。誰かが追いかけてきた？　きょろきょろしたけれど、黒い海が見えるだけ。海峡は真っ暗だった。船の明かりみたいなものさえない。

でも、きっとゾンビが追いかけてきて海に飛びこんだんだ。今頃、ゆっくりと泳いで岸にむかっているのかも……

ヨーナスが這うようにして海から出ると、短パンと上着から水が流れた。身体をねじって浮輪を外し、砂利の上に置いた。疲れきっていたけれど、ゾンビのことを考えると足が動いてくれた。


どこに隠れたらいい？

島のどこなのここは？

このあたりの岸辺は勾配がゆるやかだ。ヴィラ・クロスからずっと北なんだ。ボートハウスが並んでいた。どれも暗いけれど、一軒だけ、小さな木造の小屋の窓辺にかすかな明かりが見えた。

ヨーナスはよろめきながら、できるだけ急いでそちらにむかい、ようやくたどり着いた。取っ手を引っ張ったが、ドアは鍵がかかっていた。助けを求めて激しくドアを叩き、叫びはじめた。すると、ついにドアが開いた。

開けたのはゾンビでもなく、斧をふるうキレた男でもなく、目覚めたばかりらしいおじいさんだった。彼は一歩横にどいて、ヨーナスを暖かさと光のなかに入れてくれた。

ヨーナスは倒れそうだった。足元の柔らかいラグに服から海水が滴ったけれど、もう構っていられなかった。そこに崩れ落ちた。

おじいさんはまだ彼を見つめていた。ドアは開いたままで真っ暗な夜が見える。

「ドア、閉めて！」ヨーナスは囁いた。「鍵をかけて！　奴らが追っかけてくるんだ！」

「誰に追いかけられているんだね？」

「ゾンビだよ。船の」

イェルロフ

イェルロフは奇妙な振動で起きた。船の寝台に寝ているのだと思ってしまったほどの揺れだった。それから目を開け、しばしの平和と静けさを求めてボートハウスで夜を過ごすことにしたのだったと思いだした。だが、壁が実際に揺れていた。

地震ということはあり得るか？　のろのろと簡易ベッドを降りたが、補聴器をつけて初めて、何事か気づいた。何者かがドアを激しくノックしていて、甲高い声が木の壁でいくらかくぐもっているが、大声でどなって入れてくれと頼んでいた。

「いま行きますよ」イェルロフはつぶやいた。

ズボンとガーンジー・セーターを身につけて暖かく、

人前に出てもおかしくないようにしてから、ドアを開けた。

暗闇から少年が突進してきた。危うく、入り口前の階段で転びそうになったほどだ。その子は救命胴衣とびしょ濡れの衣類を着ていた。初めて見る子だ。

「おやまあ」イェルロフはそう言った。ほかにどう言えばいいかわからなかった。

少年は手編みのラグに膝をつき、木の葉のように震えていた。恐怖を目に浮かべて戸口を振り返る。

「ドア、閉めて！」少年は囁いた。「鍵をかけて！奴らが追っかけてくるんだ！」

「誰に追いかけられているんだね？」

「ゾンビだよ。船の」

イェルロフはドアを閉め、鍵をかけた。

「誰に追いかけられていると言ったね？　なんの話だね？」

少年はボートハウスのさらに奥へと這っていった。狭いベッドにたどり着くと、それにしがみつき、まだドアを見つめている。イェルロフのほうは見ていなかった。表情は怯えるあまり変化がない。息をとめて耳を澄ましているようだ。イェルロフも耳を澄ましたが、誰もドアの取っ手を引っ張ろうとしないし、ノックもしない。

イェルロフは慌てずにいようとした。警戒したほうがいいのか？　まだ眠気を引きずっているんだが。

ゆっくりとテーブルのロウソク数本に火をつけ、影を追い払った。それから少年に数歩近づいた。「名前は？」

「ヨーナス」

「で、いったいなにがあったんだね、ヨーナス？　詳しく話してくれんか？」

ようやく少年はイェルロフと目を合わせた。「海峡に船がいたんだ」少年は言う。「大きな船だよ……それがまっすぐぼくにむかってきた。その船によじ登った」間。「ぼくのゴムボートから」間。「でも、船の人はみんなゾンビだった」間。「ひとりだけは違った。そいつ、斧をもっていた」

「きみを追いかけてきたのがそいつか？」

「幽霊が」少年は声を荒らげて言った。「幽霊が船にいた。そいつは、ゾンビたちと戦ってたんだ！」

深呼吸をした少年の頬に涙が一粒こぼれた。イェルロフは少年がさらに数回深呼吸をするのを待ち、手を伸ばしてそっと救命胴衣をゆるめてやった。続いてしっかりした口調で言った。「そいつは幽霊じゃない」

「違うの？」

「違うな。理由を教えようか？」

少年はうなずいた。

「幽霊は海に入れないんだよ」イェルロフは救命胴衣を脱がせ、話を続けた。「わたしのじいさんの口癖だった。幽霊のたぐいを見かけることがあれば、船で逃げろと。だから今夜、きみが見たのがなんにしても、それは幽霊じゃないぞ、ヨーナス。請けあおう」

少年は半信半疑のようだが、落ち着いたようだ。ただし、不安そうにまだドアを見ている。

ついにイェルロフはドアに近づいてふたたび開けてみた。背後で鋭く息を呑む音がしたが、安心させるように言った。「ちょっと見てくるよ。それになにか聞こえんか、たしかめる」

おそらく心配することはなかろうが、念のために武器を手にした。長い直角貝《オルソケラス》。飾りに置いているもので、以前浜辺で見つけた。絶滅した頭足類であり、海底で極度の圧力を受けて数百万年が経ち、化石になったものだ。

棍棒のように頼もしい重みのある化石を手に、イェルロフは穏やかな夜の暗闇に進みでた。ボートハウスのまわりの浜辺は濃い灰色でそのむこうの海は黒い深淵のようだった。音をたてずに歩き、なにか聞こえないか集中したが、岸に寄せる波の音しかしない。

ドアから漏れる明かりに距離を置き、海峡に目を凝らす。本土のほうにはごく小さな白い明かりがいくつかきらめいているが、それを除けば、なにも見えない。

補聴器を周囲の物音がよく聞こえる設定に切り替え、ついでに背筋を伸ばしてまたもや耳を澄ました。

今度は暗闇からなにか聞こえた。遠く、海のほうでうなっている。鈍いエンジンの音だ。寝る直前に聞いたあの音。だが、今度は北からで、それは遠ざかっていく。補聴器をいじってボリュームをあげようとしたが、エンジンの音はゆっくりとしなくなった。

さらに一、二分ほど待つと、浜で跳ねる波の音、小石のじゃらじゃらいう音に混じって、海峡を行く船が立てるうねりが水際に届く音がした。

ボートハウスにもどり、鍵をしめた。

「外には誰もおらんよ」彼は言った。「幽霊もな」

ヨーナスがなにも言わないので話を続けた。「わたしはイェルロフだ」

「知ってる」少年は言う。「クリストファーのおじいちゃんでしょ」

クリストファー――イェルロフの一番年下の孫の友達か。すると、少年に会ったことがあるのに気づいた。ほんの数日前、夏至祭前日のダンスで見かけた。クロス家の者だ。

「きみはヨーナス・クロスか？」

少年はうなずき、またもやドアを見つめた。「あの男、船のゾンビたちを斧で襲ったんだ」間。少し考えてから話を続けた。「そしてアメリカ人のおじいさんのことを尋ねてた。こう言ったんだよ、〝アーロンはどこだ？　あのスウェーデン系アメリカ人は？〟」

スウェーデン系アメリカ人だと？

「その斧をもった男だがな、ヨーナス……見覚えのある男だったか？」

少年は首を振った。「わかんないんだ……名前はわかんない」

イェルロフはこの答えを検討した。「でも、見覚えはあるのか?」

ヨーナスは懸命に考えている。「たぶん」

「どこで見かけたのかな?」

「わかんない」

少年は視線を下げ、イェルロフも無理強いはしたくなかったから、静かにこう言ってみた。「じゃあ、思いだしてみてくれ……船でその男に会ったとき、最初にどんなことが思い浮かんだかな?」

ヨーナスはイェルロフを見あげてこまった顔をしてから、こう言った。「アフリカ」

帰ってきた男

エンジンの音がやんだ。船は海峡の中央を漂い、波もなくほぼ停止していたが、それでもくたびれた腕とこわばった脚の老人には下船はむずかしかった。

帰ってきた男は戦利品の入ったバッグをモーターボートの底へ投げた。続いて、長いビニールケーブルの端を自分の手首に縛って舷縁を乗り越え、なんとかボート前列のシートに足を置こうとした。しばらくはふたつの船が離れていくかに思えたが、リタはうまく操って船外機を動かし、二隻を並べた。

帰ってきた男はモーターボートに乗り移った。ケーブルを手首に巻いたまま。いまや、これだけが船とモーターボートをつないでいる。

リタは無言だった。冷静沈着のようだ。恋人のペッカとは違う。こちらはモーターボートの中央に座り、うつむいてひとりごとをつぶやいている。ボートに乗りこんだとたん、血まみれの斧を海に投げ捨てた。遠く黒い闇へ。

「くっそ……くっそ……」

帰ってきた男は船首にしゃがみ、ペッカの膝に手を置いた。「ペッカ。わたしを見ろ」

ペッカは顔をあげた。「くっそ」彼はまたそう言った。「奴ら、死んだ」

帰ってきた男はうなずいた。「そうだ。だから、わたしたちはすべての痕跡を消さねばならない」彼は暗闇でケーブルを掲げた。「やることが残っている」

ペッカはうつろな表情で彼を見つめた。「おれたち、奴らを殺した。乗組員全員を」

帰ってきた男はペッカの手を握った。氷のように冷たい。ペッカがどうなっているのかわかっていた。ショック状態だ。初めて人を殺した兵士の多くがこうなる。いま大切なことはペッカを小さな点に集中させ、より大きな問題を忘れさせることだ。彼自身が若い頃に殺しを始めたとき、銃のことだけを考えたものだった。正確に扱うことだけを考え、ほかはいっさい頭から追い払った。すると、ずいぶんと楽になった。

「奴らは具合が悪そうだったよな?」ペッカが話を続けた。「船倉にあったなにかのせいで?」

帰ってきた男は首を振った。それについては彼も答えられない。

「奴らは身から出た錆なんだ」それだけ言うと、ケーブルの端をペッカに差しだした。「片づけてしまおう。おまえならできる」

ペッカはケーブルの先を視線でたどった。船の舷縁を越えてハッチのひとつへと消えている。彼は震える右手で端を摑み、小さな起爆装置を握ると強く押した。船の内部でくぐもったボンッという音がした。暗闇が振動するように思え、それから喫水線の下からゴボゴボと聞こえてきた。船体に穴を開けたのだ。

帰ってきた男は息をとめていたが、ようやく吐きだした。「よし、少し離れよう」

リタがハンドルをまわすと、モーターボートは船から遠ざかっていった。船はすでに傾きはじめている。帰ってきた男は船首に爆弾を仕掛けておいた。それが爆発したので、船尾が突きあげる格好になってきた。最初はゆっくり、それから勢いを増した。

船は壮観なありさまで、だが、ほとんど音をたてずに沈んだ。時折、通気口から押しだされるシューッという音がするだけだった。

十五分足らずで水面には跡形もなくなると、リタは猛スピードで出発し、夜闇を引き返した。

近づくにつれて島の黒い輪郭がみるみる大きくなっていった。遠くからは海岸線がなだらかなカーブで作られているように見えるが、接近すると本当のところはいかに岩だらけでゴツゴツしているか、わかる。

エーランド島リゾートとステンヴィークのあいだの入江と岬のあたりに到着した。ここに車をとめている。岸はまだ暗く、誰の姿もない。なんの問題も残らないはずだ。

陸にあがる直前に、帰ってきた男はバッグに手を入れ、丸めた紙幣をふたつ取りだしてペッカとリタにそれぞれ与えた。

「次に会うまで、これでしのぐといい」

ペッカは礼を言わなかったが、少しは落ち着いたようだった。船外機の音に負けないよう声を張りあげた。「船に乗ってきたあの子供……あいつ、なにしてたんだ？」

帰ってきた男は彼を見つめた。「子供？」

「ああ、沖へ走っていたときだ……いきなり、ハッチのところに現われやがった。おれはあんたを探していたんだが、見失った。そこにあの少年が降ってわいたんだよ、生霊《いきりょう》を引き連れて――乗組員のことさ。それでおれは斧を使って――」

「落ち着け」帰ってきた男は口を挟んでペッカを見つめた。船が浅瀬に来て底が岩場でこすれる。

「その少年だが――おまえ、姿を見られたのか？」

「そりゃそうだよ、一メートルしか離れてなかった。甲板でおれの目の前にいた。どこから来やがったんだ。捕まえようとしたが、舷縁を乗り越えて消えた……」

リタがエンジンを切った。「でも、あんた、目出し帽をかぶってたんじゃないの？」沈黙が広がるなか、彼女は言った。「顔は見られてないでしょ？」

ペッカは首を振った。いたたまれないように遠くを見た。

「そのときは、かぶってなかった」しばらくして彼は答えた。「あんまり暑くて汗びっしょりだったからな」

帰ってきた男は立ちあがり、暗い海岸を見つめた。

「その子が誰かわかったか？」

「いや」

帰ってきた男は陸にあがったが、ペッカを振り返った。「すぐ家に帰れ」彼はそう言った。「そして家にいろ。外へ出るな」

ペッカは状況の重大さを理解したようだ。うなずいた。「あんた、どうするんだ？　すぐに家へ帰るのか？」

「家？」

「ああ……アメリカへもどるのか？」

帰ってきた男は答えない。海峡の暗い水を見つめるだけだ。少年の頃、海を渡った旅のことを考えていた。まだ未来を信じていた頃を。

一九三一年七月、あたらしい国

アーロンは船室にスヴェンをひとり残している。できることはなにもない。スヴェンの痩せた身体は寝台に横たわっているけれど、頭を寝台の端から突きだして、床に置いたホウロウのおまるに吐いている。においは言葉にできないくらいだ。アーロンはあそこでは息ができない。

吐き気の発作の合間にスヴェンはひとりごとをつぶやく。クロス家の話、墓標と転がり落ちる石の話、倒れた壁の話をする。

「いつも捨て台詞を残しやがって……あいつは石の柱みたいだった、どっかりとまっすぐで……おれは家に帰るべきだった……拳をあげちゃならなかった……」

時々、スヴェンはエーランド島に帰ったと思っているようだ。レードトルプの砂浜に寝そべっていると。だが、そうじゃない。彼が寝そべっているのは長く白い船、カステルホルム号の上だ。広くて波の荒い海を蒸気をあげながら進む船。

スヴェンとはひとつの寝台を一緒に使っているが、アーロンはめったに船室にいない。あんなにおいのするなかで隣に寝たくないからだ。たいていの時間を甲板で過ごしている。そうでなければ、船橋で。船長が彼を入れてくれて、どんなふうに船を走らせているのか見せてくれる。

船旅の最初の頃、スヴェンもカステルホルム号を歩きまわった。前甲板に立って舷縁に腕を預けて海を見つめたものだった。でも三日目に波が大きくなってくると、船室に張りついた。おまるにも。

アーロンは舷縁のところに立って泡立つ海をながめている。

太陽は雲のうしろに隠れて、水平線は消え、陸やほかの船の姿は全然見えない。見えるのは途切れることのない波だけ。長い線になってこの船に寄せてきて、一番高いところで船首にあたって砕けている。

海にいると時間の感覚をすっかりなくしてしまい、到着が心待ちになる。乾いた土地に足を踏み入れるときを。どんな土地でもいい。においまでしてきそうだ。冷たい空気、厳しい風。蒸気エンジンの音は聞こえるが、エンジンには近寄らない。風や太陽と一緒のほうが嬉しいからだ。家のそばの砂浜を思いだす。

ひたすら待っている。早く旅が終わるのを。

しばらくすると誰かが力なく近づく音が背後からする。スヴェンが起きだしたのだ。彼は潮風を思い切り吸い、短いマストの前に陣取り、甲板にしっかりと足を踏みしめ、どこか遠くを一心に見つめる。未知の大陸のほうを。

アーロンは彼を見やる。「もうすぐ？」

スヴェンはため息を漏らす。「同じ質問だな。何度も……」彼は喉をぐっといわせ、静かにげっぷをするが、遠くの一点を見つめつづける。「陸が見えるか？」

アーロンは風に目を凝らす。しかし、首を振る。

「見えてくる。そろそろ」スヴェンは先を続ける。「すぐにあたらしい国に着くぞ」

アーロンにはひとつ質問がある。「そうしたら、母さんに手紙を書ける？」

「もちろんだ。着いたらな。必要なものをおまえが見つけられれば……ペンと紙と切手を」

「がんばるよ」

「それに、高価じゃなければ」

アーロンは陸にあがったら、ペンと紙と切手を見つけようと決める。いくら高くても。

「むこうにはどのくらいいるの？」

「〝いる〟？」スヴェンが言う。「むこうに〝いる〟だけじゃない。働くんだ、まともな暮らしをするんだ。

最低でも一年」

「そうしたら家に帰れる？」

スヴェンはまたため息をつく。「帰るときには帰るから」そんなふうに言う。「質問ばかりするな」

そして背をむけて船室とおまるのもとへもどる。

アーロンはその場に残る。海を見やり、海岸線が見えてくるのを待つ。あたらしい国、別世界の始まりを。

イェルロフ

太陽が四時半に島の上に昇ったが、イェルロフは七時過ぎまで起きなかった。ボートハウスの灰色がかった薄明かりのなかで瞬きをして、突き当たりの壁にぶらさがる古い網をながめた。ドアをノックする音、暗闇から転がりこんだ怯えてびしょ濡れの少年のことを思いだす。あれは全部夢だったか？

いや、天井からぶらさがる何枚かの服があるし、彼はひとりではなかった。もうひとつの簡易ベッドに重ねた毛布の下で小さな人影がぐっすりと眠っている。あの少年――ヨーナス・クロスが。

夜更け、イェルロフがロウソクの火を吹き消すと、あの子の息遣いは次第に整っていき、ついには静かなものになった。

イェルロフは不意を突かれて気が動転したあまり、まともに寝つけなかった。隣に滑稽な化石の棍棒を置き、ベッドに座ったような姿勢でしばらくうとうとしてから、寝ずの番をすることにした。思いがけない危険――ゾンビの船乗りや腹をすかした怪物に備えて。けれどゾンビも怪物も現実のものになれなかったらしい。

こうして冷たい床に足を置き、ブラインドを開け、外の世界を見た。

海岸は海とそっくりの灰色だった。太陽はまだ夏らしい強い光を出してはいない。海岸線には人っ子ひとりおらず、海峡には難破船も見えなかった。海は鏡のように穏やかだ――けれど、突然、なにかが動いているのが見えた。小さく真っ黒な頭が岸に沿って泳いでいる。

イェルロフの背後でヨーナスが身じろぎした。

「おはよう」イェルロフは声をかけた。

「あいつ、そこにいる?」少年の声は不安でいっぱいだ。

「いや。外には誰もおらんよ」イェルロフは冷静に言った。「見えるのはミンクだけだ。きっと鳥の卵を探しておるんだな」

数羽のカモメが海岸の上を旋回し、険しい警告の鳴き声をあげた。例のミンクも見つけ、最初のカモメが海めがけて舞い降り、鋭いくちばしを武器に使おうとした。カモメが攻撃するとミンクはすぐさま波間に消えたが、少し離れた場所にまた顔を出し、岩という隠れ場所がいくらかある陸へむかった。海からあがり、なかなか品よく身体を震わせて水を弾くと、くねる黒いウナギのようにこそこそと逃げていった。

イェルロフは少年にほほえんだ。「今朝はどんな気分だね?　いくらかよくなったか?」

ヨーナスはうなずいたが、表情は緊張して怯えていた。「誰か見える?」

「いや」イェルロフはまたそう言った。「それに船の姿もない」

小さな本棚に古いお絵かき帳があるのに気づいた。孫の誰かが紙とクレヨンを置いたままにしたのだろう。それでひらめいた。

「その船がどんな形だったか、話しあってみんか? きみが説明してくれたら、わたしが絵に描こう」

「いいよ」ヨーナスが言った。

イェルロフは黒いクレヨンを手にして、エーランド島の典型的な漁船の輪郭を描いた。船首に小さな操舵室と短いマストをつけたす。「漁船だったか? こんな?」

「違う。甲板で魚のにおいはしたけれど、もっと長かったよ」

イェルロフはタグボートを描き、強化された船首と船尾をくわえた。「こんな船か?」

「違うな……もっと長いくらいだった」

イェルロフは紙を丸め、三度目の挑戦をした。今度はもっと大型の船を描いた。貨物室に通じるハッチがいくつかあるものを。「これはどうだね?」

ヨーナスが黙ってうなずき、イェルロフはでかしたぞと自分を褒めたくなった。

「それでは、なにでできていたね? 木か金属か? 船によじ登ったとき、船体にリベットがついているのに気づいたか?」

ヨーナスはちょっと考えてから、またうなずいた。

「いいぞ、では金属だったわけだ……甲板にはなにが見えた? 特徴になるような構造物がなかったかね?」

ヨーナスが絵を指さした。「この前のところに小屋みたいなのがあった……うしろには、それより大きいのが」

イェルロフはそれを描きたし、次の質問をした。

「乾舷に満載喫水線が描かれているのが見えたかね？」

少年がぽかんとした表情で見つめ返したのでイェルロフは話を続けた。「気にせんでいい……船にマストはあったか？」

ヨーナスは目を閉じた。「思いだせないよ。前の右のところに小さいのがあったかも。それから真ん中に大きなハッチがあったよ」

イェルロフは太い線でハッチの位置を描いてから、さらに尋ねた。「男たちが死にかけていた場所は？」

「ここに転がってた。それからここ。ここにも」

「ほかの者についていては？」

「斧をもった男はここに立ってたよ」ヨーナスが示す。「それから白髪のおじいさんが操舵室にいた……ここに」

イェルロフはそれぞれに黒い十字架の印をつけた。

「船に名前があったかね？　船首に書いてあるのに気づいたか？」

ヨーナスはうなずいた。「エリア号だった」

「〝エリア〟？　ツァレファテの死者を復活させた男の名と同じかね？」

少年が見つめ返すばかりなので、イェルロフはヨーナスがまだ堅信礼を受けていないのだと気づいた。それにたぶん、最近では堅信礼に備えて子供たちは聖書を読まないんだろう。きっとたがいにマッサージでもして、楽しい歌を歌うのだ。

イェルロフは船首に〝エリア〟と名を書きこんだ。

「よし。そこで絵をくるくると丸めてうなずいた。「よくやった、ヨーナス。出かけて朝食にせんか？　わたしのおごりで」

ほほえみのお返しはなかったが、少年はうなずいて立ちあがった。

リーサ

DJとして二日目を務めた翌日、リーサはトレーラーハウスの表の物音で目覚めた。誰かが金槌を使っている。身体を起こして時計を見た。十時十分。祖母は晩年にはいつも十時まで寝ていた。それより早く起きると一日が長すぎるというのが口癖で、リーサの祖父が死んでからの人生がいかに退屈かをはっきり物語っていた。

リーサの人生は退屈どころじゃなかった。

ゆうべ、レディー・サマータイムはあやうく捕まるところだった。あやうく。飲み過ぎて一晩中、金を使いまくっていた裕福な若者が、汗まみれの手を彼女の手に重ねた。まさに彼のジャケットのポケットから財布を盗もうとしたときに。

しまった！　彼女はそう思った。

だが、すぐに財布から手を放すと（残念なことに札束で丸々とふくらんだ財布だった）、財布はそのままポケットにもどった。若者はリーサの耳に舌を入れ、それからバーへもどっていった。へべれけに酔っていて、なにも気づいていなかった。

リーサはベッドから立ちあがり、窓から清々しい朝を見つめた。空は鮮やかな青で波の泡立つ音がする。祭りの会場に放置され、日射しですっかりしおれてしまった花に飾られたマイストングが風に吹かれる音だけがちょっぴり物悲しい。

白髪の老人が傾いたトレーラーハウスの前にいた。ジャッキに腰をかがめ、まっすぐにしようとしている。それで物音の説明はついた。窓に背をむけ、朝食の時間にすることにした。

食事を済ませると携帯を手にしてフッディンゲのア

パートに電話をかけた。呼び出し音が十二回鳴ってから、だるそうなしゃがれ声が応えた。「もしもし？」

サイラス。十時四十五分なのに――彼にとっては早朝だ。

「ハイ、わたしよ」

サイラスはため息をついた。息遣いから今日はドラッグをやっていないとわかる。疲れているがやっていない。

「おう」

それから沈黙が続いた。息遣いだけが聞こえてくる。

「元気？」リーサは尋ねた。

「ああ。喉はカラカラだ」

「だったら、なにか飲んで」

「なにもない」

「水道の水を飲んでよ」

「嫌だ――水道水には砒素が入ってる」

沈黙。

「手紙を送ったのよ」リーサは言った。

「金も？」

「そう。たくさんのお金を」

「いいぞ……今年の夏はもっと手紙を送ってくれるのか？」

「たぶんね」リーサは答える。「そうなりそう」

「最高だ」

サイラスはありがとうと言わなかったが、嬉しそうだった。

会話はたいして続かなかった。サイラスは出かけるところだったからだ。いつものように、どこへ行くのかは言ってくれない。

リーサは電話を切り、しばらくじっとトレーラーハウスで座っていた。からっぽのプラスチック容器を手にして、ようやく水を汲みに日射しの下に出た。水道のところに立つと、イヌバラにかこまれた近くのトレーラーハウスのドアが開いた。外に出てきた若い女に見覚えがあった。夏至祭のダンスのときにクロス一家と一緒にいた女だ。

　ポーリーナ、そういう名前じゃなかった？　ふたりはうなずきあった。

「おはよう」リーサは声をかけた。「じゃあ、あなたもここに住んでいるのね」

　ポーリーナはふたたびうなずいた。

「ここには長く暮らしているの？」

「二週間……夏の仕事」

「わたしもよ」リーサは言った。「七月はずっとここで働くの。あなた、ここの仕事が終わったらポーランドにもどるの？」

　ポーリーナは首を振る。「ポーランドじゃない。わたしはリエトゥバ出身」

「リエトゥバ？」リーサは少し考えこんだ。「それはリトアニアのことね？」

「そう……リトアニア」

　ポーリーナはそれ以上なにも言わない。リーサはポーリーナのトレーラーハウスを見た。リーサのよりも小さいし古いし、ずっとみすぼらしい。ひびの入った卵そっくりだ。リーサは急に自分が特別待遇を受けているような気がして、少しとまどった。

「じゃあ」リーサは水の容器を手にして言った。「わたしは仕事の準備があるから……あなた、今日は仕事があるの？」

　またもやうなずきが返ってくる。

「クロス家の仕事？」

「家の仕事じゃない。わたし、彼のためだけに働いている」

「彼？」

「そう」ポーリーナは真剣な表情になった。「ケント・クロス」

　彼女は顔をそらし、また黙りこんだ。ポーリーナがケント・クロスのためにしなければならない仕事をあまり好きじゃないのはわかった。

イェルロフ

ふたりでイェルロフの家に行くと、孫たちはヨーナスが誰かわかったらしい。どうやら、ユリアの義理の息子である十一歳のクリストファーは、ヨーナスと水泳教室で一緒のようだ。ふたりは少しはにかんで「やあ」と挨拶をかわした。

いいぞ。すでに友人関係があるのならば、あれこれが簡単になる。イェルロフはヨーナスを電話の前に連れていった。

「ご両親に電話をかけなさい。きっと心配していなさるだろう――無事だと伝えるんだよ」

少年はためらっているようだ。「ここには父さんしかいないんだ……ヴェロニカおばさんとケントおじさんのところに泊まってるの」

イェルロフはうなずいた。エーランド島リゾートの所有者たちのことは知っていた。

「そうか、ではその家に電話をかけて。その人たちに、自分はダーヴィッドソンの家にいると言いなさい。迎えにきてもらいたいかね？」

ヨーナスは首を振り、のろのろと受話器を手にした。とてもこまった表情だから、イェルロフはひとりにしたほうがいいと判断した。少年が誰かと静かに話す声がした。

その後、ふたりは朝食にした。イェルロフはどこでヨーナスを見つけたのか三人の孫たちが尋ねてくるものと思っていたが、ると、ヨーナスも子供たちの会話に混じり、他の子たちがほほえむと、彼もほほえんだ。

イェルロフは笑顔にならなかった。船の絵を載せたコーヒー・テーブルを見やった。エリア号。彼は貨物ハッチの黒い十字架を見て考えこんだ。

朝食を済ませると絵と麦わら帽子を携えて、ヨーナスに少し外へ行こうと誘った。ふたりは庭のデッキチェアに並んで腰かけ、イェルロフの肩と脚は日に焼かれはじめた。ヨーナスは芝生をじっと見つめている。

「昨日のことを考えているのかね？」イェルロフは尋ねた。

少年がイェルロフを見てうなずくと、あの恐怖がふたたび甦ったのだとわかった。

「船についてきみが話してくれたことは全部……やはり全部本当のことだと言うんかね？」

「うん」

「きみは船で死んだ船乗りたちを見た。ふたりはまだ生きていた。操舵室には老人、斧をもったのが若いほうの男……きみは彼がアフリカからやってきたと思った。そうだね？」

「あ、うん」ヨーナスは静かに言う。「でも、あの男がアフリカから来たとは言ってないよ。男を見てまずなにを思い浮かべたかと尋ねたでしょ——ぼくはアフリカの動物とジャングルの太鼓を思い浮かべたんだよ」

イェルロフは混乱した。「きみはアフリカに行ったことがあるんか？」

ヨーナスは首を振って否定した。

これ以上は謎を解明できそうにないな。イェルロフは杖を握り、ゆっくりと立ちあがった。「警察に連絡したほうがよさそうだ」

ヨーナスは怯えた表情になったが、イェルロフは手をあげて心配するなと押し留めた。

「大丈夫さね……身内の者だから」

ティルダ・ダーヴィッドソンはイェルロフの知るただひとりの現職の警官で、亡くなった兄の孫娘でもある。イェルロフは島の東側の自宅にいる彼女になんとか連絡を取り、なにがあったか手短に説明した。

「それで、ゆうべ海峡で漂流している船を沿岸警備隊が見つけておらんかと思ったんだが？」

「わからない」ティルダが答えた。「沿岸警備隊の活動はわたしにはわからないし、今日は非番だし」

電話のむこうで子供たちの笑い声がしたが、イェルロフはとにかく話を続けた。「おまえから沿岸警備隊に確認してもらえるか？」

「それはできないの、警察の中央通信センターが決めることだから。あそこで、その少年の話に信憑性があると判断すればの話よ」

イェルロフはため息を漏らした。なんと面倒くさい。「では、うちに来てくれんか。どう思うか意見を聞かせてくれ」

こうして同僚は誰も連れず、制服姿にもならず、ティルダがやってきた。ゆったりしたデニムのワンピースを着ている。子供を授かったんだろうか。だが、尋ねたりはしなかった。

ティルダはイェルロフと孫たちに挨拶してから、ゲーム機で遊んでいたヨーナス・クロスと握手をした。

「ティルダはカルマルの警官さね」イェルロフは説明した。「ふたりで少しおしゃべりするのがいい考えだと思うんだが」

ヨーナスはゆっくりと立ちあがった。警官とのおしゃべりにわくわくしているとは言いがたい様子だ。ティルダが低い声でイェルロフに言った。「あなたも一緒にいて」

「いいのか？」

「証人になってほしい。警察は事情聴取が正しくおこなわれたことを証明するために独立した立会人を呼ぶこともあるの」

イェルロフは同意して、ヨーナスとティルダに続き、陽炎の見えそうな暑い外に出た。

「島には毎年夏に来るの、ヨーナス？」パラソルの下に収まるとティルダは尋ねた。

「ううん。去年は母さんと自宅にいた。だって父さんが……」少年は黙りこみ、イェルロフを見やった。

「お母さんはどこに住んでらっしゃるの？」ティルダが話を続ける。

「フースクヴァーナだよ」

イェルロフは無言で座り、ティルダに話をさせた。まずふたりはゲームとサッカーのステッカーの話をした。ティルダはこの話題のことをよく知っているようだった。しばらくして彼女は身を乗りだした。「ゆうべ、怖いものを目撃したらしいわね……」

ヨーナスがうなずく。

「その話をしてくれる？」

「いいよ」

そこに座って少年の話を二十分にわたって聞いた。イェルロフはヨーナス・クロスから同じ話を再度聞いた——海峡の黒い船も同じ、死んだ船乗りも同じ、斧をもった男もアーロンと呼ばれた老人も同じ――最初に聞いた話とまったく同じだから、イェルロフはますます本当のことだと信じるようになった。

その後、ティルダとイェルロフは庭に残り、ヨーナスは家のなかに帰した。

「おまえの尋問はわたしのと同じ話を引きだしたよ」イェルロフは言った。

「いまのは尋問じゃないの」ティルダがすぐに訂正を入れてきた。「未成年に話を聞くには細心の注意が必要よ。警察にはそのために特別な訓練を受けた警官がいる。いまのは、ただのおしゃべり」

「それで、おまえはこの件を調べるのかね？」

「なにを調べるの、イェルロフ？　県警があちこちまわって聞き込みを始めるには犯罪現場がないと。でもこれまでのところ、それもない」

イェルロフはボートハウスからもってきた絵をひらいた。

「それならここにある。今朝、ヨーナスに手伝ってもらい、わたしが描いた。この船に乗ったそうだ。エーランド島の船じゃない」

ティルダがスケッチを見た。

「どうしてそう言い切れるの？」

「大きすぎる。これは小型の貨物船で、おそらく全長九十フィートぐらい、二度の大戦のあいだの時代のものだ。島のデーゲハームンの古いセメント船という線もあるが、エリア号というのは一隻もない」

「なるほど。でも、だったら、その船はどこにあるの？　ここに来る前に海岸通りを少し走ってみたけれど、海峡には一隻も船はなかった」

「移動したんさね。あの子が船にはエンジンがついていたと話していた……ゆうべ、わたしも船の音を聞いた。北へむかう音だ。そして船の返し波の音も。海峡を離れてバルト海に出たのかもしれん」イェルロフはちょっと黙ってからつけ足した。「沈没していなければな。あるいは沈没させられていなければ」

「よくわかった、あなたの勝ち」ティルダは絵をイェルロフに返した。「沿岸警備隊によくよく注意しておくよう依頼はする。でも、船が見つからなければ、たいしてできることはないからね。少年ひとりの話だけじゃ」

「怯えきった少年だぞ。ボートハウスに転がりこんだとき、あの子の全身は震えておった。心底恐ろしいものを見たんさね」

「幽霊船の幽霊だものね」ティルダが言う。

「幽霊を見るのは、幽霊が存在すると言うのと同じことじゃないぞ」イェルロフは主張した。「だが、聞かせたい話がある……」

ティルダは苦笑いをした。「お得意の幽霊話？」

イェルロフは指を振ってみせた。「とにかく聞いてくれ。これは実話なんだ。五〇年代、わたしたちがストックホルムに石を運んでいたときのことだ。毎週、海岸沿いを船で行き来しておった――決まりきったいつもの航路だったよ。だが、ある暑い夏の日に、機械油の荷降ろしがあって、オスカーシュハムンに寄った。波止場にはわたしの船の隣に漁船が係留されていた。航海にはまったく問題がない状態だったが、放置されているらしかった。船には誰の姿もない。だが、海に出ればお隣さんには挨拶するのが伝統だ。それで荷降ろしを終えると、乗組員がおらんか様子を見に行った。寝ているのかもしれんと思ってな」

彼は西を見やった。海は森の隙間からかろうじて見えるだけだ。

「それで、操舵室のドアをノックしたが、返事がない。誰もおらんかった。自分の船にもどってもよかったが、妙な気がしてな。だから甲板を歩きまわると、貨物ハッチを少し開けた。暗がりを覗きこむと、そこに横たわっていたんだよ。漁師がふたり、船倉に並んで」

「殺されて？」

「わたしも最初はそう思ったから、下りていった。ふたりは亡くなっておったが、なんの外傷もない――顔が青ざめているだけで。そのときなにがあったのかひらめいて、わたしはきびすを返して船倉を出ようとした。甲板で目覚める前に覚えているのは、そこまでだったよ。ヨンが大声で呼びかけたから起きたんだ。なんとか梯子をよじ登ってから気を失ったらしい。ひどい気分だった……あのときのわたしは、生霊のようだったろうね」

「つまり、その漁船の船倉に毒ガスがあったということ？」

イェルロフは首を振った。「いや、ただの魚だよ……だが、ふたりの命を奪ったのは、その魚だった。漁師たちは船倉で魚のはらわたを抜いていたが、夏の暑さではらわたが腐りだして硫化水素が発生した。それで酸素欠乏を引き起こして、ふたりは窒息したのさ」

「それはよくあることなの？」

「最近の漁船じゃ起こらんよ。魚の鮮度を保つための冷蔵の設備も氷もあるからな。だが、過去にはたまにあったことさね。夏に。船倉に魚を収める古い船では。ヨーナスがゆうべいたような船でな……そうしたことはあった。あの子は、甲板で魚のにおいがしたと言った。だから、あの子が目撃した男たちは硫化水素中毒だったのかもしれん」

ティルダはいまの話をじっくり考えていた。「では、致命的な事故があったということね？」

「事故の可能性はある」イェルロフも同意した。「だが、ひょっとしたら……窒息してしまうには密封された空間にいないとならん。しかも、船が海岸のそれだけ近くにいたのに、乗組員が全員船倉にいる理由はない。何者かが無理に乗組員を船倉に追いやり、閉じこめたなら別だが」

ティルダはしばし無言だったが、携帯を取りだし、少し離れた位置へむかった。誰かと小声でしゃべっている。数分でもどってきた。

「沿岸警備隊と話をしたから。ゆうベエーランド島から行方不明になった船の通報はないって」

「どう話を切りだしたんだね？」

「一般市民がステンヴィーク近くで沖に漂流していくらしい船を見かけたとだけ言ったの。本格的な捜索は始めないけれど、目を光らせると約束してくれた」

イェルロフは杖を手に取り、ティルダを車へ送った。

「あなたにとって大事なことなのね？」彼女は尋ねた。

「というわけではない」イェルロフはそう言い、少し考えてから話を続けた。「だが、誰かが幼い者たちに耳を傾けねばならん。わたしは子供の頃に墓地で柩を内側から叩く音を聞いたが、家に帰ってその話をすると父は笑うだけだった。だから、わたしは絶対に笑わないんだ。どんなに妙な話を聞いても」彼はティルダを見つめた。「ところで、灯台の幽霊たちとはうまくやっておるかね？」

「あの人たちは休暇中よ」彼女は手短に答えた。「わたしももうすぐ休暇」

彼女は車に乗って走り去った。

わたしにやれるのはここまでだな。そう考えて、イェルロフは庭にもどって腰を下ろした。鳥はさえずり、太陽は照りつけている。しかし、ヨーナスの話が頭から離れなかった。

海峡の幽霊船。年寄りのアメリカ人が乗っていた。

そしてアフリカの若者だって？

帰ってきた男

晴れた夏の日、エーランド島の海辺はどこも混みあっていた。見たこともないほどの数の観光客が押し寄せていて、これは好都合だった。帰ってきた男は彼らに紛れ、短パンと赤いTシャツとサングラスの老人になって歩きまわることができる。

なにをしているのかと尋ねられることもなく、ステンヴィークの墓標を訪れることもできる。なぜならあれは古代の記念物であり、誰でも見学していいものなのだから。それでストックホルムで購入したフォードをステンヴィークの郵便受けの横にほかの車と並べてとめ、歩いて南へむかった。

海峡を見やると、何隻もの船舶があった。海岸近くには小型のモーターボート、もっと沖にはやや大型のヨットが数隻。だが、大型船は一隻もない。

ゆっくり一晩眠り、こうした暖かい日射しの下にいると、ゆうべ起こったことを正確に思いだすのは困難だった。船に乗り、乗務員を船倉に追いやり、最後に船倉に穴を開けた。今日はあの船の跡形もない。

彼は海に近い小さなキャンプ場を通りすぎてから、高台へむかった。海岸通りの別荘はあるが、姿は見られないで済む。海岸通りを歩かなくても、海辺から高台にあがることができる狭い窪地があるからだ。人工のもので、ずっと昔に石工たちが岩を掘りだしたときの名残であり、砂利に覆われ切り開かれた急な斜面となって、底は屑石が散らばっている。足を滑らせないよう、用心して移動した。

しばらくすると、頭上に墓標が見えた。高台にたくさんの石を積みあげた山に見える。記憶にあるより、端に近かった。絶壁の岩肌は七十年のあいだに浸食されたに違いない。

時間はなにもかも粉々に砕く。

墓標の数メートル下に、コンクリート枠にはまった金属のドアが見えた。墓標のほぼ真下にあたる位置。掩蔽壕《えんぺいごう》の入り口のようだった――おそらく戦時中の防衛陣地だったものか？

帰ってきた男はあたりを見まわしたが、やはり周囲に人の目はない。

金属のドアはどっしりした南京錠と鎖でふさいである。引っ張ってみたが、どうにもならない。ボルトカッターが必要らしい。

一分ほど開けようとしたが諦めて掩蔽壕を去り、楽に高台へ出ることができる狭い石の階段を見つけた。彼は無言で身じろぎせずにしばらく墓標の前に立ち、スヴェンのことを思った。

それから背をむけ、海岸通りの内陸側に並ぶ家々を見た。いくつもの窓と大きなウッドデッキをもつ長方形の切妻屋根の別荘が二軒。そのあいだに特大の青いプール。

クロス家に近づいた。あと数百メートルというところまで。だが、窪地を使って動けば、姿を見られずに済む。それに彼らは帰ってきた男を知らない。帰ってきた男が何者か誰も知らない。

それですべてはずっとたやすくなった。

一九三一年七月、あたらしい国

アーロンとスヴェンは荷物を集めて甲板に立っている。到着した。気船カステルホルム号はたくさんの船が停泊する大きくてなじみのない港に滑るように入っていく。幅広い石の岸壁にじわじわと寄せる。アーロンは目の前の背の高い建物や広い道路のある都会に目を凝らす。細い窓がずらりと並ぶ特大の建物ばかり。

ストックホルムもこの都会とは比べ物にならない。アーロンはこの街の名を知らない。自分たちがアメリカに到着したことだけわかる。

アメリカ合衆国。あたらしい国。

スヴェンがふたりの鞄や道具を抱えてタラップを下りる。暗い石造りの戸口に案内される。そこでは全員が列を作らないとならない。やがて、制服姿の肩幅の広い男ふたりがやってきて、乗客たちに質問する。通訳が手を貸す。アーロンはなにもしゃべらない。スヴェンが話は全部引き受けている。ふたりのパスポートを提示し、鋤を掲げ、通訳と近づきがたい表情の職員にほほえむ。

「自分たちの意志でここに来たよ」

「それはそうでしょう」通訳が言う。「ですが、ここでなにをするつもりですか？」

「働きたいんだ。ふたりとも。あたらしい国を築いていきたい」

通訳は職員たちと話しあい、さらに質問する。「あなたの職業は？」

「おれたちは農民だ。おれは製粉所でも働いたが、作物を育てて牛の世話をすることにほとんどの時間を使ってきた。それにおれの義理の息子は学校に通いながら、空いた時間におれを手伝ってきた」

通訳がアーロンのパスポートをたしかめる。「この子はまだ十三歳だが……」

「ああ、だが、こいつは大きいし、力もあるし、働き者だ」

職員のひとりがスヴェンにある写真を見せる。眼光鋭く、あごをあげた男の写真だ。「これが誰かわかるか？」

「あんたたちの指導者だ」スヴェンが答える。

「名前は？」

スヴェンが少しのためらいもなく聞き慣れない名前を口にすると、職員は満足してうなずく。

ついにスヴェンは男たちにドル紙幣をいくらか手渡す。これがものをいう。パスポートにスタンプが押され、ビザが発行され、あたらしい国への入国を許可される。

スヴェンとアーロンはこの街に三日留まる。大きな鉄道駅近くの小さなホテルに滞在し、広くて混雑した道路をそぞろ歩く。アーロンはたくさんの種類の外国語を耳にするが、一言も理解できない。まわりの人はみな自分の行き先を知っているらしいが、スヴェンは迷子になったように見える。窮屈な客室で彼の機嫌は悪くなって、何度かアーロンをぶつ。

夕方になると彼は出かけ、何時間か留守にする。アーロンは窓辺で待つしかない。

二日目の夕方、もどってきたスヴェンはずいぶん元気になっている。すべてが手配できたのだ。スウェーデン語をしゃべる人物に会ったらしい。

「移動するぞ」彼はアーロンに告げる。「北の森にはスカンジナビア人が大勢いる。むこうに行けば、仕事がもらえる」

アーロンはもっとこの街で過ごしたいが、聞き入れてはもらえない。

翌日ふたりは汽車で街を離れる。コンクリートの建物が消え、田舎の風景がそれにかわり、緑と茶色の広大な平原、針葉樹の原生林、大きな川や終わりのないような湖の風景を旅していく。

汽車は楽観的な労働者たちでいっぱいであり、誰もが自分の道具を携えている——ノコギリ、ツルハシ、鋤。

スヴェンとアーロンは彼らと三等車に乗っている。ドル紙幣はほとんど残っていない。食べ物もあまりないが、車両の端で熱々の紅茶が買える。それを除けば、汽車はどこもかしこも凍えるようだ。

だが、スヴェンは線路の先をしっかりと見つめている。片手を鋤に預けて。

ヨーナス

ヨーナスがヴィラ・クロスにもどると、十二時近くになっていた。ダーヴィッドソン家ではイェルロフを納得させるために、電話をかける真似をしただけだ。身内の誰も、彼が夜をどこで過ごしたか知らない。秘密をばらすようなことになったら、マッツと従兄弟たちにきっとひどい目にあわせられる。

帰る途中、入江をじっと見たけれど、船も、岸に漂ってきた死んだ船乗りの姿もなかった。太陽は輝き、風は暖かい。人が泳いだり、桟橋で日光浴をしたりで、ごく普通の夏の日みたいだ。でも、ヨーナスの心臓はどきどきしていた。

ヴィラ・クロスに着いた。後回しにしないほうがいい。

ケントおじさんの家のガラス戸を引き開けた。きっと、長いダイニング・テーブルをみんながかこんでるんだ。ケントおじさん、父さん、マッツ、従兄弟たち、みんなが心配していろんな質問をしてくる——でも、ヨーナスがいなかったことに誰も気づいてないみたいで、しかも、誰もいなかった。

ポーリーナだけがいて、キッチンでパーティが終わったあとの皿を片づけて重ねていた。ほかの人たちはたぶん寝てるか、エーランド島リゾートのほうにいるんだ。ヨーナスは水を一杯飲み、自分のバンガローにむかった。途中でマッツとウルバンに会った。ふたりとも緑色の短パンを穿いてサングラスをかけている。二台のロードバイクを運んでいるところだ。

「よう、弟」

「ゆうべはどんなだった?」ウルバンが言った。

「楽しかったよ」ヨーナスは答えた。

マッツは足をとめ、小声で話しかけた。「父さんには、おまえはゆうべ友達のところに泊まると言っておいた。そうしたんだろ?」

「あ、うん、そんな感じ……ボートハウスで寝たんだ」

「よかったな……カルマルよりずっと楽しかったんじゃないか。映画はつまらなかった」

ヨーナスはうなずき、船の甲板にいた死人たちを思いだした。それからアフリカのことも。ジャングルの太鼓の音が頭のなかで聞こえる気がして、フースクヴァーナの母親に電話したくなった。迎えにきて、うちに連れて帰ってと頼みたい。

でも、電話はしない。ここでやらなくちゃならない仕事がある。

だから、マッツとウルバンが自転車で海岸を去ってしまうと、ケントおじさんの家の暖かくて日射しの注ぐウッドデッキにもどった。板が彼を待っていた。まずはやすりがけの作業だ。それから特注の桐油を塗ることになる。

突然、背後でエンジンの音がした。ケントおじさんが車で帰ってきて、ガレージの前にとめた。携帯を手にして、相手の話にかなり長いこと耳を傾けて、たまにごく短く返事をしてるみたいだ。赤い顔で汗をかいていて、電話が終わるとシートに座ったまま、目の前の海峡を見ている。

それから首を振って、また電話をかけた。

なにかケントおじさんは動揺してるみたいだが、それがなにか知りたくはなかった。おじさんはヨーナスに気づいていないようだ。よっぽどなにか心配なんだな――一分ほどすると、海岸通りにバックして、また車で出かけていった。

ヨーナスはウッドデッキを見おろした。自分はもう休暇中じゃない。昨日の夕方、父さんがどうやるか教えてくれた。「しっかりと、同じ力でこするんだぞ、ヨーナス。それも、一回にできるだけ長い距離を。つねに手を動かしつづけて、木がささくれないようにすること」

ヨーナスは電動サンダーを手に取り、スイッチを入れて一枚ずつ板にやすりをかけはじめた。大変な作業だった。汚れがどの板にも染みこんでいて、もとの薄い色にもどすにはどの板も何度もやすりをかけないとだめだった。

でも、働くのはいいことだった。考えないでいられた。斧をもった男のことや、死んでいく船乗りのことを。

たぶん二十分ほどして、ガラス戸がひらいた。

「やあ、ヨーナス！」

父さんがサンダルと短パンとシャツという姿で現われた。まぶしい空を見あげて瞬きして、ヨーナスに手を振る。「なにも問題はないか？」

ヨーナスはうなずいた。父さんはそのまま外へむかい、プール横の寝椅子に横たわり、目を閉じた。

パーティのせいで二日酔い？　よくわからない。

ヨーナスは作業を続けたが、さらに板二枚にやすりをかけると背中に汗が流れ、休憩にした。父さんのもとに行くと、プールの端に座り、冷たい水に足を垂らした。父さんがほほえむと、ヨーナスは尋ねた。「船を見た？」

父さんはヨーナスを見つめてから、海峡に視線をむけた。「どの船だい？」

「大きな船だよ。ゆうべ」

「ゆうべは見ていないな」父さんは答えた。「でもここに到着してから、海峡を行く貨物船は何隻か見た」

ヨーナスはもう船のことについてはなにも言わなかった。さらに数分、水に足を浸して汗がとまると、立ちあがった。「続きをやるね」

作業は楽になってきた。電動サンダーのもちかたのコツがわかったからだ。

しばらくすると立って背中をストレッチして、そのとき海岸通りの向こう側から見られていると気づいた。白いあごひげに白髪、サングラスをかけた男が海岸の上の高台に立ち、ヴィラ・クロスを見つめていた。赤いTシャツを着ているのはわかったけれど、顔はよく見えなかった。遠すぎる。

墓標から転げたいくつもの石の真ん中に立っている。

ヨーナスはそれに気づいて全身に寒気が走った。

父親も気づいたかと振り返ったのに、寝椅子に仰向けになって口を開けていた。寝ちゃってる。

ヨーナスはのろのろと腰をかがめてやすりがけをまた始めたが、板を一枚終えるとふたたび墓標のほうを見た。

男は消えていた。

イェルロフ

鳥たちが声をかぎりに歌っていた。庭に座って補聴器を最大のボリュームにしていると、茂みからさえずりが聞こえて夏のコンサートのようだ。

クロウタドリがいるときに、蓄音機の必要な者がいるか？　イェルロフには必要ない。

夕方になりかけていたが、まだ暖かく穏やかな気候だった。一日が過ぎて六月がじきに終わるが、日射しの下でまどろむぐらいしかしていない。

どうやら睡眠不足からか頭痛がしたので、孫たちとミニゴルフをする機会は断り、目を閉じて鳥の声に耳を澄ましていた――門が開く音が聞こえるまで。

少年がそこに立っていた。ヨーナス・クロス。泊まり客がもどってきた。

イェルロフが手を振ると、少年はのろのろと近づいてきて挨拶をした。

「クリストファーはいる？」

「いまはおらんな」

「任天堂の〈ＦＩＦＡ〉で遊ぶ約束をしてたんだけど」ヨーナスが言った。

なにを言われているのかさっぱりわからなかったが、とにかくうなずいた。

「孫たちはミニゴルフに行ったが、じきにもどる。夕方になったが、気分はどうかい、ヨーナス？」

「大丈夫」

一言だけ。そして沈黙が続いたからイェルロフは切りだした。「なにがあったのかじっくり考えてみたかな……船の件について」

ヨーナスはうなずいた。身体を固くして緊張している。まるで死者に掴まれたようだ。それはひょっとしたら、本当のことかもしれない。七十年が過ぎても、イェルロフは墓地で倒れたイルベルト・クロスのことを覚えていた。当時の自分はヨーナスよりほんの数歳年上ではあったが、あの日のことはいまだに頭から離れない。ヨーナスに同じような目にあってほしくなかったから、身を乗りだした。「ヨーナス」彼はゆっくり声をかけた。「船で見たという男たちになにが起こったか、わたしはわかったと思うよ。その男たちは怪物でもなければ、ゾンビでもない。ガスの中毒になったんだ」

ヨーナスがイェルロフを見つめる。「ガス？」

「船倉の魚から出たガスさね。甲板で魚のにおいがしたと言ったろう。暑さのせいで魚が腐っておったと思うんだよ」

イェルロフはティルダに話したのと同じことを伝えた。少年は黙って聞き、こちらが口を閉じると少しだけほっとした様子になった。帰ろうとしたが、話はまだ終わっていなかった。

「それで、斧をもった男だがな、ヨーナス……前にどこで会ったのか思いだしたか？」

少年は首を振る。

「よければ、わたしが手伝ってみようか。どうだね？」

「わかった」

若干、苦労しながらイェルロフはもうひとつのガーデン・チェアを引き寄せた。「座んなさい」こうしてむかいあわせに腰かけ、イェルロフは手帳とペンを手にした。ヨーナスにほほえみかける。「準備はいいかね？」

「いいよ」

「よし。さて、時間を遡ってみよう……船の男の顔を思いだしてみて」

ヨーナスはうなずいたが、目は伏せたままだった。

「次は前にどこで男を見たのか思いだしてみる」イェ

ルロフはさらにゆっくりとしゃべった。「時間を逆もどりしたと想像して。その男に最初に会ったときより前へ」

「いいよ」ヨーナスはまたそう言って、さらにうなだれた。

庭は突然静まり返った。ふたりの椅子をかすめて飛ぶマルハナバチ一匹の音がするだけだ。

イェルロフは数秒待ってから尋ねた。「なにが見えるかね、ヨーナス？」

「建物」

「それはいつのことかね？」

「わかんないな……でも、夏だ。夕方」

「そしてきみは建物の表に立っている。この島かね？」

「どうだろ。そうだとは思うけど」

「それはどんな建物かね？」

「大きい」

「石でできているかね？　城のように。それとも煉瓦かね？」

「木だ。大きな板」

ヨーナスは芝生を見つめている。催眠術にかかったようになっているわけではなく、ひたすら集中して考えていた。

木造の建物か。イェルロフはすばやくメモをとった。〝未成年に話を聞くには細心の注意が必要よ〟。ティルダがそう言っていた。注意しなければ。それにこれは本物の尋問ではないからな。ただのおしゃべりというやつだ。イェルロフは質問を続けた。「建物は何色かね？」

「赤」

もちろん、エーランド島の木造の建物はほとんどが赤だ。スウェーデン全土が赤い建物だらけだ。イェルロフは別の質問を試した。「それで、男は大きな赤い建物のなかにいるんだな？」

「そう」

「きみもなかにいるのかな？」

「ううん。これから入ろうとしてるところ」

「ひとりで？」

「マッツと」

「マッツというのは？」

「ぼくの兄さん」

「きみとマッツはどんなふうに建物に入るところかね？」

「大きな石の階段をあがってる」

「そしてドアからなかへ？」

「うん」

「船の男はそこできみたちを待っているのか？」

「うん……そこに座ってる。そうだな、待ってるみたい」

「男はきみになにか声をかけるか？」

「ううん。うなずくだけだな」

「男はほかになにかするかね？」

「手を差しだす」

イェルロフは考えこんでから次の質問をする。「男はきみからなにかもらおうとしてるのか？」

「うん、ぼくたちのお金を」

「お金？　いくらかね」

「あるだけ全部。マッツから。マッツがお金を手渡す」

「男はかわりに……」

……きみになにかくれるか？　そう尋ねようとするが、ちょうどそのとき、門が開いて孫たちが小道を駆けてくる音がした。ミニゴルフからもどってきたのだ。

「やあ、ヨーナス！」クリストファーが叫んだ。

ヨーナスは目を開け、集中力を切らした。友達に手を振り、とまどうようにしてすぐに立ちあがった。そしてイェルロフにつぶやいた。「遊ぶね」

「そうだな、おしゃべりしてくれてありがとう」

ヨーナスはうなずき、クリストファーのもとに急いだ。

大きな赤い建物にいる男の記憶か。それとアフリカ。イェルロフはそこに座ったまま日が沈むまでずっとこの謎を考えていたが、解けなかった。

ついに家のなかへ引きあげた。

ヨーナスはすでに帰っていたが、いつものように孫たちはそこに腰を下ろして、車が追いかけっこしたり爆発したりがたくさんある映画を観ていた。少年たちはほぼ毎晩、映画を観るが、イェルロフがそばにいるとボリュームを落とす。それが孫たちの学んだルールだった。

イェルロフは浴室へ、それから寝室へむかった。

「おやすみ、おまえたち」彼はドアを閉めながら言った。

今夜はこの家で寝よう。あれこれ考えても、結局はどこよりも静かな場所らしい。


二時間後には家が静かになった。孫たちがテレビを消して眠りについた。イェルロフの頭は枕にどんどん沈んでいく。いまにも寝そうになった。

だが、急に目を開けた。眠気は吹き飛んでいた。

少年たちはほぼ毎晩、映画を観る。

そう考えると思わず起きあがって、明かりをつけ、手帳をひらいていた。ヨーナスの話したことをあたらしい観点から読みなおして、驚いて瞬きした。たいていは寝ている脳が途切れ途切れの記憶をうまくつなげて、ヨーナスとアフリカの謎のどうやら正解らしきものを導きだしたからだ。

イェルロフは震える手でペンを握り、朝になったら忘れてしまわないようにある言葉を書きつけた。続いて電話帳に手を伸ばす。話したい者がいた。地元の歴史保存協会の知人だ。

番号を見つけてボタンを押していった。相手はたった三回の呼び出し音で電話に出て、イェルロフは低い声でしゃべった。孫たちを起こさないようにだ。

「こんばんは、ベッティル——イェルロフ・ダーヴィッドソンだ」

「イェルロフ？　おお……こんばんは」

「じゃまをしたかね？　寝ておったか？」

「いやいや——夏は夜更かしをするからな。ベランダに腰を下ろしていたところだ。兄とふたりで。だからちっとも——」

「よかった」イェルロフは口を挟んだ。「ちょっと尋ねたいことがあってな。少々妙に聞こえるかもしれんが、大切なことで。マルネスのマナーハウスについてだ。まだ、運営にかかわっているか？」

「ああ——手を放せなくてな」

「あそこで、そうさね、ここ五年くらいのあいだに夏の仕事をしていた者を探しておるんだ。入場券を売る窓口の者だ。若い男だが、年齢は正確にはわからん。ただ若いとだけ」

「五年？　九四年ぐらいからか？」

「そうだよ。誰か思いだせんか？」

ベッティルが返事をするまで一瞬の間があった。

「夏の仕事をしていた者で思いだせるのはペッカだけだな。うん、五年前だ。あの頃は二十歳ぐらいだったはずだ……」

「ペッカ？」

「本人はそう名乗っていたんだが、本名はペータルだ。ペータル・マイェル。ひと夏働いてから、次の仕事に移ったよ」

「いまどこで仕事をしているか知らんか？」

「あの男はいくつもの職を転々としたからな。思いだせるかぎりでは、しばらく漁船の乗組員をやってから、キャンプ場ふたつ、それに食料品店で働いていたな。どこに行っても、うまくいかなかったんじゃないかね。気性にいささか問題があったし、決まり事を守るほうでもちょっとな。言いたいことはあんたならわかるだろうが」

「どうやらな」イェルロフは言った。「最後にもうひとつ……マナーハウスで上映した映画のリストがあるかね？」

「ここにはないが、事務所にあるぞ」

「わたしに見せてくれんか？」

「いいとも」ベッティルが答えた。「朝、そっちに寄ろう」

「ありがとう、ベッティル——大変助かるよ」

イェルロフはおやすみを告げてから電話を切った。それからふたたび手帳をひらいて、初めて聞いた名前を書きつけた。

ペータル・マイエル
それから明かりを消して、再度、眠りについた。

ヨーナス

ヨーナスは一日ぶんのやすりがけを済ませてから、ご褒美としてプールに入った。いつものようにひとりだった。その点はこの数日、なにも変わらない。カスペルはモペッドで出かけている。古いゴムボートを沈めてしまったとついに打ち明けたけれど、全然気にしてないみたいだった。父さんはレストランにいて、マッツとウルバンはエーランド島リゾートで働いてる。

もちろん、村には同じ年頃の男の子たちがいる。クリストファーはひとつ年下で少しだけ子供っぽいところもあるかもしれないけれど、それでも一緒にいて楽しい相手だ。泳いでから自転車でダーヴィッドソン家へむかった。

「ヨーナス！」

門から入ると、クリストファーのおじいちゃんのイェルロフが、庭のいつもの場所に座っていた。小さな手帳を振ってみせている。

水曜日の今日、イェルロフは元気で明るい感じだ。なにか知らせでもあるみたいに。近づいていくと、イェルロフがすぐに話しだした。

「クリストファーは家にいるからすぐ一緒に遊べるが、その前にまず見せたいものがあるんさね。昨日おしゃべりしてから、手帳に書いたことがある。船のことだ。きみが見た男のこと。見てみたいかね？」

ヨーナスは本当はあの幽霊船のことをもう考えたくなかったけれど、うんと言うしかなかった。

「よし、さあ、ご覧」

イェルロフが手帳をひらいて、震える筆跡でそこに書いてあるふたつの言葉に指を置いた。ヨーナスは身を乗りだしてそれを読んだ。《ライオン・キング》。

これを二回読んでから、イェルロフを見あげた。

「映画さね」イェルロフが言う。「わたしは孫たちとビデオでしか観たことがないが、映画館でもやっていた……内容を覚えているかね？」

ヨーナスはうなずいた。何回も観たことがある。

「アフリカの動物の話だよ。父親ライオンが弟に殺されて、谷に突き落とされるんだ。音楽がたくさん流れる」

「そのとおりだ」イェルロフは嬉しそうだ。「きみは〝アフリカ〟という言葉を口にしておったろう……夜のあいだに、わたしは思いついたんだ。きみを追いかけてきた男は、きみと兄さんが《ライオン・キング》を観たときに映画館で働いておった男じゃなかろうかと。この島での映画の上映にかかわっている知人にたしかめたら、五年前にマルネスのマナーハウスで上映されたそうだよ。一九九四年の夏に。きみは島にいたかね？」

「たぶん」

「いいぞ。マルネスのマナーハウスは大きな赤い建物で、木でできているからな。きみが話してくれた建物とぴったり合う」

ヨーナスはいま思いだした。あの夏、彼は七歳だった。マッツは十二歳。父さんがふたりをマルネスに連れていってくれたけれど、映画は一緒に観なかった。送ってくれて、あとから迎えにきてくれた。だから、マッツとふたりだけで映画館に入った。そんなのはあれが初めてだった。あの建物に入って、チケット売り場に行って……

そしてすべてが甦った。

「そうだ、あいつはそこにいたよ。船の男。小さな窓口に座って、ぼくたちにチケットを売った」

「いいぞ」イェルロフはまたそう言った。「わたしは名前もなんとか調べたよ……あの夏、映画館で働いた若者はひとりだけだった。だから誰か突きとめられるというわけだ」

彼は口をつぐみ、身を乗りだした。「だが、きみに教えても、ほかの誰にも言わないと約束してくれるかね?」

ヨーナスはどうしようと思うが、約束する。

「その男の名前はペータルだ。ペータル・マイェル。だが、ペッカという名で通しているようだ。その名前に聞き覚えがあるかね?」

ヨーナスはううんと首を振る。「船の男は名乗らなかったよ」

「うん、そりゃそうだ。だが、今朝、電話帳で調べたら、マルネスに暮らすペータル・マイェルというのがいたよ」

ヨーナスは身体が固くなる。夕方の空気が急に冷たくなった。「じゃあ、あの男はここに住んでるんだ……この島に?」

「ああ。電話帳の名前が本人ならばな。だが、なにも心配することはいらんぞ、ヨーナス。むこうはきみが誰か知らん」

それでもヨーナスの胸はどきどきしてきた。マルネスは遠くない。自転車で三十分で着く。カスペルはモペッドであそこへ毎日行ってるようなものだし。そして斧の男があそこに住んでるんだ。

「もう少し、この男のことを調べてみよう」イェルロフが話を続ける。「彼は老人について尋ねていたと言ったね？　アメリカ人のことを」

「アーロンだ」ヨーナスは言う。

「アーロン」イェルロフが考えこみながら繰り返す。

ヨーナスは昨日、墓標のところにいた人影――幽霊船にいた老人を連想した人影――のことをイェルロフに話したくなったけれど、ひょっとしたら自分の想像だったのかもしれないと自信がもてなくなった。

ふたりはどちらも一瞬黙ったが、イェルロフが手帳を見おろしてこう言った。

「大丈夫だ、ヨーナス。わたしはそのアメリカ人も見つけてみるよ。存在するのであれば」

イェルロフ

ティルダはまだ話し中だ。イェルロフは伝えたいことがあったが、受話器を置いた。個人であれこれ調べるのが法律に違反しないことはわかっていても、ペータル・マイェルについてわかったことをそろそろ彼女に伝える頃合いだろう。それに謎のスウェーデン系アメリカ人についても。

スウェーデンからアメリカ合衆国へ大勢が移民となって行った時代について考えた。一八四〇年代から一九二〇年頃にかけてスウェーデンからは集団移住があった。

近頃ではステンヴィークの別荘はどんどん大きくなって、艶光りする高価な車が海岸通りを飛ばしていくから、百年前にこの地区がどれだけ貧しかったか、たやすく忘れられてしまう。貧困はスウェーデン全体を支配していた――富などもたない北の果ての国だ。飢えと職不足から人口の五分の一が海外へ移住した。おもにアメリカへ。

エーランド島とアメリカはそれだけ大勢の旅でつながっている――まずはあたらしい国へむかう旅、それから故郷へ帰ってくる旅と。帰国した大半の者は貧しさが染みついたままだった。成功して裕福になった者はまれだった。

まだ生きている元移民はまったく知らなかったから、また受話器を手にして答えがわかりそうな者に電話した。知人で年配のアメリカ人といえば、ロングヴィークのビル・カールソンだけだ。ビルはこの島から正真正銘、移民していった者の子孫だからな。

電話を受けたのは若いスウェーデン人の身内だったが、すぐにベランダからビルを呼んでくれた。

「はい？」

「もしもし、ビル。イェルロフ・ダーヴィッドソンだ」

短い間があってから、熱心な声が返ってきた。「イェルロフ！　やあやあ！　元気かね？」

「元気だよ」

「きみの小さなボートはどうなった？」

「ああ、修理をしているが……」イェルロフは咳払いをして話を切りだした。「ビル、力を貸してほしいんだが。アメリカ人を探していてな」

「アメリカ人？」

「そうだ。いまエーランド島にいると思うんだが、どこにいるか見当がつかない」

「運がよければいいがな。夏はあんたが考えるよりもわたしたちの数は多いぞ。昨日ロングヴィークの食料品店に行ったら、ワシントンからどっさり子供たちが訪れていて――」

「探しているのは老人だよ」イェルロフは口を挟んだ。「スウェーデン系のアメリカ人でアーロンという名だ。エーランド島北部の出身のようだ――少なくとも、このあたりの海岸になじみがあるらしい。それに船に関心がある男だよ」

「全然心当たりがないな。ほかに情報は？」

「ない……ただ、少し怪しげな男らしい」

ビルは静かに笑った。「犯罪者ということかね？」

「かもしれんな。どんな男か知らんのでな」

「あらゆる種類の移民がいるからね」ビルが言う。「ゲーデハームンのオスキャル・ルンディーンの名を聞いたことがあるかい？」

「いや、何者だね？」

「シカゴからやってきたスウェーデン系アメリカ人のじいさんさ……何年も前の夏に会ったんだが、自分は三〇年代にマフィアの運転手だったと言い張っていたよ。アル・カポネの。ルンディーンはカポネを車に乗せて会合に送ったものだが、ボスは逮捕されてアルカトラズに投獄されてしまったと」

「まだ生きているのかね、そのルンディーンは？」

「いや、カポネと同じく、もう死人さ。国に帰ってきた移民たちの大半はもう亡くなっている」

イェルロフはため息を漏らした。「まったく、そのとおりさね」

「だが、少しは生きている者もいるぞ。金曜日に昼食の集まりがある」

「どういった者たちが集まるんだね？」

「エーランド島北部に帰ってきた者たちさ……まだ生き残っているわたしたちのような者だよ。毎年、ボリホルム・ホテルでスウェーデン系アメリカ人が勢揃いする集まりがあるんだ。夏至祭のすぐあとで」

「そこには全員が参加するんかね？」

「それはなんとも言えんな。だが、きみがもっと名前を知りたいんだったら、教えてやれることがある。教区信者名簿の写しがある——二十世紀にエーランド島から移住した全員のリストだ。従兄弟が調べ物のためにヨーテボリ移民センターに行ってね。そこの記録からリストを手に入れたんだ」

「それはずいぶんと役に立ちそうだ」イェルロフは言った。「で、その昼食会というのは……」

「いつも楽しいものさ。一緒に行かないか？」

「いいんかね？　ぜひそうしたいが、わたしはスウェーデン系アメリカ人じゃないからな、ビル。アメリカには行ったこともない」

「身内に移民は誰かいないか？」

「そうだな、何人かいるよ……祖父には兄弟がふたりいた。そのふたりが一九〇〇年代初めに海を越えた。ひとりはボストンに落ち着いてたいへんな金持ちになったよ。もうひとりはシカゴの路上で死んだらしい。敢えて言えばそのふたりだな」

「だったら、きみも名誉在郷アメリカ人だよ」ビルが言う。

「ありがとう」

「どちらにしても、参加者にあれこれ質問されたりはしないよ。みんな、ただしゃべりっぱなしなんだ。風車みたいにとまらん。自分の物語と冒険を話して聞かせたいだけだからな」

「では、わたしは喜んで耳を傾けるよ」イェルロフは言った。

帰ってきた男

最近ではみなが個人専用の小さな電話を持ち歩いているようだ。帰ってきた男を除くみなが。だから島の広場やピクニックのための緑地にいまでも残っている電話ボックスに頼るしかなく、目下、そうしたボックスのなかに立っていた。

番号を押していくと、しゃがれ声の男が怪しむように応じた。

「もしもし？」

「ヴァルか？」

「ああ……」

「わたしが誰かわかるか？」

「ああ……」

銃のディーラーの声ははっきりしない。一日、酒を飲みつづけていたかのようだ。

「追加の取引をしたいんだが」帰ってきた男は言う。

「まずは、前のやつの精算が先だ」ヴァルが言う。

「あんた、あの船になにをしやがった？」

帰ってきた男は黙っていた。

「リスクはひとつも残しておけない」ようやくそう言った。

「そうだな。ペッカから昨日電話があった。震えあがっていたぞ。あんたが船を沈めたと話していた」

「そうだ。ほかにどうしようもなかった……船には毒ガスが充満していて」

ヴァルはなにも言わない。彼がなにかごくりと飲んだ音だけが聞こえた。ややあってヴァルが口をひらいた。「で、あんたはここに来て追加の取引をしたいんだな？」

「ああ。金も手に入った」

「明日の夕方に」ヴァルが言った。

帰ってきた男は受話器を置いた。ヴィラ・クロスから遠くない掩蔽壕のことを、さらには、かつて出会った男のことを思い浮かべた。岩を空に飛ばした男のことを。

一九三二年四月、あたらしい国

「つらいことに耐える心構えをしないといかん」スヴェンが言う。「よくわかっているな?」

アーロンは痛む両手を見おろして黙っている。スヴェンの両手も同じぐらいひどい状態だ。皮膚がひび割れ、爪が肉からはがれかけ、ほとんどの指に切り傷がある。ふたりはじつはずっと運がいいほうだ。労働者のなかには、すでに数本の指を失った者もいるから。労働者の手をだめにするのは泥と岩だ。草の下に隠れる粘着質の泥のせいで、岩がなかなか動かない。労働者たちは鋤を地面に刺して梃子として使おうとするけれど、泥と岩はとにかくしつこいのだ。

あたらしい国での暮らしは、寝るのと働くのだけで成り立っている。

毎夜、ふたりは二十名、あるいはもう少し多いくらいの男たちと小屋のようなところで寝る。ベッドではないベッドの上で。スヴェンのは空箱三つで作ったものであり、少し短いアーロンのはふたつの木挽台に板を何枚かうまいこと渡したものだ。

朝から晩まで、毎日がひたすら掘るだけだ。スヴェン、アーロン、それにほかの移民たちは森を抜ける運河、もしかしたら幅広い用水路を造っている。アーロンはどちらかよく知らない。ただ掘りつづけるだけだ。どこを掘るべきか示すポールが地面に挿してあり、これがまっすぐな線になって地平線の山のほうへむかっていて、アーロンにはいつかゴールがあるだなんて思えない。せっせと鋤を使って働くが、どうしても掘れない地面にぶつかってばかり。たぐって、引っ張って、泣きじゃくる。掘ってまた掘る。

冬から春になっても彼らは掘るだけだ。

雪の解けたある日、作業は急に楽になる。黒いキャップを被った威勢のいい男が鉄道のほうから、木箱がいくらか入った荷車を押して登場したからだ。元気よく手を振って労働者たちに挨拶して、数人がスウェーデン人だと聞くと、帽子を脱いで掲げる。

「ルオツィ！」彼はフィンランド語でスウェーデンを指す言葉を口にしてから、スウェーデン語で話す。「おれはフィンランドのエスポー出身の鉱山技師だが、外に出て世界を見たかったんだ。ここはすばらしい国じゃないか？」

スヴェンはうなずくが、アーロンは立ちつくすだけだ。

男はまわりを見やる。「どかしたい頑固な岩はないか？」

「あるともさ」スヴェンが言う。

大きな岩ならいつでもある。経験のある労働者たちが前方で彼らを待ついくつもの岩を指さす。

「よしきた、だったら、ちょっとした魔法を見せてやろう！」エスポー出身の男はそう言って荷車から最初の木箱をもちあげる。

アーロンが手伝って残りの木箱を運ぶと、男が箱から油紙で包んだ太い棒を取りだす。

「アンモナルだ！」彼は叫び、労働者たちを手近な岩のまわりに集める。彼は棒をまとめてもつ。「こいつらがおれの可愛い小僧だ。協力しあって仕事をする……岩のどかしたい部分の反対側にこいつらを設置してくれ。手応えがあるよう地中深くにしっかり埋め、導火線に火をつける。ただし、ゆっくりな！　この小僧たちのことは、てめえのナニみたいに優しく扱うことだ！」

男たちはどっと笑うが、じきに静まり返る。全員が緊張して固唾を呑み、男がツルハシを借りて、爆弾を岩の下に入れるための穴をいくつも掘っていくのを見守る。男は棒をどの角度で入れるか、最高の効果をあげるためにどうやって穴にきつく押しこむか、手本を示す。

　それから長さ一メートルの黒い導火線に火をつけ、火花が出てチカチカと音がしてくると、全員を下がらせる。ずっとうしろまで。

　地面が揺れる。煙がもくもくとあがり、炎が噴きだし、岩が空へ吹き飛ぶ。魔法みたいだ！　労働者たちは歓声をあげ、男はふたたび帽子を脱いで掲げる。

「アンモナル！　ダイナマイトは未来だ！」

　エスポー出身の男は岩をどうやって吹き飛ばすか教えるが、すぐに去ってしまい、労働者たちはふたたび鋤を使う作業にもどる。アーロンは鉱山技師に会わなければよかったと思ってしまうくらいだ。ダイナマイトなんていうものがあると知らないままがよかった。手元には鋤しかないのに、山も動かせる火の玉が存在するなんて。

　気候が暖かくなってくると、泥が乾燥して掘るのは楽になってくる。だが、入れ替わりに蚊が出るようになる。初夏、空は蚊でいっぱいだ。蚊が群れになって森を飛び、アーロンの耳元でプーンといって、袖に入りこんだり、シャツの布越しに刺してくる。嚙まれた痕ばかりで彼の顔は腫れ、肌はかゆくてずきずきする。蚊が目にも鼻にも、口にさえも入ってくる。蚊は甘い血のようだ。

　スヴェンはふたりに白樺の樹皮で蚊と日射しから守る帽子を作る。そうして鋤を手にして掘りつづける。

「諦めちゃいかん」彼は言う。「だってな、これがおれたちの望んだことなんだからな？」

　アーロンは黙っている。
あたらしい国で土を掘りたくなんかなかった。なりたかったのは保安官だ。

　昼の短い休憩時間にスープを与えられるが、温かい液体に数えきれないほどの蚊が落ちてくる。最初は泳いでいるが、やがてゆっくりと、どうしようもなく沈んでいく。アーロンはスプーンで蚊をつぶし、口にかきこむ。目を閉じて激しく噛み砕く。蚊を殺してやりたい。最後の一匹まで殺したい。

ヨーナス

ヨーナスはふたたびヴィラ・クロスのウッドデッキにいた。とにかくペータル・マイェルのことを頭から追いやりたい。

電動サンダーを手に取ると、ケントおじさんのウッドデッキのコンセントにつないだ。それからスイッチを入れ、やすりをかけていった。一度に板一枚ずつ。ゆっくりと確実に父親に教わったとおりにした。灰色の汚れはすべて取り除いて白っぽく真新しい状態にもどさないとだめだ。そうなって初めてオイルを塗ることができる。

膝をついて作業していると、額が汗で光った。太陽が照りつけて、ちっとも考えたくなんかないのに、あの名前が頭のなかでこだまする。〝ペータル。ペータル・マイェル。マイェル。ペータル〟。誰にも話せないのはわかっているけれど、イェルロフに教えてもらった名前が頭から消えようとしない。船の男。斧で人を殺した男。

ペータル・マイェル。《ライオン・キング》のチケットを売っていた男。マルネス暮らし。

「調子はどうだ、ヨーナス？」父さんがガラス戸を開け、覗きこんできた。「うまくいきそうか？」

ヨーナスはうなずいた。

「楽しんでるか？」

ヨーナスはどう返事をすればいいかわからない。笑顔になろうとするが、父さんは表情からなにか読み取ったに違いない。外に出てきた。

「母さんがいなくて寂しいか」

「ちょっとね……でも大丈夫」

ヨーナスはやすりをかけつづける。

「じゃあ、どうしたんだ？」父さんが言う。

ヨーナスは電動サンダーのスイッチを切った。数秒間を置いて、彼はこう言った。

「気になることが起こって」

「気になること？　なんの話だ？」

「いろいろあったんだよ……月曜の夜」

「月曜？　おまえが映画に行ったときか？」

ヨーナスは黙っているべきだったが、父さんに見つめられると追い詰められたような気分になった。

「映画には行かなかったんだ」ついに彼は言う。「家に残った」

父さんが近づいてきて隣に立った。「どういうことかな」

「ぼくは海に行ってゴムボートに乗ったんだ。そうしたら、いろいろあって」

彼の身に起こったことは胸に留めておくには大きすぎたから、結局は海峡で目撃したことをなにもかも打ち明けた。最初はのろのろと、それからどんどん早口になって。船のこと、ゾンビのこと、自分を追いかけてきた男のことをしゃべった。男はペータル・マイェルというらしいことも。

父さんは一言も聞き漏らさないよう耳を傾けていた。聞き上手なのだ。これまでヨーナスの話を一度も笑い飛ばしたことがない。いまも笑っていなかった。

「わかった」父さんは言った。「そういうことだったか。話してくれてありがとう、ヨーナス」

父さんはそれだけ言った。いまの話でまったく動揺したそぶりも見せず、ただ考えこんでいるだけだ。しばらくすると、どうするか決めたらしい。

「なにも問題ない。おまえは遊んできなさい」

「ぼくは仕事中だよ」ヨーナスは言った。そのとき、イェルロフの家でしゃべった女のひとのことを思いだした。「警察に連絡するの？」

「もちろんだ……そのうちに。まず考えないと」

父さんは顔をそむけ、少しとまどったように海を見やった。それから家のなかにもどった。

ヨーナスは不安だった。マッツにはカルマルへ映画を観に行った日のことはなにもしゃべらないと言ってあったし、イェルロフには誰にもペータル・マイェルのことはしゃべらないと約束していた。「ほかの誰にも言わないと約束してくれるかね」イェルロフはそう言ったのに、するなと言われたとおりのことをしてしまった。黙っていられなかった。

いまは考えるのをやめて、仕事を続けるしかない。

一時間後にウッドデッキの五分の一の作業を終えた。木は新品みたいになって日射しを受けてきれいになってピカピカだった。ささくれも出ていないし。

ヨーナスは自分に大満足だった。

身体を起こすと、大きな車が海岸通りからやってきた。ケントおじさんだ。白いキャップと特大のサングラス。おじさんがドアを開けて手を振った。

「ＪＫ、ちょっとこっちに来てくれ！」

そうした。ケントおじさんが車を降りて、ヨーナスが目の前に行く頃にはもうしゃべりだしていた。

「おまえの父さんから少し前に電話があったぞ、ＪＫ……一昨日、物騒なことがあったらしいな」おじさんは顔がよく見えるよう、腰をかがめた。「大きな船に乗ってペータル・マイェルという男に会ったそうだが」

ヨーナスは黙っていた。

「それは本当か？」おじさんがきつい口調で尋ねた。

ヨーナスはのろのろとうなずいた。

「おもしろい」おじさんはヨーナスと目を合わせた。「説明させてくれ。うちでは夏至祭を挟んでエーランド島リゾートの波止場に船を置いて、魚の荷を運ばせていたんだ。それが二日目の夜にいなくなった。なんの断りもなく。妙な話だと思っていた」

ヨーナスは死んだ船乗りのことを考えたが、それでも黙っていた。

ケントおじさんが先を続ける。「そのペータル・マイェルだがな。本人はペッカと名乗っているんだが、去年の夏に警備員としてこのリゾートで働いていたんだ……だから彼と話をしてみたい。だが、その前に、おまえが船で見たのは本当にペッカだったのか、はっきりさせておきたいのさ、ＪＫ。顔を見分けられると思うか？」

ヨーナスはためらったが、ケントおじさんは安心させるようにほほえむ。

「大丈夫だ」おじさんは言う。「ペッカはマルネスに住んでいる。住所も知っている。ちょっと話をしたいだけだ。だが、まずは確認しておかんとな……わたしと一緒に来てくれるな？」

ヨーナスはちょっと考えたが、うなずいた。口をひらいてしゃべろうとしたが、ケントおじさんに髪をくしゃくしゃとなでられた。

「それでいい！　だったら、今日の夜に会いに行こう」おじさんは身体を起こした。「今日はマルネスで祭りがあるから、きっと人でいっぱいだな。彼が家にいればいいが」

ケントおじさんはふたたび車に乗り、バックをして海岸通りを去っていった。

やすりがけをまたやるしかなさそうだ。だが、ヨーナスはこれじゃいけないという気がしてならなかった。船の男を探す？　そして話をする？　でも、あいつが斧をもっていたらどうしたらいいの？

リーサ

シャンパンも、怒った客もいない。黄金の夕陽と暖かな風だけが、ステンヴィークの小さな屋外のバーとレストランにはあった。

リーサは木曜日の夕方は皿をまわしていなかった。膝にギターを載せてマイクを前にしてスツールに座っている。日射しが目に入るから、はっきり見えるのはマイクだけだ。

今夜はウィッグもつけていなかった。今日はＤＪじゃない。彼女は吟遊詩人、フォークソングを歌う。夜の半分をＤＪブースで過ごすのとはまったく違っていた。たとえば音響のよさもブースとはほど遠い——小型のスピーカーが一台あるだけで、海を渡る風が音楽の大半を運び去ってしまう。

エヴェルト・タウベ、ダン・アンデション、ニルス・フェルリンといった古いスウェーデンの歌手のものが好みだったが、観客はもっと最近のヒット曲を要求することも少なくない。

「エイス・オブ・ベイスを歌って！」少女の声が叫んだ。

「あの人たちの歌は一曲も知らないの」リーサは言った。

「マルクリオはどうだい？」今度は男性が叫んだ。

リーサはギターを手にした。九時過ぎでそろそろ演奏を終える時間だった。

「知ってる歌を弾くわ。トーマス・レディンが書いた曲よ。夏がどれだけ短いかという曲……」

今夜はおとなしくしていた。レディー・サマータイムと長い指を一般の観光客のなかに放していいわけがない。彼女は金持ちの厚い財布を追いかけ、貧しい者に与えられるようにするんだから。といっても、そう、サイラスに。

九時十五分にステージを終えたとき、真っ赤な太陽が水平線の真上に漂っていた。

パンと牛乳を買いたかったが、レストラン&バーの隣の雑貨店は八時に閉まっていた。経営しているのは年配の父親と息子だ。名前はハーグマン。レストランのほうはリーサを雇ったクロス一家のものだ。小さいが活気ある職場だった。フィンランド人のウェイトレスふたりがテーブルのあいだをまわり、厨房ではカナダ人シェフがピザ生地やジェノベーゼソース作りを監督している。ケント・クロスはこの店にはかかわっていない。ありがたいことに。経営しているのは弟のニクラスで、つねにでしゃばらずほとんどをレジの前で過ごしている。ここのスタッフは始終彼に指図される必要はない。

リーサはギターを片づけ、出口にむかった。ニクラス・クロスがほほえみかけてきたので、急いで尋ねた。

「演奏はあれで大丈夫でしたか？」

「完璧だよ」

「よかった、月曜日にまた」

「ああ――楽しみにしているよ」

だが、彼はリーサの話をまともに聞いていないようだった。たったいま駐車場に入ってきて、エンジンの余韻がカタカタと鳴る大型車を見ている。

運転手が車を降りた。ケント・クロスだ。弟に手を振る。ニクラスはケントのもとへ歩いていった。

風で言葉が途切れ途切れにリーサまで届いた。

「……以前の従業員だ」ケントが言う。

「……話をしたくない……」ニクラスが応える。

「ちょっとだけ話して……」

「……それより連絡……」

「……むこうに行ったほうが早い……」

しばらくすると、ニクラスが車に乗った。ふたりとも険しく緊張した面持ちだ。ケントがさっと運転席に座り、車を出した。

後部座席に少年が見えた。クロス一家の子供たちのひとりだ。その子がちらりとリーサを見やり、車は駐車場から道路へ消えた。少年も楽しそうな表情じゃなかった。

リーサはギターを抱えてキャンプ場へ徒歩でもどった。太陽が沈んだところで、空には夕焼けが一筋だけ残り、水平線の真上の雲を赤い炎のように変えていた。それとも、血の一筋か。

海岸はあっという間に暗くなった。リーサはトレーラーハウスに帰りながら、クロス兄弟はこんな遅い時間に幼い少年をどうして外出させているのかと考えた。

ヨーナス

マルネスは島の東海岸にある。たくさんの店と白い中世の教区教会がある場所だ。村というには大きすぎて、町というには小さすぎるけれど、それでも人がここには集う。酒屋が一軒、何隻か漁船が係留する港、それに毎週火曜に数時間開いている警察署がある。

ヨーナスはマルネスの店が大好きだったが、今夜は行けるはずもない。もう九時三十分近くだった。黄昏時で店は閉まっている。それでも、お祭りの真っ最中でたくさんの人がここに押し寄せていた。

広場の隣の港に移動遊園地が設置してあって、色鮮やかなメリーゴーラウンドやハンバーガーとソーセージを売る店があった。車もたくさんで、ケントおじさんは広場にとめる場所が見つけられず、港長の事務所裏の使われていない波止場にとめた。

「長くはかからないからな」おじさんは言った。「駐車違反の切符を切られたら、罰金を払うだけさ」

父さんは黙っていた。この夜の成り行きが気に入っていないらしい。けれど、ケントおじさんがひとりしゃべりながら、みんなして車を降りた。「マイェルの家に行って呼び鈴を押して、いるかどうかたしかめるぞ」彼はヨーナスに視線をむけた。「もしいたら、そして船にいた男だとおまえが確信したらな、JK、少し話し合いをしてどういうことか見つけだす。だが、おまえも話し合いに同席する必要はないからな……それでいいか？」

ヨーナスはうなずいた。どきどきするが、今朝からずいぶん大人になった気もしていた。急に自分がすべての中心になったんだから。重要人物だ——証人なんだ。

三人は港と移動遊園地を通り抜けた。ヨーナスは瞬くライトを目にして、グリルしたソーセージと作りたてのポップコーンのにおいを嗅いだ。屋台を見てまわってなにかお菓子を買って中古のビデオの掘り出し物を探したかったけれど、ケントおじさんはやれやれと首を振りながら足をとめる気配を見せず歩く。

「このガラクタを見ろよ」おじさんは言った。「マルネスは夏のあいだに安物を売りつける者を強烈に惹きつける。商売、商売、商売だ」

祭り会場を通りすぎると、おじさんは歩調を速めて狭い横道に曲がった。先頭に立って港の北にあるアパートに案内した。濃い青のバルト海を見渡せるアパートだ。

「八号室に住んでいるらしい」おじさんが言う。「三階だ」

彼は建物のドアを開け、ヨーナスと父さんをなかへ入れると、自分も入ってドアを閉めた。

涼しい階段は不気味なほど静かに思えた。

おじさんが階段をあがっていく。「わたしのうしろにいろよ、JK」彼は小声で言った。

おじさんはこの頃にはかなり警戒して歩いていて、明かりをつけようともしなかった。父さんは退路を確保しているみたいに最後尾にいた。

三階にやってくると、ドアがふたつ見えた。マイェルという手書きの表札が左手のドアにある。それを見て、ヨーナスの脈は急に速くなった。その名前から階段に邪悪なものがにじみでてるみたいだ。

けれど、ケントおじさんはちっとも気にしていないようだった。進みでて、とても長いこと呼び鈴を押した。

ヨーナスはその音を聞いてますます怖くなった。あの船の甲板にもどったような感じだ。ドアに覗き穴があった。フースクヴァーナの家にあるのと一緒だ。きっと誰かが向こう側に立ってこっちの様子を窺っているんだ。

ペータル・マイェルが。斧をもった男が。

でも、誰も出てこなかった。ケントおじさんは少し間を置いてまた呼び鈴を押して、さらに待った。とうとうため息をついた。「いまいましい」彼は言った。「誰もいないな、JK。ヴィラ・クロスに引きあげるしかない」

ヨーナスは安心した。ひょっとしたら、少しがっかりしたかもしれないけれど、強く感じているのは安心だった。

三人はアパートを離れた。外はさらに暗くなっていた。港周辺の街灯が灯り、祭りを訪れた人たちがますます影のように見える。

ヨーナスは父さんとおじさんから少しだけ離れて歩き、乗り物を見ていた。もう帰るんだったら、ゴーカートや空中ブランコに乗せてくれてもよさそうなものなのに、この人たちはそんなことはしないとわかっている。

港の隣に〈モービー・ディック〉がある。マルネスでただ一軒のピザ・レストランだ。ヨーナスは一昨年の夏にマッツや父さんとここで食事をした。もちろん、今夜は満席だ。外のテーブルまですべて客が座っていて、みんな酒を飲んで笑いながら煙草を吸っている。白いキャップに青いポロシャツの日焼けしたゴルファー、青い上着の船乗り、髪にヘルメットの跡がついたサイクリスト。

夏の行楽客。ヨーナスは彼らから視線を離すことができなかった。

黒いデニムのジャケットを着た背の高い男がテーブルのあいだを縫うようにしてテイクアウトのピザを運んでいた。頭を剃りあげていて、きょろきょろと辺りを見回している。

ヨーナスは男を長いこと見つめた。

時間が遅くなった。動悸が激しくなっていく。

しばらく、無理に視線を引きはがした。すべてがいつもどおりであるみたいに——でも、いま見たのが誰か絶対に自信があった。ヨーナスは立ちどまり、振り返って、父の腕をそっと引っ張った。

「あそこ」彼は囁いた。

「どうした？」

「彼だよ」

父さんが立ちどまる。「誰のことだ？」

「船にいた男」

「マイェルのことか？　どこに？」

ヨーナスはピザ・レストランのほうに首を傾けた。ペータル・マイェルがちょうど表の歩道に立ったところだ。三人と入れ違いに、いまにも港のほうへむかおうとしている。

「ケント！」父さんが呼びかけた。

「なんだ？」

「あっちだ」

父さんが指さし、おじさんが振り返った。彼はペータル・マイェルを目にして、ぴたりと足をとめた。

一瞬ののちに、おじさんは歩きはじめ、まっすぐに道を渡った。「おい！」彼は叫んだ。「ペッカ！」

男は振り返り、しばし固まった。それから反対方向に歩きだし、どんどん歩調を速めた。人混みから、ケント・クロスから遠ざかっていく。

「待て！」おじさんが叫んだ。「ちょっと話をしたいだけ……」

この時点でペータル・マイェルはピザの箱を捨てて逃げだしていた——けれど、自分のアパートからは離れる方角で、大きな歩幅で西へ、街灯のない場所へむかっていた。振り返らなかった。

ケントおじさんも走りはじめて、道を逃げるペータル・マイェルを追いかけた。

「車をもってくる！」父さんが叫んだ。

ケントおじさんがうなずき、走りつづけた。

父さんはヨーナスの肩に手を置いた。「一緒に来い、ヨーナス」

ヨーナスは言われたとおりにするつもりで、父の数歩うしろに続いた。けれど、歩道の混雑のなかでためらい、衝動的に振り返った。どうなっているのか自分の目でたしかめたい。ケントおじさんを追いかけることにした。最初はゆっくり、それからぐんぐん飛ばして走った。

「ヨーナス！」

父さんが呼びかける声がしたが、足をとめなかった。走っていると気分がよかった。今夜の自分は獲物じゃなくて、ハンターだ。クロス家の一員だ。

黒っぽい人混みのなかを移動したけれど、おじさんは白っぽい色のウインドブレーカーを着ていたから簡単に見分けられた。おじさんは駆けて道を横切り、店や家から離れて西へむかっていく。ヨーナスからはもうひとつの人影はかろうじて目にできた。剃りあげた頭が光っている。

ヨーナスは第三の男としてふたりを追いかけた。じきにまわりにはほかに誰もいなくなった。ヨーナスは最後の建物の前を、続いて最後の街灯を通りすぎて、暗闇を走りつづけた。

このあたりは寒くて、目が慣れるまでは真っ暗だった。瞬きをすると、前方の灰色の影が見えた。

ケントおじさんが教会の前を通りすぎた。ペータル・マイェルは道端に立ちどまり、あたりを見まわしてから、白樺の森に消えた。

おじさんが路肩を飛び越えて男に続いた。

ヨーナスが同じ場所にたどり着いたとき、森を抜ける小道が見えたから、自分も路肩を飛び越えて小道に立った。

森の濃い緑の闇が葉を風にかすかに揺らしてヨーナスを包んだ。でも、ほかの音も聞こえる。枝の折れる音だ。彼をとりかこむ白樺は灰色の柱みたいだった。

そのなかをジグザグに進み、さらに急いで走った。

いきなり森は消えて、ヨーナスは牧草地に出た。ひょっとしたら耕されていない畑かもしれない。そこは草に覆われていて、空の隙間から光に照らされていた——今夜の月は白くて満月に近かった。

月光のなかで移動する人影がふたつ見えた。ひとりがもうひとりを追っている。ふたりは畑の向こう側だ。そこからまた森になっていて、獲物とハンターのどちらも森に消えた。

ヨーナスが追いかけていくと、また小道があった。そろそろ疲れていたけれど、怖くもあったし、興奮してもいた。今夜は船のときみたいにひとりじゃない。父さんもすぐにやってくるはずだし、ケントおじさんも森のどこかにいる。

小道を進むと草や根に覆われた地面からポキポキと音がした。そこにシューッという風みたいな音。ボリホルムと北の村々のあいだを通る幹線道路を走る車の音だ。

ヨーナスは小道で耳を澄まして目をしっかり開け、迷子にならないようにした。ふいに叫び声がした。ケントおじさんの声みたいだ。

足をとめた。

また叫び声。今度はもっと大きい。

それから甲高い音。でも人間の声じゃない——アスファルトを擦る車のタイヤの音だ。

音は急にやみ、それから数秒は静寂が続いた。

そこでまた叫び声。暗闇に響く混乱した複数の声、そして車のドアが開いて閉まる音。

ヨーナスは小道で立ちつくし、懸命に耳を傾けた。さらにガサゴソいう物音と重い息遣い。誰かがこちらにむかってくる。

影が暗闇からぬっと現われた。

「JK？　そこにいるのか？」

ケントおじさんだ。

「うん。どうなったのかと思って――」

だが、おじさんが鋭く口を挟んだ。「どうしてついてきた」

ヨーナスはどう答えたらいいのかわからなかった。

ケントおじさんは肩で息をしながら横をすり抜けて歩いた。

「あいつに……あいつに追いついたの？」ヨーナスは尋ねた。

けれどおじさんは答えず、畑を横切ってマルネスにもどる小道を進むだけだ。

ヨーナスも引き返してあとに続くしかなかった。どう声をかけたらいいかまだわからなかったけれど、やっとのことで白樺の森で追いつくと、こう言った。

「じゃあ、追いつけなかったんだね？」

「そうだ」おじさんはそっけなく言った。「あいつは逃げた」

そして歩きつづけた。


ようやく森の外に出ると、路肩を飛び越え道にもどった。

街灯の下でヨーナスは気づいた。ケントおじさんの左目の下がピクピクしている。そこの小さな筋肉が勝手に運動でもしてるみたいだ。

おじさんはまた足をとめ、ヨーナスをじっと見つめた。「さっき、なにか見たか？」

「どんな？」

ケントおじさんは深呼吸をして、また歩きはじめた。ふたりは黙っていたが、そこで呼び声が聞こえた。

「おーい？」

父さんだ。教会の先でふたりを待っていた。路肩に寄せて車をとめている。

「どうなった？」

おじさんが父に近づいた。ぐっと近づき、ごく低い声でしゃべるから、ヨーナスはかろうじて聞き取れた。

「車が来た」

「車？」

ケントおじさんがうなずく。「その車がマイェルにまっすぐむかっていった」

「それから？」

「わからん」ケントは言った。「あまりいい結果にはならなかったろうよ」

父さんは不安な表情になったが、それ以上はなにも質問しなかった。

三人揃って車に乗り、沈黙したままため息だけふうっと漏らした。

父さんがエンジンをかけた。「わかった……じゃあ、帰ろう」

幹線道路に出ると、南にいくつかライトが見えた。少し離れたところ、たぶん百メートルぐらいの距離に数台の車がとまり、それをかこんで何人も立っていた。瞬く青いライトと、蛍光ジャケット姿で道路周辺を歩きまわる人たち。

父さんが左にウィンカーをだしたが、おじさんが首を振った。「そっちはだめだ。右に曲がってロングヴィークのほうから遠回りして帰ろう。今夜は海岸通りを行ったほうがいい」

父さんは右に曲がった。

ヨーナスは振り返った。大きな事故があったのだとわかったが、なにがあったのか見ることはない。誰かが怪我をしたのかどうかも。

瞬く青いライトが遠くに消えた。

一キロほど進むと、父さんは幹線道路から海岸に通じる狭い道へ曲がった。

おじさんがシートにもたれた。「これでいい」彼は言う。「どうなったか、ニュースでわかる……この話はしないからな」

「いつものように」父さんが言う。

ヨーナスは黙っていた。後部座席に無言で座って窓の外を見ていた。このあたりは真っ暗だ。

でも、おじさんはどういうつもり？　家族のほかの者にこの話はしないということ？　それとも警察に話さないということ？

イェルロフ

寝る支度をしていたところで、エーランド島北部で死亡事故があったと聞いた。深夜の地元のラジオニュースが告げていた。

「エーランド島からです。今夜、二十四歳の男性がマルネス郊外のB１３６号線で死亡する事故がありました。警察の第一報によると、男性は南へむかう車の前に飛びだしてきたとのことです。被害者は救急車でカルマルに運ばれ、そちらで死亡が確認されました。五十代の男性ドライバーは深刻なショック状態にあり……」

アナウンサーは死亡者の名前を言わず、イェルロフのただひとつの反応はいつもと同じものだった。運輸省はあの道の制限速度を低くすればいいのだ。あれは幅があってボリホルムまでまっすぐ通じる道で、スピードを出したくなる運転手があまりに多い。新聞社に、あの道は未舗装の道にもどしたほうがいいと、投書でもしようか。

彼はラジオを消してから明かりも消した。明日はまさにその道を行くことになる。ボリホルムでの郷愁をかきたてる昼食会に出席するために。

翌日、イェルロフは同じ年頃の男女たちと長いテーブルに座っていた。故郷に帰ってきた人々で、経験が顔に刻まれている。移民先での話を語りあっているから、イェルロフも置いてきぼりにされたくなかった。

「わたしの父はボーダにふたりの従兄弟がいた。兄のほうがアメリカに移住したんさね。ある晩、弟のほうが寝ようとしたところで、いきなり部屋が死臭で満たされた。彼も奥さんもおんなじ、強烈なそのにおいに気づいたんだ。それでもなんとか眠ったんだが、明け方に弟は目が覚めて、寝室の窓辺に兄が立っているのを見た――それでアメリカの兄が死んだとわかった」

彼は黙りこんだ。テーブルをかこむうち数人が滑稽な話のようにこれを聞いて笑った。

男性九名、女性二名がボリホルム・ホテルでのスウェーデン系アメリカ人の昼食会に集まり、オヒョウのフライとトマトのコンポートを楽しんでいた。

イェルロフはここにやってくる前に少しだけ町を探索した。かつて貨物船の船長だった時代に拠点としたのはこの町の港だった。当時、通りに知らない顔はひとつも歩いていなかったが、いまは観光客でごった返している。

港でしばし足をとめ、乱立するマストで空が森のようだった頃を思いだした。最近では埠頭に数えきれないほどのプラスチック製のボートが並んではいるが、港自体はずいぶんと傷んだ様子でレンガの壁には穴がぽっかり開き、埠頭そのものにも大きな亀裂が走っていた。

　少なくともこの歴史あるホテルはよく手入れされていて、明るくて風通しのいいレストランはイェルロフも大いに気に入った。料理も美味しいいし、床は磨きあげた石灰石造り。遠い昔に彼の先祖のひとりが切りだしたんだろう石だ。美しい。

　しかし、彼はほとんどの時間を同席している者たちをながめるのに使っていた。この人たちは英語とスウェーデン語を混ぜてしゃべる。全員が両方の言葉を理解しているらしい。スウェーデンのシュナップスが次々に注文されると、たちどころに話はさらに妙な方向へ発展していった。

「ここの料理はうまいが、アラスカで漁に出たときは二百キロはあるオヒョウを捕まえたよ……」

　インゲマル・グランディンははるばるカリフォルニアのサンパブロからやってきた。女性陣のひとりはノルドロフといって、コネチカットのニューヘヴンから訪れていた。ほかはミネソタ、ウィスコンシン、ボストンからだ。

　実際に本人がスウェーデンから移住したのは三人だけだとわかった。ほんの子供の頃に親に連れられてアメリカへ渡ったのだ。あとはアメリカ生まれで、親の出身がエーランド島なのだった。

　誰ひとりとして、シカゴの街でアル・カポネの運転手をしておったような者はおらんな、とイェルロフは思った。それに漁船を乗っ取りそうな者も。

　一同は地元の菓子店に場所を移して、コーヒーとケーキにした。そこで語られる物語は急に悲しげなものになった。たぶん、シュナップスが効いてきたんだろう。もうあたらしい国がいかに広いかを話したりせずに、移民にとって生活がいかに厳しいことが多かったかを語った。

「大勢がいつもポケットにスウェーデンの新聞と地図

を入れていたもんだよ……始終ホームシックだったが、帰国する切符を買う余裕はなかった」

「そうだった。定住できなかった者にとって暮らしは困難そのものだった。果てしない重労働。とくに森林の開拓ときたら——あれはまともじゃなかったよ、危険でしかなかった」

「そのとおりだ——両腕と両脚をうしなった老いぼれ木こりを見たことがある……」

集いの最後にビル・カールソンがイェルロフに折りたたんだ紙をくれた。「これがきみのほしがっていた、移民センターの情報だよ」

「ありがとう」

名前と日付がタイプ打ちされていた。最初、イェルロフは少々とまどったが、そこでビルの従兄弟が教会の記録から地元の移民の名前を集めたことを思いだした。島北部の教区出身の者しか名前がなく、時代もこの百年にかぎられていたが、これで事足りるだろう。


イェルロフは指でリストをたどり、ぴたりと手をとめた。

アーロン・フレド、一九一八年生まれ、アルベーケ教区レードトルプ
スヴェン・フレド、一八九四年生まれ、アルベーケ教区レードトルプ

記録によれば、ふたりは一九三一年五月に旅立っている。四〇年代と五〇年代にも後期の移民がたくさんいた。スウェーデン人がもはや船で〝アメリカ〟へ渡るのではなく、飛行機で〝USA〟に行くようになった時代。だが、アーロンとスヴェンは大量移民の最後のなかに含まれていたに違いない。

アーロンという名にイェルロフの視線は釘付けになった。もちろん、これはヨーナス・クロスが船で聞いた名前ではある。しかし、住所のほうにも聞き覚えが

んだろうか。


あった。

　レードトルプのアーロン？

　急にイェルロフは思いだし、熱心に身を乗りだしてビルに話しかけた。「この人は知ってるよ」彼はその名を指さした。「レードトルプのアーロンは、マルネスの教会墓地でわたしが少しだけ一緒に仕事をした少年だ……あのとき、アメリカへ行くという話をしていたし、翌年、実際に行ったと聞いたよ。少年と父親が。だが、むこうで元気にしていたかどうかはわからん」

　ビルがリストを覗いた。「一九三一年か……つまり、ふたりは大恐慌のあとにむこうに渡ったということだ。あたらしいアメリカ人にとっていい時期じゃなかった。とりわけ、職がないのが痛かった。このふたりにはとてもきつかったと考えざるをえんよ」

「たしかにな」イェルロフは言った。

　年配のスウェーデン系アメリカ人たちを見やり、考えた。アーロン・フレドが国に帰ってきたことはある

帰ってきた男

帰ってきた男は島の東側にいる武器商人のヴァルをひとり車で再訪した。彼の家から五十メートルほど離れた場所に駐車し、目を光らせ耳を澄ました。だが、あたりには誰もいない。

太陽は車の背後で空の低い位置にあり、草の生えた海岸を鮮やかな緑に光らせ、そのむこうが濃紺の海だった。田舎らしいのんびりした風景だが、なにかがおかしい。

車のドアを開けると、波打ち際で雁が落ち着かない様子でグワッグワッと鳴いていた。それを除けば、静まり返っている。車を降り、広大なバルト海、ゴットランド島とその先の水平線を見つめた。そして前景の色褪せた赤い家も。

「おい？」彼は呼びかけた。

だが、今宵は誰も応えない。

近づいてみると、ドアは半びらきだった。ゆっくりと、もう少しだけ引き開けて、また呼びかけた。「やあ？　誰かいないか？」

雁がさらにグワッと鳴いたが、返事らしきものはそれだけだ。

そうだ、やはりなにかおかしい。帰ってきた男はさらに目立たないようにして移動した。手早く一階の部屋を見てまわったが、すぐにエイナル・ヴァルは不在だとわかった。では、なぜドアは開いている？

前回訪れたときはあれだけ用心深かったヴァルらしくない。

海に浮かぶ小型ボートも怪しかった。帰ってきた男は表に出て、そのボートに気づいた。誰かが乗っているようだ。

そちらへ歩いた。木造のボートは前にここへ来た際は草地の上に置いてあったが、いまは海にある。係留のロープにもつながれていない。

ボートにいたのは人間ではなく、大きな茶色の鳥が何羽も、それが舷縁にとまっていた。その重みでボートは上下に揺れている。

雁ではなく、猛禽だ。さらにワタリガラスやコクマルガラスが頭上を旋回している。

帰ってきた男は水際で立ちどまった。鳥は興奮して巨大な羽をばたつかせたが、飛び去ることはなかった。海鷲だ――力強い尖ったくちばしの巨大な鳥が舷縁から身を乗りし、ボートの底にあるなにかをつついている。ワタリガラスが近づくと、海鷲は蛇のように頭をもたげてみせてから、またつつきはじめた。

なにかを食べている。肉の塊らしい。

一羽が白いものを摑み、上へ引っ張った。帰ってきた男が見るとそれは手だった。命のない人間の手。海鷲がくちばしを開けると手はボートに落ちた。

帰ってきた男は数秒ほど広々とした空の下で立ちつくしたが、海に入り、どなり声で威嚇して海鷲を追い払った。この頃には舷縁に迫っていてボートのなかが見えた。

エイナル・ヴァルが狭い木板に仰向けでじっと横たわり、ほぼからになったエクスプローラーのウォッカが隣に転がっていた。

帰ってきた男は武器ディーラーの服装から彼だと見分けたのだが、ほかに見分けられるものがなかった。ほかに判断材料はなかった。海鷲のくちばしがたしかな仕事をしてヴァルの顔はもはやそこになかった。

帰ってきた男は舷縁から手を放して引き返した。前にも死体は見たことがある。見慣れていた。浜へもどり、濡れた靴でたたずみ、ボートをにらんだ。

ようやく我に返り、ディーラーの家へむかうと目的を果たそうとした。いまやこの家は宝箱だ。

ヴァルは警察に手入れをされたがなにも発見されなかったと豪語していた。

帰ってきた男は作業を始め、警察よりも幸運に恵まれた。銃は彼の得意分野だ。重さがどれだけか知っている。すでにおいがしてきそうだった。手際よくすべての部屋のすべての家具を調べ、二階にあった長方形の嫁入り道具用の櫃を覗くと、古い毛布が入っていたが、櫃を持ち上げようとしてみると怪しかった。重すぎる。

銃は毛布のあいだにはなかった。一番下にあった。偽の底の下に隠してあったのだ。

最初は古く銃身の長いハクスバーナで、ユトトルプの弾薬五箱が一緒になっていた。弾は使えそうだが、狩猟用ライフルのほうは傷んでいた。

次に出てきたのは現代のベレッタだった。美しい。

帰ってきた男はどちらの銃も窓の近くで一挺ずつたしかめた。優れた銃がいい。狙撃手が自分の仕事さえこなせば、標的をすばやく殺せる信頼性の高い弾のあるものが。彼が少年の頃、この島の銃の質はとても低く、多くの事故につながった。あの頃は、たくさんの老ハンターたちが当時であっても古臭い先込め式の銃やもっとひどいもので海鳥を撃とうとしていた。鳥を仕留めるまでに三、四回発砲することもめずらしくなかった。

帰ってきた男は少年の頃であっても、なにかを、あるいは誰かを殺すのに一度撃つだけでよかった。即死させる能力というのはいい銃をもって完全にしらふであることも幾分はかかわっているが、冷静さを失わないこととたしかな腕に負うところが大きい。

どちらの銃も手にして一階へ下りた。すぐに引きあげるべきだが、台所に鍵束がぶらさがっていた。南京錠の鍵だ。

鍵束を手に取るとボートハウスへむかった。島では多くのボートハウスがロープ一本で戸締まりしてあるが、ヴァルのは鉄の棒と頑丈な南京錠が取りつけてあった。警察はここも調べたのか？

いくらか苦労したが、帰ってきた男は合う鍵を見つけてドアを開けた。

よどんだ海草のにおいが押し寄せてきた。理由がわかった。魚獲りの網だらけで、天井に取りつけた棒からぶらさがっている。

片隅にガラス瓶があった。クロロホルムだ。それはドアの横に移し、調べを続けた。

ぶらさがる網のすぐ裏、空高くまで悪臭を放つようなたたまれた古い網の下に、黄色いステッカーの貼られた木箱がふたつあった。それを日射しの下にもちだした。

どちらも用心深く釘打ちで蓋がとめてある。蓋と本体の隙間に魚をさばくための古いナイフを挿しこみ、ひとつ目の箱をこじあけた。中身は予想したとおりだった。蓋をもどし、毛布でこの宝を丁寧に包んで車へ運んだ。

もう一度、ボートと鳥を見やった。海鷲が舷縁にもどっていて、身をかがめて食事を続けている。ワタリガラスが自分たちの順番を待っていた。じきにこの鳥たちはヴァルの身体を細かくバラバラに引き裂くだろう。帰ってきた男にできることがあるとしたら、おそらく警察に通報するぐらいだ。もちろん、匿名で、電話ボックスから。

彼は車に乗って走り去った。

一九三三年十一月、あたらしい国

アーロンは途方に暮れている。あたらしい国に冬がもどってなにもかもが白い。からっぽで白い。遠くの山々、近くの森、どこまでも雪をかぶっている。それに、この景色を焦げ茶色の傷のように斬り裂く幅の広い溝も。

荒野を寒さが覆うようになり蚊はいなくなったが、アーロンとスヴェンにとって暮らしは少しも楽にならない。

ふたりの家はあばら屋で、最低でも十の異なる国からやってきたくたびれた労働者たちが毎晩集まる。移民たちはみな鉄ストーブをかこみ、乾パンと薄い肉のスープを食べてから、ベッドに倒れこむ。並んでベッドを分けあうことも少なくない。

あばら屋は古い厩《うまや》のようににおう。労働者たちは水が凍ってから洗濯をやめた。数週間になる。

アーロンは薄い壁の外に風の咆哮を聞き、エーランド島に思いを馳せる。あの砂浜、日射しを浴びてその上に立った岩、おじいちゃんと猟に出かけた日々、母さんが彼と妹のグレタに物語を聞かせてくれた黄昏時に――けれど、こうしたものはかすかな子供時代の記憶でしかない。

彼は十五歳になっている。故郷の言葉と、あたらしくて風変わりな外国語を混ぜて使うようになり、頭に少しずつ染みこんで口から飛びでるようになったこの言葉で、どんどん早く反応できるようになる。

年を重ねたというだけじゃない――彼は別人へと変わりはじめている。あばら屋に鏡はないが、頬のあたりに細いひげが生えてきたのがわかるし、柔らかなあごひげは次第に濃く、硬くなっている。

毎朝寒くて目覚め、自分がまだ身体を動かせることに驚く。夜のあいだにストーブの火が消えていたら、またつけるのは彼の仕事だ――薪が残ってさえいれば。棒きれを何本か押しこんでなんとか暖を取れるようにする。同時に、スヴェンやあばら屋のほかの住民たちがゆっくりと身じろぎを始め、咳をしたりうめいたりする。

ある朝、ふたつ隣のベッドの老人（アーロンは彼がドイツ人だと考えている）が目覚めない。人が彼を揺さぶろうとさわるが、すぐに手を引きもどす。ドイツ人は板切れのようにこわばっている。

「心臓発作だ」スヴェンが静かに言う。

アーロンは死人を見てイルベルト・クロスのことを考える。晴れた夏の日に倒れて墓へ転がり落ちた男。あの人の心臓もとまったけれど、あれは恐怖が原因だった。

ドイツ人は運ばれ、遠く見えない場所に埋められて、木の十字架が立てられる。誰も彼のことはもう考えたくない。死んでしまったんだから。

アーロンは生き延びると決意している。これだけの重労働でも、これだけの寒さでも。

ストーブに火が入っていようがいまいが、あばら屋は暖かいと思えることがない。全身の凍えた関節と筋肉はなんとか解けようとする。天井からつららが下がり、霜が壁越しに忍びこむ。あばら屋のひとつに温度計が釘で留めてある。氷点下二十五度を示すことも多い。

それでも労働者たちは外へ出るしかないのだ。仕事の時間、あらたな地面を崩す時間。樅の木の下で雪のなかを重い足取りで歩いていく。彼らは地面を掘り、木を倒し、凍った地面を耕していく。運河を延ばしつづけなければならないから。

溝での長く白い日々が当たり前になる。

スヴェンもほかの誰とも同じに懸命に働いているが、

寒くなってからは黙りこんでいることが多い。たまに木箱を取りだし、もう何度目になるだろうか、嗅ぎ煙草が少しでも残っていないかたしかめる。それからうつむいたまま、なにかぼやき、開墾作業に励む。

たまに、夕方になるとあばら屋で元気になるが、それはいいことだとはかぎらない。血走った目であたりを窺い、暗闇でアーロンを脅すように手を上げる。いけない質問でもされたら殴れるようにだ——けれど、アーロンはスヴェンとほとんど張りあえるようになり、ただ見つめ返すだけだ。背も伸びたし、あまりに疲れていてスヴェンを怖がる暇もない。だから脚を広げて、しっかりと立つ。自分を守るようになっている。

スヴェンに殴られたら、やり返す。殴り返すのは気分がいい。

ヨーナス

「元気にしているの?」母親に訊かれた。

ヨーナスはどう答えればいいかわからないまま、受話器を耳に押しつけていた。話すことはある。幽霊船やペータル・マイェルを追いかけたこと。でも、敢えてしゃべらなかった。誰に聞かれてるかわからない。ケントおじさんはなにがあったか話してはだめだと言っていたし、いつここに姿を見せるかもしれないし。これはケントおじさんの家の窓辺のテーブルにあるおじさんの電話なんだから。

「元気だよ」彼はようやくそう言った。

「父さんもちゃんとしてる?」

「うん」

「家は恋しい？」

「ちょっとね」

「わたしはあなたとマッツがいなくて寂しい」

ヨーナスはいまではペータル・マイェルが死んだのだと気づいていたが、昼食のときのケントおじさんはいつもと同じで、マッツや従兄弟たちとおしゃべりして冗談を言っていた。

父さんは口数が少なかったが、元々ケントおじさんより静かな人だ。

「あとたった四週間で、あなたはフースクヴァーナに帰ってこれるのよ」ママが言った。

ヨーナスはフースクヴァーナのことを考えまいとした。四週間。丸々一カ月も。

電話は雑音が入り、母親の声が少し金属音っぽく聞こえたからヨーナスは尋ねた。「いま、家にいるの？」

「いいえ、スペインよ。マラガに。夏至祭のあとはここに来るって話をしたでしょう——覚えてないの？」

ヨーナスはちっとも覚えていなかったが、いくら帰りたくても帰れないのだと悟った。自宅には誰もいない。ヴィラ・クロスにいるしかない。

「いつもどる？」

「一週間後に。ほかの街を観光してから帰るつもり」

ヨーナスはその答えを聞いていたが、ほとんど耳に入っていなかった。窓の外を見ていたら、墓標のあたりでなにか動くのが見えたから。

白髪の男が墓標の隣に立ち、石に手を預けていた。ヨーナスは窓ガラス越しに目を凝らしたけれど、海峡の水面で日光が反射して男は影になりぼやけて見える。

「ヨーナス？　聞いてるの？」

「うん……うん、聞いてるよ」

彼は瞬きをした。すると男は下りはじめた。まるで墓標の裏の地面に沈んでいくみたいに見えた。

「今日、なにを買ったかあててみて、ヨーナス！」

「さあ」

「スペインのプレゼントよ。でも、なにかは教えないから……」

母さんはそんな話を続けたけれど、急に電話代が高くなりすぎると言いだした。すぐにまた電話する。愛しているわ。

スペインで母さんはひとりなんだろうか。でも、尋ねたくはなかった。

「またね！」

「わかった」

のろのろとヨーナスは受話器を置いた。この頃には高台から誰もいなくなっていた。

そのことを考えるのはよそう。スペインの母さんのことも、マルネスで起こったことも、墓標の幽霊のことも。

仕事だけをやろう。


十五分後にはヨーナスはウッドデッキにもどっていた。もう暑くなっていて汗が流れた。桟橋の水の跳ねる音と陽気な歓声を聞きながら、懸命に働いて膝をついてひとつひとつの板をきれいにした。簡単なこともあれば、絶望したくなるくらいなこともあった。北の一番角の部分が、長年放置されていたためにカビて濃い灰色に変色していて、どんなにがんばっても薄い色にもどせない。

手をとめて、高台を見やった。白髪の男がまた現れることはなかったけれど、海峡を走るボートが見えた。ケントおじさんのモーターボートだ。刺し網の向こう側で日射しを受けてぐるぐるまわっている。

ウルバン、マッツ、カスペルがジャンプして船尾から海へ飛びこんだ。きらめく水を背に黒い影に見えた。一番大きな影のケントおじさんは舷縁に立ってロープを引っ張っている。誰かが水上スキーをしていたんだ。

おじさんから朝食のときに一緒にどうだと誘われた

が、ヨーナスは断った。

とにかくやすりがけを続けて考え事をとめたかった。あれこれ思いだすのをとめたかった。でも、目を閉じるとペータル・マイェルが怯えた表情でケントおじさんを振り返ってから暗闇に逃げだす姿が見える。森へ逃げて道へ飛びだす場面が。

ヨーナスは額の汗を拭いた。耳元からハエを払う。海峡の水がきらめき、モーターボートは円を描いて走りつづける。

二十枚の板にやすりがけを終える頃には、目眩がしそうになっていた。涼しい場所で休まないと。

プールもよさそうだったけれど、水着を摑んで海岸へむかった。遠回りして墓標をたしかめたが、最後に見たときからさらに落ちた石はなかった。それに誰もいない。墓標の幽霊はいなくなった。

石の階段を駆けおりて窪地を通りすぎて海岸に出た。岩場にいると夏の太陽はとてもまぶしくて簡単に目が見えなくなる。ヨーナスはうつむいてキャップでつねに顔が影になるようにした。

「あら、ヨーナス!」

ヴェロニカおばさんが十メートルぐらい先で海のなかを歩きながら手を振ってきた。おばさんは泳ぐのが上手で、腕や脚を力強く繰りだせる。

「やあ」

「ゆうべのお祭りはどうだった?」

「楽しかったよ」

「人はたくさんいた?」

「うん……すごくたくさん」

ヨーナスは祭りのことや暗闇での追跡やタイヤの軋む音について考えたくなかった。靴を脱ぐと岩に足を乗せたが、悲鳴をあげそうになった——火傷しそうに熱かった。

「サンダルかなにかを履いて、ヨーナス!」ヴェロニカおばさんが叫んだ。

ヨーナスは返事をしなかった。歯を食いしばり、歩きつづけた。

おばさんがまた泳ぎはじめるまで待ってから、水着に着替え、波打ち際に立った。空気は熱くてこもった感じだが、たまに海峡から涼しい風が吹く。エーランド島は風の多い場所だ。風は遠い砂漠みたいに熱いこともあれば、肌を刺すほど冷たいこともある。海面はいつも波があって、いまはケントおじさんの輝くモーターボートが残す泡だらけだ。ボートはまだ刺し網のむこうでブーンと走っている。いまは誰も水上スキーをしておらず、三人の少年たちは水着姿で船尾に座っていた。ケントおじさんが舵を取り、ピンと背筋を伸ばして上手に運転している。

おじさんが振り返ってマッツと従兄弟たちになにか言い、みんなして笑った。そのとき、ヨーナスに気づいて手を振った。

「よう、ＪＫ！」

おじさんは笑っている。ゆうべ何事もなかったみたいに。

「あの子たちとボートに乗ったら？」ヴェロニカおばさんが声をかけた。「楽しんで！」

ヨーナスはボートの黒い人影を見つめた。ペータル・マイエルを追いかけて道路に飛びださせた張本人のケントおじさん。それになにをして遊ぶつもりかヨーナスに話もしないマッツと従兄弟たち。

彼は首を振った。「ここにいるほうがいい」

イェルロフ

「死人が出たそうだな」イェルロフは言った。

「どの死人?」ティルダが尋ねた。

「車の事故さね。若い男」

ティルダは黙っていたが、すぐにイェルロフは話を続けた。「島でほかにも死人が出たのか?」

一瞬の間に続いて彼女が答えた。「ええ、そうなのよ」

「ほう?」

「エイナル・ヴァルを知ってる?」

「つきあいはないがな」イェルロフは言う。「歳のいった漁師だ。おまえと同じで東海岸暮らしだな。ただし、マルネスの北だが」

「知ってることをもっと教えて」

「たいして知らんが……年金生活者だろうて。昔から漁師であり狩りもしていたが、かなり感心できないこともたっぷりやっておったな。人に噂されるような男だ」

「つまり、言い換えると、少々ずるいことをする人だったという意味ね?」

「あの男が売る魚のほうが、エイナル自身よりも人気があったろうな。だが、わたしはあの男と商売をしたことは一度もない。あいつはだいぶ年下だからな――六十歳と七十歳のあいだだろう」

「六十歳と七十歳のあいだだったの」ティルダが言う。

「死んだのは奴か?」

「金曜日の夕方に匿名の通報があったの。家の表で死んでるって。そのとおりだった。その日の昼間か前の夜に死亡したと考えてる」

「どうして死んだんだね?」

「それは言えない」

イェルロフはそれ以上質問をすべきではないとわかっていたから、これだけ言った。「それで車の事故のほうは？」

「ヴァルの甥。幹線道路で車に轢かれたの……ペータル・マイェル」

イェルロフは息を呑んだ。「なんと言ったね？」

「ペータル・マイェル。二十四歳だった。エイナル・ヴァルが死亡する前の夜に車の前に飛びだした。ヴァルの甥でね、どうやらとても親しかったらしいの。だから、ひとりの死がもうひとりの死を引き起こしたのか、つながりを調べているところなのよ……それで、あなたがヴァルについて知っていることを教えてもらいたかった」

これは話さんわけにはいかんぞ。

だが、黙っていた。ペータル・マイェルのことはティルダにとっくに話しておくべきだったが、その機会がなかった。今更、なにが言える？　ヨーナス・クロスが身元を確認した直後にマイェルが車に轢かれたのはたぶんただの偶然だ。だが……

「あとで話をしよう」彼は言った。「用事があってな。ヨンが迎えに来る」

「遠出をするの？」

「そういうわけじゃない――コーヒーを飲みにいくだけさね」イェルロフは説明した。「墓掘人の娘と」

島の農民の誰もがクロス家ほどの広大な土地に恵まれているわけではない。墓掘人のローランド・ベントソンの娘のソーニャが結婚した男は乳牛六頭、ジャガイモの畑が少し、鶏を少数飼っている藁で覆われた石造りの納屋しかもっていなかった。農場はもう売り払い、いまではソーニャと夫はウトヴァラで暮らしている。東海岸の小さな家は多くの鳥が生息する低い岩礁を見渡せた。岩礁の先はバルト海の水平線があるだけ。

濃い青の舞台が永遠にむけて、あるいは、少なくともロシアとバルト三国にむけて広がっていた。

だが、イェルロフはヨンの車を降りながら、海を見てはいなかった。北を見ていた。ここからはエイナル・ヴァルの家が遠くない。連続する入江や岬のむこう、ほんの数キロ先のはずだ。

イェルロフはソーニャに電話して、ヨンを連れてコーヒーを飲みに行くと言った。この島では知った相手にはそうしたことができるし、ソーニャとは長年の知り合いだ。

廊下にはスーツケースがあった。ソーニャと夫は翌日、マジョルカ島へ飛行機でむかうそうだ。けれど、ふたりは客を歓迎してくれた。イェルロフの最初の質問は故人となったご近所さんについてのものだった。

「いえ、夜は物音ひとつ聞かなかったですよ」ソーニャが答えた。「それになにも見なかったし――むこうのお宅とのあいだには松林がありますからね」

「ヴァルは油断ならない奴だったよ」夫が言った。「あいつが魚や猟の獲物を売っていたのは知っているが、ほかのものも売っていたようだ。近くに行けば、見慣れない車が行き来するのをしょっちゅう見たものさ。運転しているのはいつもおっかない顔をした者たちだったな。目が合っても手も振らない。それはいい印じゃないからね」

「それにもちろん、あの人、お酒を飲みましたし」ソーニャが言う。「それで命を落としたんじゃないかしら……心臓がとうとう音を上げたんですよ」

「じゃあ、心臓発作で亡くなったのか？」

「そう聞いてますよ――ボートに座ってお酒を飲んでいて、暑さにやられて倒れたって」

「ありそうな話だね」イェルロフは言った。

コーヒー・テーブルが沈黙に包まれた。ここまではおしゃべりをしていただけだった。話題が極めて深刻なものであっても。だが、イェルロフが本当に話したかったのはソーニャの父親についてだった。

「ソーニャ、あんたが知ってるかどうかはさだかじゃないが」彼はそう切りだした。「わたしは若い頃、あんたのお父さんと墓地で働いていたんだよ。ごく短いあいだのことだったが、とても親切にしてくれてね」

「まあ——いつ頃なんです？」

「一九三一年だ。もうひとり、少年がいてね。ローランドが面倒を見ていた子が……名前はアーロン。アーロン・フレドだよ」

ソーニャと夫はすばやく視線をかわした。その名に聞き覚えがあるのはあきらかだった。

「アーロンと父は親戚関係だったんですよ」ソーニャはようやくそう言った。「父はたまに彼の世話をしていて」

「じゃあ、あんたもアーロンと親戚ということだね？」

「遠縁ですけどね。アーロンの一家と血がつながっているのはじつは父じゃなかったの。わたしの母とアーロンの母のアストリッドが従姉妹で」

アストリッド・フレドか。イェルロフはその名前を記憶しておいた。

「だが、もう誰も生きていないかね？」

「ええ、みんな亡くなりましたよ。アストリッドは一九七〇年代に亡くなって。その頃にはレードトルプを離れていましたね。アーロンには妹がひとりいましたよ。グレタ。去年、マルネスの高齢者ホームで転んで、亡くなったの」

イェルロフはぼんやりとその出来事を覚えていたが、残念ながらそれは彼のいる階で起こったことではなく、転倒は高齢者にはめずらしいことでもなんでもない。光る床と敷物にはじゅうぶんに注意しなければ。

「アーロンと家族はどこに住んでいたんだね？」彼は尋ねた。「この海岸かい？」

「あの一家は西のほうに住んでいましたよ……レード

トルプに。クロス家の土地の隣です。アストリッドとグレタは一九三〇年代の終わり前後まであそこで暮らしてましたけど、アーロンと義理の父親はアメリカへ行ったんです」

イェルロフはびくりとした——ふたりがアメリカへ渡った事実にではなく、ふたりの関係に。

「義理の父親？　では、スヴェンはアーロンのじつの父親じゃないのか？」

ソーニャはまたもや夫をちらりと見やった。「スヴェンは一九二〇年代の初めに作男として島にやってきたんです。アーロンとグレタはその頃にはもう生まれていましてね」

本当の父親が誰か、ソーニャが言わなかったことにイェルロフは気づいた。

短い沈黙に続いてヨンが声をあげた。「スヴェンとアーロンはアメリカのどこへ行ったのか知らんか？」

「まあ、見当もつきませんよ。七十年近く前のことですものね」

「便りは寄越さんかったか？」

「手紙はなかったですね」ソーニャが言う。「でも、父のコレクションにふたりからの葉書があったかもしれない……ちょっと待ってくださいね」

彼女は部屋をあとにして、濃い緑のアルバムを手にもどってきた。これをイェルロフに手渡した。古くて擦り切れ、表紙にはゴールドの文字が入れてあった。〈絵葉書アルバム〉。

「父がその父から受け継いだものですよ」ソーニャが説明した。「ふたりとも絵葉書を集めていたんです。ふたりともたくさんは受けとらなかったんですけど。わたしたちは父あてに送ったものですよ……マジョルカ島からのわたしたちの絵葉書がうしろにあるわ」

イェルロフはゆっくりとアルバムをめくった。絵葉書は好きだった。船長としてスウェーデンじゅうのさまざまな港から娘たちにたくさん送ったものだ。

うしろにあるスペインの絵葉書は鮮やかな色のものだった。青い海に黄色い太陽。アルバムの前のほうへとめくっていくと、絵葉書が古くなっていき、さらに色褪せて、異国情緒は減っていった。〈ゲフレの散歩道〉や〈ハルムスタッド——グランド・ホテル〉などを写したものだ。

だが、そのなかの一枚は違っていて、イェルロフは手をとめると表に書いてある字を読んだ。〈スヴェンスカ－アメリカ汽船会社・カステルホルム号——絵葉《カルト・》書《ポスタル》〉。この文章の下に堂々たる気船の写真があった。イェルロフがバルト海を船で行くあいだに時折出くわしたような船だ。

「きっとこれだ」彼はそう言い、丁寧にその絵葉書を取りだした。

裏には短いメッセージがあった。まとまりのない文字が鉛筆で書いてある。

ローランドおじさん、いろいろしてくれてありがとう。港に着きました。すぐに乗船です。これはぼくたちをスウェーデンからアメリカに連れていってくれる船の写真です。でも、ぼくたちは帰ってきます。

母さんとグレタをよろしくお願いします。さようなら。

アーロンより愛をこめて

移民からの葉書と見てまちがいない。おそらくはヨーテボリから送られたものだ。だが、たいした発見はない。アーロンが字を書けたということくらいだ。日にちもたしかではないが、切手の〝一九三一〟の消印が読めるようだ。

イェルロフは絵葉書を置いた。「アーロンは帰ってくると書いてるね」

「ええ、でもふたりは一度も帰ってきませんでした。

それにさっきも話したとおり、ふたりから手紙だって一度も届かなかったんですよ。たまにグレタ・フレドを訪ねて、義理の父親と兄さんから手紙が来ないかと訊くこともありましたけどね、一度も来なかったそうです……一言だって」

もちろん、彼女が嘘をついているのでなければだが。イェルロフはそう思ったが、口に出してはこう言った。「成功して故郷にたくさんのドルを送ってこれる移民の話をよく聞いたが、どん底に落ちて消息がわからなくなった者たちの話もよく聞いたね」

ソーニャは少し動揺した様子でうなずいた。「あの人たちがアメリカ合衆国でもっといい生活を送ったことを祈りますよ。レードトルプでのあの人たちの暮らしはとてもひどいもので……灰色の狭い掘っ建て小屋でしかありませんでしたからね。それにもちろん、スヴェンにはお金なんてなかった。身体が少し不自由だったんですよ。足がつぶれていて」

「では、どうやって生活費を稼いでいたんだね？」

「彼はあちらこちらで少しずつ、なんでもやっていたんです。あの頃、自分の家に農場がない人たちはそうするしかなかった。粉挽き小屋で働くといったように。あの付近のものを転々としましたね」

ヨンがそっと時計に視線を走らせた——そろそろ、キャンプ場で夕方の見まわりをする時間になる。それでイェルロフはカップを置いた。

「コーヒーをごちそうさん。話ができてよかったよ。何日かこの絵葉書を借りてもいいかね？」

「マジョルカ島には二週間行きますから、もどってくるまで、ゆっくり見ていいですよ」ソーニャが言った。

イェルロフにはもうひとつ質問があった。だが、アーロンについてではない。柩の内側から聞こえたノックの音のことだった。だが、自分がソーニャになにを尋ねたいのか、自分でもよくわかっていなかった。イェルロフと一緒にあの音を聞いたのは彼女の父親だ。

そしてそのローランドもいまや、あの墓地に眠っている。

結局彼はこう言った。「ではわたしたちは帰るから、荷造りの続きをどうぞ」

ヨーナス

クリストファーが遊びたがったので、ヨーナスはふたたびダーヴィッドソン家の庭にやってきた。門を通るとき、前と同じにイェルロフが麦わら帽子をかぶって椅子に座っていた。

庭はとても狭いけれど、ヨーナスはヴィラ・クロスよりここにいるほうが好きだった。ここなら気持ちがゆったりとする。

けれど、この夕方のイェルロフの声はいつもより鋭かった。いつもより船長っぽい。「こんばんは、ヨーナス。ちょっとこちらに来てくれんか」

ヨーナスはのろのろと近づいた。イェルロフが杖を支えに身を乗りだし、射抜くような目で見つめてきた。

「ペータル・マイェル」彼は言った。「その名前を覚えているね？」

ヨーナスの心臓は一拍余分に跳ねた。それから彼はうなずいた。イェルロフはとても真剣な表情だ。

「その話を誰かにしたか、ヨーナス？」

どう答えたらいいんだろう。腰を下ろしてなにもかもイェルロフに話してしまいたかった。すっかり、全部、すべて。マルネスへ行ったこと、ケントおじさんとペータル・マイェルが畑を駆けて道へむかったこと。それに叫び声やタイヤの軋む音のことも。

でも、そうしたらどうなる？　昨日、カスペルがモペッドのうしろに乗せてくれた。あれは絶対ケントおじさんがなにか言ったからだ。秘密をばらすわけにはいかない。だから、首を振った。

「ううん。誰にも」

「わたしがペータル・マイェルのことを尋ねる理由を知ってるかね？」

「ううん」ヨーナスは急いで言った。

もしかしたら、急ぎすぎたかも。イェルロフはハエを追い払いながら、視線を外さなかった。「少し緊張しているようだな、ヨーナス。なにも問題はないかね？」

「どうかな」

「どうしたね？」

ヨーナスは深呼吸をした。恐れていることについてなにか言ってしまいたかった。それでひとつを打ち明けることにした。「墓標だよ。幽霊が出るんだ」

「ほう？」イェルロフはちっとも心配している口ぶりじゃなかった。

「ぼく、見たんだよ。墓標から幽霊がほんとに出てきたの」

「そうかい？」イェルロフがほほえみかけた。「あそこにはドラゴンが棲んでいると聞いたが。鼻から尻尾まで長さが十二メートルで、鮮やかな緑色だそうな」

ヨーナスのほうは笑わなかった。もうおとぎ話を信じるような子供じゃないし、ドラゴンなんかいないのは知ってる。恐ろしいものはあるけれど、ドラゴンはそうじゃない。

イェルロフの笑みが消えた。彼はさらに杖に寄りかかって身体をせりだし、立ちあがった。「おいで、ヨーナス。ちょっと散歩に行こう」

彼はのろいがしっかりした足取りで歩きはじめ、ヨーナスもすぐあとに続いた。

庭の突き当たりに小道があり、それが藪を抜けて牧草地に通じていた。この小道を三十メートルほど進むと、イェルロフは足をとめた。

「あそこを見てごらん、ヨーナス」

ヨーナスがそちらをむくと、空き地に日射しで色褪せた四角い塔が見えた。それほど遠くない場所だ。それがなにかは知っていた――風車小屋だ。レストランの裏にもうひとつあるけれど、そっちは赤くてまだあたらしく見える。これは放置されて壁のペンキは塗り直されていないし、翼も風で傷んでいる。

「風車小屋のこと?」

「いや。そのむこうだ」

イェルロフは杖で風車の右を差した。ヨーナスがそちらを見ると、長い草が生えたところに隠れるようにして丸い石が積んであった。

「見えたか? あれが墓標だ――本物の、本物の墓標だよ。青銅器時代に亡くなった名もない族長の上に積まれたものさね」

「本物の墓標?」

「ああ。きみの先祖のエドヴァルド、シーグフリッド、イルベルト・クロスが一九二〇年代にあの墓標を掘り返した。石の下に古代の宝があると思ったのさ。なにか見つかったかどうかは知らんが、掘っている最中に、墓標は高台にあったほうが見栄えがいいと三人は考えた。自分たちの土地の前に……そのほうが〝国民的ロマン主義〟らしいとな」

「それ、どういう意味？」

「当時、流行だったものさね……古代の記念碑を崇めることが好まれた。それでクロス三兄弟は牛車を出して丸石を高台に運び、墓標の石の半分をあっちに移した」

ヨーナスは黙っていた。聞き入っていた。

「だから、ヴィラ・クロスのむかいにあるあたらしい墓標は墓じゃない」イェルロフが話を続けた。「岩につくられた古い掩蔽壕があるのを知ってるかね？」

「ドアを見たよ」ヨーナスは言った。「窪地にあった」

「それだよ。だが、陸軍の工兵が墓標の下に掩蔽壕をつくることを許可されると思うかね。あれが本物の古代の記念碑だとしたら？」

ヨーナスは首を振った。

「あり得んな」イェルロフはその点を強調した。「だが、あれは本物の墓標ではなかったから、平気だったのさ」彼はふたたび積まれた石を見やって言いたした。「幽霊を怖がるべき者がいるとしたら、それはわたしさね……子供の頃、あの横を通れば見えない手が突きでて抱きつかれて、肺から空気がすっかり抜けると言われたもんさ」

「いまも怖い？」ヨーナスは静かに言った。

イェルロフは首を振る。「恐ろしく見えるものには、たいてい説明がつくと思っておるからね。昔は、夜になれば石灰岩平原で幽霊の悲鳴が聞こえたもんだが、あれは腹をすかせたキツネの子が、食べ物をくれと巣から呼びかけておっただけさ」

ヨーナスは少し気持ちが落ち着いた。イェルロフはどんなものにでも答えることができるんだ。

ふたりは庭へもどった。ヨーナスはズボンの足元を見おろして、草からマダニをもらっていないかたしかめたけれど、一匹もいないようだった。

イェルロフが腰を下ろして目を閉じた。会話は終わりという合図のようだ。けれど、ヨーナスの話はまだ終わっていなかった。「でも、墓標の隣に人が立っているのを見たんだ。何度も」

イェルロフは目を開けた。「信じるよ、ヨーナス。だが、それは本物の人間だ。たぶん、観光客さね」

「でも、その人、あなたみたいなんだよ……本当に、本当にお年寄りで。そしてふっと消えちゃうの」

「どんな見た目だったかね？」

「白髪で白いあごひげ。黒っぽい服。操舵室にいた男みたいに」

イェルロフが彼を見あげた。「大丈夫かね、ヨーナス？」

少年は首を振る。

「きみが恐ろしい記憶に取り憑かれているのはわかるよ」イェルロフが言う。「ひどい経験をしたからね。ある夏、わたしもひどい経験をした。十五歳のときだ。人が心臓発作を起こして目の前で死んだ。だが、なにもかも通りすぎるものさね——それだけが慰めだ。わたしたちは歳を取り、しあわせな記憶がひどい記憶を押しやるんだ」

ヨーナスは考えた。自分がそうしたしあわせな記憶を見つけることはできるのだろうか。

イェルロフ

孫たちとヨーナス・クロスは菓子を売る店へ自転車で出かけ、イェルロフは夕方の蚊の集いを避けるため、家に入っていた。

少年たちがコーヒー・テーブルに置いたままのからのグラスを集めてから、電話の隣の肘掛け椅子にだらりと座った。とても疲れていた。

謎がなにも解けていない。とにかく、ペータル・マイェルの死については。

それに年寄りのアメリカ人のほうは？　どうやったら、居場所を突きとめられる？　手帳を取って指先を舐めるとページをめくりはじめた。スウェーデン系アメリカ人たちとの昼食会で、それに墓掘人の娘とコーヒーを飲みながら書いたものを読み返し、すべての詳細をじっくりと検討した。

レードトルプのスヴェンとアーロン・フレドについての考察。走り書きされた質問――〝アーロンはアメリカ合衆国でどこに落ち着いたのか？〟。だが、その下の行は空白だ。スウェーデン出発前の絵葉書があるだけで、ソーニャや父親は移住した親戚から便りを聞くことはなかった。

〝あの人たちがアメリカ合衆国でもっといい生活を送ったことを祈りますよ〟。ソーニャはそう言っていた。〝レードトルプでのあの人たちの暮らしはとてもひどいもので……灰色の狭い掘っ建て小屋でしかありませんでしたからね〟

イェルロフは少し考えてから、ソーニャに電話をかけた。すぐに電話に出たが、忙しそうだった。

「まだ出発していなかったんだね」

「ええ、空港行きのバスはあと二時間で出るんですよ」

　イェルロフはすぐに本題に入った。

「ソーニャ、コーヒーを飲みながらあんたが話していたことを考えていたんだが……フレド家は海岸の灰色の小屋に暮らしていたと言っておったね。レードトルプという」

「そのとおりですよ。アストリッド・フレドはクロス家から小さな家を借りていたんです。森の奥深くで、いまはエーランド島リゾートがある場所ですよ」ソーニャは口をつぐんでから、言いたした。「クロス家があそこを取り壊したから、近頃ではその名を覚えているのは誰もいないでしょうね。古い名はみんな消えていきます。ひとつずつ……」

「そうさね」イェルロフも賛成した。「ところで、そこはなんで〝赤い小作地《レードトルプ》〟と呼ばれていたんかね？　実際の小屋は灰色だったが、赤だと言い張りたかったんか？」

　ソーニャは乾いた笑いで反応した。「ペンキの色とはなにも関係ないんですよ。スヴェンが粉挽き小屋で働いていたときによく話していたことがあって、それで人からそう呼ばれるようになったんです」

「それで、どんな話をしていたんだね？」

「どう言えばいいか……彼は活動家でした。社会主義に入れこんでいて。スヴェンは信じていたんです……第一次世界大戦中にカルマルで兵役についたとき、熱心な社会主義者になりました。エーランド島にやってきて作男になり、粉挽き小屋でも働いて、自分の主義にますます情熱を傾けるようになったんですよ。彼が最後には共産主義者になったという人もいます」

「じゃあ、彼は粉挽き小屋や農場で政治の話をしておったんか？」

「ええ、言ってみれば、主義主張の根拠を説明するのが好きだったんでしょうね。でも、三〇年代はいまよりずっと政治的な雰囲気が強かったようですから。共産主義もナチスもこの島では盛りあがっていたそうですね。たまに問題も起こって。おたがいに相手の旗を破ったとか。それでクロス兄弟は政治の話に我慢できなくなりました。スヴェンはあの人たちとも喧嘩をしたんです」

イェルロフは思いだした――政治談義を避けられるというのが、いつも海に留まっている立派な理由になった。話題と言えば、風と天候と貨物料金だけだった場所。

「どうもありがとう、ソーニャ。休暇を楽しんで」

イェルロフは電話を切り、寝室へむかった。書棚に墓掘人の絵葉書アルバムを置いている。腰を下ろしてアーロン・フレドからのモノクロの絵葉書を見つけた。短い文面をまた読んで、写真をじっとながめる。白い船、気船カステルホルム号。ヨーテボリの波止場に着けている写真だ。スウェーデンにおけるアメリカへの入り口。

聴力より視力のほうがいいので、彼は写真へさらに顔を近づけて見た。船のほうではなく、波止場と周辺をじっくりと。背景はにじんで見慣れないながめだ。灰色の朝霧が水面に漂い、港にはもう一隻、海に出ている気船があるだけ、奥には落葉樹の森と石造りの建物。起重機はひとつもない。それが少しおかしい。イェルロフ自身の三〇年代のヨーテボリの記憶では森のようにクレーンが立っていたから……

急に、奇妙な既視感をともなってこの港がどこかかわった。見慣れないと思えたものが、たちどころによく知るものに変わったからだ。ここは何度も行ったことがある。

ふたたび受話器を手にした。

「ヨン、キャンプ場の夕方の巡回は終わったかい？」

「ああ。アンデシュがあんたのボートの修理に行ってるから、おれも手を貸そうかと思っていたところだ」

「迎えにきてくれるなら、一緒に行くが」イェルロフは言った。

「いいともさ」

イェルロフは受話器を置き、また電話をかけた。国立海洋博物館へ。


ヨンが十五分後にやって来たが、イェルロフは待ちきれず、出かける前に友人に話したいことがあってベランダへと引っ張った。

「見つけたことがあるんさね、ヨン」

「ほう、どんなことだい?」

「スヴェン・フレドー——アーロンの義理の父親は共産主義者だった」

ヨンは瞬きをして、ピンと来ない表情だ。〝共産主義者〟という言葉は近頃ではもうさほど含みがない。

「わからんのか?」イェルロフは話を続けた。「スヴェンは革命支持者だった。そんな男がアメリカへ旅するなんぞ考えにくい。共産主義はむこうでは人気がなかった。ヨーロッパからの移民は、大恐慌のあとではたいして歓迎されなかった。そのなかでも、問題児と〝ボルシェビキ〟は特に」

「そうだが、ニューヨークの入国審査所に着いたら、スヴェンは自分の意見は黙っておけばそれでよかっただろ」

「ふたりはニューヨークには行かなかった」イェルロフは言った。アーロンからの絵葉書を差しだす。「これはヨーテボリの港じゃない。背景にあるのはストックホルムだ」

「ストックホルム?」

イェルロフはうなずいた。

「船の周囲は簡単には見分けがつかんが、今日の夕方になって急にわかったんさね、これはストックホルムのシェップスブロンだ。そして、三〇年代にシェップスブロンから出る船の行き先はどこだった? アメリカだったか?」

「いいや」ヨンが答えた。「フィンランドだった。あんたとは戦争の前に何度かこの港を訪れて、フィンランド行きの船の荷積みを見たもんだった」

「そのとおりだ。だが、もっと遠くまで行く船もいた……たとえば、気船カステルホルム号だ」

「その船はアメリカへ行った。絵葉書にそう書いてあったじゃないか」

　イェルロフは首を振った。

「カステルホルム号はスヴェンスカ－アメリカ汽船会社が所有していたが、ヨーロッパ航路もあった。ついさっき、ストックホルムの海洋博物館に電話をかけたら、学芸員のひとりがコンピュータのデータベースでカステルホルム号を検索してくれたよ。三〇年代初めにバルト海を渡った船だ……はるばるレニングラードまで」

　ヨンは耳を傾けているが、とまどった表情だ。

「アーロンとスヴェンはアメリカには行かなかった」

イェルロフは先を続けた。「反対方向へ行ったんだ。いまじゃ、もう存在しない国へ……ソビエト連邦へ」

　ヨンが見つめてきた。わかりはじめたのだ。

「じゃあ、あたらしい国は西のじゃなく……東のだったた？」

「そうだ。一部のスウェーデン人にとってはあたらしい国といったらそうだったんだよ……革命と階級のない社会を夢見ている者にとっては」

「だが、むこうに行ったふたりはどうなったんだ？」

「わからん。ソビエトは困難な時期で、スターリンはどんどん被害妄想を抱えるようになったから、どんなことが起こっておってもふしぎじゃない……アーロンはどうなったと思うね？」

　ヨンは無言だったから、イェルロフが話を続けた。

「とにかく、アル・カポネの下では働いておらんな」

盛夏

人生がよいものだと言うつもりはない
むしろ悪いものだと言いたいが
そう言わずにいよう

三つの道具があればいい
三角定規、ハサミ、ナイフだ

それで測るべきもの
切り取るべきものを
測って切り取ることができる

残りは夜が測ってくれる
そして一日のその時間に姿を見せる生き物たちが

――レンナルト・フェーグレーン

一九三四年十月、あたらしい国

アーロンのブーツは水が染みるので、いつも濡れている。彼は樅の下でうずくまるように見える灰色の小屋が並ぶ外の柔らかい土に立っている。スヴェンをにらむ。ついに真実を告げた相手を。

「じゃあ、ぼくたちがいるのはアメリカじゃないってこと？」

「ああ」

「じゃあ、ここはどこなんだよ？」アーロンはそう尋ねるが、返事が怖い。

「別の国にいるんだ」スヴェンが説明する。「船はバルト海を越えておれたちをレニングラードという街に連れてきた。そして海岸から北へやってきたのさ」

アーロンもそれはわかっていた。ここには海がない。森だけだ。だが、理解できないことがたくさんある。

「じゃあ、ヒビノゴルスクはアメリカじゃないの？」

スヴェンは首を振る。「ここはロシア北部で、ヒビヌイ山脈の近くだ」

アーロンにまだ穴の開くほど見つめられながら、スヴェンは話を続ける。「ロシアも連合国の一部だ。アメリカと同じに。ただ、こっちの連合国はソビエト連邦というんだ」

アーロンはロシアの名は聞いたことがあるし、学校の授業で〝ソビエト〟というのも聞いた覚えがうっすらとあるが、そんなもの彼にとってはどうでもいいものだ。

「でも、アメリカに行くって……」

「おれはあたらしい国へ行くと言ったんだ。そのとおり、ここにいる。東の、太陽が昇る国に。太陽と富が有り余るほどの国に」

アーロンは黙りこみ、朝食に黒パンを一枚しか食べていないことを考えている。薄く小さな一枚だ。彼は炭鉱の町を見まわす。灰色の小屋と泥でぬかるむ道を。

「アメリカは約束の地じゃない」スヴェンが言う。「あそこは悪の王国だ。貧しい者と黒人は、アメリカじゃ犬みたいに追いたてられる。捕まえられて、木から吊るされる。金持ちの白人連中が的の練習に使えるように。楽しみのためだけにな。おまえは本当にそんな国へ行きたいのか？」

アーロンは返事をしない。

「いいや、そんなことはないな。おまえの顔にそう書いてある。おまえはここにいたいんだ。誰もが並んで働く国に」

「ぼくはうちに帰りたい」アーロンはようやくそう告げる。「レードトルプに帰りたい。ぼくは手紙を書いて、母さんに帰ると教えたよ」

「おまえの母さんはそんなこと知らん」

「知ってるよ」

「なにも知らない」スヴェンがそう言って、気まずそうに足を動かす。「おれは一度も手紙を投函しなかった」

アーロンは自分の耳が信じられない。

「どちらにしても、いまはソビエトを離れられない」スヴェンが静かに言う。「旅費がない。いつかはきっとこの国を離れて帰るが……まだ先だ」

アーロンは同じことをこの三年聞かされてきた。同じ口先だけの約束を。彼の目には、義理の父親が、誇り高いスウェーデンの労働者が縮んで見えるようになっていた。

ソビエト連邦だって？　アーロンはこの国についてもっと知ろうとする。いまでは言葉も理解するようになっていた。アメリカの言葉だと思っていたロシア語だ。キャンプで労働者たちと会話のようなものもできる。

それに毎日、数時間は学校へ通うことも許されている。アーロンはロシア人のコペレフ先生に習う。言葉を聞いてそれを繰り返し、スヴェンよりずっと早く覚えていく。ロシア語で毒づくこともできるし、「同志、世界革命のあとは料理の重みでミシミシいうテーブルがきみを待っている！」や「所有品に自分を消費されることがないようにしよう、同志——私有物はすべての悪の根源だ！」のような大げさな文句もすらすらと言える。

けれど、誰もが話題にするのは食べ物のことだ。アーロンも含めて——彼はスウェーデン料理を夢に見る。塩漬けにして揚げたツノガレイ。燻製にしてオイル漬けか、茹でて歯ごたえを残したウナギ。ジャガイモ、すりおろしたやつ。豚肉。みじん切りにした塩漬けの豚肉。すりおろしたジャガイモとみじん切りの豚肉をエーランド島らしい熱々の肉団子にする。

誰もが食べ物の話をしている。四六時中。ロシア語で噂が広まり、ある朝、運河でアーロンはそれをスヴェンに伝える。

「みんな餓死しかけてる。道で死にかけてる」

スヴェンは掘るのをやめて、アーロンを見つめる。

「なんの話だ？」

「そう聞いたんだ。食べ物がない」

「どこで？　どこで餓死してるんだ？」

「南だよ。クライナで」アーロンはそう言って手袋で鼻を拭く。

「ウクライナか」スヴェンが訂正する。

「それだよ……ウクライナ。そこに農場があって、食べ物があるはずなんだけど、なにも残ってないって。兵士たちが作物を全部奪ったって」

「食べ物を奪うのは兵士じゃない」スヴェンが鋤で泥

を掘りながら言う。「隠しておいて夜になったら食うのは富農たちだ」

「でも、牛も全部死んだんだよ」アーロンは言い張る。

「だから、自分の子供たちを殺して捌《さば》きはじめたって。南じゃ、どんなものでも食べるんだ」

「そんなたわごとには耳を貸すな」スヴェンが身を乗りだす。「スターリンの話をしてやろう」

「誰?」

「指導者だ。この船全体の舵を取る船長、ヨシフ・スターリンだ」スヴェンは白っぽい空を見あげてから、ふたたびアーロンに視線をむける。「二十年前に古い軍部、皇帝、その支援者との闘争を率いた男だ。あるとき、皇帝の警察に逮捕され、鞭打ちの刑を言い渡された。棘のついた鞭を構えた警官が二列に並んだあいだを走って打たれるんだ。ここでスターリンがどうしたか知ってるか?」

アーロンはかぶりを振った。

「罰を受ける前にひらたい葉を摘み、くわえた。それから歩きはじめた。スターリンは鞭のあいだを走らなかった――歩いたんだ。時間をかけて、牧場を散歩でもするようにな。端にたどり着く頃には背中は血まみれだったが、彼は口を開けて最後の警官に葉を見せた。歯型はついていなかった。だから、スターリンはその日、罰を受けたが、それでも勝ったんだ。わかるか?」

アーロンはうなずいた。

「この危機を乗り越えようとするなら、いかに強くならなきゃだめか、ってことだ」スヴェンはそう言って、一瞬、背筋を伸ばした。「掘るんだ」

アーロンは従おうとしない。「ぼくはスターリンとは違う」

スヴェンは義理の息子を険しい目で見る。「だが、おまえもスターリンになれる」

帰ってきた男

帰ってきた男は道路のひっそりした待避所に車をとめて座っていた。助手席には蓋を開けた木箱。箱には缶詰や瓶詰が収まっていそうに見えるが、貼ってある黄色いステッカーにある言葉は〈危険――爆発物！〉だ。

なかには二十本の淡黄色のプラスチック爆弾が入っている。きれいに並んで。ぐっすり眠って。保護材に包まれて。起爆装置もあるし、ビニールケーブルを巻いたものは導火線だ。

すべてがいまや彼のものだった。ヴァルにはもうなにも必要ない。

帰ってきた男は毛布の下に木箱を隠して車を降り、ピクニック・テーブルのひとつに近づいた。あたりには誰もいない。ほかの車はどれもヒュンと通りすぎていくだけで、ようやく古びた黄色いスポーツカーが待避所にとまった。車に見覚えはあるが、運転手が違う。リタがハンドルを握っていて、ペッカの姿はない。

彼女が車を降り、帰ってきた男のほうにゆっくりと歩いてきた。彼は挨拶に片手をあげたが、彼女は無表情に見つめるだけだ。泣いていて目が赤い。

なにかよくないことがあった。

「ペッカはどこだ？」

リタは首を振るだけだ。「いってしまった」

「いってしまった？」

「車に轢かれたの……木曜の夜に」

帰ってきた男は彼女を見つめた。「どこでだ？」

「この道でよ……少し北のほう。彼、ピザを買いに出かけただけだったのに……アパートで待っていたら、こじゃれた身なりの連中が呼び鈴を押したけれど、わたし、出なかった」

「こじゃれた身なり？」

「男がふたりと少年がひとり」

「クロスだ」帰ってきた男は言った。「クロス兄弟だ。それに船でペッカを目撃した少年。兄弟のどちらかが父親に違いない」

リタはすすり泣きをこらえられず、うつむいた。帰ってきた男はため息を漏らした。「ペッカの叔父も死んだ」

「エイナルが？」

「そうだ。自宅の表で見つけた。ボートに横たわって死んでいた。では、クロスは彼にも会いにいったんだな」

リタは腰を下ろした。一瞬、帰ってきた男は隣に我が娘が座っている気分になったが、そんな考えを押しのけた。

「エイナルはきっとペッカの事故の話を聞いたのよ」

リタが低い声で言う。「あの人、ペッカが大のお気に入りだった。父と息子みたいな間柄だったのよ」

ふたりはしばし黙って座っていた。帰ってきた男は父と息子について考えた。ペッカとヴァル、それに死んでしまったほかのすべての者たちのことも。世界はそうした者たちであふれている。

しばらくしてリタは立ちあがった。「もうここにはいられない。出ていきましょう」

「それこそ、クロス兄弟の思う壺だ」帰ってきた男は言った。「あいつらは自分たちが勝ったと考える」

リタは道路をちらりと見やり、海岸とエーランド島リゾートのほうをながめた。彼女もなにか考えこんでいるようだ。

「できることがあるかも」一、二拍の間を置いて彼女は言った。「エイナル・ヴァルとペッカのために」

「というと？」

「ペッカが話していたことがあって……エーランド島

リゾートをクビにされたとき、計画していたことよ。彼とヴァルは結局、船を横取りすることにしたんだけど」

「クロス家を襲う計画か？」

リタがうなずく。「ペッカね、奴らの商売をぶち壊してやると言ってた。復讐してやるって。ペッカは客が誰もエーランド島リゾートに泊まりたくないように絶対してやるって、そればっかり言っていたの。奴らは大金を失うって……わたし、計画をすっかり聞いてるんだけど」

帰ってきた男も立ちあがった。短く笑った。「それをやってやろう」

イェルロフ

七月の初め、ゆらゆらと熱波が島を覆っていった。太陽は朝の四時半にバルト海の上空に昇り、七時には夜の底冷えはきれいさっぱりなくなった。九時には石灰岩平原での暑さは耐えがたいほどだった。カッコウのような鳥はすでに黙りこんでいる。

イェルロフは気づいた。ここまでの夏はただ暖かいだけだった。これが暑さというものだ。白い空から強烈に注ぐ日射しは空気を揺らし、風はそよとも吹かない。

多くの村人と同じように、彼も海辺で過ごすほうを好んだ。そこならば、かすかな潮風だけは吹く。たまにヨンもそこにいて、手こぎ船にやすりをかけていたり、腐った板を取り替えたりしていた。

イェルロフはボートハウスの日陰に座面の低いデッキチェアを置いて座り、麦わら帽子をかぶっていた。

「わたしはここに長くはおらんよ」彼はヨンに声をかけた。

ヨンは鼻に皺を寄せ、作業を続けた。「あんた、何年もそう言いつづけてるぞ」

「そういう意味じゃなかった」イェルロフは慌てて言った。「この村から実際にいなくなるという意味さね。じきに娘たちがふたりとも家族を連れてやってくるから、家は部屋が足りなくなる。だから、わたしはマルネスの高齢者ホームにもどるんだよ」

「いつ?」

「次の週末に……あと十日で」

ヨンはツバメ号を見やり、やれやれと首を振った。

「それまでに準備はできんぞ」

「わかっておるよ」イェルロフは暗い口調で言った。「それに、どのくらい頻繁に村に来れるかわからん。だが、おまえと同じく、村のことをいつも考えるから」

口ではそう言ったが、彼の考えはふたりの少年にほぼ占領されていた。アーロン・フレドとヨーナス・クロスだ。

ソビエト連邦への旅を生き抜いたとすればアーロンはもはや少年ではないが、少年としての彼をイェルロフは思い描いていた。日射しを浴びて、掘ったばかりの墓の隣に立つ少年。あの日、地面からしたノックの音に彼は怯えたのか? きっとそうだろう。背の高い、ひどく痩せた男が墓地からアーロンを連れていったのを覚えていた。義理の父親のスヴェン、熱心な共産主義者。

続いてヨーナス・クロスのことも考えた。もうひとりの怯えた少年。あの子も幽霊が関係した出来事で怯えたが、墓標の幽霊と船での経験だけであれほど緊張するものだろうか。

ヨーナスも家族の問題を抱えているのかもしれんな。


ヨンがその日のぶんのボートの修理作業を終えると、イェルロフはゆっくりと庭へもどった。だが、日射しが強すぎる。もう外には座っていられなかった。

しばらくして、孫のひとりがパラソルを立てるのを手伝ってくれた。これでイェルロフと庭の少しの部分が日陰に入ったが、残りの芝生はだいぶくたびれたように見えた。

ハンカチを取りだして額をぬぐった。日陰でも二十八度ある。植物は枯れかけ、動物はどこかに隠れている。

ほんの数種類の鳥だけがこの暑さと光とを楽しんでいるらしい。内陸を見やると、空高くに影が見えた。下の草地のネズミを探す鷹だ。黒い帆のように翼を広げて石灰岩平原を楽々と旋回している。


あれだけ自由に飛べて、あの鷹はしあわせだろうか。あるいは、自由などではないのかもしれない。ただ腹をすかせているだけで。

イェルロフも腹をすかせていた。シナモンを入れたヨーグルトを一杯食べようと家に入った。台所に立っていると電話が鳴った。ティルダだった。知らせがあった。

「警察に沿岸警備隊から連絡があったの」

「例の船についてか？」

「いえ、あれはまだ行方不明。でも、カルマル海峡で遺体が発見された。船乗りの」

夏の暑さのせいだ。海峡の水が温まり、遺体は海面に浮かぶ。

「エリア号の船乗りか？」

「おそらく。カルマル警察がこの件の担当よ。被害者は身分証明書を身につけていたから、徹底的に調べてる」

「そうか」イェルロフは言った。「わたしもいくつか試しているところさ」ティルダのため息が聞こえたが、とにかく話を続けた。「船の老人の身元を突きとめようとしているんさね……アメリカ人の。実際そうだとして」

「ヨーナス・クロスの話では、スウェーデン系アメリカ人だったわね」

「ああ。だが、わたしがそうじゃないかと思っている人物ならば、彼はソビエトに移住した男だ。アメリカではなく。そう考えるほうがあの時代には合致する。そして、本当にそうだったら、彼の名はアーロン・フレドだ」

「その名前は聞いたことがない」ティルダが言った。

「でも、彼を見つけたら連絡して」

「簡単ではないよ。いまは島に人が多すぎるからな」

「まったくよ」ティルダはあっさり言った。少し黙っていたが、こうつけたした。「遺体が発見されたということは、ヨーナス・クロスに事情聴取をしなければならないということなの。そして今回は正式な聴取になる。ただのおしゃべりではなく」

「警察署でか？」

「おそらく、彼の家でおこなうでしょうね。あの子がそちらのほうが安心できると思うなら」

だが、あの子はそう思うだろうか？　そう考えたが、口ではこう言った。「わたしも同席したい。差し支えなければ」

ティルダが笑った。「むずかしいかな」

だが、イェルロフは簡単にはあきらめなかった。

「わたしはたぶん……おまえはなんと言っておったかな――証人、それになれるんじゃないか。すべてが正しくおこなわれているか確認する独立した証人、というやつさね」

短い沈黙に続いてティルダが言った。「あなたがそばにいてくれれば、あの少年も事情聴取に同意してくれるわね」

「そうしてくれると思うよ」

「それから、あなたはその場に座っていることだけを許されるんですからね」ティルダが強調した。「一言もしゃべっちゃだめよ。あとからその話をするのもだめ」

「おまえに言われたとおりにできるさ」

「そうかしらねえ?」ティルダは納得しているのとは程遠い声を出した。

ヨーナス

「客が来るぞ、JK」ケントおじさんが言った。

おじさんは日が照りつけるウッドデッキで身体をこわばらせて立ち、ちっとも嬉しそうじゃなかった。誰もいない海岸通りを見つめている。左の目尻が少し痙攣しているのにヨーナスは気づいた。マルネスでの夜と同じように。

あの夜以来、できるだけおじさんを避けようとしてきたけれど、家の玄関の真横のウッドデッキで仕事をしているから、いつも思いどおりにはいかなかった。ケントおじさんは朝と夕方にそこを歩いていく。スーツ姿のこともあれば、短パンとTシャツ姿のこともある。手短に、やあと挨拶することもあれば、考え事に没頭しすぎてヨーナスに気づきさえしないこともある。

この日の夕方はダークグレイのスーツ姿で、車からもどってくる途中で足をとめてヨーナスに差し迫った訪問について教えてくれた。

「誰が来るの？」

おじさんはヨーナスを見つめ、反応を窺った。「警察だ」そう言った。「明日の夕方、この家に来るぞ、ＪＫ。おまえと話したいそうだ」

「なんについて？」

おじさんは海峡に視線をむけた。「おまえがあそこで見たと言っている謎の船について話したいらしい。それだけだ……だから、おまえはむこうの質問に答えさえすればいい。わたしもそのあいだ同席する」

ヨーナスが家を見やると、見晴らし窓のむこうにふたつの頭が見えた。兄のマッツと従兄弟のウルバンがソファに座ってテレビを観ている。映画鑑賞のときの真相を話してしまったと、あのふたりは知っている。なにも言わないけれど、ふたりは絶対知っている。だからヨーナスはなにか仕返しみたいなものがあるはずだと思っていた。

「それで大丈夫だな、ＪＫ？」おじさんが言った。

ヨーナスはうなずいて別の方向を、海岸通りと高台のほうを見た。誰もいない。墓標はもちろんそこにあるけれど、この何日かは幽霊も出ない。あの墓標は本物の墓じゃないとイェルロフから知らされて、幽霊なんか追い払えたみたいだった。

「それからもうひとつ……駒というのを知ってるか、ＪＫ？」

おじさんが身を乗りだした。上着の下のシャツはボタンが外されていて、男性用香水みたいなもののにおいがした。酒みたいに強くて鼻にツンとくる。

ヨーナスは首を振った。

「駒というのは企業や、ゲームなんかにかかわっている人のことだ。小さな駒と大きな駒がいる……そしておまえはとても大きなゲームの小さな駒だ。わかるか？」

ヨーナスはためらいながらうなずいた。

「よし」ケントおじさんは瞬きをして声を低くし、ヨーナスの耳元で囁くようにした。「そしておまえは自分の父親がしたことを知ってるな？　どうしてあいつが去年の夏にいなかったかを」

ヨーナスはまたうなずく。

「いまはもどってきたから、すべては丸く収まっている」おじさんはさらに身体を近づけた。「だが、もしもおまえが自分は大きな駒だと考えて、わたしたちがマルネスに行った夜のことを警察に言うと決めたとしたらだな、ＪＫ……警察はまた父さんを連れ去ることにするかもしれん。おまえはそうなってほしいか？」

ヨーナスは首を横に振った。

「誰もそれは望んでいない」おじさんが言う。「だから、おまえは船についての質問にだけ返事をして、ほかの話はいっさいするな。いいな？」

「いいよ」

「よし。おまえがそうすれば、わたしたちはこのゲームに勝てる」

おじさんは身体を起こしてヨーナスの肩をポンと叩き、家に入った。

少しして、トレッドミルが動きはじめる音がした。

帰ってきた男

農場は納屋の上のポールに取りつけられたひとつきりのフラッドライトで照らされていた。ほかは暗闇で、家畜がモーだのメーだのいう声や、木の壁にぶつかる音に満ちている。古いサイロが空を背に鼻先の丸いロケットのようにぬっと現われた。

今日は金曜日で、大きな農場は完全に休みになってしまうことはないとはいえ、今夜は普段よりは忙しくなさそうだ。働いた一週間の終わりなのだ。誰もが少しは休みたい。

けれど、帰ってきた男は違う。彼はサイロの陰にしゃがみ、物音をたてず、身じろぎもせず、リタを待っていた。プラスチックのバケツを手に納屋の方向へ消えた彼女を。

「すぐもどる」彼女はそう言い残し、いっさい手伝いを求めなかった。

帰ってきた男は待った。夜の空気は暖かく乾燥し、かすかに糞のにおいがした。あたりを見まわす。サイロを、納屋を、あたらしい機械を。農業でいい稼ぎをあげている者がまだ島にいるということだ。どうやら、昔ながらの小自作農地はすべて消えてしまったのだ。

草を踏む柔らかな足音が聞こえ、ほっそりした姿が近づくのが見えた――リタが急いで静かに移動してきた。

「ほらできた」彼女はそう言ったが、息を切らしているようだ。「誰にも見られなかった」

バケツはもはやからっぽではなかった。重くて縁まいっぱいで、しっかりと蓋がされている。なにが入っているか覗くのは不可能だ。

帰ってきた男はバケツを受け取り、リタが運んだもうひとつの品を見た。赤いプラスチックの箱で長いホースのようなものがつながっている。「それはなんだ？」

「高圧ポンプ。つまり、必要なものはすべて揃ったということ」

帰ってきた男はうなずいた。「では、クロス家を訪ねる頃合いだな」

一九三五年五月、あたらしい国

「やっと帰れるぞ」スヴェンが言う。夏の初め、地面が乾燥して掘りやすくなった頃だ。「レードトルプに帰る」

アーロンは彼を見つめる。「それ、本当？」

「本当だとも。事務所におれのパスポートを渡してあった。秘書がそいつをレニングラードに送った。すぐに旅行を許可するスタンプが押されて返送される。そうしたら出発できる」

アーロンは彼を信じる。ようやくだ。ようやく。

だが夏の日々が過ぎ去っても、パスポートが返送される気配はない。

到着したのは食料配給の増加だけで、アーロンは毎朝、毎晩、もはや空腹で震えることはなくなる。今年の夏は森でベリーのたぐいが豊富に実ったし、馬車が肉や林檎をたっぷり配達する。

だが、食料がキャンプに押し寄せるようになると同時に、人が消えはじめる。

最初に消えたひとりはミハイル・スントソフだ。ミンスク出身の老いた労働者で、スウェーデン人たちの隣の部屋で寝起きしている。スントソフはアーロンにソビエト連邦での信じがたい生活のあれこれについて話を聞かせ、白樺の木を削り美しい戦闘機を作ってくれて、それをスヴェンが自分たちのベッドの上にぶらさげていた。

けれど、ある日、スントソフはいなくなる。朝、運河を掘る作業を続けようと起きだすと、制服姿の見慣れない男たちが数人、彼を待っている。彼を呼びつけて話をして、スントソフはその日、仕事に現われない。

彼は忽然といなくなる。彼のベッドはからっぽで、スヴェンが同室のほかの者に尋ねても、誰もどうなったのか知らない。あるいは、知っていても誰も話そうとしない。

内緒話をしすぎる者も消える。これはたいてい夜に起こる。部屋に現われた影のような制服の男たちによって、闇に紛れて連れていかれる。そうして労働者たちはひとりで、あるいはふたりずつ呼びだされ、二度と姿を見せない。

そしてスヴェンのパスポートは相変わらず返送されない。

秋が訪れ、寒さがもどってくる。草が霜で覆われ、地面が固くなる。

スヴェンは次第に決然とした表情を失っていく。視線が左右にさまよいはじめる。腰は曲がり、不自由な足は一段と悪くなる。

「とにかく、帰国するからな」彼はアーロンに請けあう。「レニングラードのスウェーデン領事館に手紙を書いて、状況を説明した……思うように旅ができないってな。だから、すぐに手続きは進むさ」

だが、そう話す口ぶりは弱い。

そしてなにも起こらない。日々は過ぎ去り、初雪が降り、彼らは地面を掘りつづける。

ある日、仕事を終えたスヴェンが事務所に呼ばれる。アーロンはうしろ姿を、ドアが閉まるのを見つめる。夕方ずっとスヴェンはそこにいる。そのように感じられる。

彼が掘っ建て小屋に帰ってくると、緊張した口調で話す。「奴ら、おれのパスポートをもっていた」彼は言う。「パスポートを最初からずっともっていた。それにあの手紙、領事館に書いた手紙も……奴ら、手紙を全部出さないでもっていた。海外から届いた手紙も没収していたんだ」

彼はベッドに力なく腰を下ろし、話を続ける。「奴ら、反対派を弾圧する話もしている」

「どういうこと？」アーロンは尋ねる。「反対派ってなに？」

スヴェンはかぶりを振り、事務所の閉まったドアを見やる。「パスポートを渡すんじゃなかった」彼はひとりごとを言う。「あんなことをするんじゃなかった」

彼は座ってひとりごとをつぶやく。アーロンはベッドに横たわり、天井からぶらさがる飛行機模型を見つめる。スントソフが存在したただひとつの証拠。

アーロンは目を閉じて眠ろうとする。彼はまだ自分のパスポートをもっている。ポケットにしまい、誰にも見せようとしない。

スヴェンはまだベッドの端に腰掛けているが、アーロンは眠りにつく。

肩に手を置かれてアーロンは目覚める。革手袋に包まれた硬い手が彼を揺さぶる。

「起きろ！」ロシア語が聞こえる。

それは静かに繰りだされた命令だ。

アーロンが目を開けると、小屋に三人の男が立っている。ベッドの脇に背の高い男、ドアの前にあとふたり。全員が戦闘服らしい黒っぽい上着と帽子姿だ。

「起きろ！」革手袋の男がふたたび声をかけ、アーロンをベッドから引きずりだす。

床は冷たい。男がアーロンの服とブーツを手にして、彼に投げてよこす。

「一緒に来い」

アーロンは服を身につけ、黙って小屋から連れだされる。まだ寝ぼけていて状況がよくわかっていない——だが、ひとりではないと気づく。もうひとり、外に連れだされる。

スヴェンだ。彼らはスヴェンも起こした。

制服の四人目が雪のなかで黒い車の隣に立ち、書類の束を手にしている。アーロンが見ると、そこにスヴェンのパスポートも混じっているが、男はそれを返そうともしないし、名乗りもしない。ただふたりの名前を読みあげる。ゆっくりとロシア語で。

「これはおまえか？」

スヴェンはうなずく。

「それならば、一緒に来てもらう」

ふたりは車の後部座席に押しこまれ、両脇をひとりずつ監視が固める。だからアーロンはスヴェンの膝に座るしかない。車は労働キャンプを走り去り、暗闇へむかう。

スヴェンは慎重に身体を動かし、アーロンの耳元に口を近づける。「冷静でいろ」スウェーデン語で囁く。

「冷静だよ」

「大事なことだ。おれたちは冷静でいないとならん」

だが、スヴェンはちっとも冷静に見えない。上半身がピクピク動き、前後に動く。まるで身体が痛いみたいだ。

アーロンは実際に冷静だ。自分がこの旅を楽しんでいる部分もあると気づいて、驚いている。車に乗るのはこれが初めてで、自分のすべての厄介事から解放されようとしている予感がするほどだ。スヴェンは目を伏せたままだが、アーロンはあたりを見まわし、隣の男が身につけたガン・ベルトを観察する。ホルスターから黒い拳銃の握りが突きでているが、どの型なのかはわからない。モーゼル？　ソビエトの警察は普通、モーゼルを身に着けていると聞いたことがある。

彼は突然、自分の夢を思いだす。アメリカで保安官になること。

闇を長いこと走るが、スヴェンは無言で、アーロンもまた黙っている。

やがて光が見える。投降照明。森の上にそびえ立つ黒い建造物の上にある――ここは監視塔なんだ。

アーロンは鉄条網にも気づく。車はひらいた金属の門から入り、その後、門は閉められる。車は背の低い石造りの建物の前でとまり、スヴェンとアーロンは車を降ろされ、戸口からなかへ連れていかれる。

マシンガンを抱えた警備兵がふたりを連れて、セメント敷きの床、閉じられた木製のドアが続く長い廊下を歩く。

あたり一面から音がする。くぐもったドサッという音や大きな叫び声。

ドアのひとつを警備兵が開ける。アーロンを押す。

「ここにいろ」そう言う。

警備兵が横にどくと、幅の広い石の階段が地下の世界に突入しているのが見える。

イェルロフ

イェルロフはクロス家を訪れたことがなかった——彼らの土地に足を踏み入れたことさえない。庭は岩がまばらだが味わい深い岩石庭園で、シベナガムラサキやジュニパーの茂みが点在し、石壁で道路と隔てられていた。石壁の内側に平屋の家が二軒並んでいる。杉材とガラスでできた箱のようで、両脇をガレージといくつもの小ぶりな客用のバンガローで固められていた。

一九五〇年代ならば、イェルロフにも海岸通り沿いに自分の土地を買うことができただろうが、その機会を蹴ってしまった。あの頃は船長で、仕事でないときは一滴の海水だって見たいと思わなかった。だから彼の元は別荘だった現在の家はいまの場所にある。海が見えない場所に。

ヨンが送ってくれた。車を降りると出迎えたのはクロス家の者ではなかった。短い銀髪で落ち着いた目をした中年女性が私道で待っていた。

「イェルロフ・ダーヴィッドソンさん?」

「そうだよ」

この女性には会ったことがなかったが、固い握手と目つきからわかった——平服の警官だ。そうとわかったのは、きちんとした服装もあってのことかもしれない。暑いくらいの夕方というのに、黒っぽいスカートと白いシャツにカーディガンをはおっている。

「セシーリア・サンデル、県警の者です——児童への事情聴取の担当で、ヨーナス・クロスに話を聞きにきました。あなたは独立した証人になられるのですね?」

「そうだよ」イェルロフはふたたびそう答えた。

「ご自分の役割はご存じですか」

「ああ。わたしは話を聞いて、それを覚えておく」

「それで結構です」セシーリア・サンデルは振り返り、南の端の家へむかった。「すべて手配済みです。こちらへどうぞ」

イェルロフは彼女に続いて、最近やすりがけをされたウッドデッキを歩いてガラスの引き戸へむかい、そこから大きな部屋に入った。磨きあげた石の床に薄い色の板壁。室内はすばらしく涼しかった。天井に隠れるように組みこまれた扇風機が威力を発揮しているらしい。

ヴェロニカ・クロスが引き戸のそばに立っていた。ジーンズと白いシャツ姿だ。黒髪が肩にかかっている。彼女はほほえんで片手を差しだした。「イェルロフ?」

「こんばんは——わたしたちは前に会ったことがあるよ」彼女が覚えていることを願いながらそう言った。

「そうですか? いつ頃です?」

「マルネスの高齢者ホームで。あんたがクロス家とエーランド島リゾートの話をしにきたとき」

「ああ、もちろんそうでした。去年の夏でしたね」ヴェロニカが言う。「とても楽しくて……お年寄りが大勢、みなさんいろいろなことをご存じで、お話ししてくださった」

「聞きたがっている人にはそうだね」イェルロフは言った。

彼は肩の力を抜いてさらに部屋の奥へと入った。トレッドミルとワインラックの横を通った。

楢材のコーヒー・テーブルをかこむソファに複数の人が座っていた。ここの空気はもっと張り詰めていた。ヨーナス・クロスに目をとめた。ほかの誰よりも緊張しているようだ。伯父のケントが隣に座っていた。健康的に日焼けして、薄茶色の夏用のジャケットを着ている。

シャツと濃紺のジーンズで小ぎれいな格好をした十

代の少年も三人いた。ヨーナスの兄と従兄弟たちだろう。

若い女性がテーブルのまわりを歩いて、冷たい水をグラスに注いでいる。最初イェルロフはこちらもケント・クロスの姉妹かと思ったが、彼女が片言のスウェーデン語で「どういたしまして」と言ったとき、お手伝いに違いないと気づいた。こんな贅沢をできる者もまだいるのか。

「では」セシーリア・サンデルがそう言い、誰もが見えるテーブルの端の席に座った。「始めましょう。ヨーナスと、あとはご家族からひとりだけ残られるのがいいでしょう。あとのみなさんは下がられていいですよ」

「だったら、わたしが残ろう」ケント・クロスがすぐにそう言った。「わたしは伯父だ。この子の両親は不在なのでね」

彼は警官にほほえみかけたが、彼女のほうは笑顔にならなかった。

「ヨーナス、ご両親はどちらに？」

「母さんは自宅に……フースクヴァーナに住んでるんだ。父さんはここにいるけど……」

ヨーナスは口をつぐみ、伯父に視線をむけた。

「父親はうちのレストランで仕事中なんだ」ケント・クロスが説明した。「どうしても仕事を休めなくてね。さもないと、うちのレストランのアルコール販売許可が取り消されてしまう」

ヨーナスは黙っていた。

「わかりました。ヨーナス」セシーリア・サンデルはそう言って手帳をひらいた。「少しおしゃべりしましょう」

彼女は手帳に視線を走らせ、話を続けた。「六月の終わりに近い二十八日の夕方、あなたはカルマルの映画館に行くことになっていた。でも、そこへは行かず、海岸に行ったのね」

「はい」

「どうして映画館に行かなかったの？」

「そこでやってる映画を観るには、ぼくは歳が足りなかったから。だから、みんなに連れていってもらえなかった」

ケントが咳払いをして身体を乗りだした。「年上の子たちが、わたしたち大人の知らないところでそんなふうに仕組みましてね——言うまでもないが、そんなことをしちゃ、いけなかった。ヨーナスの扱いについては言い聞かせましたから、あの子たちはみんなとても悪いことをしたと思っていますよ」

セシーリア・サンデルはケントの主張に注意深く耳を傾けたが、視線はヨーナスから離さなかった。「それであなたは海岸へ行った。そこでなにがあったの？」

ヨーナスはテーブルを見やった。「ぼく……ぼくは船が自分のほうに来るのを見た……ゴムボートで少し沖へ漕いでいったとき」

「それからなにがあったか、教えてくれる？」

「エリアという名前だった。船の名前だよ……ぼくはその甲板に登った」

彼はイェルロフがすでに二度聞いた話を始めた。ゆっくりとした話ぶりだったが、まったく矛盾がなかった。

セシーリアは最後にヨーナスが海に飛びこんで岸にたどり着くところまで、話を聞きながらメモを取っていたが、そこでバッグに手を入れて写真を何枚も取りだした。

「これから、あまり見ていい気持ちはしない写真を見せます。心の準備ができるよう、はっきり言っておくわね。死人の写真よ。数日前にカルマル海峡に浮かんでいるのが発見されたの。北へ五海里の位置で……」

真っ白な顔、目を閉じ薄いあごひげを生やした顔の写真を彼女は差しだした。五十代の男で作業着姿だ。

顔はむくんでいた。イェルロフには、彼がしばらく水中にいたのだとわかった。

「見覚えがある？」セシーリア・サンデルが尋ねた。

ヨーナスは写真に視線を走らせ、顔をそむけてから、もう一度見た。今度はもっと長く。彼はうなずいた。

「船にいた……ハッチの横に倒れていた人だ」

セシーリアはうなずいた。「この男性はドイツ人で、トマス・ヘルベルクというの。ポケットに財布が入っていたから、身元を突きとめることができたのよ」

誰も一言も口をきかないので、彼女は次の写真を手にした。「あなたの乗った船、エリア号……それはこの船だった？」

イェルロフは身を乗りだした。正面の角度から撮影した写真で、黒く塗られた船体、甲板に木でできた構造物のある小さな貨物船が捉えられている。ボートハウスでヨーナスに手伝ってもらって描いたスケッチとよく似ているのを見て、自分がとても誇らしくなった。

大きな違いは、写真の船は波止場にしっかり係留してあることだ。

「はい……そう思います」ヨーナスが言った。

イェルロフはケント・クロスを一瞥した。彼はこの写真を見たとたんに、視線を窓の外へむけたのだ。

「名前の一部は正しかった」セシーリアが言った。「実際はオフィーリア号。ドイツのハンブルクの古い貨物船なのよ」

彼女は写真を裏返して言いたした。「トマス・ヘルベルクは船長だった」

オフィーリア《OPHELIA》号か。イェルロフは考えた。エリア《ELIA》号じゃなく——だが、もしかしたら、乗組員が船名の一部にペンキで細工したのかもしれんな。

「もっと写真があるの」セシーリア・サンデルがそう言って、さらに四枚の写真を並べた。若い男たちが写っている。二十歳から三十歳のあいだといったところか。全員が真剣な表情でカメラを見つめていて、イェルロフは警察が逮捕のときに撮影した写真みたいだと思った。彼はどの顔にも見覚えがなかったが、ヨーナスはすぐに四番目の男を指さした。

「この人、知ってる――ペータル・マイェルだ。急に現われた人だよ。斧をもっていた人」

「では、彼の名前を知っているのね？　どこかよそで会ったことがあるの？」

ヨーナスはうなずいた。「マルネスの映画館で」彼はすぐにそう答えた。「ぼくが小さい頃……この人、チケットを売ってた」

セシーリア・サンデルがメモを取った。「会ったのはそのときだけ？」

ヨーナスは伯父を見やり、伯父も彼を見つめかえした。そこでヨーナスはセシーリア・サンデルを見てうなずいた。

「わかったわ」彼女は言った。「では、最後にもう一枚だけ写真を見せるわね、ヨーナス。この人に会ったことがある？」

それは白くなったあごひげの年配の男の、引き伸ばしてわずかにぼやけた写真だった。黒いジャケットを着て、まっすぐにカメラを見ている。イェルロフには男の背後にある木の案内板の一部が見えた。マルネスの高齢者ホームの二階にある区画の名だ。イェルロフ自身の区画の真下じゃないか。

ついに男が誰かも見分けた。エイナル・ヴァル。漁師であり、武器密売人と疑われていた男。だが、ヴァルは海岸沿いの家で暮らしていた。ホーム暮らしではない。なぜ、ここで写真を撮られているのか？　ホームに身内でもいたか？

ヨーナスは首を振った。「ないです」

セシーリア・サンデルがメモを取り終わるあいだ、短い沈黙があったが、それから彼女は視線をあげてヨーナスを見た。

「お疲れさま」彼女は言った。「では、これで終わります。後日、この事情聴取を書類にしたもののコピーを送ります。本日の話の内容を全員がまちがいないと確認できるように……それから、もしほかに尋ねたいことがあれば、また連絡しますね。ご協力をどうもありがとう、ヨーナス」

ヨーナスは短くうなずき、立ちあがった。彼は走るようにしてウッドデッキに通じるガラス戸へむかった。終わって嬉しかったらしい。

帰ってきた男

金曜の夜遅く、帰ってきた男は狭い台所で額の汗をぬぐい、最後の水道管を締めた。リタが農場から運んだプラスチックのバケツが隣に置いてある。いまはからになっていた。

彼とリタはこのバケツと高圧ポンプを車に載せエーランド島リゾートにやってきたのだが、誰にもとめられなかった。どうやら、ふたりはキャンパーに見えたらしい――年老いた父と娘、あるいはおそらくは孫娘に。

水道管をゆるめるのにかなり手間取ったから、ふたりは世間話をする時間がもてた。リタは家族について語った。両親とは疎遠で、兄はノルウェーのかなり北で働いていて、彼女はあたらしい人生を見つけようと昨年の秋にエーランド島へやってきた。ペッカがいたからだ。ふたりは音楽フェスティバルで出会った仲だった。

「そっちはどうなの?」彼女が言った。「アメリカ合衆国に家族がいる?」

「アメリカ合衆国にいたと言ったことはないが」帰ってきた男は答えた。「わたしがいたのはソビエト連邦だ」

「もうない国ね」リタはそう言い、それ以上はなにも質問しなかった。

とうとう、すべての作業が終わった。

「やるよ」リタがそう言ってポンプのスイッチを入れた。

帰ってきた男は一歩下がり、低いブーンという音を聞いていた。これがクロス家の悪夢の始まりだ。いまではすべてが終焉にむかっている。そんなふうに感じられた。ペッカもヴァルも死んだ。妻も死んだ――そして自分にも時間はさほど残っていないだろう。

帰ってきた男は窓の外を見やった。

テントとバンガローが並ぶキャンプ場が目に映ったが、彼が考えていたのは囚人強制労働収容所《キャンプ》のことだった。

一九三五年十二月、あたらしい国

人生は労働だ。疲れきって眠り、懸命に働く。ほかになにもない。

アーロンとスヴェンは捕らえられている。夜は囚人で昼は奴隷だ。自由などない。斧とノコギリで労働する。一緒に働くのは、痩せて背が高いフィンランド人のマッティ、がっしりして背の低いウクライナ人のグリーシャだ。彼らは朝から晩まで、樅の木を切り倒し、丸太を川へ引っ張っていく。まだ馬がいない——馬の到着を待っているあいだも、男たちは荷馬車を牽く動物のように働かねばならない。

ここはどこだ？　ソビエト連邦の北のどこか、それしか知らない。短い尋問と即時の判決によって送られたのがこの場所だ。

書類が作成され、認印が押され、複写を取られた。アーロンはこの頃にはロシア語がかなり読めるようになっていて、自分とスヴェンは破壊行為で有罪となり、強制労働収容所で八年の刑を宣告されたのだと知る。

破壊行為とはなんだ？　誰にもさっぱりわからない。だが、罰は労働だ。いままで以上に働くのだ。

裁判所に近い混みあった留置所で数日を過ごしてから、夜行列車で移送された。車両の内側に鉄の檻が設置され、囚人が大勢いる車両に押しこまれた。わずかなスープだけを与えられ、列車は動きだした。

何時間、ひょっとしたら何日も移動した。寒さが増して、厳しくなった。車両に窓はなく、壁にひびがあるだけだったが、自分たちは北へむかっているのだと想像できた。

便所もなかった。床に穴が開いているだけで、すぐにそこは凍ってしまった。それから囚人たちは車両の一番暗い隅でしゃがんで用を足すしかなくなった。しばらくするとそこに臭い山ができた。人がそこへ行くたびに大きくなった。

時々列車はとまり、さらに囚人たちが檻に押しこまれた。彼らは制服姿の若者たちに監視されていた。ライフルやサブマシンガンを携えた兵士だ。アーロンは彼らを見て、幼い頃に自分の銃をもった感触を思いだした。

「銃身にナイフがくっついてるのを見た?」彼はスヴェンに囁いた。

「あれはナイフじゃない」スヴェンは疲れた口調で言った。「あれは銃剣というものだ」

アーロンは目をみはった。「じゃあ、人を撃つのにも、突き刺すのにも、銃を使えるんだね?」

スヴェンは返事をしない。壁に寄りかかって目を閉じているだけだ。アーロンはひとり鉄柵の横に座り、その銃剣を見つめた。


ようやく汽車はとまり、今回はもう動かなかった。扉がひらくと、黄昏時だった。囚人たちは雪で覆われたホームに降ろされた。列を作ってまっすぐに森へ行進した。

アーロンが到着して最初に見たのは、鉄道の横に山と積まれ、雪をうっすらかぶった服の束だった。それから、黒ずんだ手が山から鉤爪のように突きでていて、自分が死体の山を見ているのだと気づいた。

「ここでは人を埋めないんだね」彼は言った。

スヴェンは反応しないが、ふたりのうしろにいた囚人がノルウェー語でなにかつぶやく。地面が固く凍っていると言っている。

ここでは、なにもかもが凍っていた。

次にアーロンが見たのは氷に覆われた柵だ。支柱のあたりに座ったり寝そべったりしている影がある——鎖につながれた巨大な犬たちだった。ずっとむこうに監視塔がある。建物三階ぶんの高さで、ずらりと並ぶ低いバラックを見渡せるようになっていた。

彼らはバラックのひとつに入れられる。すでに人でいっぱいだ。アーロンはひびの入った窓から白い世界へ視線をむけた。柵と雪の吹き溜まりのむこうには鬱蒼とした針葉樹の森があり、ずっと先の地平線に高い山々が見えた。

木々。

山々。

アーロンはこの冬だけで、これまでの全人生で見たよりもたくさんの木と山を見た。エーランド島に山はなく、木らしい木もほとんどない。このあたらしい国では特大の木が、どこをむいても空まで届いている。

収容所の外を見ても全然なにもなくて、とにかく寒さが厳しい。早い時期に根雪になった。柵のむこうの森での白い日々は決まりきったものになるけれど、隔週で風呂に入ることを許される。

この収容所はできてほんの二年だと知る。囚人自身がここを建てたのだ。長い行進を経て最初の囚人の一団がやってきたとき、ここはなにもない野原でしかなかった。眠れるように地面に穴を掘り、それから粗末な小屋を作り、ようやくまともなバラックを建てた。

十の異なる国からやってきたおよそ五十名の囚人がスヴェンとアーロンのバラックに暮らしている。働いていないときは、みんなしてストーブをかこむ。ストーブといっても、たいして暖かくもない錆びた灯油缶でしかないが。囚人たちは乾パンと薄い肉のスープを食べ、どのベッドにも二、三人で押し合いへし合いで寝る。

アーロンはバラックの外の風の咆哮を聞き、エーランド島の嵐のことを考えるが、それは遠い子供時代の記憶でしかない。彼はもう大人になった気がしている。十七歳だ。

彼は目を覚まして何匹かトコジラミを殺してから、起きだす。それから薪が残っていれば、例のストーブに少し薪を押しこみ、火をつけて、スヴェンやほかの男たちがのろのろと起きだす音を聞く。

毎朝のように、誰かが寝坊助を起こしにいくが、二度と動かない冷たい身体を見つける。

死は好きなようにベッドを選んで、アーロンは青いくちびると凍った目、収容棟から運びだされるこわばった死体という光景にもすぐに慣れる。誰も遺体をきれいにしてやる気力も体力も残っていないから、材木の山の丸太のように、ほかのと一緒にされるだけ。

仕事の時間だ。

毎朝七時に囚人は集団で森へむけて行進し、続いてさらに小さな作業班に分けられる。現場監督が一名だけ同行するが、スヴェンとアーロンはめったにその男を見ない。

各班は斧を一本とふたり挽きのノコギリひとつを携えて送りだされ、木を切り倒してから川まで丸太を引きずる。

丸太は川を流れていくが、囚人が逃げる術はない。あたりはどこまでも森と雪だけで、熊や狼がいるという噂だ。

それにストライキをしても、あるいはサボろうとしても無駄だ。毎日作業の終わりには川岸に集まった丸太が数えられ、割り当てを満たせなかった班は食料を減らされる。食料が減ることは死を意味する。遅かれ早かれ、かならずそうなる。

だから彼らは木を切り倒し、引っ張り、引きずる。そしていつも、いつでも寒がっている。働けば腕や脚は暖かくしていられるが、手は凍るようだ。スヴェンはかろうじて自分とアーロンにあまり穴の開いていないブーツと手袋を買っていた。ほかの囚人たちは指とつま先に少しばかりの布を巻いてやりすごすしかない。

フィンランド人マッティは手袋をもたず、手をまったく守れない。脂肪の蓄えが減りはじめる。あまりに寒がって、もはや震えもしない。アーロンが見ると、彼の左手の指が白く氷に覆われている。それが硬い塊に変わる。マッティは働こうとするが、わけがわからなくなっているような動きしかできない。

「休憩しろ、マッティ」スヴェンが言う。「夕方帰れば、指先は溶かせるさ」

マッティは松にもたれるが、ますます混乱してくる。フィンランド語をしゃべりはじめ、しばらくすると、静かにひとり歌っている声が聞こえてくる。

ほかの者は働きつづける。割り当てを達成しなければならない。

だが黄昏時、マッティの姿が急に見えなくなる。アーロン、グリーシャ、スヴェンは木を切り倒すのに夢中だった。顔をあげると、雪に蛇行する足跡が見えるだけだ。スヴェンが足跡をたどるが、暗闇でそれは見えなくなる。みんなして四方へマッティの名を呼びかけるが、返事はない。

懸命に捜すが、ついには囚人たちを呼ぶ口笛が森に響く。集合して収容所へ帰りの行進をする時間だ。彼らはマッティがいないまま、その場を去るしかない。

囚人を数えてひとり足りないことがあきらかになると、現場監督はどなり散らし、悪態をつくが、縦列の先頭に立って収容所にもどるしかない。

その夜、外の気温は氷点下十八度になる。アーロンは風の音に耳を澄まし、果てしない森のことを、マッティのことを考える。

翌朝、またもや囚人の団体は行進する。班に分けられ、それぞれの持場へむかう。薄い雪片が舞っているが、森は静寂そのものだ。彼らはノコギリを手にする。

だが、誰かが森で大声を張りあげて歌っているのが聞こえる。その言葉はフィンランド語だ。彼らはそれが誰の声かわかる。

「マッティ！」スヴェンが叫ぶ。

彼はよろめきながら声のほうへむかい、アーロンもあとを追う。

歌声のおかげで彼らはマッティのもとにたどり着く。ようやく高い松の根元にいる彼を見つける。雪に寝そべり、両の拳を突きあげている。それらはふたつの氷の塊だ。彼の周囲の雪から小さく細いキノコが広い半円を描いて突きでている。

「マッティ？」

スヴェンが駆け寄って仲間を揺さぶるが、反応はない。

マッティはもはや人の話を聞いていない。目は凍って閉じられ、あらん限りの大声で歌っている。

ゆっくりとアーロンは松に近づく。雪の奇妙な半円を見やる。こんな真冬にどうしてキノコが生えているのか理解できない。

突然、彼はそのキノコがなにか悟る。

指だ。

フィンランド人は自分の凍った指を折り、自分の前に、雪のなかに並べたのだ。

マッティは目を固く閉じて、歌い、どなりつづける。アーロンは黙りこくって指を見つめる。十本の指がとがめるように空を指す。

マッティは医務室へ運ばれ、急いで凍った手足を切断されるが、効果はない。その夜に彼は息を引き取る。

その日、アーロンのなかでなにかが鉄に変わる。柔らかい部分は消え失せ、周囲の苦悩はもう、さほど深く彼に影響しなくなる。収容所で病気の者や死にかけている者に気づいても、うつむいて歩きつづける。

彼もスヴェンも、収容所のほかの囚人たちとのやり取りには用心するようになるが、つねにあたらしい者たちが到着する。そして多くはしゃべりたがる。

数週間だけ、ふたりはアメリカ人と働く。シカゴからやってきたマックス・ヒングリーだ。彼は一九二〇年代の終わりにこのあたらしい国へやってきた共産党員だったが、それから二年後の運河建設計画で強制労働者となった男だ。彼らは毎日、森で一緒に働いたが、突然、ヒングリーはいなくなる。噂では夜のあいだにバラックから連れだされ、翌日にはトロイカ体制によって判決を受けたという。誰も理由は知らない。

「たぶん、奴はスパイだと思われたんだ」誰かが言う。

「スパイだって？」スヴェンが言う。「だが、ヒングリーは共産党員だったのに」

いまやあたらしい決まりができたようだ。そして死んだりいなくなったりした者のかわりに新顔がやってくる。

若いソビエト市民の囚人が彼らの仲間入りをして、最北の持ち場に配置される。スウェーデン人たちの小さな班に。彼はウラジーミル・ニコラエヴィチ・イェゲロフだと自己紹介する。アーロンのひとつ年上で、ウクライナのキエフ出身だと話す。そんなふうに長い名前であるのは、父親の名をミドルネームとして受け継ぐのが通常のしきたりになっているからだと説明する。

「でも、ウラドと呼んでくれ」彼は言う。「そのほうが外国人には言いやすい」

「ぼくのことはアーロンと呼んで」アーロンはロシア語で言う。

無口な男ばかりの囚人のなかで、ウラドはおしゃべりだ。彼の母親はロシア人で父親はウクライナ人だが、ふたりとも亡くなっている。死因は、二年前の大飢饉だった。ウラジーミルはパン半斤を隠していた罪により、強制収容所で四年の刑を宣告された。彼はウクライナのパンを恋しがっている。白パンも黒パンも。

「それにいつも食べていた肉の煮込みも恋しいよ」彼は言う。「それから林檎、アンズ、ジャガイモ、砂糖、クリーム、すばらしく甘いサクランボ……」

アーロンは口を開けて聞き惚れる。よだれを垂らして。友達など作らないと決めていたが、ウラドが食べ物のことを話すと、いつまでも聞いていられる。

ウラドは収容所で生き延びる方法を身につけている。白樺の皮でブーツを作ったし、中綿の上着にはひとつも穴が開いていないし、盗難ばかりなのにシープスキンの帽子をうまいこと手元に置きつづけている。それに、紙の束と自分のペンまでもっていて、アーロンにロシア語の文字を教えてくれる。

覚えなければいけない見慣れぬ文字がたくさんあり、アーロンが知っている文字でもこの国では同じ発音ではないものもあるが、徐々にこの国のアルファベットを覚える。彼はスウェーデンの文字で書けばどう表現するか考えてロシア語を書き、それをウラドがロシア語で書く。そして見比べてみる。

この国にやってきて三年半が過ぎ、アーロンにとってロシア語が日々の生活の言語となる。スウェーデン語はスヴェンとしか使わず、その機会はどんどん減っていく。

ウラドがどうしたのか生のタマネギを隠してもちこみ、それをアーロンと分ける。食べながら、マックス・ヒングリーが灰色の制服の男たちに連れ去られたのをじつは見たという話をする。あの男たちは秘密警察である合同国家政治保安部、ＯＧＰＵ《オー・ゲー・ペー・ウー》で、彼らは夜中にやってきたと。

「外国人だったからさ」

アーロンはぎくりとして手にしたタマネギのかけらを握りつぶす。「外国人だから？」

「ＯＧＰＵはすべての外国人がスパイだと思ってる」

ふたりは無言のうちにタマネギにがっつくが、間を置いてアーロンが言う。「ぼくはスパイじゃない」

「たしかかい？」ウラドはほほえみ、身を乗りだす。「きみはソビエト市民になるべきだ……きみとスヴェンは。この国のパスポートを手に入れないと。そうすれば、解放されたら自由に旅ができる」

「ぼくたちはソビエト市民にはなりたくない」アーロンは言う。「国へ帰りたいんだ」

ウラドがうなずく。「けど、まずはここを出ないとならない。そうすれば、国に帰れる」

「そうだけど、どうしたらそんなことができる？」

「パスポートが必要じゃない人たちから奪えばいい」

最初、アーロンは理解できない。「でも、みんなパスポートは必要だろ？」

ウラドはかぶりを振る。「〝フィチーリ〟なら必要ない」

〝フィチーリ〟というのはロウソクの芯のことだ。じきに燃え尽きてしまう人――死にかけている囚人を表現する言葉。

アーロンはこれを聞いて考えこむ。

その夜、ほかの囚人たちが寝てしまい、大きないびきをかいたり、鼻をぐずぐずいわせたりするあいだに、ベッドのあいだの暗闇で彼はスヴェンに話をする。

アーロンはスウェーデン語で囁き、ウラドの警告と助言を伝える。

「彼が言いたいのは……ソビエトのパスポートを盗めということか？」アーロンが話を終えるとスヴェンがそう囁く。「ソビエト市民になるために泥棒になれと？　彼はそう言ったのか？」

アーロンはうなずく。「パスポートを奪うんだ。消えかけているロウソクから」

ふたりは暗闇で見つめあい、いびきや鼻をぐずつかせる音を聞いている。

イェルロフ

ヴィラ・クロスでの事情聴取は終わり、みんな席を立っていった。独立した証人としての役割でその場にいたイェルロフが一番時間がかかった。ただし、わざとぐずぐずしていた。セシーリア・サンデルがヨーナスに話を聞いているあいだは黙っていたが、視線は始終、ケント・クロスにむけていた。エーランド島リゾートの所有者はテニスの試合にでも勝ったように、いまは笑顔になっている。

イェルロフはその顔から笑みをぬぐってやりたかったから、杖を頼りにしてケントに近づくと、世間話をしているだけのように静かに言った。「ところで、この春のことになりますかな、ステンヴィークであんたのところの浚渫船《しゅんせつせん》が通るのを見ましたよ……あれはエーランド島リゾートへ行く途中だったんでしょうな？」

実際はカルマル海峡で浚渫船を見かけたのはヨンだったが、ケントはそんなことは知らない。

彼はうなずいた。「ああ、少し泥をさらわないとならなかったからね」

「波止場の底から？」

「そうだよ」

ケントはまともに聞いていなかった。時計をちらりと見ている。

「リゾートに波止場があるというのは知っておりますよ」イェルロフは話を続けた。「あそこは最初、汽船のための狭い桟橋で、戦争のあとで貨物船の波止場に改築され……」

ケントから返事はなかった。この場を離れようとしている。だが、イェルロフは杖を突きだし、ケントの行く手をさえぎるようにして尋ねた。「その貨物船の波止場をそのまま使っていなさるのかね？」

ケントが足をとめてイェルロフに視線をむけた。

「まあね。貨物船の波止場と言われるが——実際は古い石造りの単純な栈橋で、わたしたちがそれをコンクリートで補強させたものだが」

「そこを使えるように手入れをされているのか？」

「ああ——先ほども言ったように、春にはたいてい泥をさらわせる。さもないと沈泥が溜まってしまうからね」

「それで、その栈橋の水深はどのくらいですかな」

「数メートル……三メートルほどだろうね？」

イェルロフはまだテーブルに置いてあったオフィーリア号の写真に杖を振った。「それだけあれば事足りる。あの船の喫水は二メートルくらいさね。だから、エーランド島リゾートの波止場には容易に係留できただろう」

ケント・クロスが見つめてきた。イェルロフはこの頃にはまちがいなく、彼の注意を引きつけていた。話を続けた。「ボリホルムではあの船を見かけた者は誰もおらんようだ。それに、海岸線のこのあたりの水深はとても浅く、ボリホルムのほかに港らしい港はないも同然さね。つまり、この船はあんたのところの貨物船の波止場にあったんか？」

ケント・クロスは黙っていたが、セシーリア・サンデルも関心を示すようになっていた。帰り支度に書類をまとめていたが、突然、ケントを見やった。「あれは、あなたの船だったんですか？」

ケント・クロスは彼女に顔をむけ、ぶっきらぼうに答えた。「答えはいいやだ。そういうわけじゃない」

「あなたにはわからないということですか？」

「あれはわたしたちの船じゃなかった、それはわかっている……だが、わたしたちがあの船を使っていた可能性はある」クロスは目を伏せた。「夏至祭のとき、あの波止場にたしかに船が一隻あったが、船名は覚えていない……荷物を運んできた船だ。船倉の一部を借りたんでね」

「なんのためですか？」セシーリア・サンデルは質問の手をゆるめなかった。

ケントは手元を見おろし、爪を調べた。「それは……食材の仕入れのためだ」彼はようやくそう言った。

「魚」イェルロフは言った。「そうだね？」

「そう、魚だ。バルト海からうちのレストランに魚を運んできた。夏至祭の休暇中に荷を降ろして、去っていった」

「あんたは船の者たちと連絡を取りあっていたんじゃないのかね」

「波止場を出ていってからは知らんよ」ケント・クロスは肩をすくめた。しかし、イェルロフはそれは演技であって、何気ないふうに見せようと苦労していると思った。「それに、配達に対応したのはうちの料飲部門の部長で、わたしはヘルベルク船長がどんな顔をしているかさえ知らなかった。わたしが知っているのはハンブルクの船会社の電話番号だけだ」

「それであなたは、この船の航海日誌を見たことはありますか？」サンデルが尋ねる。

「申し訳ないが、それはないね」ケントが答えた。

サンデルは手帳になにか書きつけた。ひとりうなずいたが、ちっとも満足したようには見えなかった。

イェルロフも満足していなかった。海外から魚を仕入れただと。ひょっとしたら、一年のこの時期にはそれもあり得るのかもしれんが、それほど単純な話か？

窓の外を見やると、ウッドデッキのヨーナスがジャケットを着た中年の男としゃべっていた。男の表情は真剣で、時々、家のほうをちらりと見ている。ヨーナスの父親のニクラスか。

「また連絡します」セシーリア・サンデルは帰り際にそう言った。まっすぐにケント・クロスを見つめてつけ足した。「この事件は間接税務局、それから沿岸警備隊と協力して捜査していますから」

イェルロフは彼女に続いて外へ出た。太陽は沈みかけていたが、まだ暑かった。少なくとも、クロスは涼める大きな青いプールをもっている。

ヨーナスはすでに熱心に仕事を始めていた。電動サンダーのスイッチを入れ、長く、平均した動きでウッドデッキの上を動かしている。父親はすでに消えていた。

イェルロフが振り返ると、ケント・クロスがヨン・ハーグマンの車の隣に立っていた。ヨンは窓を開け、ふたりは話をしている。イェルロフが車にたどり着くと、ふたりは話をやめた。ケントからにらまれた。目には自信過剰のところがもどっている。やってみろよ、そう言っているようだった。

五分後、ヨンは車のエンジンをかけて私道をバックしていった。

「おまえ、敵とおしゃべりしていたな」イェルロフは言った。

「クロスは敵じゃない。ライバルなだけだ」ヨンが言う。

「あいつはなにを知りたがった？」

「うちのキャンプ場に年寄りの客はいないかと訊かれた」

「そりゃ、いるだろう？　常連がいるじゃないか？」

「もちろんいるさ。それからあいつは、年寄りひとりで来てるのがおらんか知りたがった。この夏より前には泊まったことのない男が。新顔だよ。そういうのは数人だ。そうしたら、その客たちは海外から来たのか訊かれたが、おれにはそんなもん、さっぱりわからんし」

「では、あいつは年寄りの外国人を探しているのか？　わたしたちぐらいの年齢の？」

「そうだよ。その客たちがどのトレーラーハウスに泊まっているか教えろと言われたが、それはできん。おれの客の信頼は裏切れんよ」

「当然さね」イェルロフはそう答えた。ヨンにまったく同じことを尋ねようと思っていたのだが。「ところで、ケントの弟についてはどんなことを知ってる？」

「名前はニクラス」

「うむ。ほかにニクラス・クロスについてなにか知らんか？」

「たいしてないな」ヨンは海岸通りを一瞥して言った。「あの男はレストランを経営しているが、あまり目立たんからな。なにかというと表に出るのはケント・クロス、それからたまに姉のヴェロニカだ」

「今日も同じだった」イェルロフは考えこみながら話した。「例の少年が事情聴取を受けるあいだ、ケント・クロスが立ち会った。本来ならばヨーナスの父が同席するところだが、彼は隠れていたようだ」

「ニクラス・クロスはあの家族の持て余し者なんだよ」ヨンが言う。「噂を信じるならな」

「彼がなにをしたというね？」

ヨンは海岸通りにある二軒の家のほうにあごをしゃくった。「ニクラスもあそこの土地を相続したんだが、家を建てられるだけの金がなく、数年後に売っぱらったそうだ。賭け事の借金らしいな。それからもちろん、最後には刑務所に入ったし」

「そうなのか？　なにをやった？」

「さあ。詐欺じゃないか。それか、窃盗か……出所してから、さほど経ってないぞ」

イェルロフはなるほどとうなずいた。「だったら、警察を避けたのもわかるな」

帰ってきた男

七月の第二週、エーランド島上空には雲ひとつなかった。朝から夕方まで島は光と暖かさを浴び、太陽はスウェーデン南部全体から観光客を引きつけた。本土から本格的な観光客の波がやってくるのはこの時期。夏休みの季節が到来した。夏至祭のように渋滞はしないが、金曜日から日曜日にかけてはひっきりなしに車やキャンピング・トレーラーがエーランド橋を渡ってから、北から南まで島じゅうに散らばっていく。

昼間のビーチ、夜のキャンプ場やホテルは人であふれていた。別荘に人がもどってきて、バーベキューの準備がされ、芝刈り機がウーンと音をたてる。これから数週間は、島のどの道路も、どの電線も、どの下水管も処理能力の最大限まで使用されることになる。八月に静けさがもどってくるまでは。

休暇村のたぐいもすべて大いににぎわっていて、それはナイトクラブも同じだった。ステンヴィーク郊外にあるエーランド島リゾートの一年にとって、もっとも重要なひと月だ。

帰ってきた男は幹線道路脇のピクニック・エリアに立ち、通りすぎる車を観察していた。リタが隣にいる。疲れた様子だが決意はひるんでいない。自分の車へと首を傾げた。「じゃあ、やるべきことはやったね……わたしは行くわ」

帰ってきた男はうなずき、自分は彼女の父親か祖父のような立場かもしれないとふたたび考えた。財布を出して札束を取りだした。「船から回収したぶんをもう少し分ける」彼は言った。「どこへ行くんだ？」

彼女は金を受けとったが、数えはしなかった。「コペンハーゲン。むこうに友達がいるから。しばらくここから離れる……あなたはどうする？」

「わたしはこの島に留まる」

「いつまで？」

「死ぬまで」

冗談を言われたようにリタは短く笑う。「いろいろ、ありがとう」

彼女は帰ってきた男の肩をすばやく抱いてから歩き去る。あたらしい冒険にむかって。

帰ってきた男はその場に残った。数台の車がとまり、ピクニック・テーブルがどれも人で埋まっていった。クロス家はこれだけの観光客たちの到着を待ち望んでいるはずだ。

エーランド島リゾートの準備は整っている。だが、帰ってきた男とリタのほかは、このリゾートに災難がもたらされようとしていることを知らない。災難はすでにじわじわと地下で広がりはじめていた。

一九三六年二月、あたらしい国

災難が襲いかかる日は、いつもの労働の日となにも変わりない。

森には四人がいる。アーロン、ウラド、グリーシャじいさん、それにスヴェン。彼らは丸太を抱えており、今回は手伝ってくれる老馬がいる。この雄馬の名はボクセルといい、川まで橇を牽いてまたもどってくる。ボクセルは死にかけている。首に皿ほどの大きさの疥癬があるが、それでも働かねばならない。所長が収容所の南の農場から接収した三頭目の馬だ。最初の二頭は凍死した。その肉は乾燥ベーコンのような味だった。

ボクセルは贅沢品で、自分たちがいつまで使用を許されるのか誰も知らない。ほかの班は馬をもっていない。残りの四人たちは橇を引っ張らねばならないのだ。

四人は懸命に働き、木を切り倒して丸太を積む。数が割り当てに届いていない。いつも届かない。達成するにはたくさんの木を切り倒すしかない。本当ならば、今日の班は七人いるはずだったが、ふたりは病気で、ひとりはズルをしようとしたと責められて懲罰房入りだ。

丸太が地面に転がっている。ウラドが一、二、三とかけ声をかけ、彼とグリーシャとアーロンが抱えて橇へ載せる。一本ずつ。これをスヴェンが鎖で落ちないようとめる。グリーシャは一本終わるたびに、肩で息をして文句をつける。これまでに数えきれないほど繰り返してきたことだ。

アーロンの動きは機械のようだ。心のなかで彼はレードトルプの先の砂浜にいて、そこでは太陽が輝き、波が岩にあたってつぶやいている。砂が柔らかくていつでも泳ぎに行ける場所。

「アーロン」スヴェンがそっと声をかける。

アーロンは瞬きし、寒くてどこまでも消耗させられる世界にもどる。振り返ると、スヴェンが丸太を積んだ橇の横に立っていた。おかしな表情を浮かべている。固く決意した表情。彼の手が動いている。なにかをぐるぐるまわしている。

続いて、すべてが崩れる。世界が揺れて壊れる。

「気をつけろ！」スヴェンがスウェーデン語で叫ぶ。

ウラドは橇の隣でまだ腰をかがめているが、アーロンは動きだす。なにが起こっているか悟ったのだ。鎖が外れ、丸太が動いている。もうとめられない。

「ウラド！」アーロンは叫ぶ。

同時に飛びのいたから、あと少しで逃げられただろう。しかし、最初の丸太が橇から転げてぶつかる音がして、先端がアーロンの肩を直撃し、関節が外れる。

次の丸太もぶつかり、彼は地面に倒され、顔をしたたかに打つ。

アーロンはなんの痛みも感じない。力を、彼を雪に押しつける木の幹の重みを感じるだけだ。残りの丸太が転がってくる。空を背に長く黒い。凍った地面で石臼のように跳ね、途中にあるものすべてをつぶしていくが、なにか奇跡のようにどれもアーロンの頭にだけはあたらず、坂を転がり落ちていく。

騒動のなかでグリーシャの叫ぶ声が聞こえる。ボクセルが必死にいななく。どちらも生き延びた。

だが、どこかの丸太の下にウラドがいる。ウクライナのウラジーミルが。暖かい外套とシープスキンの帽子を身につけて。

アーロンはウラドがそこにいるはずだとわかっているが、姿が見えない。目蓋が腫れて見えない。骨折の痛みが全身にまわり、アーロンはもはやそこにいなくなる。意識が遠のいて漂っていく。レードトルプ近くの砂浜に優しく寄せる波に浮いているかのように。

アーロン
アーロン！
アーロン‼

暗闇でかすかな音、彼の名を呼ぶような叫び声がこだまする。聞こえるが、そちらにもどりたくない。

アーロンは目を開ける。いや、彼は温かい砂には横たわっていない。樅の木にかこまれた雪の上に寝ている。そして覆いかぶさる大きな影。

「アーロン！　聞こえるか？」

スヴェンの声だ。力強い声だ。アーロンの顔の真ん前で叫んでいる。「これからやるぞ！　入れ替わる！」

スヴェンが腰をかがめると、身体にふれる手の感触がある。折れた肋骨が身悶えするほど痛む荒っぽい手つきだ。

「やめて」アーロンは囁く。

だが、スヴェンはやめようとしない。

「時間がない、アーロン……グリーシャを助けに呼びにやった。すぐに人がここへ来る——急がないと！」

アーロンは誰かに服を脱がされているとわかる。スヴェンだ、彼の両手がボタンやひもを引っ張っている。

「入れ替わるからな！」

アーロンは耳を貸すのをやめる。顔を横にむけて嘔吐する。雪に、自分の上半身全部に。いまは裸の。

それから、ふたたび意識を失う。


アーロンはかすかな光で目が覚める。柔らかい場所に横たわっているが、雪ではない。ベッドにいる。

「ウラジーミル・イェゲロフ？」ベッドの横から声がする。

そちらを見ると、看護婦がいる。青ざめて痩せた女だ。彼と同じ囚人だが、彼女は少なくとも室内で働いている。

看護婦がほほえむ。優しい目をしている。

それからのことは、彼女の質問にうなずいて返事をしたのかどうか覚えていないが、とにかく女は話を続ける。「あなたは丸太の事故に巻きこまれたのよ、ウラジーミル。右脚が折れて、鼻も折れてる。肩も脱臼していたけれど、それはもとにもどした。あなたは幸運だったのよ……あなたの同志のひとりはそんなについていなかった」

「誰が？」

看護婦は湯気のたつ紅茶のカップを彼の口元に運ぶ。「外国人」彼女は言う。「若いスウェーデン人よ……丸太が戦車のように彼へむかって転げ落ちたの。つぶされて亡くなった」

ウラドだ。しかし、アーロンはなにも言わず、紅茶に口をつけるだけだ。

「あなたはしばらくここにいることになるわ」看護婦が言う。またほほえんで去っていく。

痛みのないときはないが、アーロンはゆっくりと左手をあげ、顔にさわる。形が変わっている。腫れてかさぶただらけだ。押しつぶされて感覚がない。身体にかけられたシーツをもちあげると、右脚の副《そ》え木が見える。下着とフェルトのブーツを身に着けているが、それは自分のものじゃない。ウラドのものだ。

アーロンは目を閉じる。考えても仕方がない。

スヴェンがこれをやった。鎖をゆるめて丸太を転がした。服をすり替えた。

これがスヴェンの計画だった。外国人アーロンがソビエト連邦の国民ウラドになる。

誰かが咳をする。アーロンが首を巡らすと、最低でも三十人が休む混雑した医務室用のバラックに寝ていることがわかる。部屋はたいして余裕がないが、ランプもストーブもあり、明るくて暖かい。

それにシーツは清潔ではないかもしれないが、それでもシーツには変わりないし、トコジラミが一匹もいないようだ。紅茶は本物で、代用品じゃない。そしてベッドの隣には薄切りにしたばかりのタマネギの皿がある。

収容所でここの噂を聞いたことがあった。怪我をしたり大病をした囚人はそれはよい待遇を受けると。

妙な話だが、いまの彼にできることはシーツに挟まって休むことだけだ。この感覚を楽しんで。

彼は力を抜いた。

ウラドは死んだが、天国に行き着いたのはアーロンだ。

リーサ

リーサはその朝、気分がすぐれなかった。熱はないが、力が出ないし、ふらつく。レディー・サマータイムは金曜の夜にホテルで六回目のＤＪをこなし、実入りもとてもよかった。クラブは大混雑で、彼女は暗闇をスモークで満たし、三つの財布とふたつの携帯が彼女のバッグに収まった。けれど、クレジットカードはそのままだ。疲れすぎて、ボリホルムまで行って処理することはできなかった。

レディー・サマータイムはゆうべ酒はまったく飲まず、水だけにしたというのに、こうして翌朝リーサがトレーラーハウスで起きだすと、足元がおぼつかなかった。ウイルス性の胃腸炎のような感じで、腹でなにかが目覚めかけてるみたいだった。朝食にはサンドイッチしか食べていないが、腹が張っていっぱいになった感じがした。水着を身につけタオルをもって海岸へ行ったが、海には入らず、日射しを浴びてうたた寝した。

この数日のうだるような暑さで、海岸には大勢の人が訪れていた。リーサはビーチタオルと夏の日焼けした身体に包囲された気分になった。どこを見ても、子供、うるさい話し声、バカ騒ぎ。日焼けローションのにおいがなにより最悪で、休暇を楽しむ人々が海でワーキャーと叫びあい、磯ブヨがあたりでブンブン飛び、口に飛びこんでこようとする。リーサは喉をごくりといわせて目をつぶった。

ランチタイムの頃にはもうたくさんだと感じ、トレーラーハウスへ引き返した。何度も岩場でつま先をぶつけた。なんだか、足が言うことをきいていないみたいだった。脱水症状？　クラブであれだけ水を飲んだのに？

携帯はベッドに置いたままだった。海岸にもっていくのを忘れていた。見ると、二回サイラスから着信があった。しまった。でも、電話をかけ直す元気がない。

昼食にはバターなしのサンドイッチを食べ、数時間またベッドに横たわってまどろんだ。目を覚まして顔をあげたときは、トレーラーハウスのなかが暑くなりすぎていた。太陽は海のむこうに沈みかけているのに。六時十五分だった。一日が終わってしまった。

起きて、シャワーを浴びて、マイ・ライ・バーにむかう時間だ。

七時半には到着したが、気分は少しもよくなっていなかった。階段をとぼとぼ下りるときは、ＬＰレコードを入れたケースが鉛のように重くて、肩が上下したし、汗も次々に流れた。

まかないの夕食がホテルの厨房で食べられるのに、そこへは行かなかった。女性用化粧室で水筒を水で満たし、ウィッグをつけてメイクをして、レディー・サマータイムとして現われた。ちょっとふらついたＤＪとなって。ブースに入って皿をまわしはじめた。今夜はマイクにむかって元気に叫ぶことはなかった。サマータイムは無言で曲を流し、ミラーボールのスイッチを入れた。仕事があがるまでまだ先は長い。いまは歯を食いしばり、楽しげに見せるしかなかった。

いえ、楽しげに見せるなんて無理。

けれど彼女は仕事を続け、九時を過ぎると地下室は客で混みはじめた。いつもより人の増える時間帯が早い――典型的な土曜の夜でクラブは大賑わいだ。室温があがり、バーテンダーは喉が渇いた客には誰にでもバーガンで水を出した。

しかし、バーのスタッフもみんな今夜は動きがのろいみたいだ。まるで睡眠薬を飲み過ぎた夢遊病の人。それにこれだけ混んでいるのに、フロアではあまり踊っている客がいない。ほとんどは壁際でぶらぶらしている。

サマータイムは短パンやジーンズのポケットから突きでる魅惑の札入れや財布をながめたが、狙おうという気にならなかった。頭のなかでサイラスがぶつぶついう声がするけれど、今夜は音楽をかけることだけに専念だ。しっかりと集中して。

水を飲みつづけたが、具合は少しもよくならない。胃はモーターがすり減ってうるさい音をたてる洗濯機みたいになった。ぐるぐる動いて落ち着こうとしない。サマータイムは唾を飲みこんだ。つけまつげが取れてきた。あんまり汗をかいているから。デッキの前でまっすぐ立っていようとがんばった。

十時をまわったある時点で、それ以上は続けられなくなった。胃が泡立って、二十四年もこの身体とつきあってきたからわかる、爆発は避けられない。なにかが出てくる、上からか、下からか。

DJブースに立っていられないから、震える指で手持ちの一番長い曲を抜き取った。ビーチ・ボーイズのお気に入りの〈待ちに待った夜が訪れる《ヒア・カムズ・ザ・ナイト》〉、十一分近く続く曲だ。それから持ち場を離れた。大丈夫、どうせほとんど誰も踊っていないし、どうしても化粧室に行かなきゃならないんだもの。

でも、クラブのドアを開けると、クロークルームまで伸びるトイレ待ちの長い列ができていた——リーサはパニックを起こして人を押しのけて無理に前へ進んだ。白いブラウスの若い女がリーサと同じように血の気のない顔で、洗面台に身を乗りだして黄色い液体をいつまでも激しく吐いていた。洗面台にも、ブラウスにも、鏡にもそれが飛び散っている。それぞれの個室からも同じような音がする。嘔吐のコーラス。

リーサは吐かずにいようと喉をぐっといわせ、顔をそむけた。そのとき、ついにそれが迫りあがってきた。固くなった胃がもう堪えていられなくなり、いよいよ始まりそうになった。

　大惨事がやってくる。いまこのときにも。

「失礼」彼女はあえいだ。「失礼、通してくれませんか……どうしても個室にいかないとならないの！」

　列の数人の女たちは聞いていない。個室から聞こえる音につられて彼女たちも、もどしはじめたから。身体を二つ折りにして、自分のバッグにも靴にも吐いて、髪は汗でだらりとなっている。サルモネラ菌の食中毒が大流行のときの胃腸科病棟みたいだ。タイル敷きの床に臭い水たまりができて、あたりに強烈なにおいが立ちこめる。カオスだ。

　リーサは列を離れ、ホテルのドアめがけて走る。どこかの茂みの裏にしゃがまないと。最悪の事態になれば、車だっていい。でも階段が遠すぎて、そこまでもたどり着けそうにない、外に出られそうにない。

　世界が回転し、腸の差し込みが耐えられない痛みになる。ずっと遠くからビーチ・ボーイズの軽快なドラムの音が命を刻む心臓のように聞こえる。

　階段の隣のＶＩＰルームのドアに目を留め、そこへ突進した。

「おい、とまれ！」背後で声がした。

　いまいましい警備員。でも、リーサはいま話せない。あっさりドアを開けると、テーブルの周囲にスーツ姿の人々がたくさん座っているのが見えたが、なにより必要なものは――アイスバケツだ。そこに身を乗りだし、口を開けた。

　汚らしいし、恥ずかしかったが、同時に解放された気分だった。口を開けてすっかり吐いた。

　背後で〈ヒア・カムズ・ザ・ナイト〉がフェイドアウトしていくのが聞こえた。それから耳が痛くなるほどの静寂が。

　プロらしくないことをしたとサマータイムは思った。汚点だ。

　けれどリーサは気持ちが悪すぎて構っていられなか

った。あっという間にいっぱいになったアイスバケツから顔をあげたが、深呼吸をして、またもどした。

ヨーナス

ヨーナスは土曜の夜更けに目が覚めた。隣の客用バンガローから変なうなり声が聞こえたからだ。苦しむうめき声、抑えた哀れっぽい声。そのとき、ドサッといってガラスの引き戸が開く音がして、バンガローの裏からまたうめき声と咳が聞こえた。

彼は暗闇で耳を澄ました。外にいるのはマッツみたいだ。具合が悪いのかな？

ヨーナスは寝返りを打ってまた眠ろうとしたけれど、そんなことできるわけなかった。暑すぎたし、外からうなり声とうめき声がまだ聞こえている。

ついに彼は起きあがり、引き戸を開けた。夜の空気はまだ生ぬるくて、全然風がなかった。ほっそりした月が海峡を照らしている。

「マッツ?」彼は静かに呼びかけた。

返事としてうめき声が聞こえ、ドアから数歩そちらへ近づいた。兄が暗がりでしゃがんでいた。うつむいて芝生に座っている。負けたサッカー選手みたいに。みじめな様子で、おかしなことだけど、それでヨーナスのほうはぐんと元気になった気がした。声を張りあげた。「どうしたの? 病気?」

マッツがのろのろと顔をあげた。芝生には水たまりがあった。月の光を受けて光る水たまりだ。「ヨーナス……」彼は言った。「水をもってきてくれないか、弟? 家から」

ヨーナスはケントおじさんの家のキッチンに行き、冷蔵庫にミネラルウォーターのペットボトルを見つけた。バンガローにもどると、マッツはなんとか立ちあがっていたけれど、いまでもだらりとうつむいていた。

ヨーナスはペットボトルを手渡した。「ビール飲んだの?」

マッツは首を振った。「ずっとエーランド島リゾートで芝刈りしてたよ……なんでこうなったのかわからない」

そう言い残し、彼はペットボトルを手によろよろと自分のバンガローへ帰った。ありがとうも言わず。ヨーナスはベッドへもどった。まだ兄はパーティで酒を飲んだんじゃないかと疑っていた。


でも、どうやらそうじゃなかったらしい。翌朝起きてみると、みんな具合が悪くなっていたからだ。とにかくそう思える。朝食にやってきたのはヨーナスとポーリーナだけだった。バンガローのドアや家の寝室のドアは閉まったままだ——今日のヴィラ・クロスは静けさに支配されていた。

しばらくしてケントおじさんがキッチンにやってくる。ちょうどヨーナスはチーズ・サンドイッチを腹に入れているところだった。

ふたりは見つめあった。ヨーナスはセシーリア・サンデルとの事情聴取で自分が正しいことを言えたか、おじさんには敢えて訊いていなかった。けれど、あれからあの警官は連絡してこないから、きっとよかったってことだよね？

「おはよう」おじさんがようやくそう言うが、声に張りがない。おじさんも具合がよくないようだった。日焼けしているのに、顔が白い。

おじさんはそれきり黙っている。冷蔵庫を開けてジュースのボトルを取りだした。グレープフルーツ・ジュースだ。淡黄色の液体を見おろし、なにか考えるところがありそうに見つめてから、慎重にやっとふた口飲んだ。

電話が鳴った。おじさんが手を伸ばして受話器を握った。「はい？」

おじさんは長いこと耳を傾けていたが、いらついた口調で言った。「冗談だろ。冗談だよな？」

そしてまた耳を傾けた。

「わかった」ついに彼はそう言った。「ああ、わたしも腹の調子が少し……モンテスマのたたり（アステカ王の故事から、メキシコ旅行者がかかる下痢を指す言葉）みたいにな。追加のスタッフを集めないとならんな。誰かは大丈夫な者がいるだろう。そう願う。誰でもいいから捕まえられる者を集めてくれ。客のほうはどうだ？」

さらに長い沈黙が続いた。

「そうか、じゃあ、できるだけ掃除をしてくれ。全員で協力するしかない……吸い上げポンプはあるか？」

また沈黙。

「よし、すぐに行く」疲れきった口調だ。

おじさんは残りのジュースをシンクに流してから、ヨーナスを振り返った。

「JK、おばさんが姿を見せたら、大変なことになったと伝えてくれ。リゾートじゅうで胃腸炎が大流行しているらしい。スタッフが、それにどうやら客もかかっているそうだ。トイレが詰まりはじめてるし、わたしはむこうに行く。ヴェロニカに携帯で連絡がつくようにしておくと言ってくれ」

ヨーナスはうなずいた。「マッツも病気だよ。吐いてた」

「みんな病気だ」おじさんが言う。「おまえは具合が悪くないのか、JK?」

ヨーナスは首を振る。

「これからなるかもしれんぞ」おじさんはそう言って、最後に悪意ある視線をヨーナスにむけた。まるですべてヨーナスのせいだとでも言いたそうだ。おじさんは背をむけて荒っぽい足取りで車へむかった。

ヨーナスはもうひとつサンドイッチを作った。ちょっと変だが、彼は元気いっぱいだと感じていた。クリストファーのところに遊びにいこうか。

明日はあたらしい仕事週間の始まりだ。ウッドデッキの修理はもうすぐ終わる。きれいにやすりをかけて、濃い茶色のオイルをすりこむのだ。そして一週間したら、今度はヴェロニカおばさんの家で仕事を始める。墓標からもケントおじさんからも少し離れられるってことだ。

そう考えると、心が明るくなった。この夏は空気によくない振動みたいなものを感じていたから。胃腸炎よりずっとよくないものを。

イェルロフ

ツバメ号があたらしい板とツンとくるにおいの防腐剤の助けを借りて、徐々に以前の美を取りもどしてきた。イェルロフはボートハウスの横の舟までコーヒーを入れた魔法瓶を運んできた。ヨンとアンデシュがこの暖かい夕方に忙しくペンキ塗りをしてくれている。ヨンはイェルロフが差しだしたコーヒーを怪しむように見た。

「ちゃんと沸騰させたか？」

イェルロフは途中で手をとめた。「なんのことだね」

「飲み水は沸騰させんといかんぞ、イェルロフ」

「どうしてだね？」

「沿岸では胃腸炎が大流行してるからさ」ヨンが説明した。「たくさん入院してるよ。本物の大流行だ。新聞で読まなかったか？」

「まだだ」イェルロフはそう言って、コーヒーを注ぎつづけた。「わたしはいたって元気だがね」

「ステンヴィークではとくに流行ってはおらんようだ」ヨンが言う。「流行の中心はエーランド島リゾートなんだよ」

「それは気の毒に」イェルロフは自分のコーヒーに口をつけた。「しかも、このかきいれ時に……かなりの痛手じゃないかね」

「まったくだ。どうやら、キャンプ場の下水の設備が壊れて、こんなひどいことになったらしい……客たちは帰りはじめた。テントをたたんで、トレーラーを片づけて、引きあげてるよ」

てっきりヨンが喜ぶだろうと予想したイェルロフだが、ヨンはひとつのキャンプ場に悪いことが起きれば、残りもすべてとばっちりを食うことをわかっていた。ある休暇村やキャンプ場で嫌な経験をして帰った人々は、たいていこの島全体のことを悪く言うものだ。

イェルロフは燃える夕陽に包まれ、海峡から吹く暖かい風を受けてここに立っているのが好きだった。だが、ここにはもう長くはいられない。五日後には、マルネスの高齢者ホームの部屋へもどることになっている。彼の夏は終わりだ。そして外出するのもずっと困難になるだろう。

寂しいもんだな。これが村で過ごす最後の夏になるかもしれん。

イェルロフは頬のハエをピシャリと打ち、南を見やった。入江は静かだ。桟橋で数人が泳ぎ、ビーチでは大勢が太陽を崇拝している。

少しむこうに墓標が見え、ヨーナスに告げたことを考えた。〝あれは本物の墓じゃない〟

そこで目を凝らした。なにかがおかしい。

「掩蔽壕のドアが開いてる」彼は言った。

ヨンが作業の手をとめた。「なんの話だ？」

イェルロフは入江の向こう側を指さした。海岸の上、昔の石工たちが屑石を放置したあたりだ。

「古い掩蔽壕のドア……開いてる。いつも閉まってないか？」

「そうだな」ヨンが言う。「陸軍が何年も前に南京錠をつけた。たしかめたわけじゃないが、まだついてるはずだぞ」

イェルロフはなにかが動くのを見た。掩蔽壕から出てきた人影。だが、距離がありすぎて細かなところが見えない。

ヨーナス・クロスが、急に墓標から現われたように見え消えてしまった男について話していたのを思い返した。

「たぶん、あれは幽霊の兵士だ」彼は言った。

帰ってきた男

帰ってきた男はゆっくりと掩蔽壕から出て、翳りゆく暖かい日射しの下に出た。エイナル・ヴァルのコレクションからもちだしておいた南京錠でドアを閉じた。背中がこわばって痛んだ。一時間以上も、背の低いコンクリートの天井の下でかがんでいたからだ。ソビエト連邦の果てしない運河にもどったような気分になった。

一定のリズムで掩蔽壕のなかを掘ろうとしたが、進みはのろかった。岩をひとつ掘りだしても、次は岩がふたつあって、最初のよりさらに大きいように思えた。この島の地面は土というよりほとんど岩になっている。ツルハシを壁に打ちこみ、岩をほじりだすと、土が崩れてくる。その同じ動きをこの夕方はずっと二百回以上も繰り返し、強制収容所の炭鉱労働者のようにあくせく働いた。

暖かい夕方で汗が流れた。腕が痛む。

外の窪地へ出ると、伸びをして、南を見やった。ここからはエーランド島リゾートは見えないが、彼とリタがあそこで使った高圧ポンプの響きを思った。あれはうまいことといった。

彼は北へ視線を走らせた。海岸はこの時間にはほとんど人がいないが、桟橋では休暇を楽しむ者がまだ何人か残っていた。きっとエーランド島リゾートからやってきたんだろう。リゾート内の水の問題から逃れて。

入江の向こう側、ボートハウスの隣に老いた漁師がふたりいた。木造のボートにペンキを塗っている。この平和な光景を見て、帰ってきた男は祖父のことを思いだした。夕方になるといつもレードトルプで網やボートの手入れをして、仕事に入れこんだものだった。

平和の感覚。

あの老人たちのもとへむかい、話しかけて、話の種を交換してもいい。少しばかりの安らぎをつかの間求めて。だが、彼は自分のなかに誰がいるのかわかっていた。遅かれ早かれ、ウラドが現われるし、帰ってきた男はつねにウラドを警戒していた。

一九三六年三月、あたらしい国

アーロンは十八歳になっている。死んだ友人ウラドの暖かい服を着て、ウラドのベッドで眠り、ウラドの飯盒《はんごう》で食事をする。囚人のなかには彼が本当のソビエト市民ではなく、名前はウラジーミルでもないことを知っていたり、疑っていたりする者もいるが、スヴェンがなんとかそうした者たちを黙らせている。ここまでは。

グリーシャじいさんが最大の問題だ。グリーシャはもちろん知っているから、口をつぐんでおくために金をほしがる。

「現金だ」彼はアーロンとふたりだけになったある日の夕方に言う。「ルーブルで。さもないとポリノフに言うぞ」

ウラドはただうなずく。ポリノフはここの所長だ。大きな口ひげをたくわえた元警官で、囚人たちを視察してまわるときは乗馬鞭を手にふんぞり返って歩く。だが、ポリノフが関心をもっているのは二点だけ。秩序正しい収容所と強いウォッカだ。

グリーシャだけが金のことなど気にする。彼は収容所の最後の資本主義者だ。

資本主義者は死に値する。

アーロンはなにか行動しなければならないが、義理の父親に助けを求めることはできない。たまに運動場でスヴェンと目を合わせることもあるが、話しかけようとはしない。スヴェンは外国人だから。

ウラジーミルの墓を訪れることもできない。ウラドはほかの亡くなった囚人たちと一緒に埋められている。収容所の南にある森の大きくなっていく一方の墓に。墓には十字架などないが、アーロンのバラックの壁にスヴェンが〈アーロン・フレド、一九一八－一九三六〉とおびただしいほかの名前の横に刻んでいる。人の手前、取り繕うためにだ。

アーロンが見かけるたびに、スヴェンは痩せて身長も縮んでいくようだ。義理の父親は落ち着きのない犬を連想させ、絶えず動いている。囚人をにらみながら、バラックのあいだをじりじり歩く。仲間がなにかうっかりしたことを言おうものなら、必ず問題になる。スヴェンは唾を吐いたり、拳を繰りだしたりするが、たいていなんにもあたらない。彼はもう喧嘩すらできない。

アーロンは幼い頃、本当に義理の父親を恐れていたんだろうか？　ウラドになったいまでは、ちっとも恐れていない。スヴェンは若い犬の一団にかこまれた老いた雑種犬のようだ。

時折、スヴェンはウラドのバラックにこっそりやってきて、アーロンのベッドにスウェーデン語で書かれた小さなメモを隠す。これは途方もなく危険なことだ。ウラドはメモを細かく破いて食べてしまう。スヴェンがなにを書いたのか読みもしない。

アーロンをソビエト市民にするスヴェンの計画はうまくいったが、ウラドと同じように、もはやこの国から逃げられるとは信じていない。

どうしたらそんなことができる？　どうしたらスヴェンとアーロンが逃げられると？

まずは収容所をかこむ鉄条網をくぐり抜け、警備兵の目をかいくぐらないとならない。続いて、広大なロシアの森と雪と寒さを抜ける道をなんとか見つける。だが噂によると、この国では逃亡者の切断した手を警察にもっていけば、国民は百ルーブルがもらえるという。

危険が大きすぎる。そしてやがて逃亡は不可能になる。なぜならば、ある日、スヴェンがいなくなるから。

ほかの外国人と同じように、夜のあいだに連れていかれたのだろうとアーロンは推測する。ある日、運動場でスヴェンの姿が見えず、バラックを覗いてみてもからっぽのベッドがあるだけだった。二日後には、そのベッドをほかの囚人が自分のものとする。そこのほうがストーブに近いからだ。

もちろん、こうしたことはいつも起こっている。囚人たちはあっさり消える。夜のうちにそうした者を誰かが迎えにきて、連れ去る。誰もどうしたのかと尋ねない。

ウラドは沈黙を守る。外国人のことなどどうでもいい。

だが、スヴェンはスウェーデンの家とアーロンとのただひとつのつながりだから、見つけないといけない。アーロンは収容所のほかのところにいないかとスヴェンを探すが、尋ねてもみんな黙って怯えた目をするだけだ。

カレリア出身の白髪の農夫だけが、ある日、運動場の泥にふたり立ったときに、歯を見せず笑ってみせる。「プー！」彼は言う。くちびるから空気を吐きだし、口ひげを震わせる。「プー……そして奴らはいなくなった。外国人はみんな風に紛れる屁になるのさ。全員、スパイだと判決が下り、処刑される。おまえもそれは知ってるだろ、スウェーデン少年？」

ウラドのなかで、アーロンがひるむ。「スヴェンはスパイじゃない」彼は言う。

「彼はトロイカ体制から有罪と判断された」農夫は言う。「外国人は誰も逃げられない」

アーロンが黙っていると、農夫がさらに近づき、声を落とす。「おれはグリーシャと話した。おまえが森でなにをしたか聞いた。服を取り替えたんだってな？　たいした奇跡だよ……死んだソビエト市民が生き返ったとは！」

アーロンは拳を握る。「黙れ」そう嚙みつく。「なんの話かわからない」ウラドが彼を乗っ取りはじめている。

「なんの話かわからないだと？」農夫が言う。「へえ、ポリノフは知りたいかもしれんな」

彼は口ひげの下でまだ笑っているから、ウラドは一歩踏みだし、ひげに覆われたうわくちびるめがけて殴りつける。

残念なことに、たいして強い一撃ではない。ウラドの疲労は溜まっている。農夫はあっさり拳を振り払ってから、ウラドの出方を見て、こちらも拳を繰りだす。ほとんど効き目がない。

ふたりは円を描いてじりじりと動く。みじめな喧嘩だ。泥のなかでよろめくダンスのようだが、野次馬は集まってきて、じきに囚人たちがとりかこみ、彼らをはやしたてる。

ついに警備兵が割って入り、ふたりを引き離す。

喧嘩は終わりだ。きつい肘打ちが入ったウラドの胸は痛むが、彼もなんとか農夫の頬にかすり傷は負わせている。

警備兵が同僚を呼びにいき、ウラドと喧嘩相手はポリノフの前に呼びつけられる。

ポリノフは収容所の王だ。

所長室に呼ばれるなど妙な気分だ。ここは木の床をきれいに掃除してある。壁につけた戸棚には少しばかりワインが並び、敷物さえある。

ポリノフ所長は王座――ガタのきた木の椅子――に陣取る太ったヒキガエルのようだ。机には飲みかけのウォッカのグラスと古い軍用リボルバーがある。壁には二枚の肖像画。一枚はOGPUを吸収した秘密警察である内務人民委員部、すなわちNKVD《エヌ・カー・ヴェー・デー》長官のヤゴダ、もう一枚は指導者のひとりヨシフ・スターリンだ。アーロンの心の眼には、偉大なる指導者スターリンが口に葉をくわえているのが見える。

「何事だ？」ポリノフは囚人たちが床につける泥の足跡を見てため息をつきながら尋ねた。「なぜ喧嘩した？　まだ元気が余っているのか？」

「同志所長」農夫がウラドを指さして言う。「彼が始めたことです」

「そうじゃありません」ウラドは反論する。「こうした富農連中は喧嘩が好きなだけです。それはみんな知っていることです」

「黙れ、このガキ！」農夫が叫ぶ。

所長はうんざりしたように囚人たちの言い争いを聞きながら、リボルバーをいじる。「もういい」彼はつぶやく。

ポリノフは立ちあがり、急に酒の影響を感じさせぬいかめしい顔になる。まずウラドを、次に農夫を射抜くように見つめる。机に、囚人ふたりの前に、銃を置く。「おまえたちのあいだで解決しろ」

ウラドはリボルバーのひびの入った木の持ち手を見つめる。司令官がなにを望んでいるのかよくわかっていない。

だが農夫は理解していて、頬の血をぬぐう。

「同志所長」彼は威厳ある口調で言う。「どうしてもお伝えせねばならない重要な情報があります」彼はアーロンに人差し指をつきつける。「この囚人は本人が主張しているとおりの――」

その瞬間、ウラドはリボルバーを掴む。完璧に手になじむ感触。農夫の口をふさがないとだめだ、アーロンについてなにを言おうとしているのだとしても。それでウラドは銃口を囚人仲間の胸にむけて引き金を引く。

突然手に走る反動、長いバーンという音が響き、農夫は敷物に倒れ、ぬいぐるみのようになって痙攣し、天井を見あげる。

ウラドは狙いをつけてふたたび農夫を撃とうとするが、乾いたカチリという音がするだけだ。

ポリノフが手を伸ばしてリボルバーを取りあげる。

「弾は一発だけだった」

所長がうなずくと、警備兵がライフルを手に前に出て農夫の胸を狙い、撃つ。

世界がとまる。

「……ウクライナ人か？」

アーロンは振りむく。所長が彼に質問している。

「おまえはウクライナ人だったな？」

アーロンは深呼吸をして背筋を伸ばし、気をつけの姿勢のようになる。もう冷静だ。彼はウラジーミル・イェゲロフを表に押しだす。

「わたしはロシア人でありウクライナ人であります、所長殿。父はスターリングラード、母はキエフ出身ですが、もはやこの世におりません」

「おまえはなぜここに来た？」

ウラドはためらいなく答えた。「妹に食べさせようとパンを一斤隠したからです、所長殿。そのパンのおかげで妹は一週間長く生き延びました」

「では、おまえは国のパンを盗んだのだな？　なぜおまえは射殺されなかったのだ？」

「わたしはここへ送られました、所長殿」ウラドは言う。「刑期はあと五カ月です」

「いいぞ」ポリノフは言う。「おまえの銃の腕はたしかだからな」

ウラドがさらに自信をつけるなか、所長が話を続ける。「警備兵には阿呆が多すぎる。まともに訓練も受けていない呑み助ばかりだ。撃ってもあたらない」

「わたしは酒を飲みません」ウラドは言う。

所長は自分のウォッカのボトルをちらりと見てから、声を張りあげる。「ヤーコフ！」

警備兵長が所長室にやってくると、ポリノフはウラドを指さす。「おまえにあたらしい警備兵を預ける」

ヤーコフが一歩前に出る。背は低いが、ウラドのあごからほんの数センチの宙に鼻を突きあげる。「おまえに最初の命令を与える、同志」彼は農夫の死体にむかってぐいと頭を傾ける。「囚人をふたり連れてきて、暗くなったら埋めろ」

ポリノフは戸棚に近づき、なにか取りだす。「こいつは皇帝派の無法者たちが隠していたウィンチェスターだ……古いが、役に立つ。誰からも見えるよう肩にかけておけ。なくしたら、おまえは重労働に逆戻りだ」

ウラドは絶対にライフルをなくさない。彼は収容所のスウェーデン出身の囚人だった。それがいまやソビエト市民の警備兵となり、背筋がピンと伸びる銃の感触を感じていられる。

あたらしい役割には多くの長所がある――まさに初日から、五キロのジャガイモを与えられるが、バラックを離れる許可はでない。しかし、以前よりずっと自由に動けるようになり、遂行すべき重要な仕事もある。

翌日の夕方、警備兵の任務で柵の周辺を見まわる彼は、グリーシャと一番遠くのバラックの裏で会う約束をしている。ウラドは柵からほんの数メートルの場所に立って待つ。

だが、グリーシャは警戒している。明るい場所に立とうとしないから、ウラドはポケットからあるものを取りだす。手にするとカサカサいう紙袋だ。「乾燥アンズとあたらしい煙草だ」静かにそう言う。

ついにグリーシャは姿を見せる。紙袋を受けとり、上着のなかに滑りこませる。果物と煙草は現金と同等の価値があるのだが、それでも失望しているようだ。

「これだけか?」

ウラドは首を振る。「むこうに現金を隠した」彼はずっと遠くの暗がりにあごをしゃくる。「五百ルーブルを……黙っていると約束するなら、あんたのものだ」

グリーシャはウラドを見やる。警備兵の給料は一日に八ルーブルほどだ。五百といったら大金だ。

それでもグリーシャはまだ疑っている。

「犬が来るんじゃないか?」

ウラドはほほえむ。「犬の姿が見えるか? 今夜、犬は正門のほうに集まってる」

グリーシャはまだバラックの裏に立って決めかねている。

ウラドはもうつきあいきれない。うんざりして肩をすくめる。「好きにしろ……いらないなら、もって帰る」

そして柵沿いを歩きだす。息を呑み、目の端に映る動きがないかと見守っている。

来た。

グリーシャは年寄りだが、すばやい。ウラドの横を駆け抜け、現金があるはずの柵の支柱へむかう。

彼が柵まで二歩に達すると、ウラドはライフルを構える。

「囚人が逃げようとしているぞ!」そう叫ぶ。

こうしてグリーシャの背中に狙いを定め、撃つ。一度、二度。

アザラシを撃つようだ。

ほかの警備兵たちが駆け寄ってくるが、ウラドは目的を果たしている。警備兵たちは死体を足先でつつき、持ち場にもどるだけだ。

グリーシャは見せしめとして柵の前に数日放置されるだろう。

リーサ

四十八時間の高熱、トレーラーハウス内の耐え切れないくらいの悪臭とトイレットペーパーの絶対的な不足を経験したけれど、ようやくリーサの具合はよくなってきた。とにかく、少しは。VIPルームでもどしてから、身体を引きずるようにしてなんとかトレーラーハウスにもどり、ベッドに崩れ落ちて、一晩中、どうしようもなく吐いていた。胃腸炎のせいで彼女は五歳児にもどった。熱があって目眩がして混乱している五歳児に。

日曜日はぼんやりとただ横になっていた。

月曜日には動けるようになり、少しなら水も吐かずにいられるようになった。外の太陽がまぶしかった。

火曜日にはほぼ大人にもどった。胃は痛んだが、いまはだいぶ落ち着いた。なにも食べることはできなかったけれど、ベッドから起きだすことはできた。

トースト。こういうときはトーストにかぎるのに、パンがない。ポーリーナは元気で、ミネラルウォーターのボトルを何本かもって訪ねてくれた。リーサは少し飲んでみて様子を窺った。少し心配な感じで胃がググとうなったけれど、吐き気はない。さらにもう少し水を飲んで窓の外を見つめた。

外はまだ夏だ。

彼女がマイ・ライ・バーでの仕事を休んだのはたった一晩だ。ホテルのスタッフは誰も気にしていないようだった。ホテル全体に同じ胃腸炎が流行していたから。

そしてもう仕事は終わりだ。本当はそうじゃないけれど、ニュースが広まったから。

その夜のマイ・ライ・バーはからっぽのようなものだ。ホテルへ車でむかう途中、リーサはリゾート全体が少しゴーストタウンみたいだと思った。キャンプ場は広大な野原でしかなく、ほんのたまにテントやトレーラーハウスがあるだけ。あれだけいたキャンパーたちがいなくなっていた。どうやら、大勢の人が地元紙の見出しをひと目見て——〈リゾートで胃腸炎大流行〉——慌てて荷造りをして帰宅したようだ。あるいは、島にあるほかの大きなキャンプ場へ移動したか。飲み水に菌のいない場所へ。

でもひとつのキャンプ場が汚染されて、ほかは大丈夫ということはあるの？

とにかく、エーランド島リゾートでの仕事は続けなければならないから、レディー・サマータイムは九時になるとＤＪブースに立った。カゴのなかの小鳥になった気分で、最初のレコードを置いてマイクを手にした。「こんばんは、みんな！　レディー・サマータイムがみんなのお気に入りをかけるから。盛りあがっていこう――ビージーズの〈踊るしかない《ユー・シュッド・ビー・ダンシング》〉！」

彼女の声は、クラブが無人の待合室であるようにこだました。声は疲れて元気がなかったし、誰もビージーズに注意をむけない。バーの前にほんの数人がトールグラスを前にして座っているが、ダンスフロアには誰もいない。そしてそのままだった。今夜は誰も動きたがらない。

レディー・サマータイムはとにかく自分の仕事をした。

十一時二十分にデッキから視線をあげると、右手の壁に並ぶ楢材の背の高いテーブルのひとつにからっぽのグラスがあり、隣に携帯が置かれていた。これで彼女は一気に浮かれた。そこには黒いサングラスもある。サマータイムはあたりを見まわしたが、持ち主の姿はない。デッキに視線をもどし、フリートウッド・マックからエルトン・ジョンへとスムーズに曲を変えながら、そのテーブルをひそかに見張った。グラスに隠れるようにして電話はまだある。小さく黒いもので、どうやらエリクソンの最新モデルみたいだ。テーブルは三角形で胸の高さで壁に固定してある。電話を盗むのに身をかがめる必要はなく、手を伸ばすだけでいいはず……

誰が忘れていったんだろう？　金持ち男？　貧しい女？　あのテーブルに誰かいたのには気づかなかった。プロらしくない。

今夜のシフトはもうじき終わりだ。彼女はユーリズミックス〈スイート・ドリームス〉をかけ、まだテーブルを見ていた。まるで視野が狭くなったみたいだ。サマータイムには携帯しか見えない。あとはクラブにいるまばらな客にたまにちらりと視線を走らせるだけだ。

誰もこっちを見ていないみたいね。

ユーリズミックスが残り二分となると、彼女は白いスポットライトをすべてつけ、壁際の照明は落としてから、ダンスフロアに渦巻くスモークのカーテンを送りこんだ。ここで、化粧室に行くかのようにすばやくブースを出た。だが、実際はそうはしないでクラブのなかを歩いた。ドアの前には誰もない。警備員も。バーでは客同士がおしゃべりしていて、そこにくわわっていないひとりはデンマーク人バーテンダーのモーテンと話している。そしてやはり携帯の近くには誰もいない。このとき、サマータイムはあと二メートルまで迫っていた。白いスモークから控えめに三歩出る。さらに二歩。そして彼女は壁際に立っていた。一度の流麗な動きでテーブルを身体で隠し、同時に手で払うようにして電話を摑んだ。次の瞬間には電話はデニムの短パンのポケットに無事収まっていた。

あたりの様子を窺うと、警備員のひとりがクラブに来ていた。あれは……あの男の名前はなんだっただろう？　リーサは思いだせなかったし、距離がありすぎて胸のネームプレートも読めない。彼はいまリーサのほうを見ていないが、つい先ほどはどうだった？　見られたとしたら、いまごろはこちらに近づいているはずじゃない？

ポケットの電話は重く感じられたが、もうこれを捨てることはできない。ブースにもどらないと。

彼女はヘッドフォンをつけた。〈スイート・ドリームス〉はもうじき終わるが、彼女は一瞬の沈黙も許せなかった。ルー・リード〈パーフェクト・デイ〉をミックスして切り替えた。スローダウンのためのさらに静かな曲。実際、数組のカップルが踊りはじめた。どうやら、今夜の愛のお相手を見つけた者たち。

〈パーフェクト・デイ〉のなかばで、黒いワンピースの痩せっぽちの少女がやってきて、壁際のテーブルへまっすぐにむかった。携帯があったテーブルへ。

サマータイムは彼女を見たが、なにもしなかった。少女はグラスを手にしてテーブルを見て、腰をかがめて、床をじっと見て、クラブのなかを見まわした。

サマータイムは少女に気づかないふりをした。ヘッドフォンの位置を調整し、デッキに身をかがめた。

少女がカウンターに近づき、モーテンに話しかけた。彼は首を振ったが、カウンターの下に手を伸ばして自分の携帯を取りだした。少女はうなずいて、それを受けとった。

サマータイムは出口を見やった。警備員はまだそこにいるが、サマータイムはDJブースのドアに隠れてむこうからは見えないから、ポケットから盗んだ電話を取りだした。ゆっくり、ゆっくりと。片手で電話を軽く握り、片手でLPを何枚か選びデッキの下のケースに入れた。同時に、手を伸ばして電話をブース前のプレキシグラスの仕切りの下の隙間に滑り落とした。

電話が視界から消える直前に、それは光って振動しはじめた。少女はモーテンの電話を借りて自分の番号にかけたんだ、もちろん。少女はクラブのなかを懸命に見まわしている。音楽で呼び出し音が聞こえないにもかかわらず。

サマータイムはもう一曲、スローなナンバーをかけた。〈ドント・ギヴ・アップ〉。勤務時間はもう終わっていたけれど。不安だし、忙しく装っていたい。

携帯は光っている。一分ほどすると、DJブースからほんの数メートルの位置で身体を揺らしていたカップルがこれに目を留めた。男が腰をかがめ、拾いあげて電話に出た。聞こえるように片方の耳に指を入れている。彼はカウンターに近づき、そこで少女が手を振っていた。男がそちらへむかい、リーサはパントマイムの最後を見守った。

どうもありがとう、どこにありました？

ダンスフロアに。

ほんとにありがとう、すごく探したんです……

電話は見つかり、ドラマは終わった。それにリーサの勤務時間も。最後の音が消えると、彼女はマイクを摑んだ。

「ピーター・ガブリエルとケイト・ブッシュの〈ドント・ギヴ・アップ〉でした。みんな、あきらめちゃだめよ！　レディー・サマータイムもあきらめないから。真夜中まで少しだけ休憩をとるけれど、次は生バンドのザ・ファン・ボーイズがテラスで演奏するから……」

彼女はヘッドフォンを外した。ホテルの厨房へ行って、三十分後にまたＤＪを始めるまでになにか食べよう。

途中で背の高い警備員に会釈して、打ち解けた笑顔を見せた。彼の名はネームプレートによるとエマヌエルという名だった。彼はリーサを見おろしてうなずいたが、リーサには彼の表情が読めなかった。

イェルロフ

イェルロフの庭の外から、虫の声やくぐもった鳥のさえずりを斬り裂く鈍くうなる音がした。そちらをむくと、大きく黒い影が森のむこうの海岸通りにかろうじて見分けられた。

長いことなにも起こらなかった。太陽は輝きつづけ、うなる音は続いた。

イェルロフは疲れて脚が痛かったが、しばらくすると立ちあがり、門へ歩いた。

道に特大の車がとまっていた。窓はスモークガラスというやつだ。ＳＵＶ車のたぐいで、車道の安全地帯にいる歩行者や都会の乳母車に衝突してももちこたえられるように設計されたもの。ごてごてと取りつけられたクロームとガラスが日光を反射していた。

運転席の窓が下がると、そこに座っているのがケント・クロスだとわかった。革張りのハンドルに片手を預け、耳に携帯を押しつけている。

ケントは二台の車をもっているらしいな。イェルロフは門を開け、のんびりと車に近づいた。

「どうも」イェルロフは言った。「先日は世話になりましたな」

ふたりはヴィラ・クロスでのヨーナスの事情聴取以来、会っていなかった。

「いや、こちらこそあんたには世話になった」ケントが言った。

疲れた様子で、エンジンを切るそぶりは見せず、ふかしている。

「なにか用かね、ケント？」

クロスはうなずいた。「ＪＫを迎えにきた」

「ＪＫとは？」

「ヨーナス……甥だよ。あれを家に連れて帰ろうと思ってきた」

イェルロフは動かなかった。ヨーナスを呼びにいくつもりはなかった。

「むこうはどんな具合かね？」彼は留まってそう尋ねた。

「すばらしいとも。ここと同じに暑い」

「むこうというのは、リゾートのことさね」イェルロフは言った。「むこうで少々問題が起こったと聞いたが」

クロスは視線を下げた。「そうだ……胃腸炎。週末はひどいものだった……だが、トイレも全部掃除して、もうすべて大丈夫だよ」

「客のほうは？」

「もどってきている」ケントはぴしゃりと言った。

「少しずつ」

だが、彼の表情は満足とはほど遠く、いらつくようにエンジンをふかしはじめた。

イェルロフはケントが本当はここでなにをしているのか考えてしまった。なぜ甥を車で迎えにこないとならない？　あの子に目を光らせておきたいのか？

「オフィーリア号についてなにか知らせは？」

「え？」

「あんたが雇った貨物船さね」

ケントは海のほうに視線をむけた。「わたしの知るかぎりではないよ。消えてしまったが……」彼は口をつぐんでから言いたした。「あの船のことは考えないようにしているのでね」

「そうさね」イェルロフは言った。「結局、あれは密輸品を運ぶのに使われていたからね」

ケントはアクセルから足を離した。「なんだって？」

「あんたはオフィーリア号で酒を密輸していた」

ケントはイェルロフを見つめ、首を振った。「わたしたちは魚を輸入していたんだ」彼はそう言って、脅すかのようにまたエンジンをふかした。

「酒の密輸は昔からある職業だ」イェルロフは話を続ける。「エーランド島だけの話じゃない。スウェーデン南部の沿岸じゃ、どこもやっていた。アルゴート・ニスカを覚えているかね？」

クロスが黙っているから、イェルロフは話を続けた。

「わたしが若かった頃、アルゴートと仲間たちは公海に出て、ポーランドやドイツの船と待ちあわせした。一リットルのウォッカを一、二クローナで買った。煙草も、ときには銃も。それを全部この島に持ち帰ってそこらじゅうに隠した。ボートハウス、井戸、丸太を積んだ下……はるばる石灰岩平原の雨宿りの小屋にまで」彼はケント・クロスを見おろした。「最近はどうなっておる？」

「わからんね」

「酒の販売はたしかに魅力が大きかろう」イェルロフ

は言った。「観光シーズンが始まると、警察は橋を通って島にもちこまれる酒を厳しく調べるが、島から帰る車は調べん。だから、あんたは船から密輸品を降ろしてしまえば、車に移して売りさばける。そうだろう？」

ケントはかろうじて引きつった笑みを浮かべた。

「言ったじゃないか……オフィーリア号は魚を運んでいたんだよ」

「船にはいくらか魚も積んでおったんだろう。税関で見せられるように……だが、それが誤りだった。あの船には冷蔵室がないから暑さで魚が腐った。船倉を開けっ放しならそれでもいいが、何者かがハッチをぴったり密封してしまったもんで、乗組員はガスでやられた」

ケントはまたアクセルから足を離した。「その件は調べを進めているよ。エーランド島リゾートには、あまり信用できない警備員がひとり、ふたりといるとわかったから……」

「たとえば、ペータル・マイェル？」イェルロフは言った。

「彼はもう、うちでは働いていない。去年クビになった。別の警備員が夏至祭に消えてね」

「それにエイナル・ヴァルは？　あんた、彼とも知り合いか？」

「商売上のつきあいがあるだけさ……彼は少しだがうちのレストランに魚を卸していた」

イェルロフは夏至祭になにがあったのか、推理しはじめていた。少数の者だけがエーランド島リゾートの波止場に現金を載せて係留する貨物船があることを知っていた。彼らが計画を立てた。エイナル・ヴァルがその一員で、甥のペータル・マイェルと海外から故郷に帰った老人も仲間。密輸船として使われていたその船を奪うことを決め、それを実行した。

ただし、計画どおりには進まなかった。

「ペータル・マイェルは幹線道路で亡くなった」イェルロフは言った。「そしてエイナル・ヴァルは自宅からすぐのところで亡くなった」

彼は質問をしているわけではなく、ケントの反応もふたたびエンジンをふかすことだけだった。

だが、イェルロフはまだ話を終えていなかった。

「あんた、気をつけたほうがいいぞ、ケント。悪いことは起こるものさね」

ケントが彼を見あげた。「わたしを脅しているつもりか、このよぼよぼの老いぼれのあほたれめ」

いまのは極めて愉快な侮辱だったが、イェルロフはまじめな表情を保った。首を振った。「わたしじゃない。脅しているのは、ほかの誰かさね」

「誰のことだ?」

イェルロフは思い切って、頭のなかでまわっている名前を口にした。「アーロン・フレド」

ケントの表情が険しくなり、その名前に心当たりがあるのだとイェルロフはわかった。数秒してケントが疲れたように笑った。「アーロン・フレド……それはまた別の話さ」

「そうかね?」

「アーロン・フレドはアメリカ合衆国へ行った洟垂れ小僧だ。やはり負け犬の義理の父親のスヴェンと」

「スヴェンは負け犬?」

「そうとも」ケントが言う。「スヴェン・フレドはうちのために墓標を動かすはずだったのに、台無しにした」

「スヴェンが墓標を積んだんか?」

ケントがうなずく。「スヴェン・フレドは二〇年代に石を海岸へ運んだ。わたしの祖父やその兄弟たちと一緒に。だが、全部崩れてしまった……危うくスヴェンの頭に落ちるところでそれは避けられたが、奴の片足がつぶれた。また一からやり直すしかなくて、スヴェンのことはクビにした」

イェルロフは聞き入った。これは初耳だった。彼はエンジンの騒音に負けないよう声を張りあげた。「わたしはアーロンに会ったことがある」

「今年の夏か？」

ケントは関心を見せるようになったが、イェルロフは首を振った。「わたしが若かった頃だ……一九三〇年の夏。アーロン・フレドとわたしは墓地で働いた。墓を掘って」

ケントが身を乗りだした。「だったら、あんたは奴を見つけることができるはずだ、イェルロフ。顔を知ってる」

「もう無理だ。わたしは歳を取りすぎた」

「だが、あんたは抜群の記憶力がある。その歳なのに……その、あんたは船や人のことなどをよく覚えているってことだ。見つけてくれたら、報奨金を考えないでもない」

「報奨金だって？　アーロン・フレドがどうしてそこまで危険なんだね？」

だが、返事はもらえなかった。背後で門がギーッと開いた。ヨーナスが家から現われてこちらに近づいていたのだ。少年は車に近づき、犬が主人を見るように伯父を見た。

「夕食の時間だ、ＪＫ」ケントが言った。

ヨーナスはうなずき、車に乗った。

ケントは最後にイェルロフをたっぷりと見つめた。「また話をすることになるだろう」彼はそう言い残し、車のシフトを入れて走り去った。

イェルロフはそれを見送った。興味深い会話だったが、もちろん気づいていた。ケント・クロスはたくさんしゃべったが、なにも認めなかった、と。

ヨーナス

オイルが刷毛から垂れ、汗がヨーナスの顔からこぼれた。ウッドデッキに刷毛で少しずつオイルを塗っている。板を四枚仕上げると休憩にして、最低半リットルの水（安全な市販のペットボトルの）を飲んでから、作業を再開した。

あと数枚だけ、これが済めば夕方のひと泳ぎに行ける。ケントおじさんの家のウッドデッキはもうすぐ終わりだ。来週はヴェロニカおばさんの家に移動して、すっかり同じことをまたやる。

汚れの染みこんだ板の光景とオイルのにおい――これがヨーナスにとってこの夏を意味した。

太陽が水平線の細い陸地へと沈みかけ、今日はこれでおしまいにした。ふうっと息を吐きだした。泳ぎに行って、それから寝るまで自由時間だ。ケントおじさんがあたらしく生まれ変わったウッドデッキを祝ってバーベキューをやると宣言していたけれど、ヨーナスはその場にいたくなかった。なんだかケントおじさんに見張られている気がした。さっきも、クリストファーのところまで迎えにきた。自分でちゃんと歩いてもどれるのに。

水着をもって海岸通りを横切り、誰もいない高台に出た。

夏至祭直後の数日は、海にひとりで行くのは避けていた。海への恐怖は完全にはなくなっていないけれど、そんなものに負けるもんか。

岩場の隙間から生えていた青いシベナガムラサキが枯れはじめ、濃い紫になっていた。草も黄色くなって、茂みからは葉が散りかけている。墓標だけが変わらないみたいだ。でも、また石がひとつ落ちている。いまでは、草の上にいくつ転がってるだろう――十個か十一個？　ヨーナスは急いでそこを通りすぎ、足をとめて数えたりはしなかった。

彼は古い石の階段を窪地へ駆け下り、そこから海辺にむかおうとした。ほんの十五メートルくらいの距離だが、途中でぴたりと足をとめた。

窪地でなにか聞こえた。石工たちが昔、石を切りだして削った跡と屑石を残した場所から。

引っかく音だ、右のほうから。ヨーナスはそっちを見たが、ピンクの石と灰色の砂利しか見えない。人の姿はない。

でも、また音がした。何回か。誰かがリズムよく地面を掘ってるみたいな音だった。ツルハシとか鋤で。

違う、地面じゃない。地中だ。

ヨーナスはあまり遠くまでは見えなかった。目の前に大きな岩が突きでているからだ。でも、窪地の一番下まで行けば、たぶんよく見える。

このあたりの地面はでこぼこしていた。履いているのは古いスニーカーだから気をつけながら、たまに石から石へと飛んだ。砂利の散らばる地面からは棘のあるなにかの茂みが生えていて、それがからまってきたけれど、なんとか身体をよじって通った。やっと、遠くが見えるようになった。

岩に金属のドアがあった。高台の墓標のほぼ真下だ。掩蔽壕だ。やっと思いだした。イェルロフもその話をしてたっけ。

以前の夏休みのときは、錆の出た南京錠でいつも鍵がかかっていたことをぼんやり覚えていた――でもいま、ドアは開いている。そして引っかく音はそこから聞こえる。

誰かがいる。

墓標の幽霊じゃない。イェルロフが幽霊はいないって言ってた。

だからもう少し近づいてみた。これまでなかを覗いたことはないけれど、カスペルとふたりで、このドアの前で遊んだことはあった。ふたりしてドアにくっついて、死んだ兵士がなかにいるのかと想像した。

音はまだしてる。

ヨーナスはさらに一歩前進した。掩蔽壕の入り口まであと数メートルで、汚れたセメント敷きの床に日射しがあたっているのが見えた。でも、光が届くのはほんの短い距離までだった。そのむこうは真っ暗だ。

懸命に耳を澄ました。マッツと従兄弟たちがドアを開けたのだろうか？　昼間は家にいたけれど、それからはどこに行ったか知らない。なにをして遊ぶのか、わざわざ教えにきてくれたことなんかない。

みんな暗い掩蔽壕に座って、いま、このときもこっちを見てる？　だったら、臆病者だと思われたくない。背をむけるのなら、急いできっぱりとやらないと。ほかに大事なことをしなくちゃだめだという感じで。

それか、この場に留まるかだ。あのドアにまっすぐ歩いていって、何事なのか見てやれ。一歩進んで様子を窺った。掩蔽壕からの音はとまっている。

それでもう一歩踏みだした。

ドアの前に、まるで敷居みたいにして大きな石材がある。ヨーナスはそこに立ちはしなかったが、身を乗りだして、掩蔽壕に頭を突っこめるようにした。息をとめて聞き耳をたてた。

空気はとても淀んでいた。そこは小さな部屋で、突き当たりにもうひとつ狭い入り口があり、そこまで日射しは届いていなかった。最初の部屋にはひとつだけ家具があった。ガタガタしてそうな木のテーブルだ。脚が一本折れているけれど、誰かが石材を使って多少は水平になるよう工夫していた。

テーブルになにかある。

瞬きをして、もう一度それを見た。まだそこにある。小さくてたいらで、片端が細くなっているもの。

今度はそれがなにかわかった。銃だ。

ヨーナスは急に自分が掩蔽壕に入るつもりじゃなかったことを忘れてしまった。好奇心が強すぎた。本物の銃？

セメント敷きの床に足を踏み入れた。手を伸ばして銃を握った。

とても重かった――そして古かった。木の握りは傷だらけだ。でも、まちがいなく、本物の銃だ。

彼は顔をあげた。かすかな物音がした。引っかくような小さな音。息をとめた。音は内側の部屋から、暗闇から聞こえる。誰かがいる。

幽霊？

外に出ないと。

急いで自分のビーチタオルで銃を包み、あとずさって掩蔽壕をあとにした。

もう泳ぎに行かないことにした。もう暑くなんかない。窪地を通って引き返し、階段をあがり、高台にもどった。掩蔽壕で見つけた宝物をまだ握りしめて。

墓標の横を駆け抜け、海岸通りを渡ってヴィラ・クロスの、自分の小さなバンガローへもどった。ドアを閉めてカーテンも閉じて、それからベッドに座って手に入れたものをながめた。

本物の銃だ。

帰ってきた男

帰ってきた男は掩蔽壕の内側の部屋の暗闇に立っていた。まだツルハシを握っているが、先端は地面につけてある。奥のセメント壁を壊すのに使っていた。そこがもっとも亀裂が多かったからだ。いまでは足元に土と石が積みあがっている。だが、まだ数メートル掘らなければならない。しっかりと墓標の下まで到達するのだ。

そこに宝などない、それはよくわかっている。けれど、とにかく掘りつづけた。

ツルハシを構えようとしたそのとき、背後で物音がした。

手をとめて息を呑んだ。表の部屋からかすかな音がする。警戒した足音のような。そのとき、ドアを閉めていなかったと気づいた。けれど、もう日も暮れる。一日のこの時間帯に窪地にやってくる者などいないだろう。それに掩蔽壕は海岸通りや反対側の家々からは隠れているから、ここに入る姿を誰にも見られないことはわかっている。

海峡にまだ太陽が漂っているあいだに、ここで作業をしたのはひょっとしたら誤りだったかもしれないが、時間と体力の兼ね合いというものがある。すべてを夜間にすることはできない。

今度は、まるで表の部屋にいた人間がきびすを返して出ていったような音がした。

帰ってきた男は肩の力を抜こうとした。脚がこわばってきた。

静寂が降りてきたが、彼はさらに数分動かなかった。ついにツルハシを置いて入り口へにじり寄る。

表の部屋には誰もいなかった。金属のドアは半開きだ。

　ガタつく木のテーブルのむきだしの表面が日射しのおかげで見えた――そのとき、自分のやってしまったことを思いだした。ここにワルサーを置いていた。埃や汚れをつけないようにしたかったから、壁を壊すあいだここに置いたのだった。

　それがいま、テーブルにはなにもない。

　帰ってきた男はどんな兵士にとっても究極の罪をおかしてしまった。銃をなくした。

　幸運なことに、彼には別の銃があった。

一九三六年七月、あたらしい国

　この年の初めに、全員の党員手帳を写真つきで更新することが決まっている。こうすれば、偽の身分を手に入れていた人民の敵は正体がばれて粛清されるという狙いだ――けれど、アーロンは落ち着いて所長室のカメラの前に座る。写真は彼にとっては有利にしかならない。ウラジーミル・イェゲロフの名前と人生を盗んだが、自身の写真が貼られた党員手帳があればウラドだという信憑性は高まる。

　その後、仕上がった写真を見て妙な気持ちになる。アーロンは何年も鏡を覗いていなかった。彼がいま目にしているのは、折れた鼻をもち額に赤い傷痕の走るいかめしい若者だ。自分だと見分けられない。彼がながめているのはウラドだ。

ウラジーミルは党員になっただけでなく、国のパスポートと警備兵の制服も与えられる。これで自由な男になったようなものだ。制限をつけられず収容所の外を歩きまわることができ、じつに暖かい兵舎の小さな部屋に引っ越した。おばあさん《バブーシュカ》が毎晩彼の食事を用意し、制服の手入れをする。春の泥と夏の埃のなかでブーツを美しく艶光りさせておこうとするのは見込みのない務めだが、ウラドは予備を一足見つけ、交替で履くようにする。

ライフルは一挺だけだが、目の届かない場所には絶対に置かず、毎晩丁寧に掃除する。弾詰まりなどせず、いつでも撃てるようにしておかねばならない。

数カ月が過ぎ、春の存在がソビエト連邦の北部でも感じられるようになる。囚人のなかには、頭がおかしくなって光のほうへ猛然と走る者が出る。柵のほうへ。ウラドはためらわない。脚を広げて銃を構え、撃つ。

そして彼は腕がいい。

柵の前で、グリーシャから数えて七名の囚人を射殺している。逃げようとした全員を。ポリノフ所長はウラドの不断の警戒を称賛し、報奨として百ルーブルを与えたほどだ。

薪を使う火葬場が収容所の一番奥に建てられた。死体はそこで処理される。

夏には森まで暑さが押しかけて、収容所は活気がなくなる。囚人の仕事がのろくなるが、脱走の試みも減る。

ある意味、ソビエト連邦には平和の感覚がある。富農や搾取者階級は破れ、外国人スパイは全員が始末された。たぶん、〝未来〟というものがついに訪れたのだ。

だが、七月の初めに収容所へあたらしい副所長がやってくる。中尉で、名前はフェイギン。南から来た男で新品の制服と汚れひとつない帽子をかぶっている。

ポリノフが所長室に警備兵たちを集めるが、話をするのは目に炎を燃えあがらせるフェイギンだ。ＮＫＶＤの記章――蛇を突き刺す剣を象《かたど》ったもの――をシャツの襟につけている。

「重要な知らせがある」中尉は言う。「南では、都市部と地方の両方でさらなる敵の正体が暴かれた。いままでにない大規模なものである」彼は机に身を乗りだす。「これは大々的な陰謀で、数万人がかかわっている」

「富農ですか？」ウラドの隣の警備兵が質問する。

「富農は取り除いた」フェイギンが答える。「今度の敵はそれより危険なほどだ。トロツキストだ。知識階級。狂信者たちだ」

「これは戦争ですか？」ほかの誰かが尋ねる。

「そうだ。これは戦争である。だが、表立ってはおこなわれない。今度の敵は隠れており、我々に溶けこみ、我々を装うつもりだ。我々のようになるのだ。そうしておいてから攻撃してくる。破壊行為や撹乱で、あるいは暗殺で。それを連中はキーロフにやったのだ」

警備兵たちは黙りこむ。キーロフ。誰もが党中央委員会ならびにレニングラード州委員会第一書記だったセルゲイ・キーロフの暗殺のことは覚えている。二年半前のことだ。キーロフは人気もあり尊敬もされていた人物で、スターリンにも対抗できる数少ないひとりだった。そんな彼が突然、頭のおかしいのに撃たれて死亡した。

フェイギンは固く握った拳を机に預け、話を続ける。

「奴らはある計画をしている。裏切り者のトロツキーが考え、国外から奴らに指示を出しているのだ。奴らはあの男のためなら死ぬ覚悟がある」

今度はトロツキー。ウラドはたくさんの名を覚えなければならない。トロツキーはスターリンの友人じゃなかったのか？　そうじゃないらしい。

フェイギンがここで初めてほのかに笑い、目の前のファイルを指さす。「そしていいか、連中はなるほど死ぬだろう。鉄道でここにむかっている者たちのリストと、そいつらをどう扱うかの詳細がここにある……トロツキストの連中はこの収容所で奴らだけの特別棟に入ることになる」

収容所には最初から窓が横桟でふさがれた懲罰隔離棟があり、南から汽車でやってきたあたらしい囚人の大半はここに収まる。そこの裏手にあたらしく建てられた棟は造りが違う。〈豚小屋〉と呼ばれている。収容所に豚などいないのだが。木材を使った厚い壁の長く背の低い建物で、火葬場の真横だ。最奥の部屋の床は傾斜している。

新人たちはフェイギンのリストに従って、ふたつの分類に区別される――第一か第二の分類に。第二が多い。班を作って働くことになる。

第一に分けられた者たちは収容所に留まる。そしてあたらしいモーゼルを支給された特別警備兵班が見張りにつく。ウラドはこの班に選ばれない。彼はいまだに古いウィンチェスターを抱え、柵を巡回する長い勤務時間をこなしつづける。

だが彼は〈豚小屋〉でなにが起こっているのか知っている。

その作業がおこなわれるのは夜だ。

ねじ巻き式の蓄音機が愛国心をかきたてる行進曲を流しはじめると、トロツキストがひとり最奥の部屋に連れていかれる。音楽は大音量で、文字どおりほかのどんな音でも押し流してしまう。

けれども、たまにウラドが〈豚小屋〉の表で勤務すると、木材の壁越しに銃声が聞こえる。銃声は定期的に、毎晩響く。

すべてが考え尽くした上でおこなわれているわけではない。〈豚小屋〉の裏にもうひとつドアか、ハッチのようなものを作り足すべきだったのだ。いまのままでは、すべての死体を表のドアから火葬場へと運ぶしかない。真夜中をずいぶんとまわって、まだ夏の夜がじゅうぶんに暗い頃に。

朝には火葬場の煙突から灰色の煙があがる。

だが、今年は敵の数があまりに多い。汽車がひっきりなしに到着する。

トロツキストの数があふれかえる。夏が秋になり、痩せ細った人形のような者たちが収容所のあちらこちらをよろよろと歩く。

九月にウラドを含む十数名の警備兵がポリノフの所長室に呼ばれる。フェイギンも同席だ。彼はあごを高くあげているが、ポリノフはがっくりとうなだれている。とても老けたようだ。顔はむくみ、目の下には黒いクマがある。とっくの昔にワインのコレクションを飲み干している。

ウラドはヤゴダの肖像画が外されていることにも気づく。スターリンの肖像画はまだ飾られ、隣にあたらしい顔がある。だいぶ若い男でヤゴダと同じように情け容赦のない顔だ。

「我らが人民委員会にあたらしい指導者ができた」ポリノフが静かに言い、肖像画に首を振る。「名前は同志エジョフ。ヤゴダは逮捕された……トロツキスト文学を読んでいるのが見つかったのだ」

所長はため息をつく。「トロツキストの腐敗が広がっている。銃殺隊がさらに必要だ」

彼はウォッカのボトルを握り、ぐいっとあおる。へべれけだ。

「我々はさらに仕事をこなすことになる……」彼は話を続ける。「さらに多くの仕事を。全員が。我々は一掃しなければ……粛清を……我が祖国に……祖国……」

所長は道を見失ったかのように黙りこむ。フェイギンが話を引き取る。
「〈豚小屋〉と火葬場ではもう〈第一の分類〉の囚人たちに対処できず、収容所の内部に死体を積みはじめることもできない。よりよい策を見つけねばならんから、我々のもっとも危険な敵、トロツキストに特別な場所を準備する。森の奥深く、その場所を更地にして奴らのために砂利採取場を設ける。そこではもう音楽は必要ないだろう」

イェルロフ

イェルロフは教会墓地でポーズを取り、カシャカシャと音をたてるカメラの前で杖に寄りかかっていた。この状況が気まずくないと言えば嘘になるが、自分の決めたことだ。立派な目的のためだから堪えるしかない。

どこにいるにしても身を隠している場所からアーロン・フレドをおびき出すというのが計画だった。

カメラマンであり記者である男を見やった。ベングト・ニーベリは地元紙のベテランで、島の北部で起こったことの大半を記事に書きつづけている。

「あんた、胃腸炎の大流行について書いていたね」イェルロフは言った。

ベングトは極めて嬉しそうだった。「ああ、エーランド島リゾートのね。むこうはできるだけ事を荒立てたくなかっただろうが、これだけのスクープときたら見逃せないからね……数百人が感染したんだ……しかも想定された範囲を超えてトイレが使われたもんで、下水までが詰まって」

「だが、あんたは大丈夫だったんだね？」

「ああ、わたしはあそこの水を飲まなかった。どうやら、あのリゾートの水だけが問題だったらしい……あそこの水道管が汚染されていたと考えられているよ。なにか寄生虫が入りこんだようだね」

「なんとまあ」イェルロフは言った。「しかも、この観光シーズン真っ盛りに」

「そうだよ、クロス家にとっては災難だ」ベングトが言う。「だが、ほかのキャンプ場にとっては吉報だな」

ふたりは黙りこんだ。イェルロフは墓地を見まわした。きれいに刈られた芝生、教会をかこんで並ぶ墓石。七十年にわたって何度もこの場所を訪れるあいだに、多くのあたらしい墓ができていた。女房も年上の身内もみんなここに行き着いた。

ふたたび自分がここにいる理由と語りたい話を意識した。「このあたりで起こったことなんさね。正確にどこだとは言えんが、塀のすぐ近くだったことはわかる」

大げさに杖で墓を示すイェルロフの写真をベングトがさらに数枚撮った。それからカメラを下ろした。

「で、どの墓なんだね？」

「忘れた。あの夏はたくさんの墓を掘ったからな。だが、このあたりだ……」

もちろん嘘をついていたのだが、新聞でクロス家の名前を出したくなかった。ケント・クロスがそれを嬉しがるとは思えなかった。

「だが、自分が聞いたものは覚えておるからな」そう話を続けた。「三回の鋭いノック、それからまた三回……そのとき、墓に土を投げこむのをやめたんだ。柩を穴からもちあげて、医者のブローム先生を呼んだ。先生は自転車で来てくれたが、手の施しようがなかった」

「死んでたんだね？」ベングトが言った。「柩のなかの男は」

「完全に死んでたよ」

イェルロフはまたあたりを見まわした。遠い昔、あのときと同じように今日は暖かく晴れている。妙な気分だ——あれからの生涯がまったく過ぎていないような。自分たちが立っていた場所をはっきりと覚えていた。牧師、医者、クロス兄弟、少しうしろに墓掘人のベントソン。さらに離れた場所にアーロン・フレド。

ベングトがまた一枚撮影し、メモ帳になにか書きつけた。満足したらしくイェルロフを見あげた。「うむ、こいつはたしかに身の毛のよだつ物語だね……真夏の謎だ」

「じゃあ、新聞に書いてくれるのか？」

「ああ、記事をこしらえよう。あまり長いものにはならんだろうが、写真とちょっとした文章をつけるよ。この手の話題は適当なコラムのネタがないときにぴったりなんだ」

「それで、いつ記事になるのかね？」

「どうかな」ベングトは言う。「うまくいけば明日だが、今月はニュースに事欠いていないからね。休暇シーズンであっても」

先週、エイナル・ヴァルとペータル・マイエルが亡くなったことを言っているんだろう。イェルロフは身を乗りだした。「わたしが目撃者からの情報を待っていると書いてもらっていいぞ」

「目撃者？」

「そうだよ、あのノックの音を覚えている者。あの日、教会墓地にいた者。わたしに連絡してもらっていい」

ベングト・ニーベリはただうなずき、七十数年も経っているのにどんな目撃者がいるとイェルロフが考えているのか尋ねはしなかった。

ふたりは教会の門で別れたが、その前にベングトはどんな見出しにするか話してくれた。そのものずばりだった。

〈**イェルロフにいまだ取り憑く柩のノック**〉

煽情主義かもしれないが、二日後に新聞をひらいたときのイェルロフはそれでも嬉しかった。記事は目立つ場所にあるから、たくさんの人が読んでくれそうだ。あの日、ノックの音を聞いた者たちがとっくに亡くなっているのは知っている。

自分自身と、そしておそらくはアーロン・フレドは別だが。

リーサ

落ち着いた胃はみなに必要なものだ。今朝のリーサはとても調子がよかった。太陽が輝き、人生が楽しく感じられる。でも、そんなことは長くは続きはしないと覚悟しておけばよかった。

起きだして一時間ほどしてから海辺へむかった。踏みしめると岩場は暖かくて、そのまま栈橋の先端まで歩きつづけ、ためらいなく飛びこんだ。砂の海底は柔らかで水も暖かく、二十度を超えているみたいだ。心地よくてため息を漏らし、水に浮いた。目を閉じて漂い、のんびりする。なにも心配事はなかった。

栈橋から近いあたりで左右に泳いでいたけれど、水泳教室の子供たちが団体でやってきて水を跳ねさせ、うるさくなった。リーサは海をあとにしてキャンプ場へもどった。

トレーラーハウスが視界に入ったとき、なにかがおかしいと気づいた。

動いている。ドアが半開きになり、かすかに揺れていた。

リーサは歩調をゆるめたが、進みつづけた。古くからの言い回しは覚えている――トレーラーハウスが揺《ロ》れて《ック》いたら、ノックするな。

でも、人のいないはずのトレーラーハウスが揺れていたら、もちろんどういうことかたしかめないとね？

リーサはノックはしないで、あっさりとドアを開けた。

「誰かいる？」彼女は静かに言った。

室内は暗く、日射しの下にいたあとではまともに見えなかったが、はっきりと声が聞こえた。「やあ、サマータイム」

男の声だった。落ち着いた口ぶりだったが、リーサの胃は氷のようになった。どういうこと。入り口の階段はあがらずに身を乗りだすだけにして、頭を突っこんで寝室のほうまで見えるようにした。

背の高い人影が狭いベッドの中央に座っている。

ケント・クロス。白い短パンと赤いトップス姿で、会釈を寄越した。そのときリーサは彼にバッグを開けられていることに気づいた。

ＤＪ用のバッグを。クロスはゆっくりとLPを一枚ずつめくっている。まだ手前のほうだが、それでも着実に調べを進めていた。

「入って！」彼は笑顔で言った。「くつろいで」

リーサはトレーラーハウスに入ったが、とてもくつろげる気分じゃない。そこは暑くて狭くて、揺れているように感じられた。彼女はビーチバッグを置き、彼にすばやく笑みをむけた。

「どうも、ケント……どうやってここに入ったの？」

彼はまだほほえんでいる。「わたしはスペアキーをもっている。このトレーラーハウスの所有者はわたしたちケント家だからね、忘れたか？　うちの従業員として、きみをここに住まわせてやっているんだ」

最後の言葉はどこか脅しのようだった。リーサはどうしたらいいかわからず、とにかくうなずいた。

「問題がないかたしかめたくてね」ケントが話を続ける。「それでここを訪ねた。そして興味をもった。わたしは古いダンス音楽が大好きだから、きみがどんなレコードをもっているのか見てみることにした」

「結構ですよ」リーサは言った。「そこにあるのはクラブでかけるLPです……なにも隠すことなんてありませんし」

ケントからすばやい反応。「隠すことなんてない？」

彼女は首を振り、一歩近づいた。

ケントはまだレコードを指先で弾くようにして見ているが、突然ベッドにぐいと首を傾げた。「じゃあ、これはどういうことだ？」

リーサがそこを見おろすと、ベッドの足元にちょっとした山ができていた。財布やバッグ。もちろん見覚えがある。それにケントの隣にある何台もの携帯電話も。

マイ・ライ・バーでの戦利品すべてがベッドの上に広げられていた。ケントはすでに見つけていたのだ。

「レコードのあいだにあった」ケントが言う。「隠していたんじゃないのか？」

リーサは黙っていた。

説明できます――この状況ではおそらくそう言うべきだろう。

言い逃れできそうにないのはわかっていた。チャンスはないが、誠実で退屈な言い訳をしてみた。「ああ、そこにあるのは……全部バー・カウンターで見つけたんです。あそこではお客さんがいろんなものを忘れるんですよ。持ち主はいないか尋ねましたが、誰も申し出がなくて。それでここに持ち帰ったんです……でもクラブでわたしを見た人がいたら誤解したかもしれませんね」

ケント・クロスは彼女を見つめた。「そのとおりだ、たしかにおまえを見た者がいた。エマヌエルだよ。警備員のひとりの。おまえが火曜の夜にテーブルから携帯を盗むのを見ている」

リーサは彼にもう一歩近づいた。「それも落し物を見つけただけです」

「そうだろうよ。そしていま、わたしがおまえを見つけた」

ケント・クロスは立ちあがった。たぶんいらついているんだろう。リーサに寄ってきた。

「この手のことには何年も遭遇してきた」彼は言う。「ロッジから盗みを働くキャンプ場の警備員、レジからちょろまかすバーテンダー、ホテル客室で手癖の悪い清掃係……そういうのはよく知っている」

リーサは彼から強烈なにおいがするのに気づいたが、それはアフターシェーブローションじゃなかった。ケントは酒のにおいをぷんぷんさせていて、目には威嚇するようなきらめきを浮かべている。

「おまえは奴のために働いているのか？」ケントは静かに言った。

「奴って？」

平手打ちは警告なしに飛んできて、リーサは鼻と頰を勢いよく叩かれてあとずさった。ビーチバッグにつまずき、尻餅をついた。トレーラーハウスは嵐の海に出た船のように揺れている。

ケントはリーサが我を取りもどすまで待たなかった。「おまえがやっているのは、それなのか。わたしたちをスパイしているのか？」

リーサは瞬きをして鼻にさわった。「わたしが誰のためにスパイしていると？」そう言って立ちあがろうとした。

「動くな!」

ケントは深呼吸をして力を溜めると、リーサの太腿を思い切り蹴った。すさまじく痛くてリーサは泣き声を漏らしたが、動かなかった。続く静寂のなかで、自分の浅い呼吸が聞こえた。また鼻に手を伸ばすと、温かい鼻血が出ていた。

「そんな人、知らない……あなたが誰のことを言っているのか」

「そうかな?」ケントは冷たく笑った。

リーサはレディー・サマータイムを解き放ち、彼女が嚙みつくように言った。「あんたとあんたの家族だって客から盗んでるくせに」

「わたしたちが?」

彼女はうなずいた。「シャンパン一本が千四百クローナよ、ケント。たぶん、一本が五十クローナで密輸した〝シャンパン〟とは言えないスパークリング・ワインが……それってぼったくりでしょ?」

「話をすり替えるな。いまここで問題になっているのはひとりだけで、それはわたしじゃない」

サマータイムはまた殴られるかと身構えたが、口頭での抵抗は続けた。「じゃあ、警察を呼べば」

ケントが彼女を見おろす。「まだだ」

彼の日焼けした額の血管が脈打っている。数秒ほど身動きしなかったが、ようやく緊張を解いた。一歩下がり、ベッドに腰を下ろして股間をさらすように脚を大きく広げた。

「頼みたいことがある」彼は言った。

レディー・サマータイムは股間のど真ん中をすばやく蹴りあげようかと考えた。だが、リーサがサマータイムを押しのけた。また殴られるのではないかと警戒しながら立ちあがったが、何事もなかった。ケント・クロスは怒りを発散させたが、通報しようとはしなかった。

彼は誰にも目撃されていないかたしかめるように窓の外を見やり、自分の太腿の上をせわしなく指で小突いた。ようやく、口をひらく。

「ある男がこの夏、島にやってきた。そいつは……そいつはいくつか問題を引き起こした。最初は何者かわからなかったが、いまはわかっている。名前はアーロン・フレドだ」

彼はリーサをじっくり見ていた。その名に反応するかたしかめていたらしい。けれど、彼女はアーロン・フレドという名を聞いたことなどなかった。なにかまちがったことを言えば、また叩かれるだろうか？

「わかった」彼女はそう言った。「アーロン・フレドね」

ケントは日焼けした手を見おろした。「どんな顔なのかは知らない。情報が表に出ないようにしている男で……だが、わたしはどうしても奴を見つけたい。探しだす手伝いをおまえにしてほしい。このあたりにいるはずだ。うちのリゾートに滞在していると思う。偽名でキャンプ場かロッジにいるんじゃないか。そのはずなんだ。どうやったのか飲み水に毒を入れているが、それは施設内部からしかできないことだ」

飲み水に毒を入れている、って。リーサはそのおかげで強烈な目にあった。

「エーランド島リゾートはあれだけ広いのよ」彼女は言った。「どうやって見つけろと？」

ケントはふたたび笑顔を見せるようになっていた。平手打ちもキックもなかったかのようだ。「もちろん、覗き見してまわるんだ……どうせ、得意なことじゃないか」

リーサはふうっと息を吐きだした。「じゃあ、たくさんの客がいるなかから、その男を見つけろと言うのね。どんな顔か手がかりもないのに？」

「奴は老人だ。それはわかっている。だが、歳の割には動ける身体のはずだ。それからおそらくひとりでいる。そうなるとリゾートにいる結構な数の男に特徴があてはまるが。そいつらの部屋はあとで教える。トレーラーハウスやロッジが留守になったとき、おまえがなかを調べろ。目につかないように」

「留守になったときに？」

「当たり前だろう……客たちに何事か知られたくない」

「それで、いつなら安全かわたしにわかるわけ？」

「警備員たちが目を光らせておく。ほとんどのトレーラーハウスやロッジは昼間は留守になる」

引き受けるしかなさそうだ。「なにを探せばいいのよ？」

「普通じゃないものならなんでも。銃、目出し帽、札束。見ればわかる……こいつは普通の行楽客じゃない」

「見つけたら、わたしは出ていっていいのね？」

ケントが立ちあがった。

「さあな。どちらにしても、おまえは逮捕はされない。それに調査中はクラブの仕事も続けていい……指をおとなしくさせておくならな」

「わたしが覗き見しているところを捕まったらどうなるの」

ケントの顔に勝ち誇った笑みが広がる。「おまえはもう捕まっただろう、サマータイム。だからこの仕事をするんだ」

イェルロフ

墓のノックの音の記事についてはわずかな反応しかなく、イェルロフは引き続き、狙った相手に読まれることを願っていた。ちょっとばかり個人広告のようだった。もちろん、アーロン・フレドがまだ島にいればの話だが。

客が来るのを待って腰を下ろした。この家にいるのもあと数日。週末が終われば、マルネスの高齢者ホームの部屋にもどることになる。

金曜日に殺人者からの訪問を受けた。この夏、イェルロフが探しているほうではなく、何年も前に彼自身が追い詰めた殺人者だ。

いつものように庭でパラソルの陰に座っていた。近頃ではいつも暑い。太陽の熱は容赦なかった。

補聴器のスイッチを入れていたが、急に背後でガサゴソと音がした。牧草地のほうで。足音、まちがいなく足音だ。イェルロフが振り返ると、数秒後にジュニパーの茂みから男が姿を見せた。ジーンズとシャツとローファーというでたちだ。男は敷地の境界線のむこうで、背の高い草のなかで立ちどまった。イェルロフはそれが誰かわかった。

かつて孫息子を殺した男だ。

訪問者はその場から動かず、ふたりで数秒ほど見つめあった。イェルロフは娘のユリアが今日は村にいなくてよかったと思った。

「こんにちは」男は穏やかに言った。

「こんにちは」

イェルロフは身の安全を心配すべきだろうかと思ったが、不安はなかった。ちっとも。この殺人者は危険には見えず、ただ疲れて、日射しの下なのに青白いだけだった。だいぶ歳をくったようだ。それに手にはなにももっていない。

それでイェルロフはうなずいてみせた。「ここに来て座んなさい」

男はゆっくりと庭を横切り、テーブルのむかいに腰を下ろした。

「では、出てきたんだな」イェルロフは続けた。

男が首を振った。「刑期は終えていません。仮釈放で。監視されずに出かけるのはこれが初めてなので、こちらに立ち寄って、そして……」男は黙りこんで周囲の様子を窺い、門と家のほうを見てから尋ねた。「おひとりですか？」

「孫たちは泳ぎに行った。娘たちはまだ到着しておらん」

男は肩の力を抜いたようだ。少なくとも、大きなブーンという音がしてスズメバチが現われるまでは。イェルロフはそいつの一刺しは危険だが、小さな同類たちより攻撃性が低いことは知っていた。この大きさがあると、それだけおとなしくなるのかもしれない。

スズメバチが羽音をさせながら飛び去ると、その後の静寂のなかでイェルロフは尋ねた。「それで、どのくらい外にいられるんだね？」

「二十四時間です。保護観察部は段階的に囚人を釈放するのです。まずはほんの数時間、それからもう少しだけ長くと……行儀よくしていれば」

「それで、あんたは行儀よくしていたのか？　治ったのか？」

男は両手を見おろした。「治ったか……それは自分でどうやったらわかるというんでしょう？」

「自分がどんな気分か、それはわかるだろう」イェルロフは言った。「世界に対して心安らかでいられるかどうかだ」

「努力をしました」訪問者は言った。「話す機会が……自分の考えていることについて話す機会がありました」

「では、あの憎しみはすべてなくなったのか？」

男はうなずき、顔をあげた。「あなたはわたしを憎んでいますか、イェルロフ？」

イェルロフは視線を逸らした。「まさにそれを考えておるところさ」

そう言って訪問者と目を合わせ、怒りがないかと探したが、まったく見つからなかった。疲労の色だけ。彼は話題を変えた。

「ニクラス・クロス」彼は言った。「名前を聞いたことがあるかね？」

男はうなずいた。「裕福なクロス一家のひとりですね？　エーランド島リゾートの所有者たちの」

「ああ。だが、ニクラスは一家の問題児だ。刑務所に入っていたそうだ」

男はその話を思いだしたかのように、またもやうなずいた。「わたしと同じ場所ではなかった。会ったことがありません」

「だが、話は聞いたことがあるのか？」

「噂というものがなくなることはありません……彼が服役した理由は知っていますよ。密輸だ……大規模な。何百万クローナの価値がある蒸留酒を満載したドイツからのトラックが税関で捕まった。クロスが運転していたわけではありませんが、首謀者が彼だった。そう言われています」

イェルロフは最後の部分に注意を引かれた。「あんたは、彼がやったことだと信じておらんのか」

「わたしは、むしろ彼の兄のケント・クロスが考えたことだと思いますね。だが、その件で逮捕されたのはニクラスだった。二年の刑です。わたしにわかるのはそれだけですね」

「驚きはせんがね」イェルロフは言った。

「ええ。昔から酒や煙草はバルト海のむこうから密輸されてきましたが、最近では量が増えた。それだけの量を誰が消費するというのか、理解はむずかしいことです。じきに中世のようになりますよ。スウェーデン人が毎日何リットルもビールを飲んでいた頃のように」

「だが、密輸品のすべてが島に残るとは思わんな」

「ええ、おそらく一部は本土へ運ばれているでしょう」

男は口をつぐんだ。イェルロフはしばらく考えこみ、まるでひょいと訪ねてきたごく普通の男としゃべっているだけのように感じていた——だが、沈黙が訪れるたびに、緊張感がこの場をまたもや覆う。

「ここに来るとは勇気がいっただろう」彼はついにそう声をかけた。

男が返事をしないから、イェルロフは話を続けた。

「あんたがもどれることを祈っておるよ……この島にな」

「それがわたしの目標です」男は言った。「故郷に帰ることが。刑務所は……故郷じゃありません」

イェルロフは肚《はら》を決めた。

「あんたを憎んでるかと尋ねたな。わたしが思うに、ここで太陽の下に座って、人生も終わりに近づいたいま、人を憎んでおったら哀れだな」

男がうなずいた。おそらく、ほっとしたのだ。彼は立ちあがり、庭を見渡した。「来たのと同じ道を通って帰ります。古い風車小屋の……そして墓標の横を」

「どちらもまだあるな」イェルロフは言った。

彼が手を振ると、訪問者は去っていった。

帰ってきた男

帰ってきた男は夕方遅くに地元紙を読んだ。エーランド島リゾートの店で売られていたもので、飲料水の問題のその後について知るために買った。だが、この昨日の新聞に、もうひとつ興味深い記事を見つけた。その見出しが目を惹きつけた。

〈イェルロフにいまだ取り憑く柩のノック〉

写真を見直すと、老人が杖に寄りかかって墓石にかこまれていた。マルネスの教会墓地だ。その男は記者に古い話を語っていた。

帰ってきた男はこれだけの歳月が流れていてもその顔を見分け、ぽっかり開いた墓穴を思いだした。

海のそばはまだ暖かかったのに、帰ってきた男は震えた。死者が手を伸ばして見えない手で自分を摑むのが感じられた。

頭のなかで恐ろしい音が響く。

柩のなかからノックする音。

この七十年、あの墓地をふたたび訪れたことはない。孤独だと感じた。そのとおり、彼は孤独だった。ペッカとヴァルは死んだ。リタは島を離れた。妻と子が恋しかったが、もちろんふたりに会う方法はない。

道は暗く誰もいない。

帰ってきた男は自分の電話をもたなかったから、電話ボックスにいた。番号案内にかけてイェルロフ・ダーヴィッドソンの番号を尋ねたところだった。また受話器を持ち上げ、番号を押した。

一九三六年十一月、あたらしい国

トロツキストたちは無言で凍えながら一列に並んで立っている。風がひどく冷たいが、どんなたぐいの武器も隠せないように、彼らは汚れた肌着しか身につけていない。ひょろりとした脚、震える腕。裸にされているだけではなく、両手が針金で縛られている。長さ一メートルのロープでふたりの囚人を縛ることもある。そうすれば、ひとりが落ちたら、彼あるいは彼女の隣の者も道連れに落としてくれるからだ。だが、いつもそうなるとはかぎらない。

ウラドはこれに気づいていた。ひとりの敵が前のめりに倒れると、ロープでつながれている男あるいは女はつねになんとか立っていようと、足を広げてバランスを取ろうと奮闘する。一歩横にずれることも少なくない。まるでまだ生きている敵がすでに死んだ敵からできるだけ離れたがっているようだ。

ウラドはウィンチェスターを下ろしながら考えた。おかしなものだ。敵ができるだけ生き延びたがるとは。すでに死に摑まれている掘りたての墓の縁まで、あとほんの数秒でもだ。

うらぶれた砂利採取場――囚人たちが収容所から移動させられるのはそこだ。トラックで次々に運ばれる。ここで一列に並んで銃殺される。オネガ湖の北、収容所の南の森で。

世界の果てでだ。

収容所を出ることができてウラドは嬉しいが、トロツキストとの戦いはむしろここのほうが厳しい。北極の風が砂地を吹き渡り、彼と一緒にいる若いＮＫＶＤの警備兵たちはとにかく一日の仕事を済ませて兵舎にもどりたがる。

ウラドは洗濯したての麻のシャツを二枚、着古しているが厚手の軍の長外套と頑丈であたらしいブーツを身につけている。風からは守られているから、やるべき仕事をこなせば暖かくなるくらいだった。ライフルを構え、狙いをつけ、撃ち、銃を下げる。その繰り返しだ。

警備兵たちは三歩離れた場所で囚人たちに銃をむける。もっとも有効なやりかたはもちろん、囚人それぞれのもとへ歩いていって、うなじに銃口をつきつけることだが、少し距離を置けば、銃を撃つほうは汚れずに済む。

ウラドの考えでは、銃をしっかり構えさえすれば、三歩離れてもしくじることなどあり得ない。だが、他の者たちは驚くほどいつも銃をぶれさせるから、敵は背中や肩を撃たれたり、まったく無傷のままだったりする。囚人はびくりと身体を動かすが、立ったままだ。

これはまずい。ウラドはけっして失敗しない。彼はこの場の責任者で、それはつまり一歩進みでて二発目を撃つのは彼ということだ。

寒い秋の日々にやってくる囚人たちの多くは外国人らしい。あたらしい国で富を求めようとした西からの移民。ポーランド人、ドイツ人、カナダ人。少数のアメリカ人に、いくらかのノルウェー人、途切れることのないフィンランド人。ウラドが銃を構えると、ときには顔をむける囚人がいる。すべての希望は失われたというのに、命乞いを始める者もいる。愛や金をやると言いだすことも、単純に慈悲を請うこともある。

時折、スウェーデン語やフィンランド語訛りのスウェーデン語でつぶやかれる祈りが聞こえる。アーロンなら撃つのをやめて聞きたがる。

だが、ウラドは敵の言葉などに耳を貸さない。狙いを定めて、あふれる言葉を黙らせるだけだ。

警備兵たちはキャベツ、缶詰の肉、ウォッカを砂利採取場にもちこんでおり、囚人たちの作業班が死体を忙しく埋めるあいだ、ウラドと部下たちは腰を下ろして食事をすることができる。ウラドは収容所で取り立てられてからは定期的にまともな食事をとれるようになり体力もついたが、酒はいまでも飲まない。自分の割り当ては同僚たちに与える。これで彼は人気者になるが、数人の警備兵の銃の腕は休憩後には一段と落ちてしまう。

この日の終わりに黒い車が砂利採取場にやってくる。フェイギン所長が車を降り、ふたりの男もそれに続く。ひとりは背が低く、もうひとりは高い。

フェイギンは一瞬、車の隣でふらつく。いまや彼は収容所の所長だ。ポリノフは深酒が理由でクビになったというのに、フェイギンはそこから学んでいない。前任者が貯めこんだウォッカを飲みはじめているのだ。いまは身振り手振りを交えて話をしているが、ふたりの同行者は彼がいないかのように扱っているらしい。身を乗りだして、最後の囚人が採取場に落ちるのを見守っている。

ウラドは背の低いほうが誰か気づく。グリゴレンコ、地元の党書記だ。背の高いほうはもっと若く、三十五歳から四十歳。きれいにアイロンをかけたＮＫＶＤの制服を着ている。襟に四本線。少佐だ。

やっと三人は墓と警備兵たちのほうに移動してくる。

「気をつけ！」フェイギンがどなる。

では、これは閲兵だ。おそらく、あの少佐は囚人たちを最終目的地に送ることに関与していて、警備兵たちがどう処理するか見たいのだろう。

だが実際は、少佐の望みはそれ以上のものだ。

ウラドは後になって、フェイギンがウラドの銃の腕前について自慢していたのだと気づく。ウラドの方向に頭を振ってみせたからだ。少佐はウラドの前で立ちどまる。額を横切る黒ずんだ青い傷痕。きっと内戦のときにサーベルで負ったものだ。彼はウラドと古い軍の長外套を粗探《あらさが》しするように上から下までながめてから、ウラドが手にしたまだ温かい使いこまれたライフルに注意をむける。

「おまえはけっして、ためらわないな、同志？」

「はい、少佐」

「おまえはつねに我々の祖国の敵に対抗する警備兵だな？」

「はい、少佐」

「おまえは懸命に働き、ぐっすり眠っているか？」

「いつもそうであります、少佐」

少佐はうなずく。黒い手袋に包まれた手を伸ばし、ウラドを引き寄せてほかの者たちの聞こえないところに行く。「この北にいてしあわせか、同志イェゲロフ。寒さと風のなかにいて」

ウラドはこの場では正直になっていいことを理解し、首を振る。

「ソビエト連邦人民委員会議はレニングラードにより多くの人員を必要としている」少佐は言う。わざとフェイギンに背をむけてみせ、こう言いたす。「腕のいい人員が必要なのだ。仕事のできる者が。しらふの者が」

「わたしは水しか飲みません」ウラドは言う。

「同志イェゲロフ」少佐がさらに身体を近づけて言う。「〝黒い仕事《チェルナヤ・ラボータ》〟とはなにか知っているか？」

「いいえ、少佐」

「レニングラードでの極秘の仕事だ。国家の敵に対抗する戦いにおいて長時間を要する厳しい仕事で、頻繁に夜におこなわれる」

ウラドは背筋を伸ばす。

レニングラード。大都会。そしてアーロンを故郷に導く出口。

心構えはできている。

イェルロフ

土曜の夕方、イェルロフは耐え難いほど暑い昼間をまたもや庭で過ごして家にもどった。頭と身体はこれまでの長く晴れた日のせいで麻痺したようになっていた。暑さは彼からも自然からもエネルギーをすべて吸い取っている。

寝ようとしたときに電話が鳴った。こんな遅い時間にはめずらしいことだった。孫たちは寝室にいるので、イェルロフが受話器を取って低い声で応えた。「ダーヴィッドソンです」

補聴器のスイッチはまだ入っているが、静寂の音がするだけだ。声は聞こえず、かすかにごうごうという音だけ。

「もしもし?」

静寂。

夜のこんな時間に連絡してきて、名乗りもしないとは誰だ? ヨンでも、娘たちでもなさそうだ。イェルロフは電話のむこうの相手が誰か予想しはじめた。

「アーロン?」彼は言った。

返事はないが、やはりまちがいないと思った。

「アーロン」彼はふたたび声をかけた。今度はもっとしっかりした口調だ。「話してくれ」

長く感じられる数秒が過ぎて、男の声が耳元で響いた。「では、あんたはノックの音を覚えているのか」

イェルロフは暗闇で息を呑んだ。口が急に乾いた。相手は老人の声だが、御影石のように硬い。戦争の傷を受けた兵士の声だ。

イェルロフは深呼吸をした。「ああ。あんたもだな」

「そうだ」

イェルロフは続きを待ったが、それきりなにも言わないので自分が話をした。「あんたはあの日怖がっていた。墓穴の柩の蓋にふたりで立ったときだ。ふたりとも怖がっていたな？」

またもや静寂。それから声がまた聞こえた。「わたしがいるから、クロスはノックした」

「どういう意味だね？」イェルロフは尋ねた。

「彼はわたしを怖がらせたかった」

「どうしてだね？」

返事はないが、電話のむこうで別の音がした。かすかなブーンという音。なにか電気製品のたぐいが電話の近くで動いているらしく、ブーンという音にくぐもった金属の低い音もしている。

イェルロフは先を続けた。「エドヴァルド・クロスは納屋の壁の下敷きになって死んだ。わたしはずっと疑っていたよ。壁は自然と倒れたのか、それとも誰かが押したのかと……」

そこで口をつぐんだが、相変わらず反応はない。

「噂によると、兄弟のどちらかがやったらしい。シーグフリッドかイルベルトが壁を支えていた支柱をゆるめ、エドヴァルドが横に立ったときに、押したとか……だが、もちろん、ほかの者だったのかもしれん。たとえば、不満をもっていたどこかの労働者」

ごうごうという音とおかしなブーンという音がやはり聞こえている。

「最近わかったことがあるよ。あんたの義理の父親のスヴェン・フレドはクロス兄弟のところで働いていて、彼らのために古い墓標を移動させていた。だが、それがうまくいかなかったんだね？」

「石は崩れた」声が言う。「あの兄弟はいつもスヴェンに無理を言っていた。こき使っていた。それにスヴェンは石の積みかたなど知らなかった。石が足に転がり落ちてきて、生涯、足を引きずって歩くことになってしまった」

「それでスヴェンはエドヴァルド・クロスに補償させたがったのかね？」

「ああ。だが、当然クロスはスヴェンが悪いと決めつけた」

「あんたも怪我をしていたな、アーロン……墓地で会った日のことを覚えておるよ——額に長い引っかき傷があった。あの傷はどうしてついたんだね、アーロン？」

静寂。

「七十年も前のことさね」イェルロフは言った。「もうわたしに話してもいいんじゃないか」

ここで初めて電話の声はつらそうになった。「納屋の壁が倒れたあとのことだ。わたしがその下に潜りこんだときに」

「では、その夜、あんたはあの場にいたのか」

「そうだ。だが、エドヴァルド・クロスの上に壁を倒したのはわたしではなかった」

「だったら、スヴェンだ」イェルロフは言う。「彼が壁を倒し、あんたを潜らせてエドヴァルドの財布を盗ませた。そうだったんじゃないか？」

「ああ。エドヴァルドは支払わないとならなかった」

「なんの支払いだね、アーロン？」

「奴はスヴェンにつぶれた足の借りがあった……それにわたしの母にも」

イェルロフは聞き入ってどういうことか考えようとした。「では、エドヴァルドはなんらかの形であんたの母親のアストリッドを傷つけたのかね？」

「傷つけた？」声は静かに言った。「そうとも言えるだろう」

イェルロフはそれ以上の質問をしなかった。アーロン・フレドの父親が誰かは、すでに見当をつけていた。使用人の若い娘が家の主人によって腹を大きくさせられるのはこれが初めてではない。

「では、エドヴァルド・クロスがあんたの父親か。妹のグレタの父親もそうなのかね?」

「誰でも知っていた」声が言う。「だが、あの男はいつも否定していた」

イェルロフはため息をついた。「あんたが彼を憎く思うのはわかる、アーロン。だが、エドヴァルドの身内は、シーグフリッドの孫たちは古い恨みとなんの関係もない。それに気づいておるかね?」

またもや長い静寂が続いてからアーロンが口をひらいた。「あの孫たちはレードトルプを奪った。わたしがここでもっていたものを、すべて奪った」

今度黙りこむのはイェルロフの番だった。どう切り返せばいい?

「それであんたは彼らから船を奪った」ようやく彼はそう言った。「そして乗組員を船倉で窒息させた……なんでそんなことができたのかね」

ついに相手の声が聞こえたとき、後悔の痕跡はまったくなかった。

「乗組員たちは犯罪者だった。そしてあのとき、乗船しているはずではなかった。彼らを船倉に追いやるしかなかった。だが、あれはクロスの船で現金をたくさん積んでいた。それだけが肝心だった。わたしたちは金を奪って船を沈めた」

「船はどこにあるんだね?」イェルロフは尋ねた。

「海峡の沖に。ステンヴィークの北西に五海里」

イェルロフはまたもやため息をついた。今度はさらに重いため息を。「これ以上、厄介事を起こすんじゃない、アーロン」

声はしばらく聞こえなかったが、返事があったときには、最初とそっくりに硬い口調になっていた。「やるべきことを学んできたとおりにやっている。わたしは世間で身を立てねばならず、物事がどう動くのか学んだ……わたしは兵士になった」

「ロシアで」イェルロフは言った。

「ソビエト連邦で。わたしはあたらしい国の兵士だった」

「だが、もう戦争は終わったぞ、アーロン。あんたを助ける方法もあるさ。もう、誤ったことをこれ以上続けることはない。さもないと、死ぬまでノックの音がずっと聞こえるぞ」

「わたしに助けなどいらない。人生長くは残されていない」心配になるぐらい断固とした口調だった。

「今度はなにをするつもりだね、アーロン?」イェルロフはついにそう尋ねた。

ただひとつの返事は電話の切れる音だった。

イェルロフはゆっくりと受話器をもどした。手が震えていた。そのままベランダの窓を開け、いくらか涼しく、新鮮な空気を部屋に入れる。

外は真っ暗でキリギリスの羽音がしたが、動きまわる影はなにも見えなかった。木も芝生も薬草も、日射しの厳しいつらい一日をまた終えていまは眠っている。

エーランド島の植物はどんな兵士よりもたくましいことをイェルロフは知っていた。自然がいつも人間の環境を決めるものだ。土と植物がよければ食料ができる。そうでなければ、人間は飢える。

島では大半のものがまばらで固い。資源は豊富になく、油田や金鉱を見つけた者もいない。観光業はほどほどに成功しているだけだ。スウェーデンのラスヴェガスにしようと巨大ホテルやカジノをひらく計画もない。

ここでは手っ取り早く儲けるのはむずかしいから、その結果エーランド島は世界中の無防備な場所をたくさん破壊してきた富を追うハンターや軍勢の侵攻を免れた。日射しと石と固い草はたっぷりあるが、そのぐらいだ。

それがイェルロフにはとてもありがたかった。

強力な指導者が急に現われて、自分たちのためだとみなが隣人について密告するよう要求されなかったのも、嬉しかった。だからイェルロフや島の者たちはふたしかな時代にほかの者が無理強いされた困難な決断をせずに済ませられたのだ。

もちろんこの島にも銃はそこそこ存在するが、幸いたくさんじゃない。たとえば島民が異なる宗派や部族に分断され、それぞれがほかよりも権力や高い地位を得る権利があると思いこむこともなかったから、いさかいがあればその村のなかの問題に留まってきた。人は土地のことで揉めるものだが、そうした揉め事はきつい言葉のやり取りか、裁判所の判決かで終わった。この島は幸運だったのだ。全体として見れば。

けれど、いまは問題がある。

イェルロフは蚊が入ってくる前に窓を閉め、ふたたび受話器を手にした。眠かったが、ひとつ電話をかけたかった。

ヨンが二度の呼び出し音に続いて応えると、イェルロフはすぐ本題に入った。「アーロン・フレドから電話があった」

「そうなのか？　どこにいるんだ？」

「それは言わんかったよ……だが、外にいるようだった。電話ボックスに」

「ふむ、このへんでまだ残っているのは少ないな」

「そうだ」イェルロフは言う。「それに興味があるのは、話し声に混じってなにか聞こえていたことさね……ブーンというような。あるいは、ガタガタだな。たまに馬のいななくような、かすかな音がして。どこの電話ボックスかは突きとめられなかったが、考えてみて、電気の馬じゃないかと思ったんだが」

「電気の馬だって？」

「ほら、子供の乗り物だよ――硬貨を入れたらしばらく動きまわる」

ヨンは一瞬口をつぐんでからこう言った。「あのリゾートの店の隣に電話ボックスがある……そこに乗り物も少しあったと思うぞ」

「アーロンがエーランド島リゾートに泊まっていると

イェルロフ？

いうことか？　そうさな、友人は近くに置いておけ、敵はさらに近くに置いておけと言うからな……」

「悔い改めてるようだったか？」ヨンは知りたがった。

「ちっとも。だが、少なくとも話はできた。また電話してくれるのを期待するしかないな。わたしは月曜にはホームへ帰るが」

「おれが送っていくよ」

「ありがとう、ヨン。おやすみ」

イェルロフは受話器を置き、ベッドへむかうと腰を下ろして考えた。

老兵士は島に帰郷し、復讐しようと血眼になって周囲に恐怖を広げている。誰も彼が何者か知らず、どこにいるかさえも知らない。観光シーズンでエーランド島が夏の観光客だらけであるかぎり、彼は好きなように動きまわることができる。とめられるのは誰だろう？

クロス家？

リーサ

またしても暑くなった日曜にＤＪの仕事はなかったが、もちろん、ケント・クロスのためにやるべき別の仕事があった。エーランド島リゾートを覗き見してまわり、ある男を見つけなければならない。

年老いた、危険らしい男を。

二時にホテルの隣に車をとめ、丘の上のほうのキャンプ場へ歩いた。短パンと黄色いＴシャツ姿で、よくいる行楽客になじむ服装だ。白いキャップを目元まで引き下げ、特大のサングラスをかければ、さらに身元がばれずに済む。そう願った。

六月の終わりに初めてエーランド島リゾートを目にしたときは、キャンプ場の広大な芝生はみずみずしい緑だったけれど、あれから日光にほぼずっと焼かれているような状態だ。いまは乾燥して黄色くなり、ところによっては茶色っぽくなっていて、トレーラーハウスのまわりを歩くと、足の下でバリバリといった。

キャンプ場は灼熱の砂漠であり、熱波で震えるように感じられた。でも、先週の胃腸炎の大流行のあとで、空いたスペースが多かったし、何組もの家族連れが帰り支度をしていた。リーサはもちろん、その人たちに興味はない。めざす相手は残る客のなかにいる。

彼女は芝生に転がるゴルフボールを探した。

これはケント・クロスのアイデアだった。すばらしいひらめきなのか、どうしようもなくバカげているのかどっちだろう。ケントは調べさせたいすべてのトレーラーハウスやロッジの前に白いゴルフボールを置いたそうだ。偶然ボールがキャンプ場に飛んでいったふうを装って……

それでリーサは地面に目を凝らして歩き、五十メートルほど進むと、色褪せた芝生に最初の白いきらめきに気づいた。隣には小さな日除けのある真新しいトレーラーハウス。

数メートル手前で立ちどまり、あたりを見まわした。近くには誰もいない。

リスキーなビジネスね。レディー・サマータイムみたいにウィッグをつけてくればよかった。

落ち着かない。いくら警備員にはじゃまをしないよう伝わっていても、トレーラーハウスに滞在している人が現われるかもしれないでしょ。そうなったら、どう言い訳したらいいの――掃除してるとでも？

隣近所の客に姿を見られたら、そこが自分のトレーラーハウスだと装ってなかに入ってしまえばいい。本物の持ち主がやってくるまではそれでいける。

突っ立っているわけにはいかないから、日除けの下に入ってドアを開けようとした。鍵がかかっている。こうなると、窓から覗くぐらいしかできない。とてもすばやく。

窓ガラスに額を押しつけた。なにを探せばいい？

〝普通じゃないものならなんでも〟。ケント・クロスはそう言っていた。

たぶん銃だとか、札束とか。

だが、きれいに片づいた室内が見えるだけだった。リーサのトレーラーハウスよりずっと片づいていて、タオルはたたまれ、本が少し積んである。調理台にはなにもない。銃もない。

それで移動し、同じ並びの突き当たりでまたゴルフボールを見つけた。このトレーラーハウスはメタリックの灰色でほかのものより大きかった。リーサ自身のトレーラーハウスに匹敵するくらいだ。

日除けの下のドアは半開きだった――ほんの少しだけど、どう見ても鍵はかかっていない。

足を踏み入れるのはとても危険だ。

あたりの様子を窺った。トレーラーハウスの列のいだの広々とした芝生には誰の姿もない。

よし。彼女はなかに入った。

丸々とした黒いハエが窓ガラスにぶつかりながらブーンと飛んでいた。ほんの数秒そこにとまってから、また同じことをした。日射しの下に出たがっているけれど、リーサは窓を開けたりしなかった。なにもさわらないようにして外をちらちらながめた。

まだ誰の姿もない。でも、鍵がかかっていなかったということは、遠くには行っていないということだ。あまり時間がない。

ベッドの灰色の毛布に目を留めた。その下に小さくて丸いものがあるらしい。そんな奥のほうまで行きたくなかったが、やってみることにした。すばやく三歩でベッドの前に立ち、毛布をはがした。

その子犬はダックスフントだった。ぐっすり眠っているところだったが、びくりと起きて短くて小さな脚で飛びあがり、リーサに吠えはじめた。

慌てふためいてリーサはあとずさり、外に出た。ドアを閉め、帽子をしっかり深くかぶって芝生を小走りした。

犬の吠える声は聞こえなくなったけれど、鼓動がゆっくりしたペースにもどるまで数分かかった。ラッキーなことに、誰にも目撃されていなかった。

残るはロッジだ。ケント・クロスによればそちらには年配の疑わしい客がふたりいるらしい。そちらもたしかめよう。海のほうへむかい、トネリコの木立を迂回し、ロッジが並ぶ区画にやってきた。

最初の列の三番目の表に、ゴルフ場のプレイヤーがキャンプ場と木立を越えて斜めに打ちでもしたみたいに、ゴルフボールが転がっていた。

ロッジは戸締まりされて誰もいないように見えたが、とにかく用心しながら近づいた。小さなベランダにあがり、ドアを軽くノック。短い静寂に続き、ドサッという音がしてからドアがひらき、とても小さな赤いトランクスを穿いた同じくらい赤い顔の男が顔を覗かせた。七十代で背が高く痩せて一本も髪がない。

「はい？」彼が言った。

リーサはあとずさったが、すぐに我を取りもどした。

「ええと、どうも」彼女はそう言った。「洗濯洗剤をおもちじゃありません？　わたしはすぐそこに泊まっている者ですけど、切らしてしまって」

男は彼女を見つめた。起きたばかりのようだ。

「もってない」

「わかりました、大丈夫です」リーサはにっこり笑いかけた。「では、失礼します」

そこでできるだけ急いで去っていった。なにか怪しいものが見えたっけ？　いいえ。部屋のなかはなにも見えなかった。

もうひとつ、めざすロッジは二列先にあった。海へ二十メートル近づいたところだ。最後の白いゴルフボールが芝生で輝いていた。記念品としてそれを拾い、続いてドアの前に立ってそっとノックした。

返事がない。

あたりを見まわしてから、ドアの取っ手を押した。開いた。

なにも起こらない。覗いてみた。

「こんにちは？」

反応がない。吠える犬はいないし、ベッドはからっぽだ。毛布があっても絶対にはがしたりしないが、さっと調べるくらいはしないと。

ここはきれいに整頓されていた。ベッドは整えられ、隣にはスーツケース。でも、ほかに持ち物はないようだ。ああ、そこか――簡易キッチンの調理台にリュックがある。ミネラルウォーター十数本と赤いポンプみたいなものの隣に。

リュックは黒い革製でたっぷりなにか入れてあるようだ。

リーサはスーツケースやバッグのたぐいにいつも惹

かれる。当然だ。なにか入っているかもしれないのだから。現金。宝石。ガラクタ。

再度、うしろに誰もいないことをたしかめてから、そっとロッジに足を踏み入れた。サングラスを外して調理台に近づき、リュックを開ける。

ここにもミネラルウォーターが二本と男物の服が入っていた。袖をまくりあげたフランネルのシャツ、ジーンズ、セーター。けれど、底に白っぽいものもあるのが見えた。木のようだ。取りだした。

木箱。嗅ぎ煙草入れ？　古くて引っかき傷がついている。

さらにその下になにかあった。きらめく金属の管が突きでていた。最初、煙草のパイプかなにかと思った。そのとき、自分が見ているのは銃だと気づいた。

リボルバー。

それは取りださなかった。木箱を摑んだままあとずさった。とにかくこのロッジから出たい。これだけ見たらじゅうぶんだし、悪いことをしてこの夏また捕まるつもりもなかった。安全とは思えない。ドアに鍵はかかっていなかったから、すぐにでもここの泊まり客が顔を見せるかもしれない、そうしたら……

彼女は振り返って、急いで外に出た。

誰の姿もない。リーサはうつむいたまま三十メートルほど離れ、森の境界線へむかった。背の高いトネリコの木陰で足をとめ、携帯を取りだす。

「ケント・クロスだ」

彼の声は大きくて威張っていたが、リーサは低い声でしゃべった。「リーサ・トレッソンよ」

「なんだ？」

「見つけたようよ」

「キャンプ場で？」

「ロッジのほう――最後のロッジ。いまそこにいて、わたし――」彼女は黙りこんだ。

老人が見えた。森の奥から現われて、木陰に佇んでいたのだ。そして彼はリーサを見ていた。

リーサはその顔に見覚えがあった。最初はいつだったか思いだせなかったが、ほぼ同じぐらい離れたところから見たと気づいた。数週間前、夏至祭に。砂浜の岩の上に立っていた男だ。このリゾートの柵で立入禁止になった内側の。

彼はリーサがいま出てきたばかりのロッジへむかった。リーサはすくみあがった。ドアを閉めていなかった。警戒の合図みたいに大きく開けたままだった。

男は室内へ消えた。

「その男、ここにいる」彼女は囁いた。「もどってきた」

「引きとめろ」ケント・クロスが言った。「すぐ行く」

リーサはどうしたらいいかわからず、立ちつくした。引きとめろって言われても。そんなの、どうやったらいいの？

三十秒もしないうちに、男はロッジから現われた。

「無理よ」リーサは電話の相手に言った。「彼、出ていくところ」

まちがいなく、砂浜にいた男だ。アーロン・フレド、それが彼の名前なんだろう。年老いて、白髪、引き締まった身体つきの男だ。年齢はだいぶいっているみたいだけど、強そうに見える。動きが機敏でたちまちロッジから遠ざかると駐車場へむかった。すぐに木立で見えなくなった。

「とめろ」クロスが耳元で言う。

「無理よ」彼女はまたそう言った。

リーサは動かなかった。アーロン・フレドはリュックにリボルバーを入れているし、今日はもう充分危険すぎることをした。

彼女は左手をひらき、ロッジからもってきてしまった品を見た。小さな木箱。ひっくり返してみた。底にシミがある。嗅ぎ煙草のシミだろう。それか油。あるいは血。

イェルロフ

家はふたたび人でいっぱいになった。レナとユリアがそれぞれの夫と到着し、二週間の休暇を子供たちと過ごすのだ。みんなで朝のコーヒーを飲み、娘たちがイェルロフの荷造りを手伝って、あとはマルネスに出発するだけだった。イェルロフは時折、電話に視線を走らせたが、朝のあいだ静かなままだった。

ヨン・ハーグマンがこちらを見た。「じゃあ、行こうか？」

イェルロフはうなずいた。「ホームにもどろう」

ふたりでステンヴィークと家から車で去りながら、イェルロフは窓の外を過ぎるまばゆい景色をながめ、夏は終わったのだろうかと考えた――とにかく、彼にとっては。晩年は時間がたちまち過ぎる。

高齢者ホームには日射しが降り注いで窓がきらめいていた。駐車場にはまったく車がなく、建物に入ると誰もいない雰囲気だった。最初はどうしてかわからなかったが、そのとき気づいた。職員の多くが休暇を取っているのだ。

もちろん、入居者の大半はここに残り、暖かさに誘われてうたた寝していた。コーヒーを飲める場所に差しかかると、レイモンド・マットソンが訪ねてきた年下の身内とテーブルに座っていた。その身内は五十代に違いないが、孫であってもおかしくはない。レイモンドは九十七歳だから。

身内は身を乗りだしてメガホンから響くような声でどなった。「今日はもう食べたのかい、レイモンド?」

「なんだって?」レイモンドが顔をあげた。「叩かれた? 誰が叩かれたんだ?」

「いや、レイモンド、こう尋ねたんだよ……食べたのかい?」

イェルロフはレイモンドの返事を待たず、歩きつづけた。

これじゃいかん。若い者は年寄りにどなっちゃいかん。レイモンドは腰を落ち着けて話をしているべきなのだ。長い人生について。馬車からスペースシャトルまで移り変わった二十世紀ほぼすべてを生きてきた経験から学んだあらゆることについて。だが、それだけの経験があるというのに、レイモンドには言うことがなにもないのかもしれない。分け与える知恵はないのかもしれない。

では、イェルロフに語れることはなんだ?

この夏も二十世紀もあっという間に過ぎたことだけ。ホームを離れた六週間、かつての別荘だった家で仮釈放となった期間は、まるで六分間のように感じられた。

彼の前を歩くヨンが部屋の鍵を開けて、スーツケースを運び入れてくれた。

「イェルロフ！」

部屋に入ろうとしたとき、うしろから声がした。ホームの責任者のボエルで、ほほえんでいた。ウインクさえしたほどだ。

「もう、むこうにいられなくなったんですね？」彼女はからかった。

イェルロフはうなずいた。「観念したよ」

「今度逃げだすのはわたしの番です」ボエルが言う。「金曜日から休暇なんですよ。夫とプロヴァンスへ旅行します」

「きっと楽しい旅になるよ」

「あなたのほうはどうでした？」ボエルが尋ねた。「ゆっくりできましたか？」

「ああ、調子がいいよ。わたしは祖父に似たんだな」

「では、おじいさんも大柄で強かったんですね。あなたみたいに」

「強いというより頑丈だった」イェルロフはそう言って語りはじめた。「祖父が八十歳のとき、ある日、たったひとりで漁に出た。青い乙女《ブロー・ユングフルン》の少し沖へ。嵐になって祖父の小舟は転覆した。だが、祖父は恐れんかった。舟を引っ張って陸めざして泳ぎ、浜辺に着くと小舟をひっくり返した下に横たわった。マッチが濡れていたから火はつけられなかった。こうして食料もなく、たったひとりで三日そこに横たわっていた。嵐が収まらず、服もゆっくりとしか乾かなかったが。風がやむと、ステンヴィークへ舟を漕いで帰った。全然へいちゃらで」

「すごいですね」ボエルが言う。

「祖父は立派な手本だった」イェルロフは話を続けた。「それで、今年の夏は自分の舟の修理をしていたんだ」

ボエルの顔からほほえみが消えた。「自分だけでその舟に乗ろうなんて考えるだけでもだめですよ。そのお歳では」

彼女は歩き去り、イェルロフは自室に入った。ヨンがブラインドを開けていた。

なにもかも、前とまったく同じのようだ。長いビニールのマットは小さな入り口にまだあるし、浴室は清潔で、船を海に出す権利を与えてくれた免状のたぐいはすべて額縁に入れて壁のそれぞれの位置にある。

電話もまだそこにあった。近づいて受話器を取ると、ピーという音が聞こえた。よし。

「わたしあての電話がかかってきたら、ここの番号を伝えるようにユリアとレナに言っておいたよ」

ヨンがうなずいた。イェルロフがなにを言いたいのか、よくわかっているのだ。

「電話を待つほかには、なにをするつもりだね」

「ボトルにもどるかな」イェルロフは机を指さした。そこではまたもや、ボトルシップを作りかけていた。今度のは二本マストの縦帆帆船だ。船体を切りだす作業はもうじき終わりで、次の仕事はマストと索具だった。それから狭いボトルの首に船を通す熟練の技術が必要な作業となる。

だが、アーロン・フレドについて考える時間もたくさんあるはずだ。

アーロンはやるべきことは終えてもう島を離れているのだと、自分を納得させてもいいのだろうが、そんなことは信じられなかった。ケント・クロスがまだ自由に活動できているあいだは。

リーサ

ケントはリーサのトレーラーハウスで腰を下ろし、古い木箱の重みを手でたしかめていた。リーサはできるだけ彼から離れ、ベッドの端に浅く腰掛けた。ケントはどこかまともに見えなかった。取り憑かれたような目をしている。それにこの日の夕方もやはり酒臭い。コスモポリタン一杯どころじゃない。

彼がリーサを見やった。「そいつのロッジにあったリュックに入っていたものなんだな？」

「そうよ」

「そこに銃もあったと？」

リーサはうなずく。

「どんな銃だ？」

「よく知らない……リボルバー？」

ケントの表情は満足からはほど遠かった。「それも奪ってくるべきだったな」

「時間がなかったから」

ケントは木箱を見て、ため息を漏らした。「アーロン・フレドはカール・ラーションという名であのロッジを借りている。現金払いで、宿帳に自宅の住所は書いていない。つまり、エーランド島リゾートに泊まってどこでも歩きまわり、わたしたちをスパイできるということだ……だが、奴がもどってきたら、捕まえる」彼は顔をあげた。「リュックにはほかになにが入っていた？」

「ほかにはたいして……服が少し、それにミネラルウォーターが何本か」

ケントが疲れた笑みを見せた。「奴が自前で水をもっていても驚かない。うちの水に毒を混ぜたあとだからな……いまでは、奴がどうやったかもわかっている」

「どうやったか？」

「奴が胃腸炎を流行させた方法だよ」ケントは説明した。「高圧ポンプをもちこみ、あとは自分のロッジの水道管を外すだけだ。それから糞を入れてポンプで汚染された水をうちの水道管全体に逆流させた」

「スタッフにも感染したのよ」リーサは思いださせた。

「ああ、だが、一番の目的は客だった」ケントは何日も寝ていないかのように目元を擦った。「もう水は殺菌した。だが、言うまでもないが、たくさんの客がすでに帰った。だからわたしたちにとっては、失われた観光シーズンというわけだ……まったくの時間の無駄だった」

リーサは彼を見やった。「どうして彼はこんなことをしたの？」

「なんだと？」

「その……彼はあなたが大嫌いに違いないわね」

ケントの目は疲れて縁が赤くなっていたが、表情は暗くなった。「それはおまえが気にすることじゃない」彼はそう言った。「やめておくことだ」

「わかった」

ケントは長いこと彼女を見てから、ふたたび木箱をちらりと見おろした。「前にもこいつを見たことがある」彼は裏側のふたつの十字架《クロス》の焼き印を指さした。「これはうちの家紋だ。祖父がまったく同じものをもっていた。クロス三兄弟全員が林檎の木で作られた嗅ぎ煙草入れをもっていた。だが、シーグフリッドのものとイルベルトのものはうちのキッチンの棚にある。エドヴァルドのものだけがなくなっていた――いままでは」

彼はまた木箱の重みをたしかめて、つけたした。「シーグフリッドがわたしの祖父だが、いつも嗅ぎ煙草入れを身に着けていた。きっとエドヴァルドもそうだったはずだ」

「つまり、なにが言いたいのよ？」

「エドヴァルド・クロスは亡くなったときに、この箱をもっていたはずだということさ。そしてアーロン・フレドはその場にいて、こいつを奪ったということ」

沈黙のなかでリーサはエドヴァルドがどんなふうに亡くなったのか尋ねようかと考えた――アーロン・フレドが殺したのかもしれない――でも、なにも言わないことにした。

ケントは楽しくなってきたらしい。「少なくとも、奴は逃げまわっている。わたしたちがロッジを見張っているから、あそこにはもどれない」

「あの人、島を出ていくんじゃないの」リーサは言った。

ケントは返事をしない。彼が立ちあがってドアへむかうと、リーサはとりあえずほっとした。彼の平手打ちのことをまだ覚えているから、ケント・クロスにここにいられると緊張しないではいられない。

「じゃあ、わたしたちの取引はこれで終わりね」リーサは言った。

ケントは戸口で足をとめた。「まだだ」

「どういうこと？」

「まだ終わっていない」ケントはほほえんでいるが、いまでも取り憑かれた目をしていた。「仕事を続けろ」彼は言った。「また連絡する」

彼は外に出てドアを閉めた。

その場に座ったままでいるリーサは、トレーラーハウスの壁が迫ってくるように思えた。暑くて耐えられない。なにか爆発のようなものが間近に控えている予感がする。

ヨーナス

物音ひとつしなかった。十時十五分で太陽はすでに沈んでいる。白い半月がゆっくりと海峡の上に昇っていき、たまに薄くたなびく雲に隠れていた。今夜は海岸沿いの暑さが、涼しい潮風ですでに吹き流されていた。

ヨーナスは自分の小さなバンガローで横たわり、海岸通りから聞こえるしゃべったり笑ったりする声に耳を澄ましていた。少年たちの声だが、ヨーナスの声より低い。

兄のマッツと従兄弟たちだ。村の家から友人たちと高台を歩いてきたんだ。みんな自転車やモペッドをもってる。兄たちは毎晩違う場所に集まる――レストランだったり、桟橋だったり、幹線道路のほうとか。

ヨーナスは兄たちの話についていこうと努力するのはあきらめていた。ベッドで、自分だけの大事な秘密の上で横たわっていた。掩蔽壕で見つけた銃だ。このことは、まだ誰にも打ち明けていない。父さんにさえも。

父さんを信用できるかどうかわからない。もっと言えば、誰を信用していいのかもわからない。外の笑い声が続いていた。眠らないといけないのに、無理だった。バンガローのなかは暑すぎて、全然眠くならない。ついに起きあがり、マットレスの下に手を入れて銃の握りにふれて、取りだした。

大きくて重い。もっているだけで、立派な大人になった気がする。

パンツのウエストの背中側に銃身を突っこんでから、シャツの裾を引っ張りだして垂らした。映画でギャングが銃を隠すのにしていたみたいに。

それから外へ出た。

暗くて風があるけれど、穏やかな気候だった。乾燥した夏の空気に花やハーブの香りが漂っている。

高台に少年たちがかたまって、まだ笑い声をあげている。ヨーナスはヴィラ・クロスの前の庭を通り抜け、杭が並ぶところを通った。誰かがなにか建てようとしているんだ。そのまま海岸通りを横切った。一歩踏みだすたびに、背中で銃が擦れる感触がする。

近づくにつれて、少年たちは全部で五人だとわかった。マッツが見えた。自転車に腰かけている。兄は夏至祭からさらに背が伸びたみたいで、それはウルバンやカスペルも同じだった。

さらに近づくと、少年たちは黙りこんだ。

「おまえの弟だ」誰かが言った。

ひとりも挨拶してくれなかったが、みんなヨーナスのほうを見た。

きっとここで銃を取りだすのがよかったんだろうけど、ヨーナスはそうしなかった。そのまま歩いてマッツとカスペルのあいだのややうしろに立った。仲間のひとりみたいに。

少年たちはまたしゃべりはじめた。どうやら女の子の話をしていたみたいだ。

「あったりまえだろ、女は剃らないと」誰かが言った。「とにかく、腋の下は」

別の誰かが笑った。「それにほかの場所も！」

「おれは自分の腋の下も剃るぞ」マッツが断固とした口調で言った。「剃っておかないと、女を腕枕できないじゃないか……女が顔に灰色熊がくっついてるみたいに思うだろ！」

みんなどっと笑った。ヨーナスは黙っていた。彼はよそ者だった。

でも、彼にはひとつ強みがある。

一歩前に出て、従兄弟のカスペルの真横に立った。自分の背中に手を伸ばして銃を握った。

「ぼくがなにをもってるか見て」彼は低い声でカスペルに言った。

そして銃を取りだした。みんなに見えるように高くあげるつもりだったのに、重すぎたので身体の前でもつのがやっとだった。銃身が月の明かりを受けて輝いてる。

またもや、全員が彼のほうを見て、女の子についての会話はぴたりとやんだ。

「銃だ」ヨーナスはそう言った。誰か気づいていないといけないので念のために。

どこからか手が伸びてきたけれど、ヨーナスは銃を逸らした。「ぼくが見つけたんだ」

「バカなことをするな」マッツが言った。

ヨーナスは首を振った——ぼくは冷静だ。引き金を少し引くだけ。少しだけ……

突然、まぶしいライトが少年たちを照らした。「何事だ？」

ライトの奥から聞き慣れた声がした。ケントおじさんだ。海岸からやってきたに違いない。懐中電灯をもっていた。

ヨーナスは銃を下ろした。背中に隠したままにしておけばよかったけれど、もう手遅れだ。ケントおじさんに見られている。

「それを寄越せ」

いまのは丁寧なお願いじゃなかった。おじさんはすでに片手を突きだしていて、ヨーナスから銃を奪った。

おじさんはヨーナスを兄たちから引き離して、内緒話をするように身体を近づけた。お酒のにおいがする。

「本物のようだな。どこで見つけた？」

どう答えたらいい？

「窪地で」結局、本当のことを言った。

「誰のものだ？」

「知らない」

おじさんはヨーナスがやっていたように、自分のパンツの腰に銃を押しこんだ。

「案内しろ、ＪＫ」おじさんは言った。「どこで見つけたのか、そこに案内しろ」

いまや少年たちは全員がヨーナスを見つめていた。彼がまちがいなく注目の的になっている。ヨーナスは黙って高台沿いを歩いて石の階段を下りた。おじさんが懐中電灯で道を照らしながらついてくる。

窪地にたどり着くとヨーナスは北をむいておじさんに掩蔽壕のドアを見せた。閉じられて鍵がかかっている。

「ここだよ」

「この前にあったのか？」

ヨーナスは首を振った。「ドアは開いていたんだ」

ケントは懐中電灯で錆びついたドアと南京錠を照らした。

「では、何者かが鍵をもっているのか……」彼はつぶやいた。「そうでなければ南京錠を交換したか」

おじさんはドアに近づいて南京錠を引っ張ったが、びくともしなかった。

「誰かがなかにいたんだ」ヨーナスは言った。「掘ってるみたいな音がした」

「掘ってる？　このなかで誰かが掘っていたのか？」

ヨーナスがうなずくと、ケントおじさんは一瞬黙りこんだが、背筋を伸ばした。「わかった。いいだろう。帰ろう」

おじさんは背をむけ、石の階段をあがっていった。銃はまだおじさんの腰に挿してある。まるでいまは彼のものになったみたいに。

帰ってきた男

囚われて怯えて……帰ってきた男はまた昔の夢を見ていた。納屋の壁の下に潜らされた幼い少年の悪夢を。「ほら行けよ!」スヴェンがもどかしそうに言う。汗びっしょりで板に身体を押しつける。「そこに入って奴の金をとってこい!」

暗闇へ。アーロンは固い板壁の下で、冷たい地面を這う。途中、釘が突きでていた。一本が額に傷をつけるが、彼は進みつづける。

死体にむかって。

エドヴァルド・クロス——アーロンの本当の父親が壁の下に横たわっている。

囚われて。動かない——。

アーロンはエドヴァルドのズボンのポケットになにか固いものを見つける。木製の嗅ぎ煙草入れだ。それを抜き取り、もう片方のポケットも探ると膨らんだ財布があったのでそれも取りだした。

このとき、死体がぴくりと動いた。弱々しい声をあげ、アーロンの腕を摑んだ。

エドヴァルド・クロスはまだ生きていた。

アーロンは暗闇で慌てた。嗅ぎ煙草入れをもった手を振りあげ、死体を殴った。父の頭を殴った。こめかみを何度も繰り返して。

エドヴァルドは黙りこみ、アーロンの腕を摑んだ手はゆるんだ。

帰ってきた男は車のなかではっと目覚めた。

父はいなくなっていた。彼はひとりだった。

朝日が白樺の木立から漏れて車まで届いていたが、帰ってきた男を暖めてはくれなかった。彼はあまりにも多くのことを思いだしていた。

　エーランド島リゾートで滞在していたロッジが奴らに見つかった。彼はリュックだけをもって逃げた。靴や服や二挺の銃は置いてくるしかなかった。そしてクロスはスヴェンの嗅ぎ煙草入れを盗んだ。

　あそこへはもどれなかった。かといって、もう車でも眠れない——老いた骨が、がちがちだ。島で過ごすのは今週が最後になるならば（そんなふうに感じていた）、しっかり休息を取らなければならない。

　まともなベッドが必要だ。

　あたらしい隠れ家を見つけなければ。ステンヴィークか、その近くに。

　七時で、夏の一日はすでに始まっていた。セダンやトラックがもう幹線道路を行き交っている。

　帰ってきた男は車のエンジンをかけた。駐車場をあとにして北へむかった。

　目下のところは逃走中だが、一時的なものだ。

一九三七年五月、あたらしい国

　長い六年を経て、アーロンは別人、ウラジーミル・ニコラエヴィチ・イェゲロフとしてレニングラードへもどる。バルト海へ通じるあの大きな港へ——アーロンとスヴェンにとって、あたらしい国への入り口だった港へ。

　あのときのふたりはホテルに泊まったが、いまのウラドは兵舎で暮らして個室が空くのを待っている。

　兵士ウラドは北での長くつらい歳月の土産はほとんどもってこなかった。党員手帳、制服、顔の少しばかりの傷痕と、数えきれないほど蚊に刺されシラミにくわれてブツブツになった身体だけだ。それにもちろん、名前と市民権。いまではこれがアーロンの名前、全人格となる。ウラド・イェゲロフ。彼のなかのスウェーデン人は念入りに封印されている。

　レニングラードの古いコンクリート造りの建物は記憶にあるほどそびえ立ってはいない。低層の街がきらめくネヴァ川の土手沿いに広がり、威厳を感じさせるあたらしい宮殿がスターリンの栄誉を讃えて誕生している。

　ウラドの職場はそうした宮殿ほど美しくはないが、とても広くて重厚感がある。十字刑務所《クレストィ》だ。赤煉瓦の五階建てで、高さ四メートルの塀にかこまれ、巨大な十字架の形をしている。各階の廊下は中央でまじわる格好でまっすぐに走り、両側に監房のドアが並ぶ。これらのドアのむこうには数千人が収容され、それぞれの監房には二十から三十名の男たちが暮らす。声はほとんど漏れてこないから、ドアを開けるよう看守を説得するには死ぬ気で叫ぶしかない。

　地下も防音になっている。ウラドが働くことになるのはそこの一番奥にある尋問室だ。汗と血と安物の清掃用洗剤のにおいがたちこめ、ここのドアはとくに重厚感がある。

　廊下でウラドが出くわしたあたらしい同僚たちは上背があって顔はいかめしいが、たしかにしゃれていて品がある。濃紺のNKVDの制服を身にまとい優雅に動く。彼らはウラドの灰色の外套とすり減ったブーツを見て、笑って顔を見合わせている。ウラドは自分が田舎者なのだと気づく。

「入れ、同志イェゲロフ」

　あらたな上司、所長であるルガイェフ大尉が所長室にウラドを招き入れ、紅茶と乾燥ブラッドソーセージ一切れをふるまう。大尉は念入りに新人看守の党員手帳などの書類を調べるので、ウラドは室内を見まわす機会を得る。

　当然ながら、ルガイェフの背にした壁には未来を見つめるスターリン。その写真の右に、石の下からひょろ長い毒蛇を引きずりだしているソビエトの労働者を描いたポスター。添えられた文字はこうだ。〈我々はスパイと破壊活動家を撲滅する！〉

ようやくルガイェフはうなずき、書類をもどす。それからウラドのみすぼらしい制服を見てほほえむ。クレスティ刑務所のほかの者たち同様におもしろがっているのだ。そして彼は立ちあがる。

「こちらを見てくれ、同志」ルガイェフが戸棚を開けると、きれいにアイロンをかけられた制服と輝く革のブーツで埋まっている。「厳しい労働の見返りとして、この春にあたらしい装備を支給された。おまえに合うものを選ぶがいい」

ウラドはさっと視線を走らせて制服を選ぶ。ルガイェフが革のホルスターのついたガン・ベルトと新品の銃を差しだす。モーゼルだ。

「このクレスティ刑務所では夜間の仕事が多い」大尉は壁の写真にあごをしゃくる。「指導者は夜遅くまで仕事をし、わたしたちもそうする」続いて労働者と蛇の絵に頭を振ってみせる。「そしてこれがわたしたちの仕事。昼もそして夜も。とは言っても、おまえは北でわたしたちの敵を狩っていたのだな、同志イェゲロフ？　昼夜関係なく？」

ウラドはうなずく。なんのためのモーゼルか理解する。

「タイプライターが打てるか、同志？」

「いいえ、大尉」

「では、覚えろ。おまえは多くの尋問をおこなうことになり、それらは書類にして保管せねばならない。朝になったら同志トルシュキンの元へ出向け」

なにをするより先に、ウラドは看守詰所で着替える。古い制服を脱ぎ、あたらしい黒のブーツを履き、すっきりした濃い赤の線が入った腿の部分が波打つ青いズボン、薄茶色の上着、モーゼルを収めた革のガン・ベルトと身につけていき、茶色のバンドが巻かれ中央に赤い星のある幅広い官帽で仕上げだ。

鏡を覗いてあごをあげ、保安官を気取る。これでここになじめる。準備はいい。

そしてここではルガイェフが言ったようにたくさんの仕事がある。

ウラドが最初に尋問した囚人は痩せ細り疲れきった男で、汚れた下着姿で監房から連れてこられる。逮捕されたのはソビエト刑法五十八条に規定される罪において――これは祖国の敵を告発する際にいつも使われる罪状だ。

囚人からわずか一メートルのセメント敷きの床に、ウラドは脚を広げて立つ。おそらくルガイェフは手始めにたやすい尋問の任務を与えたらしい。この囚人はすでに自白しているからだ。尋問用の椅子に座らせられた男の目に恐怖心が光る。

背後で紙のめくれる音がする。振り返ると、気づいていなかったが、年配の同僚がひとり尋問室に入って壁際の机に座っていた。記録のための人員で、タイプライターに紙を差している。

時間だ。ウラドは囚人を見つめる。「おまえの罪について話せ」彼は静かに言う。

男はウラドが話し終える前にしゃべりだす。がっくりとうなだれて。「わたしはトロツキストだ。今年の初めにウクライナのハリキウのトラクター工場で、製造のために絶対不可欠な機械をいくつか破壊することにした。機械にハンマーで殴りつけ、ノミで削ったが、目ざとい工場監督が割って入ったために完全な操業停止にはならなかった」

「おまえはほかにどんなことをした？」

「何人かの労働者をわたしのいるトロツキストの集まりに誘った。工場内での破壊活動を増やすために」

「そいつらの名前は？」

破壊活動家がすらすらと名前をあげると、タイプライターが忙しく音をたてる。

全部で十数人。

破壊活動家は話を終えるとほっとした様子になる。ウラドを見あげて言う。「わたしは悪者だ」彼は言う。「そうだろう？」

男に見つめられるが、ウラドは返事をしない。

アーロンもどう言えばいいかわからない。

タイプライターのカチャカチャいう音がとまった。

静寂が続き、最後の紙が引き抜かれると、記録係がこれをウラドに手渡す。

破壊活動家に署名させる時間だ。

ウラドが書類を差しだすと、囚人は震える手で署名する。

自白書に署名する囚人を見守っていると、ウラドは強気になってくる。あたらしい制服姿で国家の敵の前に直立する気分は最高だ。罪を認めさせることは大きな戦いにおける小さいが重要な勝利だから。

数回尋問を終えてから、ウラドはタイプライターの練習を始める。ローラーに紙を挟む方法、文字を打つ方法。同志トルシュキンに忍耐強く教えられながら、ゆっくりひとつずつキーを打っていく。

グリゴリー・トルシュキンはウラドより数歳年上で、多くの看守と同じくロシア人労働者の息子であり、共産党少年団《ピオネール》と共産党青年団《コムソモール》で訓練を受けている。ボルシェビキが帝政を倒したのは彼がほんの四歳のときだ。共産党政権が樹立したことしか覚えていないらしい。学校を卒業すると、ＯＧＰＵの若い兵士にさせられた。一九三〇年の初め頃は、多くの富農階級を打倒しなければならなかったからだ。トルシュキンはまったく問題なくマルクス主義や階級闘争について議論できるが、チェスもたしなみ、蓄音機でストラヴィンスキーの〈春の祭典〉を聴くのを大変好む。こちらは何年というもの禁止されているのだが。

「ストラヴィンスキーはおれの故郷の町の出身なん

だ」彼は誇らしげに言う。

トルシュキンはウラドを連れてレニングラードを案内し、スヴェンがアーロンにさせてくれなかったことをする。街を発見させてくれたのだ。

ふたりのブーツのかかとの音がレニングラードの広い石畳でカツカツと大きく響き、ふたりの青い制服は遠くからでもよく見える。警察に呼びとめられることもなければ、身分証明書を提示しろと言われることもない。ただの一度も。警察は同僚のように会釈するだけだ。そして歩道を行く周囲の市民たちは声を潜め、神経質に目を逸らす。

ウラドはグリゴリー・トルシュキンと一緒にいると嬉しい。アーロンもだ。ふたりはネヴァ川の波止場周辺を散策し、薄暗い喫茶店を訪れて、最後には煙草の煙がこもるレストランに落ち着く。そこではウォッカのグラスで頻繁に祝杯があげられる——だが、トルシュキンは同僚たちほどには酒を飲まない。ホット・チョコレートのほうを好む。

その後、街中の食料品店でウラドはバルト海のカタクチイワシと燻製ウナギを見つける。魚を少し買い求め、口に入れるたびにじっくり味わう——そこでふいにアーロンは海のむこうの島、そして彼の育った砂浜のことを考えている。

本当ならば連絡を取るべきだ。故郷の母に手紙を書かなければ。けれど、もちろんそれは不可能だ。ソビエトの外の国々はスパイだらけで、外国人と連絡を取る者はみなスパイとみなされる。手紙はあまりにも危険だ。

三カ月を懸命に働いたのち、ウラドはルガイェフから褒美をもらう。腕時計。おそらく国家の敵から没収したものだ。ウラドはこれを左手首にはめ、囚人の尋問や報告書を仕上げるときに時間がわかるようにする。

上からの圧力が強まり、さらに多くの裏切り者の名を聞きだすよう絶え間なく要求がある。

同志トルシュキンは誰よりも物柔らかに尋問をおこなう男だ。ある日の夕方、ウラドが走ってクレストィの北へ数区画のところでトルシュキンに追いつこうとしたときのこと。彼は公園のベンチの前で立ちどまり、かがんで、すばやくなにかを地面に落としてから、急ぎ足で歩きはじめる。

ウラドがベンチに近づいてそれを拾ってみると、レニングラードのある女あての封筒だった。

その名を見つめる。オルガ・ビビコーヴァ。住所に見覚えがある。尋問のあとでウラドみずから、その住所を書いた。

マキシム・ビビコフの妻。だが、ビビコフは亡くなっている。三日前にうなじに銃弾を受けたのだ。

ウラドにはどういうことかわからず、急ぎ足でトルシュキンに追いつく。「同志」彼は封筒を差しだす。「これはなんだ？」

トルシュキンはそれを見て内気な学生のように笑う。これはめずらしいことだ。

「ただの手紙だ」彼は封筒を掴み、自分のポケットに入れる。「誰かに見つけて投函してほしくて、道の乾いている場所に落としたんだ」

「でも、どうして？」ウラドは尋ねる。「どんな手紙なんだ？」

トルシュキンは静かに引きつったように笑い声をあげる。「ただの伝言だよ」

「どんな？」

「ビビコフの奥さんに、彼は結核で死んだと書いた」トルシュキンは言う。「彼がどうなったのか、いつまでも心配しないで済むように」

ウラドはあたりを見まわす。近くには青い制服の者はほかに誰もいない。ウラドは立ち去ってしまいたかったが、アーロンはそうはさせず、さらに質問をする。トルシュキンが処刑された者たちの身内に匿名の手紙を何通も書き、夫や父が心臓発作や肺の病気で亡くなったと知らせていたことがあきらかになったのだ。短い手紙であることは疑いの余地がないが、それでも……

「そうすれば、なにがあったのか悩まずに済むだろう」トルシュキンはふたたびそう言って肩をすくめる。

「心の平和を与えてやれるじゃないか」

アーロンは黙ってうなずくが、ウラドは憤る。手紙は危険なんだ。証拠を残すから。それにこれはいけないことだとわかっている。敵に手紙を書いて同情するのは。

「手紙を書くのはやめろ」彼はトルシュキンに言う。

「すぐに」

同情はいけない態度だ——戦いに負けることを意味する。

ウラドは人間らしい感情とのせめぎあいという戦いには断固参加しない。刑務所には心配した妻や両親がひっきりなしに訪れる。彼らは囚人のために暖かい服と食糧小包を手に立ちつくし、助けてくれと拝む。看守としてウラドはそうしたことにも慣れている。耳を傾けているが、無表情を保ち、教えられたとおりの言葉を返す。「ラズベレムーシャ——捜査中だ」

内心、疑問に思っている。この人たちはどうしてまだ自由に歩いていられるんだ？　犯罪者の身内だ。みんな逮捕されるべきなのに。そうした例もよくあるのだが、それでもまだ多くの人が大手を振って歩いている。

なぜ、敵を全員捕まえてしまわないんだ？

ウラドは制服を着てクレストィ刑務所にいるときに失敗するわけにはいかない。もしも通りで怯えた目をしておそらくは子供を抱えた女に呼びとめられても、女を見おろしてそのまま歩きつづける。

女があきらめなければ、うしろから声をかけて追いついてきたら、彼は立ちどまり、輝くブーツに包まれた脚を広げて立ち、返事をする。「申し訳ない。あなたのご主人はよそへ移動させられた」
それはつねに真実だ。

イェルロフ

窓の外の風景に日射しが照りつける一方で、イェルロフは高齢者ホームの廊下をぶらついていた。建物のなかは涼しいから、歩くのもたやすい。それに出っ張った敷居もないし、石もないし、草むらもない——けれど、ここは寂しかった。ほとんどなにも起こらない。

訪ねてきてくれる者はたいしていない。ヨンは雑貨店とキャンプ場の仕事で忙しいし、ティルダは休暇で留守。娘たちは顔を出すが、いつもどこかへ行くついでだ。

エントランスのところに八月から始まる予定の講座を宣伝するポスターがあった。〈ネットに親しもう〉。どうやら漁とはなんの関係もないらしい。

夏のあいだの楽しかったことが恋しい。ヴェロニカ・クロスは去年、家族の歴史についてここへ話をしに来てくれたが、あれはじつにおもしろかった。それに、もちろんクロス家については、いまではあの日彼女が話したことよりずっとたくさんのことを知った。

ホームにはささやかな図書室があるから、そこへむかい、イギリス系アメリカ人のロバート・コンクエストが三〇年代のソビエト連邦について書いた本を見つけた。それを借りて部屋へもって帰った。アーロンとスヴェン・フレドがあたらしい国にたどり着いてどんな生活に出会ったのか知りたかったのだが、その本のタイトルに最悪の予感がした。『スターリンの恐怖政治』。


七月も終わりに近い静かな金曜日、イェルロフはエレベーターで一階に下りた。そこは涼しく静かだった。杖をたよりにゆっくりと廊下を進んだ。グレタ・フレドの部屋は記憶が正しければ、突き当たりに近かったはずだ。いまはドアに添えられた名前によるとブレンダ・ペッテションという者が入っているようだ。

アーロンが電話でクロス家について言ったことを思いだしていた。〝わたしがここでもっていたものを、すべて奪った〟。砂浜近くの小作地のことを言っていたが、ほかにもなにかあったのか？

イェルロフはネームプレートを見つめたが、ノックはしなかった。

「こんにちは——迷われましたか？」

黒い髪で日焼けした若い女性が彼にほほえみかけていた。赤い制服姿で、どうやら臨時雇いの職員らしい。

イェルロフは首を振り、名乗った。「わたしは上の階で暮らしていてね」彼は言った。「ちょっと散歩しておったんだよ。ご近所さんを訪ねて」

「あら、そうだったんですか。こちらのホームの方々はたいていご自分の部屋で過ごされますものね。暑さのせいでとても疲れやすいので。ブレンダをご存じ？」

イェルロフはふたたび首を振ったが、女性はもうドアを開けていた。「入りましょう。どちらにしても、わたし、様子をたしかめないといけないんですよ……こんにちは、ブレンダ！」

イェルロフは不法侵入者になった気がしたが、とにかくあとに続いた。

小さな部屋に入ってみると、自分の部屋とほぼそっくりそのままだった。入り口にすり減ったビニールマット、ゆったりした浴室の左には介護用のシャワーがあり、入り口の奥はすぐ寝室。薄い白髪の女性が肘掛け椅子にだらりと座っていた。

彼女は起きているのかそうでないのか、見分けられなかった。職員の女性はブレンダに話しかけるが、反応がない。職員はベッドを整え、グラスに水を注いで、薬を何錠か差しだした。こうして様子見の訪問は終わった。

けれどイェルロフはドアの外でぐずぐずしていた。

「ブレンダの前にこの部屋で暮らしていたご婦人だが……グレタ、だったかね？」

「グレタ・フレド、そうですよ。去年の夏に亡くなったわ。休暇の時期でわたしがこちらで働いているときでした。八月の中旬だった」

「転んだんじゃなかったかね？」イェルロフは墓掘人の娘のソーニャ・ベントソンから聞いたことをおぼろげに思いだして尋ねた。

「そうなんです」女性は死神に聞かれないかと心配でもするように声を落とした。「グレタは浴室で転んで頭を打ったんです。鍵がかかっていて、それが開かなくて。なかに入るのに錠前屋を呼ばないとならなかったんですよ……でも、入れた頃には手遅れでした」

イェルロフはそのドアを見つめた。「グレタを訪ねてくる人はいたかね？　たまに面会に来る身内はいたのか？」

女性は少し考えた。「ヴェロニカ・クロスがよく訪ねてきて、本や雑誌を読んであげてましたね……ほら、エーランド島リゾートを経営している人ですよ」

イェルロフはうなずいた。それはよく知っている。

「だが、身内というわけじゃなかったんだね？」

「グレタは時々、ふたりは親戚関係にあると言い張りましたが、最後のほうはずいぶんと混乱していましたから」

「ほかに訪ねてくる人はいなかったかい？」

「わたしの知るかぎりは。とにかく、グレタが生きているあいだはいませんでした。今年の夏の初めに、お兄さんが二回ほど見えましたけど、グレタの荷物をいくらかもちかえっただけじゃないかしら」

イェルロフははっとした。「その兄さんは名乗ったかね？」

「ええ……アーノルドだったかしら？」

「アーロン」イェルロフは言った。

「そうでした、アーロンだ。でも、あの人、あまりおしゃべりしませんでしたよ。とても口数が少なくて」

「どんな風貌だったね？」

「お年寄りですが、鍛えられていました。背が高くて肩幅が広くて……八十歳ぐらいのはずですが、とても力がありそうでした」彼女はイェルロフを見て、急いでつけ足した。「もちろん八十歳ってまだまだお若いものですが」

「年齢は心のなかに刻まれるんさね」イェルロフは切り返した。

彼は職員に礼を言って廊下を引き返した。隣の部屋のネームプレートは〈ヴァル〉だった。ウルフ・ヴァル。それは誰だ？ 殺されたエイナル・ヴァルの父親か？ たぶんそうだ。警察に見せられたエイナル・ヴァルの写真は、ここで撮影されたもののようだから。

ウルフ・ヴァルの部屋のドアはしっかりと閉まって

いる。イェルロフはノックしなかった。歩きつづけた。コーヒーが飲みたくてたまらなかった。上にもどらないと飲めないのだ。

ヨーナス

ケントおじさんは黒いTシャツと迷彩柄の短パンを着ていた。まるで兵士みたいにヴィラ・クロスで家族と使用人の前を行ったり来たり、行進してる——それにひさしぶりに自信をもっているみたいだとヨーナスは思った。

「動作センサーで警報が鳴る」おじさんは言う。「リモコンでスイッチは切ることができるからな。土地に足を踏み入れてセンサーを解除するまでの余裕は一分。ミレニアムが訪れてもずれないから、新年になっても使える」

ヨーナスと一緒にケントおじさんの説明を聞いているのは、マッツ、従兄弟たち、ヴェロニカおばさん、父さん、ポーリーナ、そしてこの家で働きだしたばかりの庭師だ。名前はマルク、どこか外国から来た人だ。筋肉質でとても日焼けしてる。

みんなは家の前の庭に集まっていて、ここはいまのところ月の風景みたいだった。芝生、低木、シベナガムラサキは全部なくなっていた。なにもかも引っこ抜いて、細かい砂利に替えるらしい。ヨーナスはこの数日で先週現われた杭がなんのためだったか悟った。

杭はいま十数本の小さな柱に置き換えられていて、地中に深く埋められ、先端がほんの数センチ見えるだけだ。黒いプラスチックでできたものだけど、刺し網に使う木の柱みたいに見える。

これが〝センサー〟とケントおじさんが呼んでいるものだ。これはとにかく敏感なのだと全員に何度も念押しして、ガレージ隣のパネルを指さした。

「これは外の警報のためのコントロール・パネルだ。暗証番号ひとつで稼働でき、別の暗証番号でスイッチを切ることができる」

彼は家のほうを指さした。

「室内への侵入者用の警報のコントロール・パネルは入ってすぐにある。ドアを開ければオフにできる。これは客用のバンガローにも有効だ」

おじさんは集まった者たちを見やった。「よし」そう言った。「これで侵入者から身を守れる警報を外にもなかにもつけた。全員に暗証番号は教える。なにか質問は？」

誰もなにも言わない。ヨーナスは早くこの場を去りたいだけだ。

「野ウサギは？」

ヨーナスは振り返った。父さんが片手をあげていた。

「なんだって？」おじさんが言う。

「夜になると、ここは野ウサギだらけになる」父さんが話を続けた。「庭を横切るときに警報が鳴るんじゃないか？」

「そうだ」おじさんが答える。「だから、来週はフェンスを造る。高さ一メートル半のもので、ヴィラ・クロスを全部かこみ、電動の門をつける。野ウサギもそのフェンスは越えられないな」

ヴェロニカおばさんはみんなから少し離れたところに立っていた。ここまでは黙っていた。迷彩柄の服じゃなく、薄緑のワンピースを着ていて、ここで首を振った。「わたしの土地にはベルリンの壁みたいなのは造らせないから」

「とても低いフェンスじゃないか」ケントおじさんは言い張った。「うちの男の子たちでも、フェンス越しに外が覗ける」

ヴェロニカおばさんはおじさんを見つめた。「うちの家族は隠れたりしないの」

「そうだが、事態が収まるまでは身を守らないといけないだろう。こいつは隣人との些細な口喧嘩じゃないんだぞ、ヴェロニカ」

おばさんはにらみつけた。「バカなことをしないで」そう言い残し、背をむけて自分の家へもどっていった。

ケントおじさんはおばさんを無視した。ポケットから何枚か小さな紙切れを取りだして、またみんなに話しかける。「よし、以上だ。それから……警報装置の暗証番号を書いた紙をもらいにきてくれ」

ヨーナスも列に並んだ。順番を待ちながら墓標を見やった。この数日はとても静かだった。ひとりふたりの観光客が足をとめて石を見つめていたけれど、あの老人の姿はなかった。

「なにか見えるか、JK?」

ヨーナスが振り返るとケントおじさんが笑いかけていた。紙切れを差しだされて受けとった。「ううん」彼は答えた。「なにも」

ケントおじさんはちらりと海岸通りを見やった。「わたしたちが何者かに見張られているのは知っている」おじさんは低い声で言う。「掩蔽壕に時々忍びこむ老人……だが、この問題には対処するからな」

リーサ

「みんな、元気?」

リーサはステンヴィークのレストランでギターを弾くところだ。土曜の夜で、店はそこそこ混んでいる。店内には空いたテーブルもふたつばかりあるが、屋外のテーブルは満席だった。きっと、ほとんどの人は音楽を聴くより、海をながめながらビールとピザを楽しむために訪れたんだろうが、気にしない。

何人かの「イェーイ……」の声がふわりと返ってきた。

「ここにいられて嬉しいです!」彼女はマイクにそう言った。

どれもちょっとした決まり文句だったけれど、本気でここにいられて嬉しかった。たとえ、数週間も挨拶を叫んで歌って声がかれはじめていても、客の会話がうるさくて自分の声を聴くのに絶えず苦労していても。地下のクラブにいるより、海辺で日射しを浴びながら夕方の時間をここで過ごすほうがずっとよかった。あそこでレディー・サマータイムを演じる喜びは完全に消えてしまった。

この村の客はくつろぎたい一般の行楽客だけだ。先週からマイ・ライ・バーでレコードをかけるのはまったく違ったものになってしまった。墓でDJをしている気分。七月の初めにあそこに集まって金を使い放題だった上流階級のガキどもはゴットランド島やストックホルムに行ってしまい、クラブはからっぽになってあまりにも静かになった。

でも、このレストランでは楽しませるべき客もいて、彼女自身も楽しんでいた。

「ありがとう!」まばらな拍手に応えてそう言った。「今度はウッレ・アドルフソンの曲を歌います。きっとみなさん、聴いたことがありますよ……」

黄金の夕焼けが広がる暖かな夕方だった。リーサは夏の美しさとはかなさについての古いスウェーデン語の曲をいくつか歌った。こうした時間もすぐに終わってしまう。もうじき八月だ。夏は短く、それは否定できない。人生はそれほど単純でもない。太陽が輝くなかで好きなことだけをしては生きていけない。

ステンヴィークで過ごすのはあと一週間足らず、そうしたら家に帰る。都会と排気ガスのもとへ。サイラスのもとへ。どうして金を送ってこなかったのか、その件でどうするつもりかという彼の質問に答えるために。

傾いた日射しがリーサの目元を照らしたが、客に集中していようと努めた。ほとんどのテーブルが人でいっぱいだったけれど、奥のテーブルにひとりだけで座る男が見える。グラスの水だけをテーブルに置いて。

逆光で黒い影にしか見えないが、音楽に合わせて首を振っているみたいだ。

あれはキャンプ場にいた男？　リーサを見張っている？　あの木箱を取りもどしたいんだろうか？　だめ、演奏に集中しなきゃ。

彼女は目を閉じて歌い、男のことを忘れようとした。そうしないと、とちってしまう。

目をつぶったまま、なんとかさらに二曲を歌った。顔をあげると、あの老人はいなくなっていた。

「ありがとう！」そう叫んでステージを終えた。スツールを降りてレストランの暗がりへむかう。

ニクラス・クロスがレジのむこうにいた。先週からずっと疲れた様子で気もそぞろといった感じで、ウェイターやウェイトレスとは違ってのろのろと動いたし、ほとんどの時間を冷蔵室あたりをうろついて過ごしていた。エーランド島リゾートの胃腸炎発生で、クロス家全員が眠れない夜を経験したのだろう。

「お疲れさま」彼は言った。

本当に。帰る時間だ。けれど、リーサがレストランをあとにすると、物陰から現われる人がいた。ほっそりした人影が静かに砂利の上を歩いてくる。

「リーサ？」

ポーリーナだった。少し自信がなさそうにほほえんでいる。「いい音楽」

「ありがとう」

ポーリーナはいつからそこに立って聴いていたんだろう。どうしてテーブルに座らなかったの？　恥ずかしがり屋なの、それともお金がなかったとか？

「いまから帰る、リーサ？」彼女はそう言い、キャンプ場のほうに頭を傾げてみせた。

「ええ」リーサは答えて、ギター・ケースを手にした。

「トレーラーハウスにもどって、ＤＪの前に一休みする」

ポーリーナが隣に並び、暗いなかを歩きはじめた。

ふたりはしおれた花輪がぶらさがるマイストングの横を通った。海岸通りを渡るときにポーリーナはぐいとヴィラ・クロスに首を振り、静かに言った。「彼、提案があるって」

「へえ？」

リーサは〝彼〟が誰かとは尋ねなかった——もちろん、ケント・クロスだ。

「あなたに仕事。わたしたちに」ポーリーナがそう続けた。

「また演奏？」

「いいえ、別の仕事……この村で」

リーサはポーリーナに顔をむけた。「彼の望みはなんなの？　彼、あなたをいいように喰い物にしてるんじゃないの？」

ポーリーナは一瞬リーサを見つめ、どういう意味なのか考えてから、首を振った。「違う」彼女は言った。

「それは違う。わたしは働いてるだけだから」


物おじしない口調だったから、リーサはそんなことを尋ねてすまなかったと思い、すぐに話題を変えた。「ここでの仕事はどうやって見つけたの？」

「新聞広告。彼はたくさんの新聞に広告出して、わたしはそれ見て応募した」

「わたしと同じだ」リーサはそう言ってため息を漏らした。

ポーリーナがリーサをまた見た。「彼、近いうちにわたしたちに話をするって。もっと助けがいるみたい」

「知ってる」リーサはじれったくなって言った。「わたしはもう彼を手伝ったもの。キャンプ場で」

リーサはこれが助けを求める頼みじゃないことは、もちろんわかっていた。ケント・クロスは頼みごとをしない。命令をする。

「彼、代償は支払う」ポーリーナが言う。

「へえ、ほんとに？　合法な仕事なの？」

ポーリーナは黙りこみ、リーサは肩をすくめた。合法でもそうでなくても、ツケを払うしかないか。

「わかったよ」彼女は言った。「じゃあ、家に帰る前に最後に一度だけ彼を助ける」

帰ってきた男

ステンヴィークの北の海岸沿いの村にホテルがあった——エーランド島ホテルと似ていなくもない巨大な白い建物で、ロングヴィークの港のすぐ隣だ。

帰ってきた男は駐車場に車を入れてから、受付へむかった。これからテニスでもしにいくような白いブラウスと短パン姿の若い女性が出迎えてくれた。帰ってきた男は彼女にほほえみかけた。

「空室はあるかね？」

「昨日の夜にキャンセルが一件、出ていますね」女性はコンピュータを見ながら言う。「ダブルです」

「わたしひとりだが、その部屋にしよう」

「ありがとうございます」受付はコンピュータになに

かを打ちこんだ。「身分証明書をお願いできますか? 運転免許証で結構ですが」

帰ってきた男は彼女を見つめた。エーランド島リゾートではそのようなことはいっさい尋ねられなかった。

「いや」彼は言った。「スウェーデンのものはなにも……海外から来たので」

「では、パスポートをお願いできますか?」受付は言う。「海外からのお客様は登録が必要になりますので」

帰ってきた男は黙っていた。

登録だと。つまり、警察に連絡を取るということだ。あるいはクロスに。ケント・クロスは帰ってきた男についての情報を渡すよう警察に頼んだのか?

「車に置いている」彼は結局そう言った。「もってこよう」

彼はあとずさり、急いでホテルをあとにした。受付の女にずっと見られているのが感じられた。

車に乗ると走り去った。ロングヴィークをあとにして幹線道路へ。この道は車が多い。簡単に溶けこんで大勢のひとりになれる。

ここで突然、泊まれそうな隠れ場所を思いだした。前に行ったことがある。

クロス家の敷地に近いが、人目につかない場所。幹線道路から曲がり、バックミラーでしばらくのあいだたしかめた。誰もいない。

一九三八年二月、あたらしい国

アーロンは二十歳になり、この年は職務とニュースがたくさんある。レニングラードの地下でモスクワの政治裁判や党幹部への大規模な粛清の情報をラジオで聴く。だが、ウラド本人はＮＫＶＤで中尉へと昇進する。

　これで恩恵がもたらされる。毎月、インスナブで使えるクーポン冊子を受けとる。そこは公務員の一部のためのあたらしい店で、外国の商品や衣類を扱う。

　あらたに昇進したことで尊敬されるようにもなる。ＮＫＶＤの人間としてウラドは街中でも制服を着るから、市民からよくちらりと見られる——おばあさん《バブーシュカ》からは慇懃な視線、少年たちからは憧れのまなざし。彼らは法と秩序を体現し、敵に満ちた世界での安全の象徴なのだ。

　だが、仕事は多い。夜間の仕事だ。ルガイェフ大尉も同志トルシュキンも、ポポーフもほかの同僚もみんな夜に働く。

　四人の尋問は、地下で〈共産主義との未来へむかって！〉や〈ソビエトの誇りを胸に職務に励もう！〉といったスローガンが書かれた壁のポスターにかこまれて交代でおこなうことも少なくない。

　ウラドを始めとする尋問担当者たちはしだいに疲れがたまり、そのため暴力に走りがちになるが、少なくとも彼らはたまに休息を取ることが許されている。囚人にはけっして許されない。罪を認めねばならない囚人は固い椅子に座らされ、まばゆいライトを浴びせられ、質問で責めたてられ、それが昼も夜も休憩なしで続くことが多い。

「なぜ日本のためにスパイをしている？」

「なぜ党のために乾杯のグラスを掲げなかったのだ？」

「なぜその冗談で笑ったんだ？」

質問は果てしない。

収容される囚人の数も。モスクワの権力者たちが数万人、ひょっとしたら数百万人の国家の敵がいると立証する。ＮＫＶＤの各支部に国外追放と処刑にするべき人数が割り当てられ、さらに逮捕数を増やさねばならなくなる。

黒いヴァンが毎晩出動し、国家の敵をどんどん捕まえて刑務所へ移送してくる。そうした囚人は高価な毛皮を身に着けていることもあれば、薄汚れたパジャマ姿のこともある。幼い子を抱いていたり、泣く子をうしろに従えていることもある。

夜更けにアーロンは地下の暗闇でノックの音を時折耳にする。引き伸ばされる静かなコツーン、コツーンという音だ。いてもたってもいられなくなるが、繰り返される音の出処に近づくたびに、聞こえなくなってしまう。

「言葉のようなものだよ」トルシュキンが説明する。

「言葉？」

「囚人たちが壁を叩いて隣の監房と話をする暗号さ」

「そうなのか？」

「やめさせようとはしているんだが」トルシュキンが言う。「彼ら、ノックをやめなくてね」

アーロンは幾分ほっとする。ノックしているのは人間なんだ。

囚人たちはベルトコンベアーに乗せられているように処理される。なにもかもが、できるだけ迅速に容易になるよう系統だてられている。

すべての囚人はざっと身体検査をされ、裸にされ、穴という穴を探られ、それから震えて怯えながらただちに地下へ引きずられる。ウラドはそこで制服姿で立ち、セメント敷きの床を黒いブーツでしっかりと踏みしめていて、アーロンは彼が同じ質問を繰り返すのを聞く。

「なぜ党を非難した？」

「なぜ機械を破壊した？」

「おまえが勧誘した工作員の名前は？」

ウラドの声がしゃがれてくると、ほかの同僚が尋問を引き継ぐ。

同志トルシュキンはいかに長時間の勤務でも尋問で疲れを見せることがなく、ウラドは彼を手本と見なす。トルシュキンはどの囚人も責め立て、矢継ぎ早に質問を繰りだす。

「なぜトロツキストの仲間になったんだ？」

「なぜ祖国を離れたがる？」

「なぜ自分の子供たちのことを考えてやらないのか？」

ときにはほかの囚人が連れてこられる。すでに罪を認めている者で、強情な破壊活動家に、告発されている罪を自白するよう説得するためだ。

ときには、閉所恐怖症の囚人を天井と壁が迫ってきそうな特に狭い空間に閉じこめる。震えている囚人を冷えきった監房に押しこむ。あるいは、発熱している者に冷水を浴びせつづける。拷問は尋問方法として許可されており、デュビーナ――ゴム製の棍棒――が背中や足の裏に振るわれる。

方法はたくさんあるが、目標はつねに同じ。文書にした自白書を入手すること。殴り書きでも、しばしばインクに血痕が混じる走り書きでもいいから、とにかく尋問中に書き留めた文章に署名させることだ。

自白書は尋問がうまくいった証拠になる。敵が有罪だという証拠に。

ウラドは囚人たちが口走る名前、肩書、罪状のすべてを書き留める。

それから、囚人に自白書を読ませて署名させる。その後は――ヴィスシャイア・メーラ――法に基づいた極刑だ。

銃弾で。

地下の処刑室は散髪室としても使用されている。囚人がここに連行されても、なにが起こるのか気づくことはない。刑務所の幹部たちが処刑執行人と床屋は同じ制服を着用すべしと定めているからだ。

ここの扉は防音が強化されており、建て付けもいい。片隅にある蓄音機から最大の音量で流れるのは勇ましい行進曲だ。奥の壁は白く、なんでもないただの壁に見えるが、じつは板に貼った石膏ボードでその奥は厚い砂の層になっており、銃弾を跳ね返さず受けとめるように作られている。

囚人の運命はセメントの床の白い四角に立たされ、壁をむかされたときにあきらかになるが、その頃には気づいていてもすでに無駄だ。音楽が流れていても、四、五秒の静寂があったかと思うと、処刑執行人が進みで て銃が火を噴く。

蓄音機は音楽を流しつづける。

ルガイェフ大尉は頻繁にウラドを処刑室の任務に選ぶが、アーロンには理由がわかる。ウラドの腕は完璧だから。看守の多くは銃の腕が未熟で少なくとも二発、ときには三発の弾が必要になる。だが、ウラドは注意深く引き金を引く。

囚人を射殺するのが不可能な場合は――のちに死体を他国の外交官に見せねばならないだとか――クロロホルムのマスクを顔にあて、突然の心臓発作で死んだように見せるため、医師が致死性の薬剤を与える。

長い勤務が終わると、かならず床は掃除されなければならない。清掃係のなかには信用できない者もいるから、囚人にその仕事が与えられることもあるが、たいていは看守自身で掃除をすることになる。

ある日の夕方、トルシュキンとウラドは固いブラシとホースで地下室を一緒に掃除している。

「おれたちがなにかわかるか、同志？」トルシュキンが壁に水を流しながら尋ねる。「いま思いついた」

「いいや」ウラドは言う。「なんだと言いたい？」

「おれたちはコンバインの小さな部品みたいだ」トルシュキンが答える。「どんなものか知ってるか？」

ウラドは首を振る。

「すばらしい機械だ。草刈り鎌のたぐいに替わって集団農場《コルホーズ》で使われるようになってきた。去年モスクワ郊外で動かしているのを見た」

「どんなことをする機械だ？」

「なんでもだ！　畑で、すべてのことをひとつの機械でやれるのさ――農民が百人、二百人がかりでやる仕事をこなせる。しかも、当然、疲れることもないからな！」

人間の怪物が畑をどしどし歩く絵が思い浮かんだから、アーロンは尋ねてみる。「なにでできているんだ？」

「鉄製の棒、金属の筒、回転する歯車と車輪さ」

「それに草刈り鎌？」

「刃だな」トルシュキンが説明する。「刃がずらりと並んでいて、それで麦を刈り取り、脱穀機に送りこみ、そこで実から籾殻を取り除く。あとはパンを焼きはじめるだけだ……だからそいつが動いているのを見たとき、おれたちの組織は同志スターリンが運転しているコンバインのようだと思った」彼は地下室の片隅の最後の血痕を流し落とす。「おまえとおれは刃だよ」

アーロンはモップで水を拭く。コンバインだと？　だが、麦の脱穀だけでは足りない――小麦粉を手に入れるには、つぶさねば。

トルシュキンは地下室での脱穀作業において疲れ知らずだが、一九三八年の長く厳しい夏を過ごした七月の終わりに、働きに応じて黒海での休暇を与えられる。ウラドは彼のいない夜勤を続ける。

「おまえはどの国のスパイだ？」彼は尋ねる。

「おまえの暗号名は？」

「誰を勧誘した？」

尋問も、書類仕事も終わりがないようだ。

アーロンのただひとつの慰めは、この闘争は永遠に続くはずはないこと。平和がきっとすぐに訪れ、バルト海のむこうの島の小さな家はまだそこにあって彼を待っている。レードトルプと砂浜、妹と母。彼は故郷に帰るだろう。最後の敵がいなくなれば。


だが、刑務所へ送られる敵はあとを絶たない。一九三八年八月四日の夜、ひとりの囚人が地下室に連行される。頭に袋をかぶせられ、肩に上着をかけた格好だ。袋はウラドにとって目新しいものではない。夜が明るくて敵の移送が人目につく形になる夏にはよくあることだ。

それなのに、この囚人はとにかく落ち着いている。上着の下はシミのある肌着で、脚は切り傷とアザだらけだ。

「囚人番号三四九八」記録係が声をあげ、タイプライターにあたらしい紙を入れる。

ウラドも準備済みだ。冷水を入れた三個のバケツを壁沿いに置き、デュビーナはテーブルの上。囚人の頭からすばやく袋を脱がし——それを手にしたまま立ちつくす。

トルシュキンだ。

同志トルシュキン、アーロンの友人が目の前の椅子に座っている。

トルシュキンは無言だ。くちびるが切れている。だが、ウラドに顔をむけ、まっすぐにアーロンを覗きこむ。

アーロンは記録係を振り返る。「どういうことかわからない」彼は言う。

「なにがわからないんだ？」

アーロンはふたたびトルシュキンを見やる。「なぜ彼がここに連れてこられたのかわからない。なぜ尋問を……」

記録係は書類を手にして読みあげる。「囚人番号三四九八は人民の敵の身内に接触した。手紙を送った」

アーロンは喉をごくりといわせ、囚人の血走った目を見つめる。同志トルシュキンは自分がどこにいるか知っている。全面的な自白に続く険しい道の入り口だ。自分の座る椅子が濡れることを知っている。床がじきに血痕で覆われることも。

「ほかにもあるのか?」ウラドは振りむいて尋ねる。

「あるとも。ソチで逮捕されたとき、彼はNKVD内で反乱を計画していた。外国のスパイたちの蜘蛛の巣の中心にいる蜘蛛だったのさ……今夜はたくさんの裏切り者の名前が手に入るはずだ」

アーロンはぎこちなくうなずく。記録係が言いたす。

「おまえたちふたりは知り合いだったな?」

「なんだって?」アーロンは言う。

「おまえとトルシュキンだ。自由時間には飲みにいっていただろう? おまえたちは友人同士だな?」

ウラドは首を振る。「それは正しくない」

部屋は静まり返る。トルシュキンがなにか言うだろう、口をひらいて反論するだろう。だが、そうはならない。トルシュキンは感情のない目でウラドを見つめるだけだ。

「それは正しくない」ウラドはふたたびそう主張する。

「わたしたちは友人同士じゃない」

アーロンは考える。誰か地下室の様子を窺っているんだろうか? ドアに耳を押しつけている? 隙間から覗いているのか? 上役のひとりがいまにも踏みこんでくるかもしれない。なにをもたもたしているのか、なぜなにも起こらないのか訝って――だから彼は断固とした足取りで囚人に近づき、上着をはいで肌着を引きあげる。トルシュキンの背中はまだ真っ白で、切り傷もアザもない。

「始めよう」ウラドは言う。

彼はアーロンの弱々しい反対を抑えこむ。ウラドもアーロンも、トルシュキンはまちがっていたことを知っている。彼らはこの地下室のコンバインの部品ではない。風車小屋の部品だ。彼らは挽臼として働いており、スターリンが粉挽き親方だ。けれど、挽臼を動かすのは風であり、いまはあたらしい国に吹く風が強すぎて誰にもとめられない。スターリンでも。

敵の数の割り当てはこなさないとならず、あたらしい名前が必要で、ウラドはトルシュキンがこれをわかっていることを見てとる。ふたりとも務めを果たさねばならない。

トルシュキンがセメントの床へ視線を下げると、見えるのは彼の背中のみ。

アーロンはこそこそと去っていくが、ウラドは一歩前に出る。

デュビーナを握りしめ、尋問を始める。

ヨーナス

ケントおじさんのウッドデッキは新品みたいにヨーナスの目には見えた。自分に満足していた。ヴェロニカおばさんのウッドデッキの修理に移ろう。ケントおじさんのところでのやり残しは報酬のことだけだ。お金だ。

できるだけ先延ばしにしていたけれど、もう真っ暗になろうとしていた。リビングの窓にかすかな明かりがついているから、ガラス戸を引き開けた。

部屋は蒸し暑かった。扇風機がとまっている。床には請求書やスポーツウエアが散らばり、ゴルフバッグがガラス戸のすぐ前で横倒しになっていた。耳を澄ましてみたけれど、なにも聞こえない。一番大きなルームライトのスイッチに手を伸ばしたとき、声がした。

「明かりはつけるな」

ヨーナスは手をとめて部屋に目を凝らした。テレビはついてない。でも、その前のアームチェアに人が座っていた。

墓標の幽霊だ。墓標の幽霊が家に入ってきたんだ。

「よう、ＪＫ――元気か？」

ケントおじさんの声だった。石材の床を数歩そちらへ近づいた。

「うん……」彼は返事をした。「今日はお金をもらえるはずだよね。ウッドデッキの」

おじさんはゆっくりうなずいた。「もちろんだ。こっちに来い」

ヨーナスが様子を見ながらさらに近づくと、ケントおじさんは少し左右にふらつきながら立ちあがった。テーブルにからっぽの酒瓶がある。

おじさんはほほえんで、紙幣を数枚差しだした。

「ほら、JK」

ヨーナスは手を伸ばし、お金を受けとった。「ありがとう」

「いいさ」おじさんはそう言って、ヨーナスのおでこをなでた。手がとても冷たかった。「おまえはここにいて楽しいか、JK?」

ヨーナスはうなずいた。

「よかった」おじさんは言う。「よかったよ。わたしはヴィラ・クロスにいる者たちに楽しんでもらいたいからな」そして部屋を見まわす。「わたしもここにいてずっと楽しかった。昔は大騒ぎのパーティをひらいたものさ。わたしとニクラスと友人たちで……ストックホルムから女の子たちを連れて来て、シャンパンを派手に開けた。あの頃はウォーターベッドを使っていた。プールぐらいでかいやつを。夜通しパーティしたこともあったな。朝日を浴びてちょっとばかり仮眠して、昼食時にはまた始めて海辺へむかったよ」


おじさんはヨーナスを見て、うなじをがしりと摑んできた。「だが、おまえに言っておきたいことがあるぞ、JK。大事なことだ。しっかり聞けよ?」

全身が固まった気分だったけれど、なんとかまたうなずいた。

「わたしが学んだことは」おじさんは言った。「パーティのあとはかならず片づけが必要だってことだ。パーティを長くやればやるほど、片づけをたくさんやることになる。それを覚えておけるか?」

ヨーナスは息を吞んでから言った。「わかった」

「それでいい、JK」おじさんは手を離した。「いつかの夜、マルネスの近くでなにがあったのかおまえが気にしているのはわかっている……わたしもだ。しかし、わたしはマイェルと話をして、どういうつもりなのか尋ねたかっただけなんだよ。去年のシーズンにわたしたちから金を盗んだからな、クビにするしかなかった。そうしたら、今年はあいつ、エーランド島リゾートの波止場でうちの船に乗りこんで、船倉に乗組員を閉じこめ、船を捨てた。だから話をしたかったのに、あいつは逃げた。まっすぐに森へ逃げ、道に飛びだした。そのとき、車が来て……」

　ケントおじさんは庭の警報装置を見やり、ため息を漏らした。

「きっとすべて丸く収まる。この数週間は少しゴタゴタしていたな、リゾートで問題が起こって。だが、もう大丈夫だ……彼はわたしたちに手を出せない。わたしたちは抵抗するからな」

　ヨーナスは黙っていた。ケントおじさんが奪った銃のことを考えていた。じわじわとあとずさり、その手から離れた。

　おじさんは顔をそむけ、また腰を下ろした。ヨーナスはそのままガラス戸へむかい、請求書やゴルフクラブのなかを歩いた。

　ケントおじさんが振りむいた。「どこへ行くんだ、JK？」

「ちょっと外に」

「庭から外へは行くな。いまは敷地内にいないとだめだ。警報装置がわたしたちを守ってくれる。ここが一番安全だ、ヴィラ・クロスが」

　ヨーナスはガラス戸を開け、急いでウッドデッキに出て、家にやってきたヴェロニカおばさんにもう少しでぶつかるところだった。

「あら、ヨーナス——まだ起きてるの？」

　彼はおばさんに笑いかけた。

「明日はうちのウッドデッキのやすりがけを始めてくれるのね？　ありがたいわ——ぜひ手伝ってもらいたいから！」

　ヨーナスはうなずいた。自分も楽しみにしていた。おばさんは室内に視線を走らせて、ケントおじさんに目を留めて声を落とした。「ケントはどうしてる？」

「大丈夫……だと思う」ヨーナスは言った。

「彼にはやらなくちゃいけないことがたくさんあるの」

「そうだね」

「ちょっと様子を見ていくわ……おやすみ、ヨーナス」

　おばさんは家に入ってガラス戸を閉めた。

　ヨーナスは小さな薄暗い明かりだけに照らされたウッドデッキを横切った。リビングの大きな窓の前から覗くと、おばさんがアームチェアのところまで行ってケントおじさんを揺さぶり、ヨーナスには聞こえないことをなにか言っていた。

　おじさんが返事をつぶやいたけれど、おばさんはしゃべりつづけた。深刻な表情だ。

　のろのろとケントおじさんが身体を起こした。姉の話に耳を傾けて黙ってうなずいた。

　ヨーナスはふたりをスパイするのはやめて、自分のバンガローへもどった。くたびれていた。

リーサ

マイ・ライ・バーでの木曜日の真夜中、レディー・サマータイムは勤務時間を一時間残すだけとなっていた。ありがたいことに。紫のウィッグで頭がどんどんむずがゆくなっていた。

サマータイムがこのクラブでDJを務めるのも明日で最後だというのに、今夜は不調だった。客の入りは半分もなく、雰囲気も盛りあがらない。ダンスフロアに誰もいないし、なによりも、ブースにいるリーサは見張られていると思えてならなかった。

もちろん、気のせいではない。複数の警備員がつねに巡回している。どうもケント・クロスが目を離さないよう警備員に伝えたみたいだ。

リーサはDJミキサーに身を乗りだした。サマータイムにはおとなしくさせている。もうダンスフロアでのちょっとした小旅行はしないし、人の財布に手を出すこともない。こうなったら法律を守る側に留まっているのが賢明なのはわかっているけれど、刺激は失われた。

真夜中をまわって半時間すると、めずらしいことにケント・クロス本人がやってきて、バーで腰を下ろした。バーテンダーになにか注文し、数人の常連客の背中を挨拶代わりにぴしゃりと叩き、近づいてきた警備員たちとしゃべっている。リーサは彼がミネラルウォーターしか飲んでいないことに気づいた。しゃべって笑っているが、DJブースのほうをちらりとも見ない。ただの一度も。

リーサは緊張してきた。デッキをいじるレディー・サマータイムの手元が狂い、曲と曲の転換がぎこちなくなった。

ようやく、つらい時間が終わる。

「ありがとう、それにおやすみ」彼女は最後の曲、ドアーズの〈ジ・エンド〉に続いて言った。

それであっさり終わった。誰も拍手しなかった。留まっていた客たちは酒を飲み干し、ただふらりと夜の闇へむかった。クラブの天井の下には濃い疲労感のようなものが漂っていた。

暑さのせいよ。リーサはそう考えたが、本当のことじゃないともわかっていた。客が埋まらないクラブでは楽しくなるはずもない。彼女がレコードを集めて片づけが終わったときに、最後の客がクラブをあとにした。けれど、リーサが続いて帰るより早く、ケント・クロスが近づいてきた。

「やあ、サマータイム。バッグを運ぶのを手伝おうか？」

「いいえ、結構」

彼女はきっぱりと首を振ったが、それでもケントは階段をあがる彼女についてきた。生ぬるい外に出て、リーサがとめていたパサートにむかった。小さな黒い影が夜空に羽ばたいた――虫を狩るコウモリ。

「行儀よくしているか？」車にたどり着くとケントが言った。

「とってもね。わたしは天使そのものよ」

「そのままでいろ。バカなことをするな」

ケントはまったくのしらふのようだが、クラブを離れると笑顔はなくなっていた。

「今年の夏は天気だけには恵まれた」彼は言った。「ほかはすべてメチャクチャになったが、太陽は輝いている」彼はライトがまばゆく輝くホテルを見あげて話を続けた。「荷台《パレット》で八台ぶんのウォッカとソビエト・シャンパン……誰か興味のありそうな者を知らないか？」

リーサは首を振った。「どうして？」

ケントは疲れた笑みを見せた。「在庫が残ってるからだ。パレット八台ぶんが売れ残って。夏至祭に船で大量に仕入れたが、わたしの計算の半分しか売れなかった。胃腸炎のせいで……今年は税金抜きで二百万クローナを稼げたはずだった。奴が水道設備を糞で汚染しなければ」

リーサは返事をしなかった。ただ腕時計に視線を走らせるだけ。もう二時を過ぎている。「もう帰らないと」

ケントが一歩近づいた。「彼女から話があったか？」

リーサは車のロックを解除した。「ポーリーナのこと？　ええ」

「おまえ、一枚嚙むか？」

「条件による」

「たとえば？」ケントの声が険しくなってきた。

リーサはわがままを言う余地がないことはわかっていたが、それでも抵抗してみた。「その仕事をやったら、うちに帰っていい？」

「やれば帰っていい」クロスは言った。「うちでも地獄でも好きなところに帰れ。わたしは警察には話を漏らさない。誰もおまえを追ってくることはない」

リーサはうなずいた。「じゃあ、いいよ。なにをしたらいいの」

「おまえには見張ってもらいたい。ヴィラ・クロスを見張れ。おまえとポーリーナで。アーロン・フレドはあそこに現われるはずだ、絶対に……おまえは奴の顔がわかるからな」

「わたしたちに見張りをさせて、自分はなにをするつもり？」

ケントは彼女のために車のドアを開け、さらに身をかがめた。「罠を仕掛けるのさ」

イェルロフ

部屋の電話が鳴ったのは金曜の朝のコーヒー・タイムのあとで、彼は手を震わせながら受話器を手にした。

「ダーヴィッドソンですが」

「イェルロフ？」

その声にもアクセントにも聞き覚えがあった。エーランド島に帰ってきた男ではあるが、彼が話をしたいと期待した人物ではなかった。

「おはよう、ビル」イェルロフは言った。「ロングヴィークでは変わりないかね？」

「ああ、だが、お別れを言う時がやってきた。夏は終わったから……明日、ミシガンに帰るんだ」

「それは残念だな。わたしの舟はまだ修理が終わっておらんよ」

「だったら、来年の夏にそいつで海に出よう」

「そうさな」イェルロフは言う。「わたしがまだここにいれば」

ビルは笑った。「わたしたちは百歳まで生きるさ、イェルロフ」

「健康第一でいかんとな、ビル」

「いつもそうしてるさ」このアメリカ人は言った。

「ところで、探していた人物は見つかったのか？」

「ああ、見つかった。だが、じつはアメリカからやってきたんじゃないとわかったよ。ソビエト連邦にいた男だった」

「へえ？　むこうでなにをしていたんだろう」

「それはわからんね……だが、労働者の楽園でよりよい未来が過ごせると信じていたんだろうよ」

「そうだろうな」ビルが言った。「オズワルドみたいに」

「オズワルドとは？」

「リー・ハーヴェイ・オズワルドだよ。五〇年代の終わりにソビエト連邦へ亡命したが、その後、考えを変えて、ロシア人の妻と幼い娘を連れてアメリカにもどったんだ」

数秒かかって、イェルロフはダラスでの出来事を思いだした。「あの暗殺者のことか」

「それそれ。ＪＦＫを殺した狙撃手さ」ビルが言う。

「だが、あんたの探していた男がそんなひどいことを計画しているなんて思わないが」

「そうとも」イェルロフは口ではそう言ったが、確信がもてないでいた。

帰ってきた男

アーロンはあたらしい隠れ家のてっぺんに座っていた。毛布と薄いマットレスでできるかぎりは身体を休めて、この数日はよく眠った。

妙なことだが安全だと感じていた。木のてっぺんの巣にいる鷲もこうだろうか。ここからは入江も海峡も、そして同時に内陸も見渡せる。

今日の夕暮れには綿毛を思わせる雲が島の上空を流れていた。そのなかには人間の頭に似たものもあり、歪んだ怪物のようなものもあった。

朝から晩まで、海辺に水泳教室の子供たちが集まり、桟橋を行楽客が走って水に飛びこむのも見えた。

車が行き交うのも。

行楽客のなかには別荘の戸締まりをして、本土に帰る支度をしている者もいた。

太陽はまだしばらくは輝きつづけるだろうが、休暇村の夏はもう終わりだ。

海峡を沖まで見やった。今宵の海は風に舐められて白波が立っていた。海は広大で力強く、絶えず動いている。

アーロンの夢はこの海峡の近くで死ぬことだった。海をながめ、それから安らかに目を閉じたかった。どうやら、そうなりそうだ。残された時間を海の近くに留まり、対決の時までは敵から離れていれば。

彼の準備はできていた。なにもかも準備できていた。

ゆっくりと、塔から下りていき、一階の即席のベッドの横を通ってドアから外に出ると階段を使って地面に立った。車は少し離れた木陰に隠してある。

イェルロフ・ダーヴィッドソンとの最後の会話のために、マルネスへむかう。

一九四〇 - 四五年、あたらしい国

反革命との戦いは長く厳しいものとなり、ウラドは疲れ果てている。

いまでは糾弾され有罪となった死者は数えきれない。正体を暴かれた敵はひとり残らず、さらなる敵の名をかならずあげるよう要求され、名指しされた者がまた名をあげる。まるで大きくなりつづける粉挽きの車輪だ。

あまりにたくさんの人をつぶしてきた。

トルシュキンは銃殺された。

教師や科学者も銃殺された。

同性愛者や兵士も銃殺された。

詩人、守衛、司祭も銃殺された。

あまりにたくさんの。

クレスティでのウラドの最初の所長だったルガイェフ大尉はレニングラードの党書記であるザコウスキによって銃殺され、ザコウスキはその後、NKVD長官のヤゴダによって銃殺された。その翌年、ヤゴダは後任であるニコライ・エジョフに処刑された。エジョフはウォッカ飲みで血に飢えた男であり、結局それからすぐに自身がルビャンカ刑務所に収容され、NKVDのあたらしい指導者、ラヴレンチー・ベリヤによって死刑の宣告を受けた。

クレスティでのウラドのあたらしい所長は役職についてすでに数カ月を生き延びている。名前はカレック。第一次世界大戦を戦った百戦錬磨の老兵だ。カレック少佐はあまりしゃべらないが、小型の手帳をもち歩いている。部下についてのあらゆる噂を書き留めているという。カレックは地下室で法の名において、ときにはみずからの手によって極刑の実行を続ける。


トラックが毎晩ガタゴトと走り去り、遺体を街の郊外の軍基地へ運ぶ。ウラドが聞いた話では、それだけの死体を埋めるために巨大な墓穴が必要で特大の削岩機を使うらしい。

とてもたくさんの敵、裏切り者がいるから。

ウラドは自分が誰にもトロツキストだとも、資本主義者だとも、国家のどんな敵だとも疑われていない自信がある。彼はスターリンに、党に、所長に忠実だ。国家の敵ではない。

彼は潔白だ。

それでも。寝つくときになると、恐怖と疑いが忍び寄る。四方の壁が迫ってくるように感じる。カレックは手帳になにを書いているのか？ ウラドはいつか仕事に行くとみんなが目を合わせるのを避けて、もはや誰にも〝同志〟と呼ばれなくなったことに気づく日がやってくるのが怖い。なにしろ、彼はかつて外国人だったから、自分はスパイではないという確信がもてなくなることがある。

友人のウラジーミルのこと、北でアーロンが自分はスパイじゃないと言ったときに訊かれた質問を思いだす。「たしかかい？」

たしかだろうか？　アーロンは地下室で起こっていることを見ているし、なにもかも理解して記憶している――これは一種のスパイだということにならないか？　ひょっとしたら、自分はまだ接触を図っていないどこかの外国勢力のためにスパイをしているのではなかろうか。スヴェンがスパイだったのならば、ひょっとしてスヴェンの秘密の計画はアーロンを共産党に入れることで、外国の工作員がのちに接触できるようにするためだったとしたら。

このように暗い考えが、毎晩休むときに脳裏をよぎる。暗闇に浮かぶ血まみれの顔が見え、ノックの音が聞こえる。彼は待っているのだ。建物の外で車がとまる音がして、階段を駆けあがる足音がするのを。柩の蓋を拳で打つようなドアを激しく叩く音を。

実際に階段で足音が響くこともあるが、ここまでのところ、彼の部屋まで来る者はいない。

アーロンは待ちながらなにができる？

なにもない。ウラドに仕事をさせるだけだ。昼も夜も、働くだけ。


一九四〇年五月四日、ウラドはカレックの所長室に呼ばれる。少佐は手帳を前に机に座り、短くうなずく。

「入れ、イェゲロフ」

ウラドは机に近づく。ガーキンの酢漬けのボウルに目を留めるが、カレックは勧めようとしない。椅子にもたれ、ウラドをじろじろながめるばかりだ。「元気か？」

「とても元気です、少佐」

カレックはカフスリンクをいじる。「わたしはモスクワに呼ばれた。ルビャンカ刑務所で勤務する。所長の後任だ。大変な名誉である。何人か部下を連れていかねばならず、精鋭を選んだ」

最初ウラドはどういうことかわからなかったが、気をつけの姿勢を正す。

三カ月後、カレック少佐はモスクワへ転勤になる。彼はウラドとあとふたりを首都へ連れていく。

到着したのは数々の裁判と粛清を経て、街にある種の静けさが訪れたあとのことだ。人を疑わねばならないこともぐっと減り、戦争の危機を回避できて誰もが一息つく。いまではソビエト連邦とナチス・ドイツは不可侵条約を結んでいる。

たぶん未来がやってきたんだとウラドは思う。やっとのことで。


一九四一年の夏はうだるように暑い。雷嵐が訪れる前のように耐えがたい。そして嵐は夏至祭に発生する。

六月二十二日、ヒトラーがあらゆる反対を押しのけてソビエト連邦に奇襲攻撃を仕掛ける。ポリカールポフ機がメッサーシュミット機の編隊に撃墜されてしまう。ドイツのパンツァー戦車師団がウクライナの麦畑地帯に侵攻する。

レニングラードとモスクワを結ぶ鉄道は八月二十一日に分断される。九月二十六日にはキエフが陥落だ。アーロンはもうスウェーデンに帰ることができない。たとえスターリンその人に許可をもらってもだ。

彼はこの国で足どめをくっている。初めて、誰もが戦争に影響されているこの国で。パンがない。砂糖は割り当て制であるし、石鹼もそうだ。

人口の四分の一が赤軍に属しているが、ファシストたちにやり返すことができない。一九四一年だけで、ソビエト連邦は三百万人近くの兵を失う。

十月の後半にはドイツ軍がモスクワ郊外までやってくる。北のカリーニンと南のカルガはすでに陥落だ。店や放置された団地は略奪に遭う。モスクワの十六の橋とスターリンの別荘《ダーチャ》が壊される。スターリン自身はモスクワを離れる準備中だが、十月十八日に結局は留まって地下鉄で寝泊まりする決断を下す。ジューコフ司令官が街は防衛できると請け合ったのだ。

NKVDは逃亡を企てる脱走兵や労働者を自由に処分する権限を与えられる。ウラドは要塞化した街の通りでこうした任務に精を出す。

ドイツ軍は進軍をいったんとめてモスクワでの最後の猛攻に備えて休息を取るが、これは痛い失敗となる。四十万のたっぷり休養を取ったソビエト軍が千の戦車と千の飛行機ともども、特別列車ではるばる極東からむかう途中なのだ。この兵士たちは十月の終わりに到着し、モスクワ郊外に集結する。

十一月の初めにスターリンは包囲された街で部下の決意を固いものとし、士気を高めるため、軍事行進をおこなう。ウラドはボリショイ劇場から共産党政治局の人々のために椅子を運ぶのを手伝う。NKVDの合奏団の音楽を背景に、スターリンが母なる国家を守ることについて感動的な演説をするのに耳を傾ける。

その夜、命令されたかのように気温が北極なみに下がり、十一月中旬にはジューコフが反撃を仕掛ける。十二月五日に赤軍はドイツ軍の侵攻をなんとか食いとめる。

徐々に戦局はソビエト連邦に有利へと傾いていくが、そのための対価は計り知れない。この戦いで八百万を超えるソビエト軍兵士が命を落とす。それにくわえ、一千万近くの市民が飢餓やナチスの虐殺により死亡してしまう。

NKVDは戦後、再編される。刑務所はソビエト連邦内務省、通称M《エム・ヴェー・デー》VDの管轄で、一方、防諜活動や階級の敵を追う仕事はソビエト連邦国家保安委員会、すなわちK《カー・ゲー・ベー》GBが権限をもつ。ウラドはKGBへ異動となる。

モスクワは戦後に耐え忍んできた冬の時代から徐々に雪解けをしていく。手に入る食料が多くなり、人々が楽しむ時間も増す。ウラドが公務員用の団地の小さなアパートで暮らして五年になる。浴室は共同だが、自分だけの台所はある。あまり給料はよくないが、戦後は車を買うことができた。茶色のポベーダだ。何度か遠出をするが、北へは行かない。昔のあの収容所がある地方へは。

夜に時間があると、たまにボリショイ劇場へ行く。うしろの一番安い席を選び、芝居やバレエを観る。

ウラドは夜間に仕事をすることが多く、ルビャンカ広場の刑務所で十二時間以上の勤務をこなす。この数年は、第二次世界大戦の大いなる洪水から汚れた支流がモスクワの刑務所に注ぎこんでいる。戦敗国の将校、ドイツの科学者、ヒトラーと同盟を結んだロシア人、バルト三国の反乱者、逮捕された外交官といったさらなる戦犯たちだ。全員を尋問し、分類分けし、罪の重さを量らねばならない。

「ソビエトとドイツの戦いでおまえは正確にはなにをしていた？」

「おまえが実験していたロケットブースターはどんなものだったんだ？」

「いまから、我々のために働く準備はあるか？」

監房は満員だ。不安は高まる。ときには朝になって、ドアがひらくと、囚人たちは死体を放りだしてくる。自殺か、殴り殺された情報屋かどちらかだ。ときには、ハンストかなにかのように、囚人たちが自分たちの食事も放りだしてくることがある。無理に食べさせる方法がある。アーロンともうひとりの看守で囚人の鼻に二本のチューブを挿しこみ、牛乳をポンプで送りこむ。囚人は窒息するか、飲みこむかを選ぶしかない。全員が飲みこむほうを選ぶ。

ウラドは冷静を保っているが、アーロンはもう疲れている。人を捕まえるのも、尋問するのも、看守でいるのにも疲れている。三十歳だが、六十歳のように感じることも少なくない。

　尋問は続き、銃殺も続き、死体の運びだしも続く。裏切り者は撃たれ、脱走兵も撃たれ、敵も撃たれる。ソビエト人も、外国人も違いはない。

「なぜ、うなじを撃つのか知っているか」カレックがある夜の遅く、ウォッカを数杯飲んでから尋ねる。

　アーロンとほかの看守たちは首を振る。考えたこともなかった。次の年もその次も、次の銃弾もその次も、最初の一発で仕留められなくても、ただ実行するだけだ。囚人が倒れてから二発目が必要なこともある。三発目が必要なことも。死体に降りかかった壁の砂がたまに動きつづけるという噂もある。

「知らないのか？」

「ええ」

「わかりきったことだ」カレックは言う。「うなじは我々を見ることができないからだ」

イェルロフ

「よくそんなに我慢強くなれるな」ヨン・ハーグマンが言った。

「これが手の運動になるんさね」イェルロフは切り返した。

　彼はテーブルを挟んでヨンのむかいに座り、快速帆船の定番カティサーク号の索具の仕上げに集中していた。骨の折れる作業で、ワイヤーフックと糸と、爪楊枝で作った細い桁端《ヤーダーム》を使う。

　ようやく最後のちっぽけな結び目を縛ると、長い息を吐きだした。

「じつを言えば、自分でもなんでこんなことをするかわからんよ、ヨン」彼は打ち明けた。「このボトルシップは客の依頼があるわけでもないからな。自分で勝手に――」

話は電話のベルで中断された。それを見つめ、心を落ち着かせてから受話器を取った。

「ダーヴィッドソンですが」

「こんばんは」声が静かに言った。

イェルロフは誰の声かわかった。今度は心構えも前よりできている。彼はヨンにうなずいてみせた。

「こんばんは、アーロン。元気かね？」

「ああ」

「わたしは元気じゃない」イェルロフは言った。「本を読んでいたんだがね。三〇年代にソビエト連邦で起こったひどい出来事についての歴史の本だ。『スターリンの恐怖政治』だ」

「わたしは本を読まない」

「だが、あんたは恐怖政治には詳しい」

返事がないのでイェルロフは先を続けた。「一九三六年から一九三八年のあいだだけで、百万人が処刑された。この本によると、ほとんどが銃殺だったな。そうでなければ拷問されて亡くなった。百万人だよ、アーロン。二年足らずで」

やはり返事はない。

「その頃、なにをしていたんだね、アーロン？　あんたは兵士だったと言ったが、実際はなにをしていた？」

「命令に従っていた」声は言う。「ファシズムと戦っていた」

「だが、あんたはもう兵士じゃないぞ、アーロン。もう戦わんでいい。クロス家の者と話を始めたらどうだね」

「できない。手にかけた死人が多すぎる」

「この島では手にかけておらんだろう」イェルロフは言う。

「いる。ここにも」

「どこに？」

声はためらったようだが、答えた。「クロス家の敷地に」

「それは何者だね？」

「警備員だ」声は話を続ける。「砂浜とレードトルプのあいだの石の下に埋まっている。撃たれて」

耳を傾けていたイェルロフは、夏至祭に姿を消した警備員の話をティルダがしていたことを思いだした。

「なんでわたしにそれを教えるんだね、アーロン？」

「ほかに話せる者がいるか？」

イェルロフはしばし考えた。「あんたの妹さんのことは聞いたよ。去年マルネスのホームで亡くなっているね、アーロン。残った身内は妹さんだけだったのかね？」

「わたしには娘がいる。だが、ここにはいない」

「じゃあ、あんたには奥さんもいるはずだな」

「もういない」

「なにがあったね？」

声は答えない。

「お別れだ」声がようやくそう言うと、カチリと電話の切れる音がした。イェルロフはため息をついて受話器をもどした。

話はこれでおしまいか。彼はヨンを見やった。

「彼はいま、別の場所にいる……前回と同じ背景の音が聞こえんかった。今度は馬のいななきの音がしなかったよ」

「知りたいのは、なぜ彼があんたに電話してきたかだな」

「話し相手がほしかったんじゃないか。みんなと同じに」イェルロフは言う。「誰でも人恋しくなる。人殺しでも、人に混ざりたいんさね」

彼は電話を見つめた。

「アーロンには家族がいた。娘がいると言っておったよ。そして奥さんはもういないと。いま、まったくのひとりきりじゃないかね。それはいいことじゃない……なんだか最後の会話のようだったよ。別れを告げるためだけに電話してきたようにな」


ヨンが帰ると、イェルロフはふたたび受話器を手にしてティルダにかけた。彼女はスウェーデンに帰国していたが、この話はしたがらなかった。

「わたしは休暇中なのよ」

「警察沙汰についての話なんだぞ」イェルロフは言った。

「言ったでしょ、休暇中なんだから」

「残念なことに、この話は待てないんだ。夏至祭に姿をくらました警備員だが──まだ見つかってないかね？」

「わたしが知るかぎりは」ティルダが答えた。

「情報を手に入れたよ」彼はアーロン・フレドがレードトルプの近くに遺体があると話したことを伝えた。


少なくともティルダは聞いてくれた。

「確認するように伝える。レードトルプというのは正確にはどこにあるの？」

「いまのエーランド島リゾートだ。アーロン・フレドはあそこで育った」

「リゾートのなか？」

「そうだ、砂浜のあたりだ」イェルロフは言った。

「つまり、アーロンの言ったことが正しければ、これもまたクロス家への嫌がらせになるな……アーロンはじゅうぶん承知の上だね」

ティルダがメモをとっている音がして、それから口をひらいた。「その男を見つけないとならないわね」

イェルロフはため息をついた。「ケント・クロスと話してくれ」

ヨーナス

なにか悪いことが起こった。ヨーナスにはヴィラ・クロスに漂う雰囲気からそれがわかった。

誰にも話しかけず、ヴェロニカおばさんの家のウッドデッキの修理を続けた。あと半分ぐらいで終わりだ。膝をついて何週間も作業してデッキのやすりがけとオイル塗りの要領をつかんだから、嬉しいことにスピードはぐんとあがっていた。ステンヴィークでの夏休みはあと三日しか残っていない。みんな、夏が終わるまでにやり残したことを急いでやってしまおうとしてるみたいだった。

ヨーナスはあまり父さんに会っていなかった。レストランで夜遅くまで仕事をしていることも多くて、午前中はまだ寝ている。毎日遅い時間に起きるけれど、仕事に出る前には黒いサングラスの奥でヨーナスに笑顔を見せてくれる。

マッツは土曜の朝に、ヨーナスと父さんは日曜に帰る。ヴェロニカおばさんかケントおじさんが駅に送ってくれることになっている。

ヴェロニカおばさんならいいな。

ここのウッドデッキからはヴィラ・クロスが見渡せて、あっちでもこっちでも家族が短い時間、話しこんでいるのに気づいた。ケントおじさんと父さんがガレージの横で相談しながらランチをとっていたし、そのあとで、ヴェロニカおばさんと父さんがプールの横でおしゃべりしていたし、暗くなろうとしているときに、ケントおじさんとヴェロニカおばさんがおじさんのウッドデッキに座っていた。みんな小声で会話していた。

絶対になにか起こった——でも、まだやるべき作業があるし、汗をかかせるぎらつく太陽も出ている。それでヨーナスは地道な作業を続けた。

夏休みの初めはひとりになるのを心配していたけれど、昼間は自分だけで時間を過ごすのが楽しかった。ケントおじさんも従兄弟たちも避けて――マッツと父さんさえも避けて。


ウルバンとマッツがエーランド島リゾートの仕事からとても遅い時間に帰ってきた。ウルバンはまっすぐ自分の部屋へもどったけれど、マッツは足をとめて弟に話しかけてきた。ウッドデッキにしゃがみ、低い声で尋ねた。「聞いたか、弟?」

「ううん、なにを?」

「警察が死体を見つけた。積んだ石の下に隠されていたってさ」

ヨーナスはすぐに高台のほうを見やったが、マッツが首を振った。「あれじゃない――エーランド島リゾートのなかだ。警官だらけだよ」

「誰の死体?」

「うちで働いていた男だよ、警備員……おれも会ったことはないが、リゾートで働いていたらしい」

ヨーナスは兄を見つめ、墓標の幽霊の話をしたほうがいいか迷っていたが、マッツは立ちあがった。「とにかく、おれのリゾートでの仕事は今日が最後だったからな」ほっとした口調だった。

ひとりずつ、家族全員がヴィラ・クロスに帰ってきた。日が沈む頃、ヨーナスはウッドデッキで立ちあがった。みんなヨーナスの前では取り繕ってるみたいだ。乾燥続きで水不足だとか、水泳教室は今日が最後だったとか、そんな話をしていても、大人たちは全然違うことを考えているのがわかる。

太陽は海に呑みこまれ、水平線の赤い線になった。ヨーナスが振り返ると、ヴェロニカおばさんが家の側に座ってワイングラスを手にしていた。

「ハイ、ヨーナス」

ヨーナスはおばさんに近づいた。たぶん発見された死体の話をしてくれるだろう。でも、髪をくしゃくしゃになでられただけだった。

「疲れた？」

「少しね」ヨーナスは言った。

おばさんはワインを少し飲んだ。なにか考えこんでるみたいだ。間を置いてこう尋ねた。「お父さんからうちの家族のことを聞いてる、ヨーナス？」

ヨーナスは首を振った。「そんなには」

おばさんは椅子にもたれ、海のほうを見つめた。

「わくわくする話よ」おばさんは語りはじめた。「すべてはイリスという名のひとりの農夫から始まったの。十九世紀にこの海岸沿いに安い土地をたくさん手に入れてね。みんな無駄なことをするものだと思った。だって、海岸沿いでは作物が育てられないものね……でも、イリスはどんどん土地を買っていき、売り払うことはなかった。彼が亡くなると、土地は三人の息子が相続したの。エドヴァルド、イルベルト、そしてわたしの祖父のシーグフリッド。そして兄弟ふたりが亡くなると、シーグフリッドは土地の大部分をかこって、エーランド島リゾートになるものを作った。だからわたしたちはこの土地を何世代も所有してきたのよ。クロス家はこのあたりの人の記憶にあるかぎりずっと、ここに住んできたようね。ここをわたしたちから奪おうとする人もいたけれど、そんな人たちは成功しなかった」

おばさんは指で包みこんだワイングラスをくるくるとまわした。「家族はみんな、うちのことを誇りに思わないとね。わたしはカスペルとウルバンにそう言い聞かせている。あなたもそう思ってほしいのよ、ヨーナス」

ヨーナスはうなずいた——けれど彼にとって、いま聞いた家族なんか名前の羅列でしかなかった。イリスやエドヴァルドやイルベルトやシーグフリッドなんか興味ない。

おばさんにおやすみを言って、自分の小さなバンガローへもどった。

ひんやりするシーツの下に横たわると、外で一羽だけ鳥が鳴いていた。低いさえずりは黄昏に少しずつ消えていく。

眠りに落ちる直前にウッドデッキを横切る静かな足音を聞いた。ケントおじさんが警報装置をセットしてるか、海岸通りにそっと下りていくような音だった。ヨーナスは目をつぶって枕と掛け布団で耳を覆った。とにかく眠りたかった。

帰ってきた男

アーロンには彼らが迫っているとわかった。

今頃、死体が発見されているはずだ。イェルロフ・ダーヴィッドソンが話を信じたならば。だが、それは警察がエーランド島リゾートに集まっていることも意味する。

イェルロフと電話で話した後、彼は日が沈むまで待ってからマルネスを離れ、島の西側へ車でもどった。

暗闇のなかなら動きまわることができる。もう真夜中をずいぶん過ぎていて、海岸通りの下の窪地は影に満ちていた。

誰かいるか？

端に立つ彼には確信がもてなかった。掩蔽壕の金属製のドアが五十メートル先に見え、なにか聞こえるか耳をそばだてた。

静寂。

ゆっくりと警戒しながら窪地を移動した。この数週間そうしてきたように。

南京錠はまだついている。鍵を取りだして静かにドアを開けた。かすかに軋んだが、大きくひらいた。

墓標の下まで穴は掘り終えていた。だから以前よりも用心したのだ。もはや日の光があるうちはここを訪れない。彼は夜行動物になった。

月が海峡の空でたなびく雲から顔を出し、掩蔽壕の入り口をうまく照らしたから彼はなかを覗いた。なにもかも大丈夫のようだ。彼が前回ここを去ったときのまま、道具や箱はもとどおりの場所にある。

入り口を入ってすぐのところに電気ケーブルを巻いたものを置いている。アーロンはそれを手にして外へ出ると、掩蔽壕のドアを閉めてから、細いケーブルを引きだし、小石や大きめの石灰岩の下に隠していった。

ようやく、完全に隠しきった。これでよし。立ちあがった。

そのとき、暗闇でガサガサという音が聞こえた。

何者かが窪地の反対側から入ってきて、こちらへむかっている。

アーロンはここまできて、危険をおかすつもりはなかった。急いで振り返り、足早にその場を離れた。十メートルを移動して窪地をあとにすると、キャンプ場と桟橋が見えた。ほぼ満月の下、海峡がきらめいていたが、彼は海辺の先の暗がりへ移動した。海岸通りを横切り、夏至祭の会場を通りすぎ、低木の森をめざす。

森の闇にたどり着いてようやく足をとめ、耳を澄ました。追ってくる足音はしない。

それでもアーロンは腕や胸でざわつく血流が感じられた。心臓が激しく打つ。八十年を超える歳月で傷んで疲れた心臓だ。けれど、あともう少しだけ打ちつづけてくれそうだ。
今週を見届けるには、この心臓がいる。

一九五七年十月、あたらしい国

モスクワの晩秋、アーロンは狭く埃だらけで耐えがたい寝室の臨終の床《とこ》をあとにしたばかりだ。大勢の者たちと同じように、今夜は通りに出て空にスプートニク人工衛星の姿を探している。空をシューッとまわっているはずだ。技術の勝利。しかし空は濃い灰色でしかない。

前所長のカレック少佐もアーロンが部屋を出たとき同じように灰色だった。カレックは長いこと死の入り口にいて、身体はアルコールの飲み過ぎでむくんでいたのに、狭いアパートでミイラのように縮んでもいた。この一年というもの、若い看護婦が毎日カレックを訪れていたが、夜はアーロンだけがカレックと一緒にいる。ほかには誰も彼を訪ねない。

兵士というものはひとりで死ぬ。

このほんの数年で、たくさんのことが起こった。スターリンも結局はベッドの上で具合が悪くなりひとりで死んだ。誰もじゃまをしたがらなかったからだ。あたらしい指導者はニキータ・フルシチョフといい、この地位についた者全員に共通することだが、彼も当初は粛清をおこなった。スターリンのスパイの親方、ラヴレンチー・ベリヤをただちに糾弾し処刑し、そしてベリヤがいなくなったとたんに、カレック少佐は職を追われた。カレックはルビャンカ刑務所の所長だったわけだが、罰を受けることはなく、国からのささやかな年金を受けとり、あとは完全に無視された。

カレックには失脚がとてもこたえた。ベリヤの死からわずか三年でカレックの肝臓は飲酒のために破壊され崩壊した。少佐はそもそも酒好きだったが、偉大なる指導者の保護の手が失われたとたん、ウォッカの海にどこまでも沈んでいった。祖国の安全のために働き、人民の敵を追い詰めるために命を捧げた多くの者たちと同じだ。

死期が近づくにつれて、カレックの目に恐怖が見えるようになった。なにかを待っているようだった。

「わたしは数えていた。法の名において極刑に処した全員の数を」カレックはウラドを見つめて囁いた。

「不可能だと思うだろうが、頭のなかで数えていた。銃殺ごとに数えつづけた」

ウラドはそれがいくつか尋ねたくもないのに、カレックは咳きこんでから話を続ける。「一万二千三百五」彼は右手をあげる。撃つたびに反動で震えた手を。

「これで……この手で。どう考える？」

「理解不能です」ウラドは言った。

カレックはどんよりした目でまだ見つめていたが、ウラドは自分自身の右手を見おろした。ここで初めてアーロンは右手がなにをしてきたのか、どれだけの回数やってきたのか考えた。

人差し指は引き金を何千回も引いただろうか？　まちがいない。

それに棍棒《デュビーナ》で何度、背中や足や頭を殴っただろう？　数えきれない。大半は男だったが、女もいた。しかし、子供はひとりもいなかった。組織には子供を殴り、殺しさえした残虐な者もいた——だが、ウラドはそうではない。彼の限界は十五歳。少し前後はするだろうが。

裏切り者に国家の敵。彼らは報いを受けた。

カレックはため息を漏らして死んだ。自分のベッドで静かに平和に眠るように死んだ。一万二千三百五とは違って。


十月、スプートニクが回転してピーッと音をたてながら宇宙を巡っている。

アーロンは人工衛星とまったく同じようにひとりでモスクワを歩く。しかし、通りのどこを歩いても知っている顔に会いそうでそれが恐ろしい。

先週、クルスク駅の前で何者か気づかれた。まちがいない。中年の女がほんの数メートルまで近づいたところで立ちどまり、恐怖を目に浮かべて見つめてきた。ウラドは彼女になにをした？　背中にデュビーナを使ったか？　拷問で三日間、寝かせなかったか？　それとも女の息子の腕を折ったのか、夫を銃殺したか？

アーロンは覚えていない。

ウラドがなにをしたにしても、立派な動機があってのことだったのだから。

さらに高い目標、もっといい未来のため。ウラドと同僚たちはあの地下室で懸命に働き、次々と敵を始末していつも未来を見ていた。

これがその未来だろうか？　未来はやってきたのか？

アーロンには迷いがある。通りを歩きながら逃げることを考えている。スウェーデン大使館、近づいたこともないあの建物へ行くか、あるいはオヴィール——査証発行と登録のための役所へ行き、すべてを話すか。

もう夕方だ。寒い秋の夕方。ウラドはモスクワの凍える風をしのぐ場所を、自宅アパートから遠くないアゼルバイジャン人のレストランに求める。片隅のテーブルに腰を下ろし、ウォッカを注文する。あとでケバブも注文するつもりだが、ウォッカが一番の目的だ。

冷えて結露したグラスが運ばれ、ウラドは無言でスターリンに乾杯して飲む。フルシチョフをぶっつぶせ、首まで血塗られた偽善者め。

人生で初めて大酒を飲んでいる。酒でアーロンは気分が悪くなるが、ウラドは次々におかわりをする。五杯目を飲み干すとウォッカが腹へのろりと下りていくのがわかり、顔をあげてみると、NKVDの死んだ同僚たちがテーブルに一緒に座っている。彼らが励ます。飲みつづけろ！　義理の父のスヴェンが左隣に腰を下ろしている。彼とアーロンはいま同い年だ。ウクライナ出身のウラジーミルが右にいる。つぶれた脚で。

グリーシャじいさんもいる。しゃれた同僚のグレゴリー・トルシュキンも。自白するまでウラドが幾晩も尋問した相手だ。なのに、トルシュキンはほほえんでうなずいている。飲めよ、同志！　あれだけの夏を、あれだけの冬をがんばってきたんだからな！

ウラドは何度も死者に杯を掲げる。どの杯もきっちり飲み干す。十一杯か十二杯目で目を閉じると、レストランが回転している。彼は人工衛星だ。回転しながら宇宙へ飛びだしていく。

こういうことなのか。自由でありながら呪われているというのは、こういうことなんだ。あきれるほど孤独で、ますます酔いがまわって吐き気がしてくる。

アーロンはもうなにも思いだせない。

彼はレストランを追いだされてスウェーデン語でぼやいたのか、それとも自分の足でよろめきながら出ていったのか？　彼にわかるのは、いきなり自分が歩道で膝をついているということだ。頭をだらりと垂らして、口から唾液が滴っている。

家に帰らなくては。ここにいたら凍死する。だから、立ちあがろうとする。

それからなにもかもが黒くなり、気づくと石畳が見えるだけだ。転んでしまったのだ。

ここはどこだ？　さっぱりわからない。ふたたび意識を失う。

暗闇。

手が彼を揺さぶる。ほっそりした手。女の声がする。

「大丈夫、兵隊さん？」

女の名はリュドミーラで、父称はスターリナ（スターリンの娘、という意味になる）だが、これを彼女は絶対に使わない。ミーラと名乗り、手を貸して彼を家に送る。ベッドに寝かせてもらうとすぐに、彼はミーラを見て話す。とにかく、話そうとはする。酔っ払ったのはこれが初めてだと。これまで一度も酒を飲んだことはない。

ミーラはもちろん信じない。

「あなた、乱暴にならないのはいいわね」彼女は静かに言う。「男って酔っ払うといやらしくなるのが多いの」

アーロンは乱暴にならないと彼女に約束する。彼は危険な男ではない。それに二度と酒を飲むつもりはない。

ミーラはしばらくベッドの横に座っている。次第に、彼女の顔がはっきり見えるようになってくる。黒髪の美人だ。

「仕事はなにをしているの？」彼女が尋ねる。

アーロンもウラドもためらう。「公務員だ」ふたりは結局そう答える。「きみは？」

「看護婦よ」

短い間に続いてアーロンが尋ねる。「また会えるかい？　この街に住んでいるのか？」

「母がモスクワで暮らしているの」ミーラが言う。「一週間、母のところに滞在するから。仕事は……別の場所でしているの」

　アーロンは彼女が秘密をともなう仕事をしているのだと悟る。同じだ。

　ミーラが立ちあがる。「もう帰るわ」

「どうしても、またきみに会いたい」

　ミーラは部屋を見まわす。「電話があるわね」

「ああ」アーロンが言う。「仕事の関係で、緊急の連絡にも対応できるようにだ」

　ミーラがほほえむ。「母の家の番号を教える。電話して母と話して。母がわたしとしゃべるのを許してくれたら、また会いましょ」

リーサ

　ケント・クロスは疲れた顔だった。たぶん、ゆうべ酒を飲んだんだろう。でも、いまはしらふで、大げさな身振りをしながら行ったり来たりして、リーサのトレーラーハウスを揺らした。

「奴はゆうべ、近くにいた。掩蔽壕の前をこっそり歩く音がしたが、逃げられた……今夜はおまえたちふたりもあそこへ一緒に行ってもらう。そしてわたしたちで捕まえるぞ」

　わたしたち？　こっちまで一味みたいにするわけ？

　リーサはそう思ったが、黙っておいた。ただソファに無言で座ってケントの話を聞いていた。ポーリーナはドアの前に座っている。彼女も黙っていた。

もう少しで天井に頭が届きそうなケントはいつものように立ったままで、顔色が悪く疲れた様子だったが、全身に力をみなぎらせていた。手をひらいたり閉じたりを繰り返し、首を左右に振っては耳を澄まし、絶えず姿勢を変える。

彼はカウンターに黒いバッグを置いていた。

「奴にはあと一日しかない」ケントが話を続ける。「あるいは二日か……運が尽きるまで」

リーサはもちろんなにがあったか聞いていた。警備員が射殺され埋められているのがリゾート内で発見された。ここにやってきた最初の日に森に現われたあの警備員にちがいないと思ったが、その件でケントに質問をするつもりなんかなかった。殺される直前に会っていたなんて打ち明けるタイミングじゃない。

そのかわりにこう尋ねた。「で、その男は掩蔽壕でなにしてるの？」

「スパイだ」ケントは言う。「わたしと家族のことを嗅ぎまわっている。奴は掩蔽壕を作戦基地として利用しているのさ」

軍事用語まで使いはじめたわよ。でもリーサは口をつぐんでおいた。ポーリーナも。

ケントはバッグを開け、黒いプラスチック製の小型のものをふたつ取りだした。「今夜おまえたちにはこれが必要になる」

携帯用無線機だ。ケント・クロスは小道具が好きだから、驚きはしないけど。

彼は時間をたしかめて話を続けた。「一時間もすれば暗くなる。十時に海岸通りのわたしの家の下で待ち合わせよう。そのとき、やってもらいたいことを説明する。わたしは懐中電灯を用意する。おまえたちはこの無線機をもってこい……質問はあるか？」

リーサとポーリーナはやはり黙っていた。

人生で初めてリーサは警察が現われてほしいと願った。そこのドアをノックして、なにもかも捜査してくれたらいいのに。でも、ケント・クロスは警察を近づかせたくないわけだ。掩蔽壕で例の男になにをするつもりにしても。

ケントはバッグを手にしてドアを開けた。「よし。じゃあ、あとでな……暖かい服装で来い――今夜は冷えそうだ」

彼は外に出てドアを閉めた。

リーサがじっと座っていると、ケントのアフターシェーブローションのにおいが徐々に消えていった。

「バカみたい」彼女は閉じられたドアにむかって言った。「今夜は暖かくなるよ」

手渡された無線機を見ると、まるでおもちゃの大型の黒い携帯だ。でも、ケント・クロスは真剣だったから、まちがいなくこれは動く。

それからポーリーナを見ると、まだ膝で両手を握りしめて座っていて、思いつめた表情をしていた。なにか声をかけてあげなくては。「じゃあ、わたしたち、言われたことをやるわけだ」

ポーリーナはうなずいた。「そうよ」

「理由は?」

ポーリーナは一瞬黙っていたが、こう言った。「病気の母」

「お母さんが病気なの?」

彼女はふたたびうなずいたから、リーサは尋ねた。

「それでケント・クロスはあなたにたっぷり払ってくれてる?」

「ええ」

「いくら?」

「千」

「千クローナ(一・五万円ほど)?」

「千ドル」ポーリーナは自分のバッグから古い茶の缶を取りだした。「もう百ドルくれた」彼女は缶を開けてリーサに紙幣を見せた。

「そう、よかったわね」

ポーリーナがリーサを見つめた。「あなたは？　なぜこれをする？」

リーサはためらってから答えた。「お金の必要な身内がいるから」

「身内？」

「父親――わたしのパパ。ストックホルムに住んでいて、路上のドラッグストアを使ってるってわけよ」

ポーリーナはあきらかにどういうことかわかっていなかった。

「麻薬の依存症」リーサは説明し、さっと立ちあがった。「さてと。準備したほうがよさそう」

サイラスのことは言わなければよかった。いますぐ逃げだしたい、この最後の仕事はすっぽかして、車を飛ばして島を出てしまいたい。

でも、留まるしかないのはわかっていた。

ポーリーナが帰ったあとで、無線機は音をたてないが、リーサの携帯が鳴った。ベッドに横たわっていた。出ないまま携帯を長いこと見つめた。

誰からなのか、わかっている。

携帯は鳴りつづけた。八回。九回。十回。

でも出なかった。窓の外を見つめるだけだ。ぎらつく黄色い太陽が海峡に沈んでいこうとしている。やがて着信音はとまった。リーサはその場から動かない。

半時間が過ぎて彼女は起きあがり、黒っぽい上着を身につけ、黒い帽子でブロンドの髪を包んだ。

太陽が沈んでしまった。時間だ。

イェルロフ

先週はずっとヴェロニカ・クロスについて話を聞いてまわった。いかにすばらしい人か、いかに献身的に年寄りの世話をしてくれるか、そんな返事ばかりだった。

「とてもやる気のある人なんですよ」高齢者ホームの職員が語った。「けっしてあきらめないんです。喜んでおしゃべりしてくれたり、話を聞いてくれたりしてね。老齢のご婦人たちにつきあってくれて。本を読んでくれたものですよ」

だが、ヴェロニカにそこまで思いやりがあるのなら、今年の夏はここに来てくれないのはどうしてだ？　クロス家がエーランド島リゾートで解決しなくちゃならない問題をいくつも抱えているのは知っているが、それにしたって……イェルロフは今年ここで彼女を一度も見ていない。

去年の夏、ヴェロニカはほぼ毎週来てくれた。イェルロフが話を聞いた臨時雇いの職員の話では、ヴェロニカはグレタ・フレドと仲がよく、何度もやってきてはグレタやほかの者たちに本を読んでやったそうだ。

そんなときグレタが浴室で転倒して亡くなり、ヴェロニカは来なくなってしまった。イェルロフが話をしてみると、彼女を恋しがって、もどってきてほしいと願う入居者が何人もいた。

だが、どうして来なくなったんだ？　彼女にとってグレタだけが大事だったのか？

ウルフ・ヴァルの部屋のドアは昼間は半開きのことが多かったが、マルネス高齢者ホームに日射しが降り注いでいても、部屋のなかは暗かった。イェルロフは訪ねたい誘惑に抗ってきた。ウルフのことはよく知らない。少なくともむこうが五歳は年上で、猟師であり武器商人であるエイナル・ヴァルのおそらくは父親ということだけだ。それにグレタ・フレドの隣人だったことも。

ついに七月の最後の日、イェルロフはドアを押し開け、室内を覗きこんだ。「こんにちは」静かにそう声をかけた。

最初は静まり返っていたが、短い返事があった。

「どういう意味だ？」

これはいささか答えるのがむずかしい質問だったから、イェルロフは黙っていた。戸口から一歩踏みこんだ。部屋は見慣れたものだった。家具や寝具などが自分の部屋とまったく同じだったからだ。しかし、においがずいぶんと違う。ここは空気がまったく動いていなかった。

ウルフ・ヴァルもまったく動いていない。灰色のカーディガンを着て窓辺の肘掛け椅子に座っている。窓は巻き上げ式のブラインドで覆われていた。

イェルロフはゆっくりと戸口から奥へ進んだ。「イェルロフ・ダーヴィッドソンだ」

肘掛け椅子の男は彼を見つめてうなずいた。「そうだな。あんたが誰かは知ってるよ、ダーヴィッドソン」

「よかった」

「少し前に新聞に出ていたな」

「そうだよ。それから、あんたの息子さんのことは聞いた」イェルロフは言った。「それも少し前のことだったな。お悔やみを言うよ。エイナルはあんたの息子さんだっただろう？」

ヴァルは筋肉ひとつ動かさず、イェルロフを見つめつづけたが、ややあって、またうなずいた。「そうだ。だが、わしにはまだ、あとふたりいる。あいつらのほうがエイナルよりましだ……酒を飲まんし、密漁もしない」

客が座る場所はなかったから、イェルロフは立ったままで、弱った脚が少しぐらついた。「それから、あんたのお隣さんのことも聞いたよ。グレタ・フレド」

「そうだな——アーロンの妹。去年の夏に亡くなった」

イェルロフは一段とぐらついた。アーロンの妹。

「じゃあ、あんたはアーロン・フレドを知ってるのか？」

「話をした」ヴァルが言う。「ここに何度か来たから」

「いつのことだね？」

「初夏だった……妹の部屋を見にきたそうだ。身の回りの品をいくつかもちかえってな」

「あんたたちはどんな話をしたんだね？」

「だいたいグレタの話だ……なにがあったか知りたがっていた」

「転んだと聞いたが」

ウルフ・ヴァルはまたもやうなずいた。「そのとき、クロス家の誰かが居合わせたかどうか知りたがっていたよ」

「クロス家？」

「それで知っていることを教えた」

「知っていることとは？」

「彼女がいたことを」ヴァルが言う。「ヴェロニカ・クロスは去年、しばらくここに通いづめだった」

「そうだね」イェルロフは言った。「講演会をして、入居者に本を読んでやっていた。だが、今年は来ないね」

「そうだ。来なくなった。あの事故のあとで」

「グレタが転んでから？」

「そうだ。グレタが浴室で亡くなってから」

「ドアは鍵がかかっていた」イェルロフは言った。

「ああ。グレタは浴室の鍵をしっかりかけるのが習慣だった。誰にも覗かれないように」ヴァルはひとしきり呟きこんだ。「だが、ヴェロニカ・クロスもあの場にいた。部屋から出てきた。ここのドアの前を走っていくのが見えた」

「たしかに見たのか？」

「そうとも。その話もアーロン・フレドに教えた」

イェルロフは一瞬、考えこんだ。「息子さんのエイナルもアーロンと同じ頃にここに来たかね？」

「ああ、一度な。ふたりは世間話をしていたぞ」

「クロス家について？」

「なんでもさ……エイナルはケント・クロスに腹を立てていた——エイナルがもっていく肉や魚をかならず値切ろうとしたからな」

イェルロフはこのウルフ・ヴァルの部屋でなにが始まったのか気づいた——武器商人と帰ってきた男がたまたま出会って始まったのか。共通の敵をもつふたりの怒れる男たち。

「それで、ふたりが一緒になにかしたと思うかね？」

「大いにね」ヴァルは言った。「だが、エイナルはわしにはなにも話さなかった」

イェルロフはもう立っていられなくなったが、ベッドに座るほど厚かましくなれないので、ウルフ・ヴァルに礼を言って部屋をあとにした。

廊下で立ちどまり、隣の部屋を見た。かつてグレタ・フレドが住んでいた場所。イェルロフはドアをノックした。返事はなかったが、あっさり部屋に入るのに慣れてきたから、今度もそうした。

グレタのあとに入居した老女がそこに座っていた。かなり警戒した表情だ。

「こんにちは」イェルロフはこんなふうに邪魔して少々気が引けたが、笑顔になって手を振り、自分は怪しい者ではないと印象づけた。

彼は部屋を見まわした。アーロンの妹のグレタが暮らし、そして亡くなった場所。ここの浴室で転んで。

そして浴室のドアは鍵がかかっていた――ウルフ・ヴァルも臨時雇いの職員も同じことを話していた。誰かが彼女を転ばせるのは不可能だっただろう。

帰ろうとしたそのとき、入り口のマットに気づいた。イェルロフの部屋にもまったく同じものがある――ビニールの。

そこで彼はなにが起こったのか悟った。

ヴェロニカ・クロス。感じがよくて親切なヴェロニカ。ホームを訪れて講演会をしてくれた人。入居者とかかわって、個人の部屋まで会いに行き、本を読んでやった。去年の夏にグレタ・フレドが亡くなるまで。

イェルロフは振り返り、廊下に出た。

「おーい?」彼は呼びかけた。返事がないので、元船長らしく声を張りあげた。「おい! 誰かいないか?」

若い女性が現われた。さっき話をした臨時雇いの職員ではなかったが、似たようなものだ。「なんでしょう?」

「この部屋を」イェルロフは杖で示して言った。「封鎖して警察を呼ばんといかん」

この若い女性は目を丸くした。「なんですって?」

イェルロフはできるだけ威厳があるように見せ、自信満々の声を出してみた。「ここは犯罪現場だ。グレタ・フレドはこの部屋で殺された」

ヨーナス

土曜日、ヴィラ・クロスの空は灰色だった。海岸には全然風が吹いていなかったけれど、もっと黒っぽい雲が本土の上に集まっていた。嵐になりそうだ。

ヨーナスは一日中、一生懸命に働いてヴェロニカおばさんのウッドデッキにオイルを塗り、夜の七時十五分に最後の部分をやり終えた。おばさんはもう賃金を払ってくれていて、ヨーナスはお金の入った封筒をケントおじさんにもらったぶんと一緒に枕の下に入れておいた。

ヨーナスは目を細くして太陽を見あげ、ブラシとオイルの缶を片づけた。もうやすりがけや、オイルや、ウッドデッキのことは考えたくなかった。いまはお金のこと、それに父さんとうちに帰ることだけを考えていた。ヴェロニカおばさんが明日の昼食のあとに駅まで送ると約束してくれた。

マッツは先に帰った。今朝、幹線道路からカルマル行きのバスに乗った。

ヨーナスはさよならを言うために自転車でダーヴィッドソン家のコテージに行った。島を離れて家に帰るときはそうすることになってるから。クリストファーは母さんや父さんといたけれど、イェルロフはマルネスの高齢者ホームに帰ってしまっていた。

ヨーナスは夕陽を浴びながら家にもどった。ちょっとがっかりだ。最後にもう一度イェルロフに会えなかったのは残念だった。

夏はもうじき終わりだけどまだ暖かく、ヨーナスは寝るときにバンガローのドアを開けっ放しにして、夜の空気を入れた。当たり前だが、外の空気も部屋のなかと同じぐらい生ぬるかった。

寝る前に一度時計を見た。もうすぐ十時。庭はいつもより暗かった。誰かがプールと私道の照明を消したからだ。でも、警報装置は動いている。緑に瞬くダイオードの光が見える。

ベッドに滑りこむと、コオロギの声ばかりが聞こえた。町にもどっても、虫のうるさい声が恋しくなるなんて思えない。気持ちが落ち着く声ではあるけれど。草むらの目に見えない機械から聞こえる妙にリズミカルなギリギリギリという音。

急にコオロギの声がしなくなった。そう長いことじゃなかった。レコードから針を数秒だけもちあげたみたいな短い間だった。すぐに虫はまた歌いだした。

外に誰かいる？　動物？　それとも人？　ヨーナスはしばらく聞き耳をたてていたが、コオロギはいつもの調子で鳴いていた。

寝返りを打って仰向けになった。白いカーテン越しに、丸い月が岩場と海峡の上にぶらさがっている。満月だからコオロギはあんな変な鳴きかたをするのかな。

ベッドには熱がこもっていたけれど、シーツは素敵に冷たかった。外から低い話し声がした。父さんがレストランでの最後の仕事を終えて帰宅し、カスペルとウルバンにおやすみを言ってるみたいだ。

ケントおじさんの姿は一日中見かけなかった。いいことだ。

ヨーナスは目を閉じた。

しばらくすると、話し声がしなくなり、寝ようとしているカスペルとウルバンの足音とくぐもった物音がほかのバンガローから聞こえ、そして静かになった。

バンガローのなかはさらに暗くなったみたいだ。ヨーナスはゆっくりと夏の夜の影に吸いこまれていった。煤けた灰色の霧がドアの下の隙間から忍びこんできて、包まれていくようだった。でも、彼は疲れていた。とても疲れているけれど、ここにいれば危険なことなんかないし。墓標の幽霊もいない。

守護天使がいるだけだ。

天使がベッドの横に立っていた。すらりと背が高くじっとしている。天使がヨーナスの顔に手をあて、なにも心配ないと囁いた。

眠って。よく眠って。

天使の柔らかな白い手は離れない。別にいい、なにもかも平和な感じだった。ヨーナスはどんどん沈み、海底へ落ちていく。

頭の片隅でこれはおかしい、こんなに深く沈むのは危険だとわかっているのに、この頃にはもうどうすることもできなかった。

帰ってきた男

広大なヴィラ・クロスの敷地の裏手に客用のバンガローが並んでいた。日が沈むとバンガローは闇に包まれ、このあたりに照明はいっさいなかった。

警報装置がセットしてあったが、アーロンはもちろん暗証番号を知っている。

音をたてず、左のバンガローのドアを開けた。クロロホルムのにおいがした。エイナル・ヴァルのボートハウスで見つけたクロロホルムの瓶のおかげだ。

ベッドには少年が寝ていた。クロロホルムを染みこませた白いハンカチが顔に載せてあってぐっすり眠っている。白い仮面の下の深い眠り。

これでいい。

アーロンは少年を抱きあげた。バンガローから運びだして芝生を横切り、庭の向こう側の狭い未舗装の道沿いに低い塀が走っている場所まで歩いても、その子の呼吸は穏やかだった。

塀を乗り越え、道に出た。車は少し離れた暗がりにとめてある。片手を少年の背中にまわしたままトランクを開け、細い身体をそっと横たえた。

それからトランクを閉め、引き返して、隣のバンガローの少年を訪ねた。

トランクには少年ふたりなら入るはずだが、三人目は後部座席に寝かせておけばいい。窒息の危険はない――それほど遠くには行かないから。

十一時三十分になっていた。

一時間したら、クロス家との最後の対面のためにこの海岸へ帰ってくる。

一九六〇年 - 八〇年、あたらしい国

アーロンはリュドミーラとその後も会う。彼女が仕事で留守にしていなければの話だ。彼女がいないともちろん寂しいが、いまでは落ち着きも出て、KGBで静かに働く中年の男だ。彼はあたらしい車を手に入れた。白いヴォルガだ。

近頃では旅行も少したやすくなっている。ソビエト連邦は徐々に、そして警戒しながらではあるが、スターリンの逝去後にひらけてきて、もう夜に訪れてきてノックする者はいない。政治に反対する者は尋問を受けて投獄されるが、階級の敵を数千人といったような逮捕割り当てなどはもうないのだ。アーロンの銃はホルスターに収まったままである。

当然ながら、狩ったほうにも狩られたほうにも過去の記憶はあるが、その話は誰もしない。ソビエトには古いことわざがある。〝過去をとやかく言う者は片目を失う〟。国民はもう未来の楽園など信じていないかもしれないが、平和と静けさを望んでいる。

ミーラは看護婦として働きつづけるが、ある仕事で体調を崩す。一九六〇年の秋、南へむかって数ヵ月留守にしていたが、帰ってきたときには怯えた目をしてひどい咳をしていた。それからというもの咳は続き、夜になるととくにひどく咳きこむ。それになんとか眠っても、はっとして目覚め、悲鳴をあげることもある。

アーロンはなにも質問しない。ミーラもなにがあったか語りたがらない、もしくは話すことを許されていないが、それでいい。アーロンも自分だけの秘密を抱えている。

ふたりは一九六一年に婚約し、翌年に結婚する。神の御名によってではなく、国家の御名によってだが――中央登記所でおごそかであり質素な式を挙げる。

アーロンとミーラはこれで一緒に暮らせるようになるが、ウラドのちっぽけなアパートでは新婚にふさわしくない。改装されたばかりのふた部屋のアパートがペトロフカ通りでふたりを待っている。

アーロンは誰かの夫になるなど考えてもいなかったが、四十三歳にして、そうなるとは。あとは母と妹のグレタに会えたらと願う。

やがてふたりに子供ができる。一九七二年、ミーラが三十七歳で産んだ娘で、待望の赤ん坊だ。ミーラは二回流産しているから。アーロンはそれが妻の病気と関係があるのかと考える。

出産予定日の前の晩に、ミーラはついに十二年前になにがあったのか語る。

本当は口外が許されていない、乾燥したステップ地帯の巨大な墓の話をする。

彼女は墓掘りまでも手伝わねばならなかった。「みんな掘らないとならなかった」彼女は言う。

「巨大な墓？」アーロンは尋ねる。「誰を埋葬したんだ？」

「エンジニアたち」

続いてミーラは一九六〇年十月、アラル海の東にある大平野でロケットが打ち上げられたことを話す。彼女が肺を痛めた夜だ。

「わたしは数キロ離れた病院にいたけれど、わたしたち、それでも衝撃波を感じたのよ。最初は予定どおりにロケットが発射されたと思ったけれど、そうじゃなかった……なにもかもお粗末な準備で発射が実行されたことなんか、わたしたちにはわかるはずもなかった。責任者たちが打ち上げの期日を守ることにこだわって、安全手順を無視したことなんか」

ロケット発射の前にいろいろと不備が重なり、上の者たちがエンジニアたちを急かした。深夜で誰もが疲れていた。こうして発射はまずいことになってしまった。とてもまずいことに。電気系統がショートし、第二段エンジンがあまりにも早く点火されてしまい、第一段エンジン下の燃料タンクにも火がついてしまった。発射台と付近にはまだたくさんの人が残っていたのに。

「ロケットは警告なしで稼働されてしまったの」ミーラが言う。「四方に炎を噴きだしてから、燃料タンクが爆発した。夜空に煙がもくもくとあがって、発射台は炎に包まれて……近くにいた人たちを焼き尽くして、ずっと遠くに立っていた人たちのほうへ燃える波のように迫っていった。その人たちも逃げられなかった」

ミーラは大火事の爆風に乗って炎が広がる光景や、逃げようとする者の多くが宇宙基地をかこむ有刺鉄線の柵に捕まり、生きたたいまつとなるのは目撃しないで済んだ。

だが、その後のすべてを目撃した。すべてを。

「わたしは事故現場にむかう最初の消防車に同乗した。

現場で怪我人の処置をして病院への搬送を手配しようとしたのよ。数日かけて、ロケットの燻る残骸と見分けがつかないくらい焼け焦げた遺体のなかで仕事をした。でも、事故のことは一言も話してはだめだと言われて。一言も。死者はみんなひとつの巨大な墓に隠された」

ミーラは黙りこみ、そこで咳を始める。長いこと咳きこんでいる。

アーロンは妻のベッドの横に座り、慰めようとしたが、彼女は首を振る。「言葉にはならない惨劇よ……あなたにはわかりっこない。生涯、机にむかって過ごしてきた人には……あなた、死人を見たことがあるの、ウラド?」

最初、アーロンは黙っているが、話しはじめる。

「生涯、机にむかって過ごしてはいない。そして人が死ぬのは見たことがある」

「そうなの?」

アーロンはうなずく。かつておこなっていた〝黒い仕事〟のことを数日かけてミーラに話してもいいが、そうはしないで、ウラドがカレック少佐に同行してモスクワへやってきてからの、寒い春の出来事を話すことにした。一九四〇年の四月だった。ポーランドが占領され、ヒトラーがソビエト連邦に侵攻する前年だ。

「わたしは兵士で特別な任務を与えられていた」アーロンは言う。「都会の凍てつく風から去って内陸へむかう列車の旅で始まった。同行者はNKVDの指揮官、それにモスクワとレニングラードの看守のうちの信頼できる者たち。カレック少佐がみずから選んだ者だ。カレックというのはわたしの上司で、多大な権限をもっていた。彼はスターリン直々に仕える班を率いていた。

〝暗闇で仕事をする〟。カレックはそう説明した。〝黒い仕事だ〟と。

だが、列車の誰も、どこへむかっているのかわたしたちには告げず、わたしたちも質問を許されなかった。

線路は敷設されたばかりだった。列車はレニングラードとモスクワのあいだのどこか、巨大な薄暗い森でとまった。

列車を降りて車で森のさらに奥へと運ばれた。ようやく、とても質素な掘っ建て小屋に到着した。特大の強制収容所の隣だ。前にも高い塀は見たことがあったが、そこの塀のむこうからはドイツ語とポーランド語らしい外国語が聞こえた。そこは絶対にソビエト連邦のなかだったというのに。

初日の夜、カレック少佐は服を着替えた。革手袋をはめ、肉屋のような格好になった。緑色の制服を汚さぬために、首からブーツまで届く厚手の革のエプロンをつけてそれが突きでた腹でピンと張っていた。

短い説明を受けた。〝重要な任務を与えられた。捕らえられた犬を銃殺することになった。たくさんの犬を……奴らが逃げだして我々の子供たちの手足を食いちぎらないようにな〟

わたしたちの黒い仕事は夜間に室内でおこなわれた。収容所の隣で、掘ったばかりの砂袋と丸太で防音された地下室で。

机はなかった。誰も過程を記録しなかった。

同志カレックはその仕事のために、特別な銃を運んでいた。ドイツの銃器メーカー、ワルサーのものだ。わたしの役割は銃の手入れで、いつでも弾倉に弾を込めて準備しておくことだった。

同志カレックは肉屋のエプロン姿で一歩前に出た。〝始めるぞ〟と。

わたしの同僚たちは囚人を地下室に連れてきた。部屋のまばゆく照らされた位置に、ひとりずつ。囚人は兵士たちだった。階級のはっきりしない将校だったが、誰も帽子をかぶっておらず、上着さえない者もいた。両手は後ろ手に縛ってあった。囚人はしゃべることを許されていなかったが、外国人だとわかった。

そのとき、わたしは考えるのをやめて、数えはじめた。

囚人は地下室に入るとすぐに脚を蹴られ、倒れたところを丸太の壁際へ引きずられ、膝立ちになる。その頃には同志カレックがすでに銃を手にして近づいていて、一度のなめらかな動きで囚人のうなじに狙いをつけて撃った。

五秒後には、わたしの同僚が死体をかついで別の戸口から大きな平台トラックへ運んだ。

床は水洗いされ、カレックは暗がりへもどる。次の囚人のための準備は完璧だった」

アーロンは過去へ思いを馳せてしばし黙った。

「夜どおし、地下室で働いた。まるで……まるでベルトコンベアーのようだった。あるいは挽臼で小麦をつぶしているような。

同志カレックは十名処刑するごとに、小さなグラスでウォッカを飲んだ。日によっては、死体を数えるためのわたしの紙切れは小さな線で覆われ、カレックは二十五杯以上のウォッカを飲んだこともある。わたしがやったのは銃に弾を込め、死体を数えることだけだったが、十時間の勤務を終えるとそれでも疲れ果てたよ。

そして黒い仕事もそろそろ終わる夜明け頃には、カレックの目蓋は重く垂れていたが、最後のほうも弾はあたった。最後の囚人を片づけてはじめて、彼はシミのついたエプロンを脱ぎ、わたしが紙に書きつけた印を数えた。これを計画した政治家は毎朝、最後の集計数を教えろと要求した。

地下室から表に出たときの森のにおいを覚えている。冷たくて新鮮だった。だが、掘っ建て小屋にもどると、わたしたちの制服に地下室の悪臭が漂っていたから、洗濯して日が昇ると眠った。

火薬と血のにおい。

早朝、黒い仕事が終わり近くになると、へべれけのカレックがわたしたちにチーストカ――必要な粛清について語った。〝どんなチーストカもむずかしい〟と彼はグラスを掲げてつぶやいた。〝だが、それも終わる。じきに敵はみないなくなり、そうなれば我々は家に帰ることができる〟

そのとおりだった」

アーロンはミーラへの告白を終えたが、もちろん、すべてを話してはいなかった。

スヴェンについてはなにもしゃべっていない。

同志トルシュキンについても。

妻は片手を腹にあてて耳を傾けていた。その後、長いこと彼を見つめるが、蔑みの視線ではない。悲しみがあるだけだ。

「戦争だったから」彼女は言う。「あなたは戦争に勝ちたかった。やらなくてはいけないことをやったのよ」

アーロンは目を逸らす。「当時は別の人間だった」彼は言う。「わたしはわたし自身ではなかった」

そしてふうっと息を吐くと、これだけの時が流れてからようやく自分が何者か真実を語る。彼はウクライナ出身ではなく、名前はウラジーミル・イェゲロフではないことを。

「わたしの名前はアーロンだ」彼は言う。「アーロン・フレド。三〇年代にスウェーデンからこの国にやってきた」

ミーラはまだ耳を傾けていて、怯えてびくりと身体を動かすこともない。

「生き延びるために、名前を変えて別人になるしかなかった」彼はついに言う。「だが、その処刑人はもういない」

そうだ、ウラドはいなくなった。死んだのだ。アーロンはますます強くそう思えてくる。

しかし、彼とミーラは生きている。二十四時間したら親になる。

彼らの娘は成長していつも笑顔の女生徒となる。葦のように背が高くほっそりして、元気いっぱいだ。アーロンは我が子を熱愛する。幼い頃は何時間も遊んでやり、いくらか成長すると、少しずつスウェーデン語でも話しかける。

ミーラは軍勤め時代の友人たちとたまに出かけるが、アーロンはほとんどの時間を家で娘と過ごす。

娘が学校に入った年に彼は定年となる。その春の日に、ウラドの魂の大部分が彼から離れてもうもどってこない、そんな気分になる。

アーロンはKGB退職者協会を時折訪れて、元同僚たちと旧交を温めるが、彼らが物悲しく郷愁に浸るのが嫌になってきて、だんだんと足が遠のく。静かな会話から得るものはなく、NKVD時代から、こうした友情でいずれ身動きがとれなくなってしまうのではなかろうかという恐怖がある。

アーロンは気持ちを落ち着かせる。モスクワを照らす美しい日射しのために彼は生きている。川や公園をゆらゆらと照らす太陽のために生きている——そして妻と娘のために。

それでもいつの日か、故郷のレードトルプと砂浜をふたりに見せたいものだ。

イェルロフ

「クロスがあたらしい警報装置をつけたぞ」ヨン・ハーグマンが言う。

「理由ならわかる」イェルロフが応える。「アーロン・フレドを怖がっておるんだ」

ヨンは土曜の夕方、高齢者ホームにイェルロフを迎えにきた。ふたりは車でステンヴィークへ、ヨンの小さな家に寄ってから、キャンプ場にやってきた。ヨンが行楽客からその日の料金を集めるからだ。

こうしていまはキャンプ場の南でヨンの車のなかに座り、ヴィラ・クロスのほうをながめていた。どちらの家にも照明が灯っていたが、窓辺で動く人影はまったく見えない。日は沈み、警報装置のスイッチが入っているはずだから、あそこまで行って呼び鈴を鳴らすのはちょっとためらわれる。

「あの男のことが少しわかるようになった」イェルロフは言った。「アーロンのことさね」

「どういうところがわかるって？」

「彼を突き動かすものさ。クロス家はアーロン・フレドがこの島に残していったものをすべて奪った。この夏に彼がやっているのはすべて復讐だよ」

「おたがい、じっくり話してみりゃよかったのに」ヨンが言う。

「そうさ。だが、アーロンもロシアを出る前はそのつもりだったと思うよ。クロス家に連絡を取り、エドヴァルド・クロスの息子として自分の相続分がほしいと言ったんじゃないかね」

「知られていなかった相続人がひとりか」ヨンが言った。

「相続人がふたりだ」イェルロフは指摘した。「グレタ・フレドはエドヴァルドの娘、アーロンは息子だった。あの頃〝非嫡出子〟と呼んでいたが、それでもエドヴァルドの土地に対して合法な相続権がある……ステンヴィーク周辺の海岸沿いの土地、莫大な価値のある土地だ。これはあの一家にとって悪い知らせだった。さらに悪いことに、グレタとアーロンにはエーランド島リゾートの権利分割を主張することもできた」

「クロス家がおれの思っているとおりなら」ヨンが言った。「絶対にそんなことに賛成しないな」

「そうだ。その点をあの家の者たちは、はっきりさせたと思うね。すでにアーロン・フレドの子供時代の家を取り壊しているし、妹のグレタはもう生きていない。どうやら、彼女が亡くなった日に最後に訪れたのはヴェロニカ・クロスだった」

「それはにおうな」

「そのとおりさね」イェルロフが言った。「高齢者ホームの職員がヴェロニカ・クロスをどれだけ信用しておったか知ってから、わたしはずっと考えていた。ヴェロニカは好きなように出入りできるようなものだったんだよ。だから、彼女はグレタを殺すことができた」

「それは証拠があるのか、イェルロフ?」

「まあ、とにかく、ほかの者じゃなかったよ。グレタ・フレドは浴室で転んで首の骨を折った。彼女はいつも鍵をかけていたから、誰も転ばせることはできなかったはずだと言われた」

「でも、あんたはヴェロニカがどうにかして殺したと思ってるのか」

「そうさね」イェルロフは言う。「ドアの向こう側にいる者を転ばす方法はある……そこにいるのが体重が軽くて、やろうとしているほうに強い腕があれば。それに床がたいらなら」

ヨンが聞き入っているので、イェルロフは先を続けた。「ホームではどの部屋にも、入り口に細長いビニールのマットがあるんだ。ヴェロニカはそれを浴室に敷いて、片端をドアの下の隙間から出しておったんじゃないか。グレタが浴室に入ってドアに鍵をかけたら、ヴェロニカはその反対側からマットの端を引っ張る。そうしたらあとは重力がやってくれる……グレタは転んで首の骨を折り、ヴェロニカはマットを入り口にもどして部屋を出ていけばいい」

「じゃあ、殺人の凶器はマットだったのか」ヨンが言った。

「いまでもグレタの部屋にあった。どこかへしっかり片づけておくよう職員に伝えたよ。警察が調べられるようにな。指紋やらの証拠が残っているはずだ。あそこではマットはほとんど洗わんからな」

「あんたの身内の警官には連絡したのか？」

イェルロフはため息をついた。「ティルダだな、あぁ。残念なことに、たいして興味をもってくれんかった……マットの指紋ではまともな証拠にならんと言って。ティルダを納得させるのは、ヴェロニカ・クロスの自白だけじゃないかと思うよ」

「それは見込み薄だな」ヨンが言う。

「そうだな。だから、わたしたちはここで座っているんだ。二羽のフクロウのように」イェルロフはちらりとヴィラ・クロスを見やり、またため息をついた。十時近くで疲れていたし、体力がもたないと感じた。

「わたしたちになにができる？　土地を巡る昔の争いそっくりだな。どんどんまずいことになっていくんだ。一方はアーロン・フレド。もう一方はクロス一族。ひどい結末が待ってるかもしれんな」

「じゃあ、そろそろ家に帰るか？」ヨンが言った。

「ああ」

ヨンが車のエンジンをかけ、海岸通りをヴィラ・クロスとは反対へ走りだした。

「今夜はおまえのところに泊めてもらうかな」イェルロフが言った。

「いいとも」

「じゃあ、明日、クロス家の者たちと話をしてみよう。明るくなったら」

「いいな」ヨンが言う。

しかし、イェルロフはちっともいい予感はしなかった。

リーサ

わたし、ここでなにをしてるんだろ？　海辺の暗がりに寝そべってリーサは考えた。どうして、こんなことをするはめに？

本気で思いだそうとはしなかった。なにをしているかは、わかってる。ケント・クロスがアーロン・フレドに罠を仕掛けて、自分はその一味。

彼女は窪地入り口の上の岩肌に身体を押しつけている。背後の海で波の寄せる音が聞こえて、あたらしい友人のポーリーナが反対側の岩の縁に潜んでいるのがぼんやりとわかる。真夜中をまわっているから、実質的には日曜の朝で、八月が始まったということだ。リーサとポーリーナはすでに一時間以上、この格好だった。

月はとっくに昇っていたけれど、その光も海岸の上の岩場のへこみには届かない。

ケントは強力な懐中電灯を持参し、リーサとポーリーナはなにかあればケントに警告できるよう無線機をもっている。誰かが岩場に近づいてくれば、〈通信〉ボタンを二回押すことになっていた。誰かが窪地に入れば、それを三回押す。

ケントは迷彩柄の上着姿で懐中電灯を手にして、ずっと下の、掩蔽壕の近くに隠れている。彼は武装もしているかもしれない。ナイフかなにかで。彼が高台から下りていく動きを見て、そんな気がした。

いまはほとんど物が見えない。まわりはケントのおかげで、真っ暗だ。ほかのクロス家の者たちが寝静まると、彼が家の外や庭の照明をすべて消した。

最初は、どうしてケントだけが自分たちとここに来たのか理解できなかった。家族の誰の姿もない。姉も弟も、甥たちの誰も。

けれど、ケントがいかに音をたてないで移動するかを見ていて、これは家族には知らせたくない作戦なのだと気づいた。今夜、ここでなにが起こるのか誰にも知られたくないのだ。

罠を仕掛ける一味だけの秘密か。

リーサとポーリーナは長いロープの端をそれぞれもっていて、これには窪地入り口の薄い砂利の層に隠された古いナイロンの魚獲りの網がくっついている。

アーロン・フレドが現われたとき（あるいは、もし現われたら）ふたりは網を引きあげてぎゅっと張り、退路を断つ。

「そうすれば奴が逃げようとしても、網に絡まる」ケントはそう説明していた。「魚と同じだな」

「そうしたら、どうするの」

「そうしたら、落ち着いておしゃべりできる」ケントは落ち着いておしゃべりできるのは誰かを明確に説明しないままだった。

涼しい風が海峡のほうから吹きはじめていて、リーサは震えた。夏の盛りはもう過ぎたようなものだ。毎晩少しずつ、前の日より暗く寒くなっていく。すぐに彼女は家に帰れるはずだ。

けれど、いまのところは、ここにいる。できるだけ早く仕事を終わらせてしまおう。


三人が見張りを始めてから全然なにも起きず、敢えて言えば、暗闇で黒い雑巾みたいにたまにコウモリがバタバタと通りすぎるだけだった。下で波がひたひたと寄せるかすかな音はした。海峡の沖を時々、船がシュボボボと音をたてて通る――でも、なにも起こらない。窪地に近づく老人なんかいない。

リーサはしびれないように、用心しながら上半身をストレッチした。瞬きをした。なにか起こるのを待った。今夜サイラスはどこの街角をうろついているのか考えた。そのとき、物音がした。

夜の大気に響く足音じゃない。低い、くぐもった音。ボートのエンジンだ。でも、今度のはぐっと近くで聞こえて、遠ざかっていかない。海辺にむかってくるほうで、クロス家の所有する土地のすぐそばでスピードを落とした。エンジンをとめてアイドリングしているみたいだ。

リーサは身体をひねってもっとよく見ようとしたが、だめだった。月明かりがないと、海は真っ暗だった。続いて、別の物音がした。もっと近いところ。砂利を踏む音。

窪地で、誰かがすぐ近くにいる。でもそれは男じゃなかった。背の高いほっそりした姿。女だ。

「リーサ？」

ポーリーナの静かな声。リーサには暗闇の影にしか見えなかったが、彼女の白目が輝いていた。隠れていた場所を離れて、窪地をそっと横切ってきたのだ。ほんの二メートルぐらいのところにいる。リーサは身を乗りだしてやはり静かに言った。「ポーリーナ……なにしてるの？」

もうひとりの女は手を差しだした。「聞いて」そう言って海峡を指さした。「聞いて……ヴェロニカ・クロスがあそこにいる。モーターボートに乗ってきたのよ」

「モーターボート？」

ポーリーナはリーサから目を離さなかった。彼女のスウェーデン語は前よりもずっとうまい。訛りが消えている。

「クロス家のモーターボートなの」彼女は言う。「ヴェロニカとケントはアーロン・フレドを射殺するつもりよ。ボートで死体を運び、重しをつけて海に投げこもうというの」

リーサは言われたことを理解しようとした。「それって……それって、殺人ってこと？」

ポーリーナはうなずいて手を伸ばし、リーサの腕を摑んだ。「逃げましょう。いますぐ」

リーサは瞬きした。「どういうこと？」

だが、ポーリーナは答えず、リーサの腕を引っ張りつづけた。

ついにリーサは立ちあがった。「彼はここにいるの？」そう囁いた。

ポーリーナは首を振った。「逃げましょう！」

「でも、どうして？」

リーサはどうしてこう急かされるのかわからなかったが、ポーリーナはあきらめようとしなかった。さらに強く引っ張るから、結局リーサはロープの端を離し、窪地の縁から脚を振りおろし、坂を駆け下りた。

ポーリーナは一瞬彼女から顔をそむけ、窪地に大きな金切り声をあげた。「彼、銃をもってる！　掩蔽壕の外にいる！」

男の声がそれに応えて叫び、白い光が窪地のむこうに現われた。ケント・クロスが懐中電灯をつけたのだ。

リーサは砂利めがけて飛び降り、なんとかバランスを取った。ポーリーナがリーサを強く押す。

「走って！」彼女は叫んだ。「早く！」

大声を出されてリーサは思わず行動し、走った。窪地を離れ、海めがけて走った。ポーリーナがうしろを走って追いたてた。砂利道から海岸へ。

背後では、懐中電灯の光が窪地の岩壁を照らしていたが、突然、暗闇で動く力強い人影を捉えた。

それはあの老人みたいだった。アーロン・フレド。でも、彼は窪地にはいなかった。高台に、墓標にほど近い場所に立っている。そして彼はなにか手にしていた。なにかきらめくものを。

帰ってきた男

時間だ。アーロンは入江の反対側にある海水浴場の駐車場に車を置いた。それから誰もいない海岸通りを南へ歩き、墓標へと道を曲がった。音をたてずに高台の端の長い草の生えたところを抜け、掩蔽壕のすぐ上に出た。墓標は左にある。暗闇にそびえる大きな黒いタマネギ屋根《クーポラ》のようだ。

耳を澄ますと、海峡から小型モーターボートのエンジン音がした。ほかにはなにも聞こえない。

地面から目を離さず歩きつづけた。ようやく、岩肌の端の砂利の上に膝をついた。

暗いなかで探すのは大変だったが、数分で求めるものが見つかった。数日前に掩蔽壕を出発点にして、ひそかに設置しておいた薄い色のビニールのケーブルの端だ。石の下から突きだし、小さなテープで埃と湿気から守られていたもの。

アーロンはテープを剝がし、用心しながら砂利からもう少しだけケーブルを引っ張った。これは導火線には見えないが、まさしくそれが正体だった。最新のものは細いチューブのように空洞になっていて、内部にはとても燃えやすい火薬が詰まっている。この導火線はマッチで火をつけるのではなく、金属製の点火プラグを使う。銃の握りより小さなもので、アーロンはすでに握りしめていた。この点火プラグを導火線につないでから、ゆっくりと立ちあがった。

見晴らしの利く場所から下に目を凝らしたが、暗闇があるだけだ。そのとき、叫び声が窪地にこだました。

「彼、銃をもってる！　掩蔽壕の外にいる！」

女の声。誰の声かわかった。

ポーリーナ。

アーロンは彼女の警告を理解したが、反応したり動いたりする暇もなく、空が突然照らされた。白い光が窪地に灯った。それが大きな弧を描いてまっすぐにアーロンの顔を照らした。

「アーロン！」男の声がどなった。

ケント・クロス。左手に懐中電灯を、右手に銃をもっている。アーロンがよく知る古い銃だ。彼自身のワルサー。

アーロンは光に照らされたまま突っ立っていた。クロスからこちらの姿が見えることはわかっている。もう構わない。

彼はクロスにうなずき、光に手を伸ばし、親指の下のボタンにふれた。

「銃を捨てろ！」アーロンは叫んだ。「さもないと、こいつを押す」

だが、ボタンを押すには自分が掩蔽壕に近すぎるため、ほんの一瞬だけ長く躊躇した。

「くたばりやがれ《ファック・ユー》」クロスが言った。

そして銃を構えて撃った。弾丸は暗闇をシュッと飛んできたが、アーロンはすばやく反応し、かがんでザザザとあとずさった。ふたたび膝をついてから、地面に腹ばいになった。第二の弾丸が頭をかすめていった。

アーロンは点火プラグと導火線を落としてしまっていた。地面を探りはじめたが、そこで砂利を踏む音がした。

ケント・クロスが窪地からあがってきていた。

点火プラグはどこだ？　草の上に光っているのを見つけたが、拾う時間がない。

「アーロン！」声が叫んだ。「もう終わりだ！」

クロスが上まで登ってきて、わずか数メートル先まで迫り、懐中電灯をあちらこちらに振っていた。銃は構えていないが、まだ握っている。いまにも標的に目を留めて狙いをつけて撃つかもしれない……

アーロンは手を伸ばしたが、点火プラグにではなかった。砂利のなかには尖った石がたくさんある。彼はそうした石を拾った。

彼はケント・クロスにむき直り、できるだけ力強く投げられるよう腕を振りあげた。

狙うは懐中電灯だ。

リーサ

「走って、リーサ！　とまらないで！」

　ポーリーナがリーサの腕を摑み、有無を言わさない口調で命じ、リーサはひたすら引っ張られ、夜の闇をとにかく逃げて、岩場の斜面を離れて入江のたいらな土地をめざした。

　リーサは走るスピードを落とさなかったが、砂利から突きでる大きめの石に足をとられてばかりで、何度も転びそうになった。

「待ってよ」ついに肩で息をしながらそう言った。

　ふたりでたいらな土地までやってくると、立ちどまって呼吸を整えた。キャンプ場の明かりが見えた。たぶん三百メートルぐらいむこうだ。また振り返ってみると、高台にはアーロン・フレドのほかにもうひとつ人影が増えていた。ケント・クロスが懐中電灯を空高くむけている。ふたりは叫びあい、それからぶつかった。

　ふたつの影がひとつに溶けあったようになり、掩蔽壕のすぐ上の崖の端で取っ組み合いになっている。

　ポーリーナも立ちどまり、振り返った。リーサと同じように息切れしながら、高台を見あげた。まだ懐中電灯の光がぐるぐるまわっている。

「わたしはもどらないと」ポーリーナはそう言って高台へ一歩踏みだした。

「だめよ！」

「いいの。助けないと」

「誰を？」

　ポーリーナが答えないので、リーサは腕を摑んだ。

「あいつは危険だって！」と言ったが、自分がどちらを指してそう言ったのかはよくわからなかった。

数秒ほど、ふたりは静止した綱引きのように立ちつくしていた。リーサは自分が勝っていて、ポーリーナに考えを変えてここに残るように説得できたと思っていた。

でも、もう手遅れだった。懐中電灯の光が消えた——ケントが落とした？

高台に残ったのはひとりだけに見えた。それが墓標から離れて、ふらついた足取りで移動していった。ポーリーナはそれを見て、外国語で罵り言葉のような声をあげた。そこで急に叫んだ。「気をつけて！」彼女はリーサを地面に突き飛ばした。ポーリーナは強くて、みずからの身体で覆いかぶさってきた。

長く感じられる数秒が過ぎた。この海岸全体がなにかを待っているみたいだった。

そのとき、静寂は粉々に砕け、混沌が顔を出した。暗闇は黄色の閃光に消え、夜は大爆発でふたつに割れた。

帰ってきた男

懐中電灯を叩き落とすのには失敗したが、石はケント・クロス本人の右肩にあたり、この鋭い一撃でケントは銃を落とした。下の窪地まで落ちていった音。アーロンはぐずぐずしなかった。即座に身を翻し、地面に伏せたまま墓標から離れ、へその緒のようにビニールの導火線を引きずっていった。

銃はもはや問題ではないが、ケント・クロスはまだ大きな問題だ。いまや野生の獣のようで、アーロンより若い上に怒りも強い。

「そこでとまれ！」ケントは叫び、アーロンに飛びかかってセーターを引っ張り、腕を摑んだ。「とまれ、こいつめ！」

ケントはどなり、毒づくが、アーロンは抵抗して何度か身体を引き離した。窪地の縁沿いを這っていく。ケントに脚を蹴られたが、歯を食いしばって耐えた。いまの彼は兵士だ。痛みには対処できる。彼は進みつづけた。

あと数メートルだ……点火プラグが地面に横たわっている。小さな金属管で端に丸いボタンがついたもの。手を伸ばす。あと少し……

今度は背中を強く蹴られた。ケントがこちらを見おろし、懐中電灯で照らしている。

「あきらめろ！」ケントが叫び、革のブーツで決定的な蹴りを入れようと足をあげた。

アーロンはブーツを摑み、相手の脚を操縦桿のようにひねった。ケントは体勢を崩し、両腕をばたつかせた。懐中電灯が飛んでいき、砂利を嚙む音をあげて敵は踏ん張ろうとしたが、アーロンはいっさい時間を与えなかった。胸を突き飛ばした。

「わっ！」

ケントは悲鳴をあげ、一瞬、宙に漂ってもがくような格好になってから、背中から落ちていった。たいした高さではなく、砂利の坂までほんの一メートルほどだったが、落ちかたが激しかった。ドサリという音、それに続いて砂利の跳ねる音がした。

自由に動けるようになったアーロンは点火プラグのもとへ急ぎ、拾いあげた。まだ導火線とつながっている。

ケントは落とした銃を見つけたらもどってくる。アーロンにはあまり時間がない。

彼は地面に小さな窪みを見つけ、そこにぴたりと身体をつけて腹ばいになった。両手で点火プラグを包み、身体から遠ざける。墓標に近すぎることはわかっていた——正直に認めると危険なほどに近い。

あごを喉元につける体勢を取り、彼はボタンを押した。火花が出てケーブル内部の火薬の薄い層に点火した。

　みるみる炎があがった。速すぎて目では追えない。一秒に二キロのスピードで、稲妻のような閃光がチューブから掩蔽壕へと突っ走り、数週間かけてアーロンが掘った穴にある連続する雷管に火をつけた。

　穴の奥には爆弾がある。雷管はやるべきことをした。


　八月はカルマル海峡に鈍い轟きを響かせて始まった。夜中の十二時四十五分に爆発があり、爆音は沖へといつまでもこだました。音は本土のスモーランドの沿岸にまで届いて雷鳴のように聞こえたかもしれない。

　アーロンは危険なほど近くにいた。窪みに身体を押しつけたのは墓標から五十メートル足らずの位置で、生き延びることができるかどうか、見当もつかなかった。

　プラスチック爆弾は墓標の中央の地下一メートルに仕掛けてあり、爆発したときは、まどろんでいた幽霊が目覚めて地中深くから起きあがったかのような効果を生んだ。

掩蔽壕にあったものはすべて破壊された。コンクリート壁に亀裂が入り、セメント敷きの床は砂利に変わり、鍵のかかっていた金属のドアはちぎれてぎざぎざの破片となり、窪地へ回転しながら吹き飛んだ。

爆発のために掩蔽壕の上の高台の一部が崩れ、海岸側へなだれ落ちた。巨岩がスチームローラーのように砂丘を転がり、クロス家のボートハウスと、漁の網、デッキチェア、救命胴衣、クーラーボックスなど、なかにあったすべてのものを押しつぶした。

だが、爆風の最大の威力はまっすぐ上へとむかった。コンクリートのない場所――柔らかな土と、すぐに動く砂利とかつてスヴェン・フレドが高台に墓標を作ろうと積みあげたたくさんの丸い石へと。

墓標は地面から突きあがり、夜空へ飛び、火山が噴火したかのように石は放々へ散らばった。小ぶりの石は海峡へ運ばれ、海面を直撃した。その付近ではヴェロニカ・クロスが一家のモーターボートに座り、弟のケントがアーロンの死体を運んでくるのを待っていた。ヴェロニカは目を固く閉じてハンドルを握りつづけ、ボートに石が降り注ぐ音を聞いていたが、奇跡のようにボートは深刻なダメージを免れた。

アーロンはその場に留まっていた。腹ばいになり、腕で頭をかばって。金属や石がヒュンヒュン飛んできて周囲に落ちるのが感じられた。

だが、墓標の石の大部分は異なる方向へ飛んだ。内陸へ、滝のようになって。

海岸通りの一部では重力が爆風に勝ち、石をひとつずつ摑んで引きずった。

砂利が降り、土が降った。そして石も降りはじめた。暗闇の見えない敵のように。その多くはまっすぐにヴィラ・クロスへ、そして近いほうの家にむかった。ケントの家だ。

墓標の石は彼の庭を、やすりをかけたばかりのウッドデッキを、プールを、屋根の瓦を直撃した。

ニクラス・クロスはこの家にひとり残っていた。奥の客用寝室のひとつのベッドにいたが、爆発ではっきり目が覚めた。窓は粉々に割れたが、ガラスの割れる音はほかの音にかき消された。屋根を打つ轟音。瓦は割れ、垂木が折れた。

ニクラスは恐怖で身をすくめて横たわり、天井が自分めがけて崩れてくるのを覚悟したが、天井はもちこたえた。そして突然、轟音はとまった。爆発のこだまが入江に響き渡っていたが、そちらもまた徐々に消えていった。

なにもかもが静まり返った。

高台の窪みではアーロンが動きはじめた。服も肌も埃まみれだったが、顔をあげてみると、まだ生きていると気づいた。のろのろと立ちあがり、エスポーからやってきた陽気な男のことを考えた。かつてダイナマイトの埋めかたと角度の調整方法、どうやって爆発させるかを教えてくれた男。

海岸通りに視線を走らせてから、次にヴィラ・クロスを見やると、地面や屋根に黒い穴が開いていた。

墓標の石は砲弾のように飛んでいた。

イェルロフ

ヨンが喜んで泊まらせてくれたから、イェルロフは高齢者ホームに電話をかけてその旨を伝えた。ふたりは十一時頃に休んだが、イェルロフは眠れなかった。ヴェロニカ・クロスのことが頭から離れない。

逡巡を続けたが、ようやく深く夢のない眠りに落ちた――それもいきなり地面が揺れるまでのことだった。

ヨンの小さなコテージの土台は、津波が岩盤を洗うかのように揺れた。窓がガタガタいって、家具もずれた。どこかで、新聞紙が床に滑り落ちた。

ヨンが隣の部屋で声をあげ、ベッドを転がり降りる音がした。

イェルロフが枕から頭をあげたそのとき、鈍い轟音を聞いた。落雷のような音だが、空からじゃなかった。南西から聞こえたようだ。海岸から。いまの音に続いていくつもの小さなドンドンいう音が続いた。まるで物が勢いよく落ちてくるような。

爆発？

イェルロフは海に出ている頃、いつも魚雷にぶちあたりはしないかと心配していたが、これは魚雷ではない。

重い足音が響いた。寝室のドアがひらき、ヨンが現われた。「イェルロフ？　起きたか？」

「ああ」

「いまの音を聞いたか？」

「聞いたとも」

ふたりは少し耳を澄ましたが、もう静まり返っていた。とても静かに。

ヨンが照明のスイッチを押したが、明るくならない。停電だ。

「どうしたらいい？」彼はそう言って窓辺にむかった。「わたしたちにできることは、たいしてないよ」イェルロフは言う。「ガスボンベかもしれん……外が火事になってないか？」

ヨンが首を振る。「真っ暗だ」

「だったら、やはりわたしたちにできることは、たいしてない」

「そうだな……」

「ロウソクに火をつけたらどうだね」イェルロフは提案した。「それに古いストーブも」

「いい考えだ」ヨンが言う。「コーヒーを淹れるよ」

彼は台所へ急いだ。ヨンが海で慌てると、イェルロフはいつも彼に仕事を与えたものだった。それで彼は落ち着いた。

イェルロフはベッドに留まり、誰かが電話をかけてくるか、ドアをノックするかを待っていたが、静まり返ったままだった。


彼の村でなにかが起こった。なにかひどいことが。アーロン・フレドだ。アーロンはクロス家との戦争をついに起こして、イェルロフは彼をとめられなかった。

外からなんの音もしないので、イェルロフはまた眠りに引きもどされていった。本当はコーヒーなど飲みたくない。夜のこんな時間に。

ずっとあとで、おそらく一時間ほどしてだろうか、サイレンの音が幹線道路を近づいてきたが、この頃にはイェルロフはまたぐっすり眠っていた。

リーサ

リーサはポーリーナに地面へ押し倒されたが、爆発が闇を裂くのは見えた。それに感じた。

その光は彼女の背後の高台の上で、あまりにまばゆく黄金がかった赤い太陽のようだった。次の瞬間、轟音が聞こえて地震のようなものを感じた。地面が振動している。沿岸全体が揺れているようだ。

神々の滅亡《ラグナレク》――世界が終わる日なんだ。リーサはそう考えながら混沌から逃れて前へ這っていこうとした。できなかった。ポーリーナがいて動けないから。それで頭を腕で覆って身を守った。

衝撃波がふたりに襲いかかり、続いて瓦礫が空を飛ぶ。砂利はふたりのところまで届かなかったが、小石がバラバラと海に落ちる音がした。

数秒はなんの音もしなかった。

まったくの静寂と言っていいくらい。

そのとき、高台から大きな音が連続して聞こえた。沿岸通りから、ヴィラ・クロスのほうから。大きくて重いものが地面に叩きつけられる音。バスドラムの不規則なビートみたいだ。

轟音は続いた。ヴィラ・クロスから板が軋んで割れる音がした。空にもくもくと埃が舞う。リーサは古代ローマの戦艦が海峡にいて、黒い砲弾が空を埋めるように、巨大な石を島へ飛ばして攻撃しているところを想像した。

「来て！」耳元でどなり声。

有無を言わせない命令だ。ポーリーナはもうリーサを地面に押しつけてはいなかった。立ちあがって、リーサの腕を引っ張っている。

叩きつけるような音はやんでいたけれど、まだその場に留まっていたかった。

「立って！」ポーリーナは譲らない。

結局、リーサは従った。立ちあがり、また石が飛んでこないか不安な思いを抱きよろめきながら入江沿いを北へむかった。でも、石はここまでは届いていなかった。月明かりで、ほとんどの石はヴィラ・クロスの庭と、ケントの家に落ちているのが見えた。

呼吸を整えて、ふらついても足を進めた。ポーリーナは影のように寄り添い、断固とした調子で歩いている。

「なにがあったの？」リーサは尋ねた。

この頃には焦げたにおいがしていて、遠くでケントの家の屋根が崩れだし、石の重みで垂木が何本か折れたようだ。

はっきりは見えなかった。入江沿いはどこも停電になったみたいだ。村は闇に包まれていて、リーサは地面の木の根だか石だかに足を取られて転ぶところだった。自分の靴だって見えやしない。

爆音はまだ反響していたけれど、たぶんそれはリーサの頭のなかだけなのかも。

「なにがあったのよ？」ふたたび尋ねた。

隣の影は落ち着き払って、ひとつの言葉を口に出した。周囲の混沌を支配しているみたいに。「アンモナル」

一九九八年四月、あたらしい国

　ソビエト連邦が崩壊してロシアは独立国家となったが、それはアーロン・フレドには受け入れられない国だった。このあたらしい国では誰もがどこまでも金に執着していくように見える。かつて彼が働いたルビャンカ刑務所のあたりにナイトクラブがオープンした。胡散臭い男たちが近くの駐車場に黒いメルセデスをとめ、左右にくすくす笑いの十代の少女たちをはべらせて車を降りてくる。ソビエト連邦の時代にはけっして顔をさらそうとしなかったであろう資本主義のギャングたちが、いまでは好き勝手に振る舞う。

　アーロンとミーラの娘は二十五歳になる。黒髪の美しい子で、まだ両親と同居中だ。モスクワの夜遊びを試して、西側の者が経営するナイトクラブへ行くこともあるが、失望して帰宅する。成金やその取り巻きにはうんざりらしい。アーロンは嬉しい。このあたらしいロシアは危険な場所だからだ。資本主義が王であり、昔ながらの決まり事はひとつとしてあてはまらないようだ。そしてあたらしい決まり事もない。青年たちは射殺され、少女たちは強姦される。

　アーロンはめったに外出しない。いらだつことが多すぎる。大きな車が多すぎるのだ。モスクワはもはや彼の街ではなく、それが悲しい。彼はエーランド島を思い焦がれる──なにもかもがとても単純だった場所。

　ミーラも外出しないが、それには違う理由がある。最近では満足に呼吸ができないからだ。肺がいままでになく悪化している。日によっては、ベッドから起きあがれないことさえある。家は咳の音で満たされ、やっとのことでアーロンが妻を医者に診せると、その医者はピロゴフ病院の専門医に彼女を紹介する。

妻はいくつもの検査を受け、レントゲン写真を撮る。医師たちが小声で話しあう。ついに医長が病状の深刻さを説明する。

「奥さんはたくさん煙草を吸われますね？」ふたりきりになると、医長はアーロンに言う。

「まったくそんなことはありません。ただ、若い頃に大事故に居合わせたことがあります――大規模な爆発で毒ガスが発生し、ひどい火災が起きたのです」

医長はうなずく。それで納得がいったようだ。「残念ながら、診断は不治の肺気腫です」

「不治の……？」アーロンは言う。

「奥さんには酸素が必要ですよ」医長は説明する。「たっぷりの酸素とできるかぎり最高の看護が必要です。民営の看護が……最近の事情はご存じですね」

アーロンは民営の看護はこのあたらしい国では、すべてのものと同じくたくさんの金がかかることを知っている。大金が。救急車の運転手が病気や怪我をした者に現金を要求するという話を聞いた。

「海外ではどうでしょう？」彼は静かに言う。「たとえば……スウェーデンでは？」

「あちらでは優れた医療体制が整っていますし、料金もこの国より安いでしょう。しかし、もちろん、それはスウェーデン国民にしか適用されません」医長が説明する。

アーロンは帰宅する。ミーラは最後通牒を突きつけられたのだ。彼はスウェーデンと、スウェーデンの医療のことを考える。スウェーデン人なら無料――まちがいなく、その家族もだ。きっとエーランド島へ帰る頃合いなのだ。アーロンがこの国をどうしても去りたい理由はもうひとつある。スターリン主義時代の記録が公開され、元ソビエト市民は膨大な資料で詳細に調べられている。恐怖政治の犠牲者の名を探しているのだ。そして恐怖政治の処刑人で数少ない生存者の名も。

アーロンは二度目となる、身元の変更を考えはじめる。ウラジーミル・イェゲロフをあとに残し、ミーラを連れて古い国へ帰ろう。

だが、助けが必要だ。彼の本当の身元を確認してくれる者が。いまではロシアから海外に電話をかけることもずっとたやすくなっている。書類に記入する必要はない——けれど、アーロンは誰の電話番号も知らない。家族がまだ生きているかどうかさえ、まったく知らない。

それでも、ある日の夕方、受話器を手にして少し調べることにする。親切なロシアの電話交換手が、エーランド島のグレタ・フレドという名を見つける。高齢者のための施設で暮らしているが、個人の電話をもっているという。

交換手が電話をつなげる。呼び出し音が聞こえ、すぐに女の声が言う。「グレタ・フレドです」

声は老いて弱々しいが、アーロンは妹だとわかる。スウェーデン語と言い回しに苦労しながら自分が何者か説明する。

グレタは彼を覚えていない。誰なのかわからない。かすかなごうごうという雑音にめげず、アーロンは説明を続ける。別の国へ移住したこと、故郷に帰ろうと思っていること。レードトルプに。ふたりが育った家、本土と島のあいだの海のそばの。

妹は覚えていないのか？

電話のむこうから聞こえるのは沈黙だけだ。

「アーロン？」妹がついにそう言う。「本当にアーロン？」

「そうだ、グレタ。わたしは帰るよ。わたしたちの家へ」

「わたしたちの家？」グレタが言う。

「ああ。クロス家があの土地をもっている——そしてわたしたちは、彼らの身内だ」

「クロス……」グレタが言う。「そうよ、ヴェロニカが今年の夏に講演会に来る。わたしは楽しみにしているの」

「彼女に、自分は身内だと言ってくれ」アーロンは言う。

「そうする」

アーロンは妹がやっと話をわかってくれたと思うが、頭の働きがゆっくりで、記憶が混濁しているらしいことに気づく。

「コーヒーの時間よ」グレタは言う。「じゃあ、さようなら、アーロン。さようなら」

彼は受話器を置く。手が震えている。

ミーラがベッドから彼を見つめている。「スウェーデンのほかの身内にあたったらどう?」彼女は言う。

「クロス家といったかしら」

クロス家。アーロンはたしかに彼らの身内だ。エドヴァルドの息子なのだから。実父が誰かはっきり認められることはなかったが――それはスヴェンが絶対に話そうとせず、がっちり守られた秘密だった。そしてアーロンの母のアストリッドはほのめかしただけだった。さらに、エドヴァルドはそうだと認める前に死んだ。

だが、あの一家の若い者たちは手を貸してくれるだろうか？　おそらく。

彼は妻にうなずき、ふたたび受話器を握る。

国際電話の交換手とさらに話をすると、エーランド島にはクロスという姓の者がいまでも数名暮らしているという。そのひとりがヴェロニカで、ストックホルムにも家があるらしい。グレタが話題にしていた人物だ。

アーロンは交換手に住所と電話番号を教えてもらい、ミーラを見やる。電話をかけるしかない。人差し指――彼が引き金を引く指――で番号を押していき、応答を待つ。

しばらくすると、若者が電話に出る。ウルバン・クロスといい、ヴェロニカの息子だそうだ。その子はアーロンのスウェーデン語を理解してくれて、たしかにその一家だと認める。エーランド島の出身で、夏はそちらで過ごすらしい。

だが、少年はアーロン・フレドが何者かさっぱりわからないようだ。

アーロンは母親と話をしたいと頼み、あのかすかなごうごうという音を聞きながら待つ。少しして、女の冷たい声がする。「ヴェロニカ・クロスですが」

アーロンは咳払いをして、少々ためらいながらスウェーデン語で名乗る。自分が何者で、どこから電話をかけているのか伝える。

「わたしたちは身内だ」彼は言う。

「身内?」

アーロンが話を続けるにつれて、スウェーデン語が徐々に上達していく。ヴェロニカにレードトルプと砂浜のことを語る。エドヴァルド・クロスとアーロンの母のこと。スヴェンとストックホルムへ、それからレニングラードへ旅したこと。北へむかったこと、重労働のこと――ここまでにしておく。これ以上は話したくない。

「だが、わたしたちは身内だ」彼はふたたびそう訴える。「わたしはエドヴァルドの息子だ」

ヴェロニカは黙って聞いていたが、深呼吸をする。

「あなたに言うことはなにもありません」

そしてカチリといい、通話は切れる。

なんということだ。アーロンは言葉を失って受話器をもったまま、まじっとしてる。彼はミーラを、そしてまた電話を見つめる。

「切られたよ」彼は言う。「少しばかり突拍子もない話だと思われたらしい……」

ミーラがうなずく。「では、ふたりで復活祭にストックホルムへ行きましょう。その頃には少しは暖かくなっているから。あなたの身内を訪ねるの。ウェロニカヤお嬢さんを。そうすれば、顔を合わせて話せるでしょう」

「ヴェロニカ。ヴェロニカだ」アーロンは言う。

彼はそれがいい案なのかわからないが、ミーラはもう決めている。「ヴェロニカね。あなたの古いパスポートと古い嗅ぎ煙草入れをもっていくといいわ。あなたが何者か証明できるように。あなたは彼女の大伯父の息子」

「腹違いのだ」アーロンは静かに言う。

「それでもあなたの家族よ」ミーラはきっぱりした口調だ。「わたしたちはその人たちの助けが必要なの。その人たちは、家と砂浜をあなたに返さないとならないのよ」

リーサ

ポーリーナが暗闇のなかでリーサを案内して海辺を進み、足をとめることなく、崩壊した高台からさらに遠ざかった。北へ、ジュニパーの茂みやボートハウスの前を通りすぎていった。もうじきスタッフ用キャンプ場をかこむ石壁だ。

きっとポーリーナは自分のトレーラーハウスにむかうんだろうと思ったのに、海岸通りへ曲がった。路肩まで数メートルで立ちどまり、なにかを待っている。

リーサは彼女を見やった。「アンモナルってなに?」

「地中に埋めたダイナマイト。彼はトンネルを掘ってそこにダイナマイトを仕掛けたの」

リーサはあっけにとられた。訊きたいことが多すぎて、選べない。

ポーリーナは南の暗い海峡を見ている。まだモーターボートのエンジン音が聞こえているが、姿は見えない。

そのとき、別のエンジンの音がした。今度はもっと近くから。ふたつのヘッドライトが近づいてくる。

黒っぽい色の車が海岸通りを南からゆっくりとやってきた。リーサの想像だろうが、ポーリーナがその車にほほえみかけているみたいだった。

「終わったわ、リーサ」彼女は言う。

これだけのことがあったのに、ポーリーナはふしぎなくらい落ち着いていた。いままでとは別人だ。

リーサは彼女を見つめた。「あなた、何者？」

「リトアニア人じゃない」ポーリーナはまだ車を見守りながら言った。「わたしはロシアから来たの」

濃紺のフォードがふたりの横でとまった。エンジンはかけたままだ。

ポーリーナはリーサを振り返り、震える手を握った。

「エーランド島を離れる時よ」彼女は言った。「うちに帰って、リーサ」

そして去っていった。短い距離を歩いて海岸通りに出た。フォードのドライバーが手を伸ばして助手席のドアを開けていた。

ポーリーナは車に乗った。

室内灯で、運転席に座る老人が見えた。アーロン・フレド。彼はくたびれた笑顔をポーリーナにむけ、彼女は隣に座ると、優しく彼の頬をなでた。

車は海岸通りで方向転換した。レストランの前を走って夜に消えた。

リーサはキャンプ場の横でひとり残された。テントやトレーラーハウスから人々が現われて、南の崩れた高台を見やり、とまどいながら口々に声をかけあっている。

彼女は右手をひらいた。去るときにポーリーナがなにかくれた。紙幣を分厚く巻いたもの。スウェーデンの紙幣だ。

これをぎゅっと握りしめ、サイラス、父のことを考えた。サイラスはこの金をほしがるだろう。サイラスにはこの金がいる。そしてこの要求は終わることがない。

でも、父がやめられないドラッグを手に入れるための金を手渡すのに、疲れきっていた。

紙幣をポケットに入れて歩きだした。最初はゆっくり、次第に急いで。自分のトレーラーハウスにむかい、服、レコード、ギターを荷造りして、ポーリーナに言われたことをした――島を離れた。警察が現われる前にうちに帰りたい。

帰ってきた男

アーロンは幹線道路へむかう途中で車をとめ、ポーリーナと運転を代わった。彼は入江を振り返った。なにもかも暗闇に包まれている。爆発後から耳鳴りが続いていたが、少なくとも聴力は無事のようだ。

「クロス家が作った墓標はもうなくなった」彼はロシア語で言った。「それに彼らの家もボートハウスも。すべてなくなった……わたしたちはここに来た目的を果たした」

ポーリーナが彼を見た。「死んだと思ったのよ、パパ。掩蔽壕のあんな近くにいたから、てっきり、わたし……」

「わたしはいつも生き延びる」アーロンはそれだけ言

った。

ポーリーナがうなずいた。「それで、彼はどうなったの？」

〝彼〟、娘が使うのはその呼びかただけだった。アーロンは夏のあいだ数回だけひそかに娘と会ったが、ポーリーナはけっしてケントのことも、ヴェロニカ・クロスのことも、名前で呼ばなかった。

「彼は死んだ」アーロンは言った。

「でも、彼女は生き延びた」ポーリーナが言う。「モーターボートに乗って、彼がパパの死体を運ぶのを待っていた。彼はパパを撃つ気でいた……ふたりはそんな計画を立てていたの」

「彼女は生き延びた？　ヴェロニカ・クロスが？」

「ええ。爆発のあとで、エンジンの音がしたもの……ボートは動いていた」

ポーリーナは車のエンジンをかけ、出発した。本土へ通じる南にではなく、北の、橋などない場所へ。島の最北をめざして。

ふたりはほかの車とまったくすれ違わないまま、道幅が狭まって松林になる箇所までやってきた。ポーリーナは林を抜ける未舗装路へ曲がり、ヘッドライトを消した。夜中の二時近かった。アーロンは疲れ果て、全身の骨が痛んだ。

ポーリーナはその夜の早い時間に、トレーラーハウスを片づけて後部座席に自分のバッグ類を積んでおいた。そのうちひとつを開け、毛布を二枚取りだしてシートを倒した。ふたりが暗闇で休む準備をしてしまうと、車内に沈黙が訪れた。

「子供たちには、怪我のひとつもさせるわけにはいかなかった」しばらくしてポーリーナが言った。「わかってくれるでしょう、パパ？」

最初、アーロンは返事をしなかった。少年たちをヴィラ・クロスから移動させるのは娘の考えだった。少年たちが寝つくとすぐに、彼女がバンガローに忍びこんでクロロホルムを染みこませた布を顔にあてた。アーロンに警報装置の暗証番号を教えたのも彼女だ。

「わかっている」結局彼はそう言った。

子供たちか。ウラドとして、彼は三〇年代にたくさんの若者を痛めつけてきた。十八歳、十七歳、おそらくもっと若い者たちでさえも。尋問し、殴り、罪悪感のかけらも感じず、収容所へ送った。あるいは、彼らを孤児にした。

「あの子たちをどうしたの?」ポーリーナが尋ねた。

「あの子たち?」

「クロス家の子供たちよ」

アーロンは目を閉じて、寝そべった。「島の反対側へ連れていき、ボートハウスに閉じこめた」

ポーリーナはうなずいた。「朝になったら誰かに電話してあの子たちのことを知らせましょう」それからこう言いたした。「わたしの友達も切り抜けた」

「友達とは?」

「リーサというのよ」

またもや沈黙が訪れた。林は平和だった。数分で娘の穏やかで規則正しい寝息が聞こえたが、彼は寝つくことができなかった。身体がまだうずいて痛んだ。

彼も最後には寝てしまったに違いない。目を開けると木々のあいだから射す日光が顔にあたっていたからだ。今日もすばらしい夏の日だった。ポーリーナが隣でわずかに身じろぎしたが、まだ眠っていた。

アーロンはまぶしくて瞬きをした。自分が目覚めたことに驚いていた。のろのろと彼はシャツのボタンを外しはじめた。

ほどなくして、運転席の娘が目覚めた。ふたりは静かに言葉をかわし、続いて娘がエンジンをかけ、ふたりは島を北へむかう旅を続けた。

ビセルクロークでまた海が見えるようになり、コーヒーを飲みに港のホテルに立ち寄った。ウェイトレスは彼らをたいして見もしなかった。

警察は南でふたりを捜しているだろう。ボリホルムはパトカーだらけになっているはずだ。ひょっとしたらエーランド橋を封鎖さえしているかもしれない——だが、北では誰もふたりに関心を見せなかった。

ビセルクロークの港に電話ボックスがあった。ポーリーナはそこまで車を走らせて、父を見やった。「彼女に電話するでしょう、パパ。子供たちがどこにいるか伝えて」

アーロンはうなずき、車を降りた。のんびりと電話ボックスへ歩き、受話器を手にして耳元にあてたが、電話はかけなかった。

代わりにポーリーナに背をむけ、空いた手で上着の前をひらいた。布地に小さな裂け目があって濃い赤のシミになっていたが、傷からはもう出血していなかった。とにかく、もうたいしては。

爆発から数時間が経過してからようやく、なにが起きたのか気づいた。夜明けに目覚めたとき、腹のうずきが正常ではないと悟った。娘を起こさぬよう静かにシャツのボタンを外し、右腹に短く細い傷を見つけた。ケント・クロスは結局のところ、最初の一発を外さなかったのだ。

車に救急箱を置いていたから、傷に医療用テープで清潔なガーゼを貼って止血しようとしたがどうにも腹のなかが痛み、指を押しあててみると、弾にふれた。

アーロンは生涯で初めて撃たれた。笑い話にしたいくらいだったが、黙っておかなければ。

ポーリーナにはけっして悟らせない。

彼はゆっくりと受話器を置き、車へもどった。「済んだ」

ポーリーナが車を出し、ふたりはさらに北へむかった。最後の前哨地へ。ナッベルンドの港とゴットランド島行きのフェリーだ。

「銃はどうするの？」彼女が尋ねた。

アーロンは後部座席のバッグに首を振った。ダイナマイトが詰まっていたバッグだが、いまはほぼからっぽだ。

「そこに入れる」彼は言った。「じゅうぶん沖に出たら、海に捨てよう」

ユランクラ湾は砂嘴《さし》と鬱蒼とした森に覆われた岬にかこまれ、まるで潟のようだった。通称のっぽのエーリク《ロン》――背が高く白い灯台は岬の北端で水深が浅いことを船に警告していた。

ありがたいことに、ゴットランド島行きのフェリーは無事に接岸して出発の準備を整えていた。アーロンとポーリーナは駐車場に古いフォードを置いて波止場へ歩いた。アーロンは顔にあたるバルト海からの風を感じながら乗船した。ポーリーナが故郷へ帰るふたりぶんの切符を予約済みだった。このフェリーでゴットランド島のヴィスビーまで行く。そこから飛行機でストックホルムへの短い旅を経て、乗り継いでモスクワへ。

家に帰る。

だが、もちろん、アーロンはこんな終わりを迎えるとは予想していなかった。エーランド島に骨を埋める気だった。砂浜の近くのレードトルプで。

フェリーにはカフェテリア、小さな売店、乗客用のラウンジがあり、テーブルと椅子が並んでいた。ふたりは他人に話し声を聞かれないよう隅のほうの席を選んだ。

アーロンは用心しながら腰を下ろした。腹が痛む。ステンヴィークと彼が与えた損害が見えるかのように、窓から南へ視線をむけた。

そしてため息を漏らし、娘に言った。「わたしは始末屋だ」

ポーリーナは一瞬、間を空けたが、静かであってもきっぱりした口調で言った。「もう違う。全部やめたんだもの、パパ」

アーロンは自分の両手を見つめた。「始末と粛清。わたしが得意なのはそれだけだった。若い頃に褒められたのはそれだけで、一生それしかやってこなかった。例外はおまえの母親に出会って、おまえの世話をしたことだけだ」

「もういいの、パパ」ポーリーナは手を伸ばし、父の頬をなでた。「これからうちに帰るのよ。この国での用事は終わった」

娘はいつものように有能で迷いがなかった。ケント・クロスの元での仕事を手に入れたときとまったく同じ——だが、アーロンはつらい夏が終わって娘が穏やかな気持ちになっていることがわかった。そして許してもらえたことも。

彼は緊張をほぐそうとした。波止場にはもう誰もいない。みんな乗船したか、家に帰ったか。フォードは放置だ。ロックはかけないまま、キーも挿したままだから、誰でもその気になれば盗める。

のろのろと彼は立ちあがった。

「腹が減ったよ」彼は嘘をついた。「おまえはなにかいるかい?」

ポーリーナは首を振った。アーロンは娘の頬をなで、ほんの少しだけ長く手をそのままにした。それからラウンジを出た。

出発まであと一分。

決断の時間だ。アーロンは心を決めた。ロッカーに寄って自分のバッグを取りだしてから、まっすぐにタラップを歩いた。陸へ飛び降りた直後にフェリーがじわりと岸を離れはじめた。

波止場にいた若い船員が最後の大綱を握っていた。驚いてアーロンを見つめる。

「気が変わったんですか?」

アーロンはうなずいた。波止場まで来たらもう腹の痛みを隠す必要はないので、少し顔に出しても構わない。天気がよくて気温があがってきているから、あまり震えないで済んだ。

船員が大綱を船上へ投げ、フェリーは本格的に出発した。船と波止場のあいだの海の部分があっという間に広がっていく。たとえアーロンが若く健康だったとしても、甲板に飛び乗るにはたちまち手遅れになった。

窓越しにポーリーナの黒髪が最後にちらりと見えた。うつむいて、アーロンのほうは見ていない。

いま彼が感じている痛みは、二度と娘に会えないと考える痛みになった。だが、娘のバッグにはオフィーリア号の金庫から奪った金が入っている――五十万クローナを超える現金が。アーロンがいなくても、あの子はいい暮らしを送ることができるだろう。

西の水平線で積乱雲が発達していた。灰色の金床雲《かなとこ》は秋に訪れる荒れた天候の予兆だ。嵐がやってくる。

彼は海に背をむけた。いまや時間はたくさんある。娘はエーランド島からゴットランド島へむかうフェリーから数時間は動けない。

少し歩いて車にもどった。乗りこんで長々と息を吐く。バッグを後部座席に放ると、なかの複数の銃がガチャガチャと音をたてた。銃のことを考えると、目の前にヴェロニカの顔が見える。あの冷たい表情が。エーランド島リゾートの日光が降り注ぐ芝生を歩きまわるのを彼が見たときの、レーニンの寡婦そっくりの落ち着き払い、勝ち誇った表情。

アーロンは死にかけている。あと何時間残されているかわからない――だが、ヴェロニカ・クロスは生きつづける。

そうか？

いいや。ウラドが頭のなかで言い張る。いいや、あの女は生かしておかない。

彼はエンジンをかけ、銃の入ったバッグをちらりと振り返った。それから勢いよく駐車場をあとにすると、南へむかった。

ヨーナス

この夏で二度目のことになるが、ヨーナスはボートハウスで目覚め、混乱して瞬きをした。だが、このボートハウスは厚い石壁で造られていて、寝ているのもベッドではなかった。重ねた網の上に寝ていた。古びて柔らかくなり、タール臭い漁の網だ。ボートハウスの周囲で風がうなり、カモメのくぐもった鳴き声が外から聞こえた。

自分はひとりじゃないと気づいた。カスペルとウルバンが壁際にパジャマ姿で横たわっている。見おろすと、自分もパジャマを着ていた。

従兄弟たちもやっぱり目蓋が重そうで、眠りと目覚めのあいだみたいだった。


ヨーナスはバンガローで寝たとわかっていたが、ぼんやりと夜のことも覚えていた。ベッドの隣に立つ白い天使、鼻を満たした甘いにおい。それから暗闇のごつごつした手。

目を閉じてまどろみ、なにか起こるのを待った。誰かが壁際のスツールに水のペットボトルを数本置いていたから、少年たちはとりあえず水を飲んだ。ドアの下の細い隙間から日が射してきて、とうとうウルバンが立ちあがった。両手で力を込めて木のドアを押したけれど、頑丈で動かない。外から鍵がかかってるらしい。ウルバンはあきらめて、網の上にもどった。

三人は黙って座っていた。ヨーナスには訊きたいことがたくさんあったけれど、誰も答えはもっていなかった。外からの日射しが強くなってくると、ウルバンやカスペルと話を始めた。

ふたりとも頭痛がしていた。ヨーナスもだ。

「きっと麻酔薬かなにかを嗅がされたんだ」ウルバン

が低い声で言った。「寝ているあいだに」

「誰かに抱きかかえられたのを覚えてる」カスペルが口を挟んだ。「男だった……じいさん。でも、力があった」

墓標の幽霊だ。

三人は長いこと仄暗いなかで座っていた。誰も時計をもってなかった。待つことしかできない。ヨーナスは目を閉じて壁にもたれ、風と鳥に耳を傾けていた。

そこで、違う音が聞こえた。近づいてくる車のエンジン。ヨーナスは顔をあげた。「聞こえる?」

カスペルとウルバンが心配そうな表情で耳を澄ました。

「奴かな?」カスペルが囁く。

「どうだろ」

車はまっすぐにボートハウスにむかってきて、エンジンの音がとまった。ゆっくりとした重たげな足音が草を踏みつけて近づいてくる。

錠がガタガタといって、鉄のかんぬきが外れる音。ドアがひらいた。

老人が立って彼らを見ていた。険しい表情だ。ヨーナスは見覚えがあった。墓標にいた男だ。

男の十メートルうしろに濃い青のフォードが見えた。男は黒い銃をもっていた。銃口は床にむけていたが、楽々ともっている様子から、使い慣れてるんだとヨーナスにはわかった。銃が道具に過ぎないんだ。必要になれば、この男はすぐに狙いをつけられる。

「外に出ろ」男は言った。

ヨーナスとカスペルは立ちあがり、低い戸口から外に出た。日射しがとてもまぶしかった。もう午後みたいだ。ウルバンが最後に出てきたけれど、墓標の幽霊が空いたほうの手で彼をとめて、じっくりと見つめた。

「おまえはクロスだな?」男は言った。「そしてヴェロニカはおまえの母親だな?」

ウルバンがうなずく。

「よし」男は海岸沿いの先を指さした。「あちらにむかえ。数キロ行けば家がかたまっている。どの家でもいいから駆けこんで、自宅に電話しろ。母親に電話して、おまえたちがどこにいたか伝えろ。至急ここへ来るように言え。エイナル・ヴァルのボートハウスへ。ひとりで」

ウルバンがヨーナスとカスペルを見て口をひらいた。

「まず言いたいことが――」

「黙れ」男は言った。少し震える手で握る銃をウルバンにむけた。「うなじに弾をくらいたいか？」

「いや、でも――」

「では、走れ」

ウルバンはもう一度心配そうな目つきでヨーナスとカスペルを見やり――駆けだした。海辺の草地を大股で走っていく。

墓標の幽霊はその姿を見守っていた。

「よし」彼は残るふたりの少年にうなずいた。「これで三人になったな」

ヨーナスには口を開く勇気はなかったが、突然、この男は身体の具合が悪いんだと気づいた。軽くふらついていて、時々、お腹に手をあてる。痛がってるみたいだ。顔は汗で光っている。夏の暑さはもう過ぎてしまったのに。

男は具合が悪くても兵士みたいに動いて、集中していたし、弱さを見せなかった。

そしてボートハウスの床に紙切れを置いた。ヨーナスは鉛筆で書かれた、大きなはっきりした字を見た。

古い風車小屋
ステンヴィーク
ひとりで

男はドアを閉めた。

「行くぞ」

彼はヨーナスを車のほうに押した。ヨーナスは銃をもった男の前で言われるままに歩いた。四人がするように。

イェルロフ

イェルロフとヨンは翌朝、車で出かけた。八時三十分になろうとしていたが、外はあまり明るくなかった。黒い雲が島の上空を覆っている。

ヨンがおはようの挨拶も抜きでイェルロフを七時に起こした。

「墓標だ」彼は言った。「吹き飛んだ」

「墓標が？」

「あんたのじゃない。クロスが作ったほうだ」

イェルロフは話を聞いても信じられなかった。爆発音は聞いた——だが、墓標が？

そのとき、ひらめいて口に出した。「アーロン・フレド」

ヨンは返事をしなかったが、いまのは質問でもなんでもなかった。アーロンでしかあり得ない。

「様子を見にいったほうがよかろう」イェルロフは言った。

ヨンの手を借りて車にむかった。車で短い距離を走って海岸通りに出ると、郵便受けのところで曲がった。キャンプ場を通りすぎ、海の上に高台がそそり立つ入江の南端へ。

ヨンはゆっくり運転したから、イェルロフはあれこれ観察する時間がたっぷりあった。まず、キャンパーや別荘の持ち主たちが何人かで集まっているのが、それから青と白の警察の現場封鎖テープの前にパトカーと救急車が、最後に惨事の現場が見えた。

墓標が目に入ったとたん、相当の爆発だったことがわかった。

あるいは、墓標の跡地と言ったほうがいいかもしれん。いまでは土と砂利しかないクレーターに近い。高台の縁に石が数個は載っているが――あとは海岸通りの内陸へ派手に散らばっていた。大半はヴィラ・クロスに落ちている。石の届いた範囲にある家はそこだけだ。

アーロンは戦争でおかしくなった哀れな男かもしれないが、狙いは的確だった。爆発で破壊したただひとつの家は、彼自身の血族のものだ。ケントの家が墓標に最も近く、爆弾を落とされたように見える。屋根が落ちてウッドデッキは粉々だ。見晴らし窓はすべて割れている。

イェルロフはその無残な光景を見つめて、ヨーナス・クロスのことを思った。

周囲に立っている者たちの顔を観察した。ほとんどはイェルロフの知らない者で、クロス家の人間は誰もいない。そのとき、端に立つ薄い青の部屋着姿で寝ぐせのついた頭の中年男に気づいた。名前は忘れてしまったが、ストックホルムからやってきて、ヴィラ・クロスの隣に住む男だ。

ヨンが車をとめ、イェルロフは窓を開けた。なにがあったか尋ねる必要はない。

「怪我人はいるのかね？」そう声をかけた。

隣人は首を振った。「どうでしょうね。うちの庭は少し離れているので、石は飛んできませんでしたが、あっちは……なんとも言えません」

イェルロフはヴィラ・クロスにあごをしゃくった。

「ゆうべはあそこに誰かいたのかね？」

「兄弟のひとりが奥の部屋で寝ていたそうですよ……ニクラス・クロスが。彼は無事のようです」

「もうひとりのほうは？　ケント。それに男の子たちは？」

隣人は首を振る。「さっぱりわかりません」

ヨンとイェルロフはしばらく車に座ったまま、惨状をながめていたが、ヨンはもうじゅうぶんだと思ったらしい。エンジンをかけて、車をバックさせた。


「待て、ヨン」イェルロフは急に声をかけた。

車がとまると、イェルロフは外に出て、杖をついて破壊されたクロス家に数歩足を踏み入れた。巨大な石のあいだを縫って芝生を歩く男に気づいたのだ。ニクラス・クロス。

ニクラスは茶色の短パンを穿き、上は素肌に灰色の上着をなびかせていた。妙な取り合わせだが、とにかく怪我はないようだ。イェルロフが片手をあげると、ニクラス・クロスが近づいてきた。虚ろな目でぎこちない動き。イェルロフが誰かわかったようだが、挨拶をしてこない。

「ケントと子供たちがいなくなりました」彼はいきなりそう言った。「ポーリーナも」

「いなくなった？」

「ヴェロニカが寝ないで探していたんですが……わたしも」

イェルロフは二軒の家を見やった。「では、ゆうべ子供たちは家にいなかったのかね？　ケントも？」

「わかりません」ニクラスは低い声で言う。「わたしにはけっしてなにも話さないので……ケントとヴェロニカはなにも言ってくれない」

「ふたりはあんたにどんな話をすべきだと思うんだね？」イェルロフは尋ねた。

ニクラスは答えず、顔をそむけた。

もうひとつの家のドアが開いてヴェロニカ・クロスがウッドデッキに現われた。ジーンズとブラウスという弟よりはまともないでたちで、ウッドデッキも無傷だった。こちらを見て近づいてきた。

彼女がたどり着く前に、イェルロフはニクラスの耳元で短い質問をした。何週間もふしぎに思っていたことだ。

「あんたは、密輸にかかわっていたのかね、ニクラス？」

ニクラスはぽかんとイェルロフを見た。「密輸？」

「蒸留酒と煙草だよ」

ヴェロニカはもうそこにいる。

「わたしじゃありません」ニクラスは答えた。「あれは全部兄のしたことでした」

ヴェロニカはニクラスとはかけ離れた表情をしていた。鋭く集中している。

「ニクラス」彼女は静かに言った。

だが、弟はしゃべりつづけた。まるで声が聞こえていないようだ。「ケントは毎年、船と車で蒸留酒と煙草をもちこみました。でも、兄はエーランド島リゾートの社長です。社長が刑務所に入るわけにはいかない。だから、わたしが罪をかぶった」彼はヴェロニカを見て、言いたした。「それは姉のアイデアでした」

「この人は商売を第一に考えていたんだろうよ」イェルロフは言った。

ヴェロニカは無視した。弟を見つめている。「ニクラス、うちに入ってストックホルムのわたしの夫に連

「あそこに行って、救急隊員に診てくれと言いなさい……あとのことは、わたしたちがやっておくから」

ニクラスはおとなしくうなずいた。「子供たちを見つけてくれますか？」

どう答えたら？　なんと言っても、イェルロフとヨンは年寄りの元船乗りふたりでしかない。

「見つけるよ」結局、そう約束した。

ニクラスがゆっくりと救急車に近づくのを見守ってから、イェルロフは車にもどってため息をついた。

「車で走りまわって、あの子たちを見つけんとならんな。心当たりはないが、それでも……」

「いいさ」ヨンが言う。「ガソリンはたっぷり入ってる。ただ、店に寄っていいか？」

「仕事があるのか？」

「いいや、アンデシュが店番をしてる。客が来るとしてだが……ただ、週末に牛乳の在庫が切れんようにしておきたいんだ」

絡して。もう会社にいるはずだから。夫にわたしの携帯に連絡して、わたしが電話に出るまでかけつづけてと言って」そこで彼女はヴィラ・クロスを見やった。「わたしは出かけないと」

「何事だね？」イェルロフは尋ねた。

ヴェロニカは彼を見ないが、答えはした。「彼が子供たちを連れ去った」

「誰がだね？」

ヴェロニカ・クロスはもうなにも言わなかった。急ぎ足で自分の車にむかった。

だが、イェルロフはもちろん返事など聞かなくてもわかった――アーロン・フレドしかいない。

ニクラスはまだそこに立ったままだ。ショック状態なのか。

「ニクラス、医者に診てもらったかね？」

「今年は一度も」

イェルロフは彼の肩に手を置き、救急車を指さした。

「いいともさ」イェルロフは言った。

こうしてヨンは移動し、ステンヴィークの小さな雑貨店の前にある駐車場に車をとめて表に出た。イェルロフは乗ったままだったが、ヨンが振り返った。「出発する前にコーヒーはどうだ？」

ふたりは倉庫で段ボール箱にかこまれてコーヒーを飲んだ。

「つまり、アーロンが墓標を吹き飛ばして」ヨンが言う。「クロス家の子供たちを誘拐したんだな」

「そのようだな。そしてヴェロニカ・クロスが彼を追っている」

「ああ」

ふたりは黙って座り、時計がカチカチいう音を聞いていた。イェルロフはコーヒーを口に運んだ。アーロンはいまどこにいる？　隠れているのか？　どこかのコテージに？

急に、あの夏の日、教会墓地で出会ったときのアーロン・フレドの姿が脳裏に甦った。ふたりが柩のなかからノックの音を聞く前の。十二歳のアーロンは霊安室がわりの小屋の隣に小さな幽霊のように現われた。幽霊だと思った理由は……

「彼は白かったから」イェルロフは声に出して言った。

「白かった？」ヨンが言う。

「白い粉にまみれていた……初めてアーロンに会ったときさね、墓地で。服が小麦粉だらけだった」

ヨンがうなずいた。「なるほどな――スヴェン・フレドは粉挽きの仕事をしていた。アーロンは墓地に来る前に手伝ったんだろうよ」

「スヴェンは雇われ仕事もしていた」イェルロフはのろのろと言った。「風車小屋で」

「風車……」

「そうだ」イェルロフは言った。「アーロンはそこに隠れている。まだ残っている風車小屋に」

ヨンが顔を曇らせた。「だが、どの風車小屋だ？この教区だけで三十五から四十あるぞ」

「もう使われていない風車小屋だよ。崩れかけて、木立や草に隠れたようになっている……人が存在を忘れているような」

「そういうのは、あまりないぞ。たいていがもう崩れてるじゃないか」

「まだ残っているのもあるよ。クロス一家の土地に近い風車小屋のはずだ……アーロンが育った土地に」

「そうなると、だいぶ絞られるな」ヨンが言う。

イェルロフはうなずいた。そこでふと思いだした。自宅の庭に座っていると、時折声が聞こえたことを。歳のいった男と、若い女が木立でしゃべっていた。ほとんど聞き取れない会話。地面よりは高い位置にある隠れ家で座って話をしているように。木の上か、背の高い建物か……

「違うかもしれんが」彼はヨンに言った。「たぶん、ステンヴィークだ。森にある古い風車小屋。うちの庭の裏手のだよ」

帰ってきた男

沿岸は灰色の午後だった。嵐が島にいまにも上陸しようとしている。森にある百年前の風車小屋は風に打たれる灯台のようにがたつき、周囲の木々と一緒になって揺れていたが、それでも建っていた。

風車小屋はとても狭く、天井の高い正方形の部屋がひとつあるきりだ。屋根裏もあり、埃をかぶった挽臼の機械がいまでも部屋の中央に残っている。窓はなく、壁に細い切れ込みが開いているだけなので真昼も暗かった。

アーロンは壁際の木製の椅子に少年ふたりを座らせて縛ると、見つけておいた灯油ランプと厩《うまや》のランタンに火をつけた。ほどなくして風車小屋の埃っぽい床の四隅がまばゆく輝き、木の壁と少年たちの青ざめた顔を照らしだした。二人とも静かにしているが、ヴェロニカ・クロスがやってきて助けてくれるのを待っているのだとアーロンにはわかっていた。

アーロンも彼女を待っていた。額は燃えるようで腹は耐えられないほど痛む。黒い壁にもたれ、風の音を聞いた。

時間はかかったが、ようやくヴェロニカは正しい場所を見つけた。車のエンジンの音が近づいてきて、それがとまった。一瞬、荒れる風の咆哮だけが聞こえてから、足音が続いた。扉に通じる木の階段をあがるハイヒールのコツコツという音。一組だけの足音。彼女はひとりだ。よし。

足音はゆっくりと、だが、決然と近づいて、古い風車小屋全体を揺らした。

短い静寂に続いて扉がひらくと、ヴェロニカ・クロスがジーンズに黒い上着姿、髪をポニーテールにまとめて立っていた。

アーロンがこの近い距離で彼女を見たのは初めてだった。ランプの明かりで、彼女が目の下にクマを作っているが、表情は力強いことに気づいた。憎しみにあふれた表情だ。

醜い。美人ではあるだろうが、それでも醜い。

「ひとりか？」

ヴェロニカは短くうなずく。

「まず言わせて」彼女が言った。「あなたは頭がおかしい。すべてをめちゃくちゃにして」

「知っている」アーロンは言った。「使ったダイナマイトは東海岸のヴァルの家にあったものだ……ペッカとエイナル。おまえの弟が殺したふたりだ」

ヴェロニカは否定しなかった。小屋に一歩入った。

「上着を脱げ」アーロンは部屋のなかから声をかけた。「そしてうしろに投げ捨てろ」

彼女は言われたとおりにした。ジッパーを開けて、外に上着を放った。その下は薄手の白いブラウスだけだった。なんらかの武器を身に着けていたとしても、もう失った。

アーロンはオートマティックのアサルト・ライフルで武装していた――エイナル・ヴァルから買った最大の銃だ。彼はヴェロニカから五メートル足らずの位置、中央の柱になかば隠れるようにして立ち、まっすぐ銃口をむけた。

「こちらに来い」

ヴェロニカは奥に進んで少年ふたりのあいだに立った。ランプの光を受けて目がぎらついている。

「ふたりを解放して」

アーロンは首を振った。「だめだ。話が終わるまでは」

ヴェロニカは右の少し年上の少年のほうに首を振った。「じゃあ、わたしの息子を解放して」

「なぜだ？」

「一番大切なのはこの子だから」

「そうか?」

アーロンは少し考えを巡らせてから、年下の少年の手首のロープを引っ張った。続いて足首のロープも。結び目はほどけ、少年は自由になった。

「おまえは帰っていい」アーロンは言った。

少年はしびれた手をさすりながら彼を見つめた。動こうとしなかったが、アーロンはそっと肩を押した。

「うちに帰れ」

少年は扉へむかい、ヴェロニカとすれ違った。彼女は少年をちらりとも見なかった。

扉が閉まった。

アーロンはヴェロニカ・クロスを見て、からっぽになった椅子を指さした。彼女の甥が去ったばかりの。

「座れ」

彼女は動かない。「なぜ?」

「おまえには自白すべき告発が多数あるからだ」


「どんな?」

「おまえと弟でレードトルプを更地にしたこと。わたしの妹を殺したこと」

ヴェロニカはそれでも動かず、彼は言いたした。

「そしてわたしの妻も」

一九九八年四月、あたらしい国

復活祭だ。アーロンとミーラは西へ旅をする。娘は家に残し、聖大金曜日にレニングラード（ふたたびサンクトペテルブルクと呼ばれるようになった）行きの列車に乗り、一泊する。

ミーラは街の観光をしたがった。冬宮殿を訪れてネヴァ川を見るといった――彼女がこの街に寄るのは学生のとき以来だから――しかし、あまりにも身体が弱っている。そしてアーロンは懐かしみながら通りを歩きたいなどとはまったく思わない。川辺にあるクレストィ刑務所の知人と旧交を温めたくもない。あそこのにおいと音という昔の記憶を甦らせたくないのだ。それに友人トルシュキンの記憶も。

彼にはスウェーデンのことしか、バルト海の向こう側にある島のことしか考えられない。

復活祭の土曜日の朝、ふたりは内燃機船バルティカ号に乗る。ストックホルムとサンクトペテルブルクを行き来する客船だ。かつての蒸気船カステルホルム号と同じように白いがずっと大型で、今度のアーロンは船酔いの義理の父親と船室をともにしてはいない。夫婦は大いなる期待を胸に、ネヴァ川を西へ、それからバルト海に入る。

海面は穏やかで、海の空気にあたったミーラの具合も若干いい。手すりのそばに立って彼女がほほえみかける。

これだけたくさんの夏、これだけたくさんの冬を過ごして――アーロンは感慨にふける。

三〇年代に比べるとずっと速くバルト海を渡り、まだ復活祭のうちにストックホルムに到着する。

アーロンはこの街もまた変わったことに気づく。当たり前だ。港のクレーンは消え、ビルの数が圧倒されるほど増えている。

スウェーデンの入国管理官はアーロンとミーラのロシアのパスポートをちらりと見ただけで、「ようこそ」と言い、手を振って通す。ふたりはニートリイェット広場にほど近い小さなホテルに滞在し、アーロンは電話帳で住所を見つける。ヴェロニカ・クロスと家族はクンスホルメンのノール・メーラルストランドに暮らしている。海辺のいい場所だ。

ミーラがほほえむ。「明日の朝に訪ねましょう。帰りの船が出るまでに時間はたくさんあるから」

アーロンもほほえむが、内心震えている。クロス家の者に面とむかうとなると、まがいものになった気分だ。もちろん、実際に彼はまがいものだ。あのお高い一族に騒々しく踏みこもうとしている認知されていない子孫で、行儀も知らない。

だが、ふたりはストックホルムですばらしい夜を過ごす。かつてアーロンとスヴェンがそうしたように、旧市街の細い道を散策する。群島を巡る船の旅に出て、レストランでなけなしの最後の金を特別な夕食に使う。ミーラは夜のあいだずっとひどく咳きこんでいて、とても疲れた様子だが、笑顔でもある。

「たぶんすべてうまくいくわ」

たぶんな。アーロンがヴェロニカ・クロスに膝をついて請えば。


翌日、彼女に会いに行く時間となる。

クンスホルメンはふたりのホテルから少し距離がある。アーロンはまだためらっているが、ついにふたりは出発し、なんとか目当ての家を見つける。外ドアは大きく頑丈な黒っぽい木製だ。閉じてある。だが、そこに〈クロス〉と彫られた表札があり、隣にブザーがある。

アーロンはボタンを押してインターホンの前で待つ。

ミーラは隣にいる。

「はい?」

女の声がしてアーロンの脈拍がはやくなる。

「ヴェロニカ?」彼は静かに言う。「ヴェロニカ・クロス?」

「はい?」

アーロンは今回も名乗る。助けが必要なのでスウェーデンに妻とやってきたのだとミーラの隣で話す。自分は身内だという証拠をもってきたと。父のエドヴァルド・クロスのものだった嗅ぎ煙草入れだ。

スピーカーからはなにも聞こえない。

そのとき、頭上でがさごそと音がする。三階上で窓がひらき、白い封筒が空を漂ってくる。妙なことに、それでアーロンは同志トルシュキンと、彼がレニングラードの道に落としていた手紙を思いだす。

〈アーロン・フレド〉と封筒の表にきっちり書いてある。

ゆっくりと彼は封を切る。手紙は入っていない。写真が一枚だけ。森の空き地だ。倒れた建物の残骸に油圧ショベルが鎮座していた。小さな家だ。重機はまっすぐに突進して家の壁を崩していた。

もちろん、アーロンはその小さな家に見覚えがある。

彼は写真を落としてドアを見つめる。閉じたままだ。ヴェロニカ・クロスは上の階でインターホンを切った。ドアのロックがブーンと音をたてて解除され、ふたりを招き入れることもない。

アーロンは妻を見やる。彼女はスウェーデン語を理解しないが、どういうことか悟っている。なにかが彼女の瞳で死ぬ。希望は消えたのだ。

妻はアーロンの腕を取る。「行きましょう」彼女は囁く。「船に乗り遅れるわ」

ふたりはその場を去り、黙って歩く。

ミーラの呼吸はホテルに到着する頃には難儀なものになっている。荷造りをしてタクシーで港にむかう。

妻はとても気落ちしていて、いままでになく咳がひどい。アーロンは元気づけたいが、どう声をかければいい。彼のレードトルプはなくなってしまった。これだけ長いこと慈しんできた彼の夢をクロスが壊した。

ふたりはどうにか船に間に合う。ミーラはとても息切れがしていて、顔の赤みがいっさい消えている。ストックホルムでは太陽が輝いているというのに。船は陸を離れ、群島のあいだを縫ってスウェーデンとふたりの距離を広げていく。

「また来よう」アーロンは言う。

ミーラは疲れた様子でうなずく。もう夕食の時間だが、彼女は首を振って休む。具合が悪いようだ。おそらく、船酔いなのだろう。海は完全に凪いでいるが。

アーロンは船上のひとつきりのレストランでできるだけ手早く食事を済ませてから、船室へもどる。

ミーラは眠っているが、息をすると胸がゴロゴロという。アーロンは以前と同じように心配になる。とても具合の悪かったスヴェンと海を渡ったときのように。だが、今度ははるかに深刻だ。

二日後にふたりはモスクワへもどる。往路と同じに、サンクトペテルブルクから列車を使う。ふたりの娘のポーリーナがレニングラーツキー駅でふたりを出迎える。冬のコートを着ていない。ロシアに春が訪れた。

アーロンは重い足取りで列車の階段を下りるミーラに手を貸す。彼女は疲れきっている。ふたりとも長いこと娘を抱きしめる。

それからうちに帰り、通院がふたたび始まる。そして酸素との絶え間ない闘いも。

八月の終わりにアーロンはバルト海の下を通された電話線を経由して、ふたたび妹に電話をかけるが、妹は応えない。かわりに看護婦が電話に出る。前と同じようにかすかなごうごうという音が背景で聞こえる。

「グレタ・フレドさんは残念ながら、もうこちらにはいらっしゃいません。亡くなりました」

アーロンはどういうことか理解できない。

「転倒事故があったんです。浴室で転ばれて」

しばらくしてその知らせがやっと頭に叩きこまれると、彼は受話器を置く。

妹が死んで、妻には希望が残されていない。

十カ月の通院と眠れない夜を経て、ミーラの肺が根負けする。彼女は最後には溺れていく女のようになり、四六時中、とにかく闘っていたが、呼吸ができなくなる。

一九九九年二月二十日に彼女はついに亡くなる。アーロンとポーリーナは枕元に付き添っていたが、アーロンは妻が最後の闘いを続けるあいだ、何度も部屋を離れずにはいられなかった。自分は無力だという感覚がなにより最悪だ。

五月の初め、葬儀から二カ月後に彼はふたたびスウェーデンへ渡る。ふたたび旅をする。ストックホルムで古いフォードを買い、エーランド島へむかう。

グレタの部屋は片づけられているが、身の回りの品を入れた箱を調べることが許される。妹はなにももっていなかった——少なくとも価値のあるものは——しかし、アーロンは家族の写真を何枚か手に入れる。自分が少年だった頃の、そして母アストリッドの。

グレタのいた部屋の隣のドアは開いたままだ。ネームプレートは〈ヴァル〉とある。アーロンはそちらを覗く。ふたりの男が座っている。ひとりはアーロンより年上で、もうひとりは年下だ。だが、ふたりはよく似ている。家族だろう。

「隣の女性とは知り合いだったか？」彼は尋ねる。

「そういうあんたは誰だね？」

「フレド。アーロン・フレド」

「じゃあ、グレタの身内か」年配の男が言う。「あの人は転んでね」

男は最後の言葉をやけに強調したから、アーロンは耳をそばだてる。

「そうだ」彼は答える。「わたしは兄だ」

「おれはヴァルだ」年嵩のほうが言う。「ウルフ・ヴァル……こっちが息子のエイナル」

アーロンはうなずく。

「わたしはクロス家の身内でもある」そう続ける。

若いほうの、エイナル・ヴァルがこの名を聞いて少し顔をしかめたのに気づいたから、アーロンは部屋に一歩入る。目的をもって、兵士のように。

帰ってきた男

「ケントは死んだわ」ヴェロニカ・クロスが言った。

アーロンはうなずく。「グレタもだ。ミーラも」

ヴェロニカは灯油ランプの光を受けて彼をにらむから、アーロンも彼女をにらみ返した。

「座れ」

彼女は少しためらったが、息子の隣の空席に腰を下ろした。息子が母を見ると、彼女は口を開けてなにかを言おうとしたが、アーロンはそれを聞きたくはなかった。

「よし」彼は大声を出した。「始めよう」

これはアーロンとウラドがおこなう最後の尋問だとわかっていた。正しくおこなうことが重要だ。

風車小屋には机がないが、ペンと紙は持参していたし、寄りかかることのできる木箱も見つけておいた。彼は木箱をヴェロニカの前に押しやった。

「ペンを握れ」

彼女はしばらくアーロンを見つめていたが、結局はペンを手にした。

「それに紙も」

彼女は紙を一枚取った。

アーロンはアサルト・ライフルを構えた。「では書け。わたしが身内だと名乗りでたあとで、去年の夏におまえが高齢者ホームで妹を殺したという自白書がほしい。どうやって殺したのかも説明しろ」

ペンは紙の上でとまっている。

「それを書いたらどうなるの」ヴェロニカが言う。

「おまえが書き終えたら、息子を解放する」

「わたしは？」

アーロンはライフルを下げて、それで間に合わせの机を指す。

「いいから書け」

ヴェロニカは白紙を見つめていたが、書きはじめた。

アーロンの視力はいい。少し身を乗りだせば、自白書の内容は読むことができる。

「おまえはまず、浴室のドアの下にマットを置いておき、それを引っ張ったのか……」彼は読みあげた。

「それからどうした？」

ヴェロニカは両手を見おろした。「浴室からなにも聞こえないから、帰ったわ。誰にも姿を見られなかった」

風車小屋に沈黙が訪れた。まだペンを握っているヴェロニカを、ウラドがアーロンの目の奥から見つめた。

「書きつづけろ」彼は命じる。「わたしの妻で病状の重かったリュドミーラ・イェゲロフを助けることも拒んだと書け。何度も助けを求めたにもかかわらず。すべてを書いて署名しろ」

ヨーナス

外はどんよりと曇って風が強かったが、ヨーナスはできるだけ急いで風車小屋から逃げた。森と藪を抜ける小道を走った。もう夕方近く、湿った草で何度も転んだけれど、すぐに立ちあがって走りつづけた。ロープのせいで手足がひりひりしたけれど、もう自由になった。

海峡から吹く風を顔で感じたから、そちらへ進んだ。ジュニパーの茂みが腕を打ち、もつれたヘーゼルの枝が顔を引っかいたが、歯をくいしばってどんどん走った。自由になったいま、とにかくうしろにある背の高い、黒い怪物から離れたい――風車小屋から。

カスペルとヴェロニカおばさんを見捨てるつもりはなかったけれど、警察でも誰でも、助けを呼ぶしかない。

森の木が少なくなってきた。あごを引いて走るスピードをあげる。いきなり、なにかが伸びてきて、しっかり腕を摑まれて身動きできなくなった。ジュニパーの枝じゃない、人の手だ。大きな手、帽子をしっかり引きおろしてかぶった男の手だった。鋭い目で見つめられた。

「どこへ行くんだね？」

ヨーナスは逃げようともがいたけれど、無駄だったから、結局はあきらめてこう言った。「警察に」

腕を摑む手が少しゆるんだ。男が帽子を少しあげてヨーナスを見た。危ない男には見えなかった。

ふたりの背後の茂みが動いて、別の声が聞こえた。

「ヨーナス？」

ヨーナスの知っている静かな声。イェルロフ・ダーヴィッドソンだ。彼はゆっくりと杖を突きながら茂みから現われ、ヨーナスにうなずいてみせた。同時に、もうひとりの男がヨーナスの腕を放した。

「ここでなにをしているのかね？」イェルロフが言った。

ヨーナスはうしろへぐいと首を振った。背の高く黒い塔のある空き地に。「彼がぼくを解放したの」

「では、いままであの風車小屋にいたのか？」

ヨーナスはうなずいた。膝から力が抜けて座りこんだ。気分が悪い。

「カスペルがまだあそこにいる」息を切らしながらどうにかそう言った。「それにヴェロニカおばさんも……おばさんはカスペルを解放させたがったけれど、あの男はかわりにぼくを選んだ」

イェルロフがうなずき、もうひとりの男がヨーナスに手を貸して立たせた。

「墓標の幽霊はアーロン・フレドという名だ」イェルロフが言った。「彼はまだ、従兄弟やおばさんと風車小屋にいるんだね？」

「うん」

「彼の望みは？　あの男がふたりをどうしたいのか、わかるかね？」

ヨーナスは首を振った。「あの男、大きな銃をもってた……そしてヴェロニカおばさんと話をしたがってた。おばさんにひとりで風車小屋に来いと言ったんだ」

イェルロフは疲れた様子だった。「対決か」彼は風車小屋を見やり、静かに尋ねた。「あのなかで、正確にはふたりはどこに座っていたかね、ヨーナス？　一階か、それとも屋根裏かね？」

「一階」

「そうか。部屋の中央かね、壁際かね？」

ヨーナスは思いだそうとした。「ぼくとカスペルはドアの近くに座ってた。椅子で縛られていたんだ」

「壁にもつなぐ格好で縛られていたかね？」

ヨーナスは首を振る。「両手と両足を縛られただけだよ」

「いいぞ」イェルロフはそう言い、もうひとりの男を見た。「わたしたちにできることがありそうだぞ、ヨン。だが、少しばかり危険だ……風車小屋の床には落とし戸があるんさね。地面に重い小麦袋を落とすのに使われていた戸だ。少年がその上に座っているんなら、わたしたちで助けだせる。たぶん、ヴェロニカ・クロスも」

もうひとりの男は帽子をかぶり直し、濃くなっていく黄昏のなかで眉をひそめた。イェルロフの計画に大賛成というわけじゃないみたいだ。「どうやるんだ?」

イェルロフはちょっと考えた。「わたしの記憶がたしかならば、床下に落とし戸を留めておくかんぬきがあったはずだ。それを叩いて外さんとならん——しかもすばやく」

男はうなずいた。「適当な石を見つけるよ」

イェルロフはふたたびヨーナスに視線をむけた。「位置の確認をするから、一緒に来てくれるか?」

ヨーナスはためらったが、結局行くことにした。

イェルロフがにっこりする。「とても、とても静かに進むぞ」

イェルロフ

イェルロフはヨンとヨーナスに遅れを取るまいとしたが、彼はあまりにのろかった。疲れていたし、地面に足を引きずって歩いている。だから音が出る。乾燥した草がガサガサいうのだが、これはまずい。

立ちどまるしかなかった。

ヨンが腰をかがめて、鉄床のように長くたいらな石を拾ってから、隣のヨーナス・クロスとまた歩いていった。

イェルロフは遅くても安定した歩調でふたりに続いた。このあたりは勝手知ったる場所だ。森の反対側にある自分の家の庭から百メートル足らずで、左には墓標が見える。いまでも無傷の、本物の青銅器時代の墓標だ。

森の木が増えてきたが、前方の狭い空き地に翼を広げた背の高い影が見える――風車小屋だ。イェルロフ自身の父がたまにここで小麦粉を買っていた。その頃でさえ、ここはすでに古びていた。少なくとも百五十年は前に建てられたもので、その頃はまわりの木がこれだけ背が高くなかったから、翼は四方から風を受けることができた。スウェーデン北部では粉挽き小屋は水車で動くが、この島には川がなく、たいらな地形にいつでも風が吹いている。

風が強くなっており、風車小屋は目に見えて揺れていた。

この背高のっぽの建物は、一本きりの丸い木の柱の上に載っていて、翼が風を受けるために回転させられるようになっている。だが、翼が最後に動いてから何十年と経っていた。いまや翼はだいぶ壊れてしまい、風車小屋は森に立つ忘れられた監視塔のようになっていた。

いや、忘れられてはいない――すぐ表に濃紺のフォードがとまっているし、数メートル離れた場所にヴェロニカの車もあった。イェルロフは息を切らしていて、身振りでしか意思を伝えられなかったが、ヨンに手を振って進めと合図した。

風車小屋に近づいてみると、壁の切れ目からちらちら揺れる光が見え、低い声で囁く複数の声が聞こえた。小屋の下の空間はおよそ高さ一メートル。暗いが、イェルロフが腰をかがめると、柱の横にやはり落とし戸が見え、重い鉄のかんぬきでしっかりとめてあった。よし。けれど、長年のうちに木が膨らんだり歪んだりしていたら、落とし戸はもう開かなくなっているかもしれんぞ。

それでも賭けに出るしかない。

イェルロフが無言でヨンに手を振ると、旧友は立ちどまり、風車小屋の下にそっと潜っていった。ヨーナスも隣にいる。男と少年は風車小屋の下、柱の隣にじりじりとむかっていく。ふたりはふたつの影になった。

イェルロフは息をとめた。もう待つことしかできない。

そのとき、小屋の床下で何度か音が響いた。ヨンが力いっぱい石を叩きつけている。一回、二回、三回、四回。

そしてガシャンという音に続いて、落とし戸がゆるみ、勢いよく下へと開いた。

帰ってきた男

「ようやく会えたな」アーロンはヴェロニカ・クロスに言った。身内であり敵である者に。

彼女は答えない。

「この風車小屋で」彼は話を続けた。「風が吹くと翼がまわりはじめ、粉挽きの作業はなにをもってしてもとめられない」

ヴェロニカはまだ黙っているが、書き終わっていた。自白をしたためた紙はびっしり文字で埋まっている。彼女はペンを握りしめたまま、紙をアーロンに押しやった。彼はヴェロニカをにらんだまま、額の汗を拭いた。風車小屋のなかは灯油ランプのおかげで暖かいが、彼には熱もあった。


「妻は治療が必要だった……わたしはほんの少しの土地がほしかっただけだ」彼はのろのろと言った。「あの小さな家がほしかっただけだ。あそこが老いて帰りたいと夢見ていた場所だった……海のそばのレードトルプ」

「あなたがあそこを手に入れられるはずもなかったのよ」ヴェロニカが言った。

「そうだ。おまえがわたしに渡せないよう更地にした」

ヴェロニカは息子のほうを見やった。少年は物音ひとつ立てない。

「古くて危なかったから壊しただけよ」彼女は言う。「それにずっと前から計画していたことだった。エーランド島リゾートをわたしたちから奪うことは誰にもできない。六十年してから現われて、わたしたちの土地をほしがるどこかの私生児には絶対にね……だからストックホルムであなたを追い払い、高齢者ホームであなたの妹を始末した。余計なことを話しはじめる前に。ケントとわたしは完全に同意していた。あなたを絶対に割りこませないと」

「それが誤りだった」ウラドが言った。

ヴェロニカはペンで彼の血の染みたシャツを指さした。「よくなさそうね」彼女は平然と言う。「あなた、出血してるわ、アーロン」

ウラドは首を振ったが、額を流れ落ちる汗を感じた。

「もう血は出ていない」

ヴェロニカはほほえんだ。「あなた、死にかけているみたいね、アーロン」

ウラドは瞬きをした。「おまえもだ」

彼女は首を振った。「わたしは元気よ、アーロン。長生きするわ……だって、面倒をみなくてはならない土地があるから」

ウラドは銃を構え、静かに言った。「それはおまえの子供たちがやらねばならない」


さらに話をしようとしたが、突然、ドンドンという音が聞こえた。足元から、床から聞こえる。

古い落とし戸がそこにあった——いままで気にも留めていなかったが、それが震えて、舞いあがる埃がランプの明かりで見えた。

ウラドにはなにかをする暇がなかった。落とし戸がドサッと音をたててひらき、その上に座っていた少年は椅子ごと落ちていった。

人質を失った。

ウラドはぽっかり開いた穴をほんの数秒長く見つめすぎた。ヴェロニカ・クロスが立ちあがったのに気づかず、彼女が手近のランプを蹴り倒してガラスの割れた音が聞こえた。

灯油に火が移り、ヴェロニカが彼に躍りかかった。彼女はすばやかった。ウラドが彼女を見たのは、目の前にペンを握りしめたまま立たれたときだった。一度の動きで、彼女はペンを腹の傷にまっすぐ刺した。

「これはケントの仕返し！」彼女は叫び、激しく二度目を突き立てた。

血も凍る痛みが傷に走る。

ウラドは銃を落とし、それが床を転がる音を聞いた。ペンを手探りして引き抜こうとしたが、ヴェロニカが握りしめていて彼を壁に押しつけた。

「もう終わりよ」鋭くそう囁いた。

だが、彼は首を振った。

ウラドは死なず、全身の力でヴェロニカを押し返し、中央の柱を通り越して反対側の壁に彼女を押しつけた。

「離して！」彼女が叫び、抵抗した。

ふたりは狭い部屋で踊るようにまわり、目と目を合わせて闘った。

燃えあがった灯油が周囲に広がった。乾燥した木の床に火が燃え移ったが、ウラドはヴェロニカの自白書が熱で空に舞いあがり、炎から離れた方向に飛んでいくのを見た。


風が風車小屋を打つ。ますます激しく揺れるようになり、転覆しかけた船のように傾きだした。壁が軋み、床が割れる。さらにふたつのランプが倒れ、粉々に砕けた。

ウラドは目を閉じた。船酔いの気分だ。

ヴェロニカを離した。

おしまいだ。全世界が傾いでいく。

イェルロフ

「受けとめろ！」イェルロフは叫んだ。

ヨンは鉄のかんぬきを叩き外して、風車小屋の床下でしゃがんだ。痩せて縛られた身体がひらいた落とし戸から勢いよく落ちてくる。少年だ。

イェルロフはよろめきながら前に出たが、あまりに遅かった。ヨンもたいして機敏ではなかったが、ヨーナスが身を投げだし、なんとか従兄弟を受けとめた。

カスペルを抱え、引きずっていく。

薄い壁越しに、ぶつかる音と、女の金切り声が聞こえた。

「争っているぞ！」ヨンが叫んだ。

風車小屋全体が動いていた。イェルロフが見あげると、とても古い楢の木のように揺れている。嵐で外からさんざん風に打たれている上に、なかでふたりが揉みあっているのもいけなかった。風車小屋の命運は尽きた——あまりに古く、もはや立っていられなかった。

ぐらぐら揺れて、土台の円柱からギーッと軋む音がした。そこに大きなドーンという音が続いて、ついに土台は負けた。

イェルロフは口を開けた。「逃げろ、ヨン！」叫んだ。

ヨンは逃げていなかった。その場で凍りついたように、イェルロフを見つめていた。それからようやく、窮屈な姿勢で横へ歩きはじめた。

イェルロフも離れようとした。杖を使ってじりじりと後ずさったが、思ったほど速く動けない。脚がこわばって、シロップのなかを骨折りながら歩いているようだった。

「ヨン？」彼はふたたび叫んだ。もはや友の姿が見えず、風車小屋が倒れかけている。イェルロフは壁越しに悲鳴を、ガラスの割れる音を聞いた。

彼はまだ近すぎた。黒い影が彼にむかってくる。ドン・キホーテのことを思いだし、背をむけて逃げようとした。

風車小屋では暗闇のなかでなにかが燃えあがっていた。

ランプだ。灯油ランプか。

板も柱もイェルロフの目の前の地面へむかって崩れてきた。古い釘がピキッと外れ、あたり一面、風に瓦礫が舞った。

そして風車小屋は倒れ、翼が折れた。

イェルロフも倒れた。草の上に仰向けに転び、火が風車小屋全体にまわりはじめたのが見えた。炎が爆《は》ぜていく。

だが突然、崩れた風車小屋からほっそりした人影が這いでてきた。ヴェロニカ・クロス。彼女は立ちあがらなかった。どこか折れているらしい。だが、少なくとも生きている。彼女はゆっくりと草の上を息子のもとに這っていった。

イェルロフは頭をあげた。

ヨンは？

そしてアーロン・フレドはどこに？

帰ってきた男

風車小屋は倒れた。

アーロン・フレドは囚われていた。柱の一本が胸に、もう一本が太腿に載って動けなかった。両脚はつぶれ、腹からは出血して、身体は冷えきっている。

これで終わりだとわかっていた。だが、弾傷はもう痛まず、脳はまだ働いていた。

思い出が頭をよぎる。いくつもの声が聞こえ、いくつもの顔が見えた。

母の目。妹の笑顔。父の、エドヴァルド・クロスの最期の弱々しい泣き声。七十年ほど前、やはり板の下敷きになって囚われ、つぶされて、死にかけていて、それでも息子の腕を摑んだきりで最後まで手を握ることさえなかった男。

アーロンは瞬きをして思い出を消し去った。一メートルほど離れた位置にほっそりとした輝くものが瓦礫から突きでていた。アサルト・ライフルの銃身。だが、手は届かず、それで構わなかった。撃つのはもうやめだ。

強制労働収容所の囚人だった頃を、不格好なウィンチェスターをようやく手放せたときを思い返した。警備兵詰所であの銃を手渡し、初めてのソビエトの制式拳銃、ナガンを支給された。あれは、今後は近距離でうなじに弾を撃つことを意味した。

六十年以上前の一九三六年九月のことだった。けれど、彼はあの日を覚えていた。あの秋、銃殺部隊が収容所外の砂利採取場で果てしない処刑を続けた。銃声が朝から晩まで森にこだましたが、あそこは月の上と同じようにどこからも遠い場所だった。輝かしい未来のための戦いにおいてなにが起こったか、誰も見ることはできなかった。

ウラドが部隊のふたりの仲間と到着したとき、警備兵たちはすでに死刑宣告を受けた者たちを並ばせていた。三十人ほどが砂壁をむいて処刑人に背をむけていた。彼らは同じ一本のロープで縛られていたが、ロープはじゅうぶんに長く、ひとりが倒れても、ほかの者を巻きこんで面倒をかけないようになっていた。

やることがたくさんある。仕事をする時間だ。

その日のウラドの同志たちはダニルークとペトロフといい、ふたりともウラドの銃に問題があったときのためにそれぞれ銃を構えていた。どちらも仕事のあとの食事と数杯のウォッカを楽しみにして、とにかくさっさと仕事を終わらせたいと思っていた。

囚人たちはうつむいて立っていた。ひとりふたりは言葉を交わしていたり、最後の慈悲を請う者や、外国語で取り留めもなくしゃべる者もいた。

「また外国人だ」ペトロフが言った。「途切れないな」

ウラドは黙っていた。あたらしい銃の安全装置を外し、最初の囚人のもとへむかい、左手を男の肩にあてて銃を構える。

そして撃った。

銃が揺れ、囚人は前のめりに倒れた。

ウラドはすでに隣の男の前にいる。

銃を構え、撃ち、銃を構え、撃つ。

今日も仕事をするだけ。

だが、列の七番目の男が禁じられたことをする――彼は処刑人のほうになかば振りむいたのだ。ウラドは囚人の横顔を見た。

すでに銃を構えていたが、手がこわばった。

目の前の男はあごひげを生やしていたがまばらで、顔の切り傷やアザを隠せていなかった――古いものもいくらかあるが、多くはあたらしい。男は小さく横に一歩ずれ、ウラドは彼が足を引きずっていることがわかる。

「おれがわかるか?」囚人は低い声で言った。

スウェーデン語をしゃべっている。アーロンはそのかすかな、しゃがれた声に気づくべきではなかったのだが、気づいてしまう。ある暗い夜に、崩れた納屋の壁の下へ潜って父の財布を盗めと促したのと同じ声。ここへ旅ができるだけの金を手に入れるため。このあたらしい国へ。

突然、アーロンは動けなくなる。腕をあげることができない。

「元気そうだな」スヴェンが言う。

アーロンは答えない。答えられない。

「ここでしあわせにしてるか?」

アーロンは義理の父を見て、考えようとする。しあわせ?

彼はごく短く首を横に振った。

「では、スウェーデンへ帰れ」スヴェンはしゃべりつづける。「そして果てしない未来のために、丸ごと吹き飛ばせ。奴らに報いを受けさせろ」

アーロンはゆっくりと頭を動かす。疲れたうなずきのように。

これ以上は話せない。そのためにここにいるんじゃない。

銃でなにかをする時間だ。いますぐに、なにか行動しなければ。

撃つこと自体をやめるか?

あるいは、銃を自分自身にむけるか?

あるいは……

ウラドはほんの一瞬ためらってから、すばやく手を囚人の肩に置き、うなじに狙いをつける。

そして撃った。

スヴェンは地面に崩れ、小さな木箱がズボンのポケットから転がりでる。

アーロンの身体がびくりと動いた。彼は風車小屋の下にもどっていた。だが、砂利採取場でのあの日のことは覚えていた。囚人の列の最後まで仕事を続け、銃がまだ動くことに驚いていた。自分がまだ生きていることにも。

だが、いまこそ人生は終わる。

炎が迫ってきて、風車小屋は彼をさらに地面へと圧迫していく。

彼は最後に目を閉じた。

晩夏

若かりし頃は晴れた日に
愛し、遊び、笑ったが、
瞬く間に雪とともに寒さが私の胸に訪れ、
突然秋となった。

——ダン・アンデション

イェルロフ

古い風車小屋はいまや横倒しになり、イェルロフは飛行機の残骸そっくりだと思った——墜落して燃える飛行機に。

下の部分がすでに激しく燃えていた。風が炎を煽り、火の粉を灰色の空に舞いあげた。炎は強まる竜巻のように崩れた壁を広がっていった。壊れた翼はほとんど原形を留めていなかったが、やはり燃えていた。

なにかがくるくるまわりながら飛んできて、イェルロフの隣の草の上に落ちた。残骸の破片ではなく、紙切れで、どうしたことか焼けずに済んでいた。なにかびっしり書きつけてある。

そのとき、板の山の下から誰かのうめき声がした。紙切れをポケットに入れると、風車小屋に目を凝らした。真っ赤な炎のむこうで誰かが動いている。ヴェロニカ・クロスが炎から遠ざかり、息子のロープを懸命にほどいていた。

それでヨンは？

ヨンの姿がない。最悪だ、ヨンの無事な姿を確認できないとは。風車が倒れたとき、ヨンはイェルロフの前にいた。横へ移動してはいたが……いまはその姿が見えない。

イェルロフは動けずに草に横たわった。炎の激しい熱を感じ、自分が生け贄になった気がした。風車小屋への生け贄に。じきに炎は燃える手を伸ばしてここまでやってきて、そして——

「イェルロフ！」

少年の声が聞こえ、二本の手に腋の下を抱えられ、風車小屋から少しずつ引き離されていくのがわかった。かろうじて間に合って——大きなピシッという音がして、翼のひとつがイェルロフがついさっきまで横たわっていた草の上に落ちてきた。

幼いヨーナスが声をかけて、彼をうしろへ引っ張ってくれたのだ。肩で息をしてよろめきながら。ヨーナスはまだ子供で腕も脚も細かったが、できるだけのことをしてくれた。イェルロフは抗わなかったが、自分の力を出して協力することもできなかった。なにをするにも、あまりに疲れていた。

そのまま引きずられて、熱から遠ざかり、夕方の空気が涼しく感じられる場所までやってきた。

「ヨン」イェルロフは言った。

風車小屋を振り返る。ヨンとアーロン・フレドはまだあそこにいる。たぶん近所の誰かが炎を見て今頃は通報しているだろうが、もう遅い。

「イェルロフ?」

イェルロフはヨーナス・クロスを見あげた。「助けを呼んできてくれ」彼は言った。「わたしの家へ走って——できるだけ急ぎなさい、ヨーナス!」

少年は大急ぎで駆けていった。

イェルロフはこうしてひとりになった。ヨンの名を呼ぶが返事はなく、低いうめき声がずっと聞こえているだけだ。

永遠に感じられる時間が過ぎて、サイレンが聞こえた。救急車が空き地にやってきて、ホースを抱えた消防士たちが続き、乾燥した地面を広がっていく炎を消そうとした。

影がイェルロフの上に覆いかぶさった。誰かがライトを目元に照らしてくる。

「風車小屋の下で人が動けなくなっている」イェルロフは囁いた。

誰にも聞こえなかったようだ。影は消防士になった。イェルロフは彼を見あげて、からからのくちびるをひらいた。

「なかに人がいる」今度は多少大きな声で言った。

「何人ですか？」

「ふたりだ。あんた、助――」

消防士はただちに振り返り、仲間に指示を叫んだ。数分後、消防隊はエアクッションを取りだして倒れた風車小屋の下に押しこんだ。続いて空気を入れて膨らまし、柱の下に潜りこむ。

叫び声と指示。

やがて、ふたつの人影が運びだされ、草地に敷いた毛布に横たえられた。炎の逆光で影にしか見えなかったが、どちらがどちらかわかった。

アーロン・フレドの身体はぐったりと動かない。ヨンは少し身動きしていた。

救急隊員がヨンに身をかがめ、救命処置を施そうとした。彼らがじゃまになって、イェルロフにはヨンが見えなくなった。それで足を引きずり、草の上を歩きだした。救急隊員たちのあいだから手を伸ばした。やみくもに探って、骨っぽいものを見つけた。手、ヨンの冷たい手だ。

それを固く握ったが、反応はなかった。

ヨンの周囲での動きがますます活発になり、救急隊員たちは必死に働いていたが――急に動きをとめた。彼らは立ちあがり、ひとりが長いため息を漏らして、一歩あとずさった。

イェルロフはそれでもヨンの手を握りしめていた。それも、救急隊員にそっと指を外されて、友に黄色い毛布がかけられ、イェルロフ自身の肩にもう一枚がかけられるまでだった。ヨンの毛布は顔にかけられた。埋葬布のように。その瞬間、イェルロフはもうなにもできることはないのだと知った。

ヨーナス

風車小屋での出来事から四日のあいだ、ヨーナスはカルマルで入院しないとならなかった。どうしてかよくわからなかったが、医者たちは〝精神的外傷の治療〟について話していた。自分ではすごく元気だと思っていた――これまでに比べて人生はぐっと楽になったからだ。

たいていはひとりでいた。マッツはもうフースクヴァーナに帰っていたし、父さんは二日前に退院を許されたけれど、ヨーナスのお見舞いに来てくれた。

エーランド島のことを話すとき、父さんは悲しく疲れた様子だった。

「あの場所からは少し離れていよう」父さんはそう言って帰った。

でも、ヨーナスはとてももどりたかったから、母さんが迎えにきてくれたとき、自宅に帰るまえに島へ寄るように説得した。

医者たちが大丈夫だと確認して一時間後には、ふたりはエーランド橋を車で渡っていた。

「本当にどこも悪くなかったんだよ」島へむかいながらヨーナスはそう言った。「きっとぼくを観察したかっただけだよ。どんな気分か」

「それで、どんな気分なの?」母さんが尋ねた。

「普通――でも、どうかな。よくはないよね」

「なにがよくないの?」

「なにもかも……」ヨーナスは言った。「起こったこと、なにもかもだよ」

「そうね。でも、もう終わったのよ」

ふたりは無言で車を走らせた。ステンヴィークまでほぼずっと。雑貨店は閉まっていた。キャンプ場も閉まっていた。ちょっと悲しかった。村じゅうがいまはからっぽになってしまった感じだ。七月の頃と比べたら。

でも、村には本当に誰もいないわけじゃなかった。海岸通りには数軒の家の前に車がとまっていて、青と黄色の旗がいまでもはためいている庭もいくつかあった。でも、ほとんど人は歩きまわっていない。

母さんはヴィラ・クロスを訪ねたがったけれど、ヨーナスが気乗りしなかったので、前を素通りするだけにした。まだ警察の立入禁止のテープが張ってあった。崩れた屋根と割れた窓は白いビニールシートで覆われている。

高台には誰もいなくて、墓標があったところは地面に開いた大きな穴になっていた。

その穴に埋まった石が掘りだされたとヨーナスは入院中に聞いていた。掩蔽壕の外でケントおじさんの遺体が見つかったと父さんが教えてくれた。ケントおじさんの家を誰が片づけることになるのかは全然わからなかった。

ヴェロニカおばさんは、警察に身柄を拘束されて取り調べを受けたらしい。

ヨーナスはヴィラ・クロスがどうなるか、どうでもよかった。あそこにはもどりたくない。

彼は母さんをちらりと見た。「むこうに行ってみてもいい？」

母さんはうなずいて、車で北をめざした。

イェルロフのボートハウスの前で、青い作業着姿で舟にペンキを塗っている人がいた。何週間も前に助けを求めたボートハウス。

イェルロフ。ヨーナスは入院中に何度もあのおじいさんのことを考えた。

「そこを曲がって」母さんに言って、ふたりは北の村道を内陸へむかった――でもほんの百メートルほどで、ヨーナスは鉄の門に通じる小さな私道の前でとめるように頼んだ。

「すぐもどるから」そう言って車を降りた。

彼は門を通って庭に入った。なにも変わっていない。旗が半旗になって、はためいているだけだ。

鳥が歌っていて、旗のむこうにイェルロフがうつむいて、いつものように椅子に座っているのが見えた。

きっといると思ってた。イェルロフは麦わら帽子を深くかぶって、杖を握っていた。夏のあいだのイェルロフと変わりない。ヨーナスが近づくと、彼は顔をあげてうなずいた。

「おはよう、ヨーナス」彼は言った。「またもどってきたね」

ヨーナスは彼の前で足をとめた。「うん。でも、これからうちに帰るんだ」

「もう大丈夫なのかね？」イェルロフが尋ねた。

「うん……」

「きみはわたしを救ってくれたよ、ヨーナス」イェルロフは間に続いて言った。「風車小屋の横で倒れていたときに。きみが炎からわたしを引っ張ってくれた」

ヨーナスは少し照れくさくて肩をすくめた。「かもね」

イェルロフは海のほうに視線をむけた。「オフィーリア号が見つかったそうだ」

ヨーナスは一瞬なんのことかと思ったが、思いだした。「幽霊船？」

「幽霊船は本物だった」イェルロフが話を続ける。「一昨日、発見された。音響測深機の力を借りてな。海峡沖の北のほうに沈んでいた。水深三十メートルに。何者かが船体に穴を開けていたそうだよ」

ヨーナスはうなずいただけだった。もうあの船のことは考えたくない。茂みで鳥が歌っているのを聞いて、言いたかったことを思いだした。謝りたかったこと。約束を破ったことだ。

「ぼく、言ってしまったんだ」

「なにをだね？」イェルロフが言う。

「父さんとケントおじさんに、ペータル・マイェルのことを話したんだ」

イェルロフが片手をあげた。「知ってるよ。大丈夫だ、ヨーナス……だが、そうなると、マルネス郊外の路上でペータル・マイェルに起こったことは事故ではなかったのかな？」

「わからないんだ」ヨーナスは低い声で答えた。「ぼくは見てないから。ケントおじさんがあの人を追いかけて、ふたりは暗闇に消えて……」

黙りこんでしまった。

「きみにはどうすることもできんかったよ」イェルロフが安心させた。「全部大人が悪い。例のごとく」

ヨーナスは少し考えこんだ。「よくないことだよ」彼は言った。「今度のことはどれも」

イェルロフはなにが言いたいのか理解してくれたようだ。「ああ、ちっともいいことじゃない。ヨンの葬式は来週だ」彼はため息をついて話を続けた。「だが、今世紀そのものがあまりいいもんじゃなかった……戦争と死と貧困。もうじき終わるのが嬉しいよ。二十一世紀はずっといいものになるはずさね」

彼はヨーナスに疲れた笑みをむけてつけ足した。「それはきみの時代になる」

ヨーナスはどう返事をしたらいいかわからなかった。道で母さんの車がアイドリングする音が聞こえ、門に一歩むかった。「じゃあ、帰るね」

イェルロフはうなずいた。「夏は終わった」

彼が手を差しだし、ヨーナスは握手をした。門まで歩いて振り返った。イェルロフは庭で寂しそうに見えた。でも、最後にまた手をあげてくれたから、ヨーナスも手を振り返した。

エピローグ

八月中旬の晴れた日に、イェルロフはマルネスの教会墓地でヨンに別れを告げた。

ヨンは美しく白い柩に横たわっているが、蓋はしっかり閉じられていた。イェルロフは耳を澄ましてみたが、もちろん葬儀のあいだ、柩のなかから音はしなかった。

墓は教会の西で、クロス家の墓からは離れていて、イェルロフはあの家の墓に行きたくもなかった。だから門のほうへゆっくりと小道を歩いた。上空には二羽の大きな鳥。ノスリらしい。アフリカへの長い旅を始めたかのように、南にむかっていた。

もう？　夏は本当に終わってしまったのか、渡り鳥にとっても？

「イェルロフ？」墓地の門のむこうから声がした。「送っていこうか？」

ヨンの息子のアンデシュが車を指さしていた。

まっすぐにヨーテボリへ帰る娘のレナとユリアが送っていこうと申しでたのを断っていたが、アンデシュにはうなずき、手を貸してもらって助手席に収まった。

アンデシュも車に乗った。「ホームに帰るかい？」

ちょっと考えてから、こう言った。「ステンヴィークの家へ頼む。様子を見たい」

アンデシュは車のシフトを入れて、走りだした。しばらく黙っていたが、イェルロフはこう切りだした。

「ヨンはわたしを好きだったかな、アンデシュ？　わたしは彼に親切だったかな？」

アンデシュは幹線道路へ曲がってから言った。「おやじはそういうのは、考えるような人間じゃなかった……こう話していたことはあったよ、ただの一度も、あんたから命令されたことはないって」

「それは本当か？　海に出ている頃、船長として命令ばかりしていたと思うが」

「違うよ。おやじは、あんたがなにかしてほしいときは、尋ねたって話してた。あんたは帆をあげたいかとおやじに尋ね、おやじはそれをやった」

「それはそうかもしれんな」

ふたりともそれきり黙っていたが、ステンヴィークの村道へ曲がって並ぶ別荘の前を走っているときにアンデシュが静かに言った。「ゆうべ、あれを海に出したよ」

「なんと言ったね？」イェルロフはずっとヨンのことを考えていた。

「あんたのボートのことだよ……はしけ舟を」

「手こぎ舟のことかね？」

「手こぎ舟、それだよ」アンデシュは言った。「ほかにすることがないから、海に引っ張っていった」

「浮いたかね？」

「少し水漏れしているけれど、数日浮かべておけば木が膨らむから大丈夫だよ」

「いいな」イェルロフはそう言ってから、またヨンのことを、そして自分はもっと違うふうにできなかっただろうかと考えた。

ひとつはっきりしていることがある。わたしたちはクロス家に近づくんじゃなかった。

数分でイェルロフの家に到着した。アンデシュが門の前で車をとめ、イェルロフはゆっくりと車を降りた。

「ありがとう、アンデシュ。身体を大事にしろよ……どこか行ってみるといい。休暇を取って」

「それもいいね」アンデシュが言う。

「あるいはかみさんを見つけるか」

アンデシュは苦笑いをした。「このあたりでは、あまり期待できないよ」彼は言う。「でも、人生は続くね」

イェルロフは返事をしなかった。片手をあげただけで、門を開けた。

アンデシュが行ってしまってから、庭に足を踏み入れた。家のドアを開けて靴を脱がず、そのまま入った。居間に立った。

静かになった。家は涼しく、平和だった。テレビの横の古い壁掛け時計がとまっていたが、イェルロフはわざわざねじを巻かなかった。

時計の隣にはモノクロの写真が飾ってある。五十年前のもので、ヨンとイェルロフ自身がストックホルムの南埠頭で旧市街の教会の尖塔を背景に写っている。ふたりとも若く力強く、スーツを着て黒い帽子と、しゃれた格好だ。日射しにむかって笑っている。

イェルロフは顔をそむけた。窓の外の風見鶏を見やった。鎌を研ぐ老人を象《かたど》ったもの。朝のうちはころころむきを変えていたが、いまは海をむいていた。ラジオの天気予報も、今日は秒速三、四メートルの東の風になると予測していた。穏やかだがそれなりの風が海へ吹く。ステンヴィークの浅瀬にあるものはすべて、すぐに沖へと漂っていくだろう。

おもしろい。

いま建っているこの家。この二十世紀の終わりに、自分と同じ時代を生きてまだ残っている最後のものだ。ミレニアムの節目に世界が終わることがなければ、イェルロフは今日からちょうど十カ月で八十五歳の誕生日を祝うことになる。六月十二日に生まれた。アンネ・フランクと日付は同じ誕生日だ。彼女がベルゲン・ベルゼン強制収容所で亡くなったとき、イェルロフはバルト海で機雷原をなんとかやりすごす貨物船の船長だった。アンネが亡くなってから自分は五十五年を生きたことになる。二十世紀のほとんどを生き抜いてきた――強制収容所の子供たちより、処刑された囚人たちより、飢えて亡くなった難民たちより、戦場で倒れた兵士たちより長生きした。自分より若かった大勢の者たちより長く生きてきたから、満足してもよさそうなものだ。しかし、身体は欲張りだ。いつでもあと一日長くと求める。

だが、病院のベッドの上での一日じゃない。イェルロフはすでに決めていた。身体にチューブやワイヤーをつけられて一生を終えるつもりはない。

手帳を取りだし、最後のメッセージを書きつけた。娘たちにかける言葉を少しと、いくつかの頼みごと。〝たくさん音楽を流してくれ〟そう書いた。〝賛美歌もいいが、エヴェルト・タウベやダン・アンデションも少しかけてほしい〟

そこで、ペンを握ったまま手をとめた。もっとつけくわえるか？　年月をかけて磨きあげた金言でも？

いや、これでじゅうぶんだ。ペンを置いて手帳をひらいたまま置いて立ちあがった。葬式用のスーツのまま、家をあとにする。

杖にしっかりと体重を預け、村道に出た。いまは誰もいない。けれど、近くには人がいる。犬が吠える声、それに車のドアがバタンと閉まる音がした。うちに帰る時間、仕事にもどる時間だ。夏は完全に終わってはいないかもしれないが、休暇はもう終わりだ。

海岸通りもイェルロフが道を横断するときは誰もいなかったが、ひとりふたり、桟橋で泳いでいるのが見えた。

郵便受けの前を歩き、誰にも会わないまま海岸へ下りた。さざ波の寄せる海は暗くなったようだ。風はたしかに沖へ吹いている。

波打ち際の岩にカモメが数羽、とまっていた。一羽がイェルロフを見て、首を伸ばした。くちばしを大きく開けて空へ警告の鳴き声をあげはじめ、ほかのカモメもそれに倣った。

手こぎ舟はアンデシュの言ったとおり、カモメの隣でキール半分まで海に浮いていた。

ツバメ号。

美しかった。新品同様だ。海に出る準備はできている。

ゆっくりと、イェルロフは近づいた。杖を船首に突き、ツバメ号と錨をつないでいるロープを外し、舷縁を摑んでさらに深いところへ押しやろうとした。

ところが、ツバメ号は動かない。いくらがんばって押しても、だめだった。この手こぎ舟はあまりに重く、彼はあまりに弱かった。

水が深くなるのは、腹立たしいほどすぐそこなのに。船首からほんの五十センチだ。最後にもう一度試してみた。手こぎ舟のうしろで前かがみになり、船尾をありったけの力で押した。

無理だ。彼の旅はここで終わった。どうしようもない。

「お手伝いしましょうか？」

イェルロフは振り返った。ふたりの人物が高台に立っていた。中年の男と十代の少年で、ふたりとも短パンを穿いてサングラスをかけている。男は笑顔だった。イェルロフには誰なのかさっぱりわからなかったが、背を伸ばした。

「お願いします」

ふたりは海岸に下りてくると、岩場をどんどん近づいてきた。

「いい舟ですね」男が言った。「ヴァイキングが乗っていた船を少し小さくしたようじゃないですか？」

イェルロフは短くうなずいた。

「この舟はだいぶお歳のようですね？」

「七十五歳さ」イェルロフは言った。「わたしたちはこいつを修理してきた。友人のヨンとわたしは」

ヨンの名を口に出すと胸が温かくなったが、そんな気持ちはすぐに風に運ばれてしまった。

「そうなんですか？」男は言う。「この島では古い船がまだ使われているのがすばらしいですね。これでいまから少し旅をされるんですか？」

「ああ。最後の旅を」イェルロフはそう言ってから、つけ足した。「この夏最後の」

「でしたら、お手伝いしますよ……いいね、ミーケル？」

少年はうんざりした様子だった。本土へ早く帰りたいのがすぐわかる。

男と少年――父と息子――は痛みや苦しみとは無縁に見えた。ふたりは進みでて手こぎ舟を掴むと、脚の筋肉に力を入れた。

「三で行くぞ」男が言った。「一、二……三！」

ツバメ号は車輪がついてでもいるように、まっすぐ海を割って入った。一瞬、イェルロフは船長を乗せずに海峡へ出てしまうのではないかと思ったが、男が舷縁を押さえていたから、キールの一部はまだ海底に接触していた。

「どうぞ……これでいいですよ」男はそう言ってイェルロフを見やり、再度舟を見た。「でも、あなた、どうやって舟を岸にもどすつもりですか？」

「なんとかなるよ」

男はうなずき、高台にもどりかけた。

「どうもご親切に」イェルロフは言った。「村に住んでいる人かね？」

「いいえ、車で立ち寄っただけです……ボートハウスを手に入れたくて島を車でまわっているんですよ。あれは売り物でしょうか？」

彼はイェルロフのボートハウスにあごをしゃくった。

「そうじゃなさそうだ」イェルロフは答えた。「それで、どちらからいらしたのかね？」

「ストックホルムです。ブロンマに住んでいるのですが、数週間かけてエーランド島をまわっています」

「なるほど」

本土から来ただけじゃなく、ストックホルムからやってきた者たちか。言いたいことはたくさんあったが、ぐっとこらえた。

「エーランド島へようこそ」かわりにそう言った。

「ここが気に入ってくださることを祈るよ」

「大好きですよ」

父と息子が海岸通りに去っていくのを見守った。

また海岸でふたりになれた。イェルロフとボートは。

これからはなにも失敗しないように注意しなければならない。杖を頼りにツバメ号の隣の岩になんとか乗った。苦労しながら舟に乗った。最初は右足、次に左足。

オールを一本使ってもいいが、杖でもいい。いましがた自分が立っていた岩に先端をつけ、力いっぱい押した。舟は引っかかることもなく、楽に海を進んだ。

いいぞ。

イェルロフは泳ぎがうまくはなかったし、船長だった頃も海に入るのは極力避けていた。三十年のあいだ、彼の船はひとつとして座礁することはなかった。もちろん、火災で一隻は失ったし、資金繰りがうまくいかなくなり、最後のノーレ号はあきれるほど安値で売るしかなくなったが。

しかし、座礁？　とんでもない。

さあ、あとは風に任せる時間だ。最後の力を出しきってオールを手にすると、陸へ投げた。まず一本、次にもう一本。きっと誰かが見つけて使ってくれるだろう。

方向を決めるのはもう風のすることだ。海峡の中心へと運んでくれるだろう――あるいは、この舟が浮いていられる場所まで。深い青の空を見あげた。西にある本土の細くて黒い線のずっと上に、白っぽいものがあって、どんどん大きくなってきた。飛行機だ。それを目で追いながら、数十年というものバルト海を船で渡ったものだが、飛行機には一度も乗ったことがないと考えた。

エーランド島を離れた多くの島民が西のアメリカ合衆国へ、南のドイツへ、アフリカやオーストラリアという遠くまで旅をした——あるいは、アーロン・フレドのように東へ。だが、イェルロフはいつも親しんだ範囲、バルト海に留まっていた。赤道をめざすには女房や子供たちに愛着がありすぎた。バルト海に留まっていることが、エーランド島との接点をもちつづける方法だった。バルト海の港はどれも、この海のすべての港とつながっているから。

そして彼はまさに最後の航海に出た。

舟を見おろす。すでに底には浅く海水が溜まっていた。船体にはいくつもひびが入っている。まだ木材がふさがっていなかった。適切なだけの時間、この舟を水に浮かべておけば、木が膨らんで細いひびはなくなったはずだが、イェルロフにそんな時間はなかった。

それにもしもヨンが乗っていたら、水を汲みだす容器を手に船尾に座っていただろうが、そこには誰もいない。

舟はゆっくりと岸を離れ、風に運ばれた。

イェルロフは身体の力を抜いた。死のことを考えた——七十年ほど前の夏の日、マルネスの教会墓地でエドヴァルド・クロスの墓を掘り、柩のなかからノックの音を聞いたときのことを。すばやく連続する大きな三回のノック。それからまた三回。鐘のようにはっきりした音が地中から響いた。

あれ以来、どういうことだったのかずっと考えてきたが、満足のいく説明を思いついたことがない。ということは、エドヴァルドの魂が墓の向こう側からノックをしたということだ。

それなら、死後の世界というのはあるはずで、イェルロフの冒険は終わらない。たぶん、すぐに友人や身内に会える。女房のエラ、友のヨン、孫息子のイェンス。自分より先に逝ってしまった者たちみんなに。

海水が船底を覆いはじめた。イェルロフは座席を降りて、船底に直接座った。一張羅のズボンが濡れたが、気にしなかった。ずるずると身体を伸ばして、仰向けになった。呼吸は穏やかで規則正しい。なるようになる、と、ことわざも言っている。

冷たい海水がズボンに染みてきたのを感じながら、また先ほどの思い出が頭に甦った。まだ十五歳のときのひどい埋葬の記憶。

冷えた瓶ビール。

墓掘人のベントソンがビールを勧めてくれたことを思いだした。酒を飲んだのは、あれが初めてだったはずだ。瓶は結露に覆われて、ビールはいま舟ににじわりと染みこむ海水と同じくらいには冷たかった。

だが、あんな暑くて晴れた夏の日に、どうやってビールをあそこまで冷やせたのか？　冷蔵庫が使われるようになるずっと前のことだ。この島では冬に氷の塊を切りだしておき、地面に穴を掘って保存したものだ。夏になにかを冷やしたかったら、保存していた氷とともに埋めるしかなかった。

墓掘人にはビールを冷やす秘密の小さな穴蔵があったのか？　地面に木箱か、ひょっとしたらからっぽのタールの樽を埋めておいたのか？　墓地のどこかの古い排水管を冷蔵庫がわりにして、芝生で隠していたのか？

二回目のノックが始まったとき、ベントソンがみんなより少しうしろに立っていたことを覚えていた。つまり、ほかのみんなが柩を見ているあいだに、あの男は自分のシャベルかブーツをあげて、排水管の上を叩くことができた。鋭く三回。そうすれば、地中を伝って柩の内側からノックしたような音になるだろう。休まらない幽霊が出すような音。

イェルロフはあの日、ベントソンがクロス兄弟にむけた軽蔑の視線を思いだした。あの裕福な農夫の兄弟をどれだけ嫌っていたのか。からかってやることにして、埋葬された兄が化けて出たように見せかけたんだろうか。そうだとしたら、完全に手に負えなくなった不届きないたずらだ。

それが本当にあったことだったか？　それを話しあう相手が誰もいなかった。みんな死んでしまったから。だが、いまでも墓地にその穴はあるかもしれない。あの墓から数メートルの距離に？

　たぶんな――だが、もうそれを探しにいくことができない。もう遅い。水の漏れる手こぎ舟に寝そべってカルマル海峡へむかっている。

　自分にできることはなにもない。

　溺死は楽な死だ。老練の船長たちが昔からそう言ったものだが、もちろん、実際に経験した者に話は聞けない。けれど、イェルロフはおそらく本当だろうと考えた。目を閉じてゆっくりと大いなる暗闇に滑っていく。船乗りとしてではなく、三途の川を渡る舟の乗客として……

　イェルロフは目を開けた。なにかがおかしい。海で過ごした経験から、なにか起きたと身体が感じた。背中から水を滴らせて身体を起こすと、舷縁の外を見やった。

　風だ――前触れもなく、風向きが変わっていた。そしてさざ波だったものが少し大きな波となって、優しく、けれどしっかりとツバメ号を押していた。イェルロフの舟は岸へもどっていくところだった。

　行き先変更か。三途の川ではなく、ステンヴィークへ。

　彼はふうっと息を吐きだし、鮮やかに輝く広大な空を見あげた。カモメが高い位置を旋回し、翼を広げて舞いあがり、すべての風を陸へ流すようにして、仲間同士、鋭い声をかけあっている。

　初めてこの海辺に下りた八十年以上も前に、甲高い声で歓迎してくれたその同じカモメの群れだとつい信じてしまいそうだ。

　イェルロフはカモメにほほえみかけた。

　鳥たちは生き延びてきた。彼と同じように。

著者あとがき

この小説では一部、一般的に恐怖政治として知られるものについて描いている。一九三〇年代にヨシフ・スターリンが自身の国民に対してひそかな戦いを始めたものだ。大量逮捕、即時処刑、ソビエト連邦全土にグラーグとして知られる強制労働収容所を数多く建てたことが含まれている。この恐怖はソビエト市民とソビエト連邦が労働者の楽園だと信じて西側から渡った移民を直撃した。少なくとも、そうした者のひとりはエーランド島の出身だったことが、カー・エネベリのロシアに渡ったスウェーデン移民についての書籍*Tvingade till tystnad*からわかる。この名もない移民がアーロン・フレドの着想を与えてくれた。

一九六〇年十月のアラル海東の試験場で起きたロケット事故の悲劇と、一九四一年四月にNKVDがポーランド人の戦争捕虜を大量虐殺したことは歴史上の事実だ。アーロンの物語はさまざまな事実と次にあげる書籍の逸話にも着想を受けている。アルフレド・バドルンドの手記*Som arbetare i Sovjet*、ユリアン・ベッテル*Jag var barn i Gulag*、ロバート・コンクエスト『スターリンの恐怖政治』、サイモン・セバーグ・モンテフィオーリ『スターリン—赤い皇帝と廷臣たち』、ドナルド・レイフィ

ールド *Stalin and His Hangmen*、オーウェン・マシューズ *Stalin's Children*、スヴェトラーナ・アレクシエーヴィチ *Second-hand Time*、ハラルド・ヴェルツァー *Perpetrators*、アン・アプルボーム『グラーグ　ソ連集中収容所の歴史』だ。わたしはエーランド島から北アメリカへ渡った移民たちについての事実をウルフ・ヴィクボムとヴァルテル・フリュレスタム共著の *Amerika tur och retur*、アンデシュ・ヨハンソン *Amerika, dröm eller mardröm* で見つけ、島のわたし自身の家族からも話を聞いた。

ウルリカ・フランソン、ハンス・イェルロフソン、ケルスティン・ユーリーン、カロリン・カールソン、イング-マリとジム・サムエルソン、トゥーレ・フェーバリに感謝を。そして、オーサ・セリンとカタリナ・エーンマルク・ルンドクヴィストにも感謝を。

最後に、わたしより先にエーランド島について書いて島じゅうの興味深いルートについて指し示してくれた著者たちを一部あげて感謝したい。トマス・アルヴィドソン、テクラ・エングストレーム、マルギット・フリバリ、カール・フォン・リンネ（残念なことにエーランド島北部を少しばかり急ぎ足で旅した分類学の父）、トルシュテン・ヤンソン、アンデシュ・ヨハンソン、バルブロ・リンドグレン、オーケ・ルンドクヴィスト、アンデシュ・ニルソン、ロルフ・ニルソン、ペール・プランハンマル、ランヒルド・オクハガン、アンナ・リュードステッド、ニクラス・トルンルンド、マグヌス・ウトヴィク。そしてエーランド島の詩の世界における二大巨星のレンナルト・フェーグレーンとエリク・ヨハン・スタグネリウスにも感謝を。

解説

ミステリ評論家
酒井貞道

夏だ！　祭りだ！　リゾート・ライフだ！

……ヨハン・テオリンの〈エーランド島〉四部作の最終作たる本書の解説を、このように書き出してしまうと、ふざけ過ぎだと顰蹙を買うかも知れない。既刊の三長篇を読んで来られた方がそう思うのも無理はないと思う。多少はユーモアを含んでいたとはいえ、三作いずれも雰囲気は明らかに暗く沈んだものが表立っていたし、島自体、かなり鄙《ひな》びていた。観光地とはいえ、四部作が秋から始まり、冬、春と進んで行った関係上、オフシーズンのうら寂れた様子が目立っていたのは事実である。スウェーデンに詳しい人が少なく、エーランド島に実際に行ったことがある人はさらに少ない日本の読者に対して、そのイメージはさらに強まっただろう。

しかもシリーズ各篇は、元船長の老人イェルロフ・ダーヴィッドソンを実質的な探偵役に据えて展開されていた。彼は頭こそしっかりしているものの、第一作の時点で既に老いは否定しようもなかった。彼の身体は刊を追う毎《ごと》にどんどん弱まっていく。老人が探偵役として活躍する作品というと、近年ではダニエル・フリードマンの『もう年はとれない』『もう過去はいらない』（いずれも野口百合子訳、創元推理文庫）が記憶に新しい。そちらで主人公を務めるバック・シャッツは、九十歳近い身ながら、老いと果敢に戦う。癇癪持ちと思しい彼は、負けん気を起こして自らの老いをむきになって否定してみる。それが独特のユーモアを生み、読者の心をつかみもした。〝若い者にはまだまだ負けない〟と言い張りつつ、そのこと自体が老いを示しており、微笑ましいのだ。

しかしイェルロフは正反対と言ってもよい。彼には誇りも気概もあるが、まず大前提として、老いを受け容れ、一定の折り合いを付けている。若い者に負けまいと変に気張ることはない。結果、彼は秋と冬は老人ホームに入り、気候の良い時期だけ、自宅で一人暮らしするという生活を送っている。誇りと現実のバランスをとっているのである。会話も上手い。彼はしっかり人の話を聞くし、伝承や伝説を引くことが多いけれど、ちゃんと自分の意見も提示する。過度に理想論をふりかざしたりもせず、長い人生経験から、世の中には理不尽なこと、納得できないことがたくさんあると理解している。要は一定の諦念も抱えている。これが大きい。そして、敵対者をそれなりに説得できたり、慌てている人を容易《たやす》く落ち着かせたりと、年の功を感じさせる。そんな彼に対する印象は、微笑ましさよりも、敬意が先に立つ。こういう人物が、自らの衰えと、確実に近付きつつある死を意識しながら、探偵役を務める。そのような小説が、軽佻浮薄なものになるはずがないのだ。

おまけに各事件も内容が重い。順に言及すると、『黄昏に眠る秋』は、二十数年前に島で失踪したイェルロフの孫の行方を、その母親が（つまりイェルロフの娘が）追うというものだった。『冬の灯台が語るとき』では、灯台近くの屋敷に引っ越して来た幸福そうな四人家族の一人が亡くなり、残された人物が悲嘆に暮れる。続く『赤く微笑む春』では、コテージで暮らす男が、難病を抱えた娘の手術が迫る中、老父の暗い過去を追う。その傍らでは、エルフやトロールを信じる女が、夫との生活に深く悩んでいる。どの主人公格も深刻な事態に直面していると言え、いずれも〈過去〉が問題とされる。人が少ない寂しい田舎の島で、静かに余生を送る老人を案内役に、過去からの呼び声に耳を澄ます——それが本シリーズの特色であった。益々軽くなるはずがない。

しかし、この『夏に凍える舟』は違う。冒頭の一行が大袈裟に聞こえないぐらい、島は様変わりしている。

まず、人でいっぱいである。あの閑古鳥はどこへ、というぐらい、そこら中を人が歩いているのだ。リゾートで夏至祭を迎えるべく、観光客が押し寄せてきたのである。観光地化することで失われたものがあると知っている住民には、思うところだってある。しかし彼らすら、少しだけ浮ついている。

稼ぎ時だし、活気があるし、自分たちの家や仕事場に客が多いからだ。イェルロフだって例外ではない。二人の娘や孫たちがやって来るということで、少々嬉しそうだ。気候が良いこともあり、外出にも精力的である。また耳が遠くなったイェルロフは、補聴器を導入する。これがなかなか調子がよくて、彼は上機嫌となる。そんなこんなで、肉体的には明らかに前作より老いたにもかかわらず、本書のイェルロフは、シリーズ中最も楽しそうだ。

その影で、島では何かが密かに進行していく。本作品は、イェルロフを含む複数の登場人物が視点人物を務めており、それぞれのパートが交互して進行する。〈帰ってきた男〉と称される謎の老人が、エーランド島にやって来て、怪しげな行動をとり始めるのだ。一方で、リゾート経営者の一族に連なる十一歳の少年ヨーナスは、ひょんなことから、不穏な出来事を目撃することになる。だが、刑務所帰りで最近はおとなしくしている父はもちろん、一族代表の居丈高な伯父も、その目撃譚に対しては慎重な姿勢を示してくる。これまた怪しい。さらには、盗癖を持つミュージシャン、リーサも視点人物として一部のパートを担当し、ストーリーに補助線を引く。注目すべきは、イェルロフを除き、彼らは誰一人としてエーランド島に住んではいないという点である。シーズン中、ここには多くの観光客が訪れる。だからこそ、彼らも島にやって来たのである。

これらの合間に、イェルロフが一九三〇年に墓掘り人の手伝い時に会った年下の少年アーロンの、数奇な運命が語られる。アーロンは義理の父に、〈あたらしい国〉に連れて行かれるのだ。そこでの過酷な生活が事件の背景となっていることが、徐々にわかってくる。このアーロンのパートが、本四部作中、飛び抜けてスケールが大きい。最終作でこう来るとは、完全に予想外であった。

これら全ての変化は、夏がもたらしている。秋と冬、エーランド島はダイナミックに動く外の世界からある意味で隔絶されていた。いや疎外されていたというべきか。春には別荘地に若干人が来たものの、それでもなお舞台は閑静であった。だが夏は違う。この時だけは、エーランド島は世界に向かって開かれ、人々が島外から流入し、華々しい活気がもたらされる。その代価に、激しく揺れ動く世界／現代社会の荒波をもかぶるのだ。本書で描かれた事件は、理屈の上では、夏でなくともエーランド島で起こり得たとは思う。だが敢えて夏に描いたことにこそ、含みを読み取るべきであろう。

興味深いのは、夏の空気感が、我々日本人がイメージする夏とは異なるという点である。カッと照る太陽、眩しい光、青い海、などといった南国バカンス然とした要素はあまり見られない。さりとて、ヴィヴァルディが協奏曲〈四季〉の〈夏〉で描写したような、うだるような暑さと激しい嵐があるわけでもない。活き活きとした観光客たちには、しかし、観光地に来たという高揚感だけではない、どこかのんびりとした雰囲気が感じられる。舞台が北欧であり、海は地中海でも太平洋でも大西洋でもインド洋でもなく、バルト海であることが改めて痛感される。

というわけで、様々な変化に満ちた『夏に凍える舟』だが、もちろん、テオリンのミステリの本質は変わらない。それは、過去からの呼び声だ。本書でも、過去が大きなウェイトを占める。過去を理解することこそ、事件を理解する一番の近道なのである。それをじっくり描き出すテオリンの悠揚迫らぬ筆致は、季節にかかわらず――つまり、舞台の如何にかかわらず出てくる、彼の個性、彼独特の味わいなのだ。人間模様に対する視線も変わらない。イェルロフと〈帰ってきた男〉の人生の交錯は、長く生きた者たちの万感の想い、少なくともその一端を伝えてくれる。大袈裟な喜怒哀楽の表現はないが、だからこそ胸に染みわたる。たとえ夏でも、テオリンはそこは外してこなかった。

幻想的な要素にも付言しておこう。本シリーズは毎回、島に伝わる伝承、伝説、フォークロアが、モチーフとして使用されてきた。今回のそれは幽霊船である。冒頭で紹介された幽霊船の伝承は、ヨーナスによって、いかにも現代っ子らしく、ゾンビというやや現代的な要素を追加されて甦る。こちらは、島外の影響を避けられなかった模様だ。

ところで本作品は、四部作の最終作ということで、シリーズ通して読んで来たファンへのサービスも忘れない。前三作の登場人物が複数、再登場するのだ。特に印象的なのは、中盤で、ある人物がイェルロフを訪ねてくるシーンである。ここでの会話は、ファンには感慨も一入《ひとしお》だ。過去作品のネタバレを避けるべく、訪問者の個人名が記されておらず、必要最低限の情報しか書かれていないため、シリーズ既読者と未読者の間では、読み取れる情報量に格段の差が生じる。ただし、この数ページを除けば、単独でも読める内容なので、未読者であっても安心して手に取っていただきたい。

最後に作者の著作リストを、と言いたいところだが、刊行作品としては、前作『赤く微笑む春』に付された訳者あとがきで挙げられた諸作に、本書『夏に凍える舟』が追加されただけ、というのが実態である。テオリンは寡作と言えそうだが、それだけのことはあって、エーランド島四部作は全て、じっくり綴られた小説ならではの味わいが存分に楽しめた。その掉尾を読み応えたっぷりに飾るのが本書である。断言しよう。この文章を読むあなたが手にしているのは、北欧ミステリを代表する名シリーズの一つである。文章を読むという行為が確実に報われることを保証する。

二〇一六年二月

HAYAKAWA POCKET MYSTERY BOOKS No. 1905

三《み》 角《すみ》 和《かず》 代《よ》

1965年福岡県生，西南学院大学文学部卒，
英米文学翻訳家
訳書
『聖なる暗号』ビル・ネイピア
『ザ・ホークス』クリフォード・アーヴィング
『黄昏に眠る秋』『冬の灯台が語るとき』『赤く微笑む春』
ヨハン・テオリン
（以上早川書房刊）他多数

この本の型は，縦18.4センチ，横10.6センチのポケット・ブック判です．

〔夏《なつ》に凍《こご》える舟《ふね》〕

2016年3月10日印刷　　2016年3月15日発行

著　者　ヨハン・テオリン
訳　者　三角和代
発行者　早川　浩
印刷所　星野精版印刷株式会社
表紙印刷　株式会社文化カラー印刷
製本所　株式会社川島製本所

発行所　株式会社　早川書房
東京都千代田区神田多町2－2
電話　03-3252-3111（大代表）
振替　00160-3-47799
http://www.hayakawa-online.co.jp

（乱丁・落丁本は小社制作部宛お送り下さい
送料小社負担にてお取りかえいたします）

ISBN978-4-15-001905-1 C0297
Printed and bound in Japan

ハヤカワ・ミステリ〈話題作〉

1898 街への鍵 ルース・レンデル 山本やよい訳

骨髄の提供相手の男性に惹かれるメアリ。しかし、それが悲劇のはじまりだった――そのころ、街では路上生活者を狙った殺人が……

1899 カルニヴィア3 密謀 ジョナサン・ホルト 奥村章子訳

喉を切られ舌を抜かれた遺体の謎。世界的SNSの運営問題。軍人を陥れた陰謀の真相。三つの闘いの末に待つのは？ 三部作最終巻

1900 アルファベット・ハウス ユッシ・エーズラ・オールスン 鈴木 恵訳

【ポケミス1900番記念作品】撃墜された英国軍パイロットの二人が搬送された先。そこは人体実験を施す〈アルファベット・ハウス〉。

1901 特捜部Q ―吊された少女― ユッシ・エーズラ・オールスン 吉田奈保子訳

未解決事件の専門部署に舞いこんだのは、十七年前の轢き逃げ事件。少女は撥ね飛ばされ、木に逆さ吊りで絶命し……シリーズ第六弾。

1902 世界の終わりの七日間 ベン・H・ウィンタース 上野元美訳

小惑星が地球に衝突するとされる日まであと一週間。元刑事パレスは、地下活動グループと行動をともにする妹を捜す。三部作完結篇